KB203671

천년암자에
오르다

# 천년암자에 오르다

1판 1쇄 인쇄 | 2013년 12월 01일
1판 1쇄 발행 | 2013년 12월 10일

지은이 | 유영봉
펴낸이 | 한명수
펴낸곳 | 흐름출판사
책임편집 | 이향란
편집디자인 | 이선정 김현수
표지그림 | 허인석
주  소 | 전주시 완산구 동문길 84
전  화 | 063-287-1231
전  송 | 063-287-1232
등  록 | 제2002-8호
홈페이지 | www.heureum.com
전자우편 | hr7179@hanmail.net

ISBN 978-11-5522-025-2  03810

정가 23,000원

# 천년
# 암자에
# 오르다

유영봉 지음

흐름

# 차례

**2부** 연꽃 만나고 가는 바람같이

1부
연꽃 만나러 가는 바람 아니라

부처님 사리 모신

# 설악산 봉정암

雪嶽山 鳳頂庵

# 걸어야 좋은 용대계곡

바쁜 일상의 틈바구니에서 벗어나 불현듯 어디론가 떠나고 싶을 때, 사람들은 제일 먼저 어느 곳을 떠올릴까? 내게는 변함없이 설악산이다. 남성적인 풍모를 물씬 발하는 외설악의 천불동계곡과 준령을 따라 가파른 산길을 오르내리려야 하는 남설악 자락도 그립지만, 곱디고운 자태에 여성적 매력으로 답답한 속을 부드럽게 어루만져 주는 내설악이 더욱 그리워진다. 어떤 때는 옥빛 맑은 물살이 꿈에 찾아들기도 한다.

그리움이 사무치면 떠나야 한다. 강원도로 다가가면 하늘은 점점 좁아진다. 산자수명山紫水明이란 네 글자로 요약할 수밖에 없는 아름다운 경치들이 차창에 스민다. 홍천을 지나 용대리로 향하는 가슴이 사뭇 방망이질 치기에 때로는 심호흡을 해야 한다. 보고픈 내설악 경치가 걸음보다 앞서 마음속에 그득하게 자리를 잡은 탓이다. 그래서인지 용대리에서 백담사百潭寺로 가는 셔틀버스 승차권을 끊는 손끝이 늘 떨린다.

용대계곡은 용대리에서 백담사까지 약 7km에 이르는 길이다. 지금은 버스를 타고 10분 남짓이면 오가지만, 이전에는 계곡을 따라 걷는 한적한 길이었다. 선계로 드는 꼬불꼬불한 오솔길이었다. 30년 전 나는 이 길을 처음 걸어갔다. 그래서 그때의 정취가 그리우면 일부러 걷곤 한다.

**설악산 운해** | 남성적 풍모와 여성적 매력을 동시에 지닌 설악의 능선 위로 구름이 떠돌면서 비경을 자아낸다.

크고 작은 소沼가 끊임없이 이어진다. 영겁의 세월 동안 전연 때가 타지 않은 눈부신 나신의 바위들이 대견하고 감탄스러워 해맑은 물길조차 잠시 흐름을 멈추었다 가느라 이루어진 소들이다. 얼마나 경이로웠으면 소들은 저토록 푸른빛으로 질렸을까? 게다가 설악의 정령들이 쏟아 낸 맑고 시린 물길은 산문에 드는 나그네의 마음을 말끔하게 씻어 준다. 인간 세상과 관련한 기억들은 하얗게 표백된다. 이 길을 따라 걸을 수 있다는 사실 하나만으로도 세상에 존재하는 내 자신이 뿌듯하다.

용대계곡 물빛 역시 철마다 모양을 바꾼다. 자세히 들여다보면 깊은 골짜기에서 한겨울을 꽁꽁 얼어 지내다 녹아내린 봄날 물살에는 회한과 반성의 빛이 어려 있다. 한겨울의 깊은 되새김질은 봄 햇살을 경쾌하고도 영롱하게 반사시켜 삼라만상을 일깨운다. 보다 춥고 긴 겨울을 겪은 봄날의 물살일수록 더욱 찬란하고 눈부시다. 봄날의 눈부심은 연두색 잎사귀로 순식간에 번져 나가 골짜기는 생명의 숨소리로 가득해진다.

여름 물빛은 거만하기까지 하다. 소나기가 한차례 지나간 뒤 한껏 불어난 수량은 뜨거운 햇살과 맞선다. 우당탕탕 소리를 내지르며 계곡 바위들을 향해 온몸으로 부닥치며 시위한다. 소를 차례로 거치지 않고 마구 건너뛰는 번득임에 나무 위 매미들은 일순 울음을 멈춘다.

얼마의 시간이 흐른 후, 홀로 하는 발작이라 제풀에 지친 물살이 다시금 조용히 갈 길을 찾아 나서면, 바위들은 무슨 일이 있었냐는 듯 묵묵히 일광욕을 즐긴다. 골짜기 녹음도 소리 없이 짙어간다. 여전히 날을 세운 여름 물빛이 내심 겁나기 때문이다.

거친 몸부림으로 여름 한철을 보내던 용대계곡의 물은 가을이면 더욱 투명하고 깊어진다. 봄부터 가을까지 긴 흐름과 여정 속에서 차츰 맑고 깊어졌기에 전혀 지루해하거나 서두르는 기색이 없다. 오히려 느긋함을 즐긴다. 물살의 여유로움은 바람결에 후둑후둑 떨어

**용대계곡** | 시리도록 푸른 계곡의 물살이 이따금 스스로 부서지면서 낮은 곳으로 흘러내린다.

지는 밤이며 상수리, 도토리, 산수유 따위의 산열매를 가리지 않고 심연 깊숙이 받아들인다. 수면을 어지럽히는 송사리 떼의 궤적까지 고요히 가슴에 새기고 온몸을 간질이는 달빛마저 그윽하게 품는다. 그러나 곱게 물든 단풍만큼은 언제나 시샘하기에 물살에 떨어진 낙엽들은 주저 없이 멀리 흘려보낸다. 홀로 짓는 시새움에 온몸이 슬며시 붉어지는 계곡이다.

겨울철 용대계곡 물은 표정이 없다. 눈이 오면 오는 대로 찬바람 불면 부는 대로 하릴없이 눈에 덮이고 얼음에 묶인 채 잔물결이나 일으킬 뿐이다. 목마른 산짐승들이 물가로 내려와 물을 마셔도 계곡가의 헐벗은 나뭇가지들이 눈보라에 흐느껴도 그냥 바라보기만 한다. 자신의 몸이 말라 들어가 내내 수면 아래에 있던 바위들이 몸통을 뚫고 나와도 담담히 지켜보기만 한다.

그 무표정과 정적 속에 바로 용대계곡의 멋이 담겨 있다. 겨울날의 쓸쓸함을 머금은 처연한 마력으로 사람을 끌어당긴다. 눈가에 이슬이 맺힌 절세가인의 얼굴을 옆에서 몰래 훔쳐보는 애잔함과, 하얀 꽃잎 하나를 연잎 위에 떨어뜨리며 시들어 가는 연꽃에서 느끼는 서글픔이 겨울 물빛에 남몰래 배어 있다.

꼬불꼬불 이어진 길은 계곡의 물소리와 어우러지며 굽이마다 묘한 설렘을 불러온다. 바로 앞에 보이는 산굽이를 돌아가면 돌연 속세를 벗어난 별천지가 눈앞에 펼쳐질 것 같은 막연한 기대 때문이다. 그 기대와 설렘 끝에 백담사가 앞을 막아선다.

**용대계곡의 겨울** | 설악의 정령들이 바위 위에 얼어붙어 산문에 드는 나그네 마음을 순백으로 씻어 준다.

# 백 개의 못을 세는 백담사

내설악의 명찰인 백담사는 대한불교조계종 제3교구 본사인 신흥사 新興寺의 말사로, 647년(진덕여왕1)에 자장율사가 창건하였다. 처음에는 한계령 부근의 한계리에 자리를 잡고 한계사寒溪寺라고 불렀는데, 690년(신문왕10)에 불타 버려 719년(성덕왕18)에 재건하였다. 한용운이 지은 『백담사사적기』에 당시의 중건과 관련한 전설이 수록되어 있다.

**백담사** | 내설악의 명찰로 647년에 자장율사가 창건하였는데, 몇 번의 이전 끝에 비로소 지금의 자리를 차지하였다.

지금의 화천군인 낭천현에 비금사가 있었는데, 주위에 짐승이 많아 사냥꾼들이 숱하게 찾아들었다. 이 때문에 산수가 매우 부정해졌는데, 비금사 승려들은 그것도 모른 채 샘물을 길어다 부처님께 공양하였다. 불도에 어긋난 일들이 자행되는 것을 안타깝게 여긴 산신령은 마침내 하룻밤 사이에 비금사를 설악산 대승폭포 아래의 옛 한계사 터로 옮겨 놓았다.

다음 날 승려와 과객들이 아침에 일어나 보니 절은 분명 비금사가 틀림없지만, 주변에 기암괴석이 좌우로 늘어서고 폭포가 앞뒤로 쏟아져 이전과 전혀 다른 모습이었다. 대중들이 까닭을 몰라 어리

둥절할 적에 갑자기 관음청조 한 마리가 허공으로 날아가면서 '낭천의 비금사를 옛 한계사 터로 옮겼노라.' 하며 일러주었다.

이때 산신령은 하룻밤 사이에 절을 옮기는 과정에서 청동화로 하나와 절구를 떨어뜨렸다. 그래서 사람들은 지금까지도 춘성군 절구골과 한계리 청동골 등의 지명이 이로 인해 생겨났다고 말한다.


여러 가지 구전으로 미루어 보면 비금사의 건물을 옮겨 한계사로 중창했다고 추정된다. 이후로 한계사는 이리저리 자리를 옮기며 운흥사雲興寺・심원사深源寺・선구사旋龜寺・영축사靈鷲寺 등으로 이름을 바꾸었다. 절들이 거푸 화마의 밥이 되었기 때문이다. 흥미로운 사실은 화재를 만날 때마다 주지스님의 꿈에 도포를 입고 말을 탄 사람이 나타나 절터를 옮기고 이름을 고쳐 보라며 일러주곤 했다고 한다.

1455년에 일어난 여섯 번째 화재로 영축사는 다시 불에 타 버렸고 이듬해에 옛 절터의 상류 20리 지점으로 이건해서 이름을 백담사로 바꾸었다. 백담사라는 이름이 붙은 데에는 다음과 같은 전설이 전해 온다.


영축사가 다시 불에 타자, 주지스님은 이름이 잘못되었다고 여겨 이름을 고치고자 하였다. 그런데 어느 날 주지스님의 꿈에 백발노인이 나타나 '대청봉에서 못을 세어 내려오다가, 백 번째 못이 있는 주변에 절을 건립하면 삼재를 면하리라.' 하고 일러주었다. 꿈에서 깨어난 주지스님은 그 이튿날 대청봉에서부터 백 번째 못이 있는 현재의 자리에 절을 세우고 백담사라 이름을 지었다. 그 후로 화재는 좀처럼 일어나지 않았다고 한다.

백담사는 설악산이라는 깊은 산중에 자리를 잡았다. 여기저기 산자락을 헤집고 내리는 물이 청아한 소리로 울려 퍼지는 달빛 별빛이 고운 자리를 차지하였다. 강원도 시인 이성선은 「백담사」를 이렇게 노래하였다.

저녁 공양을 마친 스님이
절 마당을 쓴다
마당 구석에 나앉은 큰 산 작은 산이
빗자루에 쓸려 나간다
산에 걸린 달도
빗자루 끝에 쓸려 나간다
조그만 마당 하늘에 걸린 마당
정갈히 쓸어놓은 푸르른 하늘에

**백담계곡** | 영겁의 세월 동안 때가 타지 않은 눈부신 바위들이 대견스러웠는가, 해맑은 물길이 잠시 폭포수로 떨어지다가 일순 흐름을 멈춘다.

**백담계곡의 못** | 협곡을 비집고 흐르던 물길이 못이 되어 고결한 옥빛으로 물든다.

푸른 별이 돋기 시작한다
쓸면 쓸수록 별이 더 많이 돋아나고
쓸면 쓸수록 물소리가 더 많아진다

  이성선은 1941년에 강원도 고성에서 태어나 평생 강원도의 아름
다움을 노래하다 세상을 뜬 시인이다. 2001년 5월에 결코 길지 않은
삶을 마치고 그는 한 줌의 재가 되어 생전에 가장 아끼고 사랑하던
백담계곡에 뿌려졌다. 이제 그의 넋은 백담계곡의 아름다운 들꽃으

로 피어나고 창공을 자유롭게 나는 산새가 되어 내설악의 아름다움을 언제나 만끽하리라.


## 백담사의 영광, 만해 한용운

백담사는 승려이자 민족 시인이었으며 독립운동가였던 만해卍海 한용운韓龍雲 선생을 기리는 사찰이다. 근년 들어 용대리에는 만해마을이, 백담사 경내에는 만해기념관이 들어섰다. 만해는 나라의 운명이 풍전등화처럼 위태롭던 일제강점기에 다음과 같은 사자후를 부르짖으며 민족독립과 민족정신 고취에 갖은 힘을 쏟아부었다.

사람은 많으나 사람다운 사람이 없다. 사람이면 다 사람이냐. 사람 노릇을 해야 사람이니라. 의리를 저버리고 지조를 변한 사람은 의식 불구자요, 자주정신을 망각하고 민족을 반역한 사람은 개만도 못하다.

만해의 주장과 언행은 친일주의자들의 간담을 철렁 내려앉게 하였으며 많은 사람들에게 민족혼을 일깨워 주었다.

만해는 충청남도 홍성 출신으로 한응준韓應俊의 아들이다. 출가 후

**한용운 흥상** │ 일제강점기 만해는 민족의 독립과 민족정신 고취에 갖은 힘을 쏟아붓는 한편, 빛나는 시들을 남겼다.

오세암五歲庵에 머무르면서 불교 기초 지식을 섭렵하며 선禪을 닦다 27세 때 백담사에서 연곡連谷스님을 은사로 삼아 정식으로 득도하였다. 불교에 입문한 뒤로는 주로 교학敎學 쪽에 관심을 가지고 대장경을 열람하였다. 특히 한문으로 된 불경을 우리말로 옮기는 일에 주력하였다.

1910년에는 불교계 개혁을 주장하는 논저 『조선불교유신론朝鮮佛敎維新論』을 저술하였다. 이 책은 당시 불교계가 지니고 있던 전반적인 폐해와 구조적인 모순을 꿰뚫어 보고 이에 대한 합리적인 방안을 제시한 책이다. 31세의 저술이라고 보기 힘들 정도로 통찰력 깊은 내용인 데다 문체 또한 매우 힘차고 준열해서 읽는 사람들 마음을

**만해기념관** | 백담사에서는 독립운동가였던 한용운 선생을 기린다.


시원하게 뚫어 준다. 그가 남긴 여리고 고운 시들과는 무척 대비된
다. 여기서는 한 대목만 인용하기로 한다. 날마다 새로 나고 싶어 하
는 현대인들에게 촌철살인의 감동을 주는 대목이다.


유신維新이란 무엇인가? 파괴破壞의 자손이다. 파괴란 무엇인가?
유신의 어머니이다. 천하에 어머니 없는 자식이 없다고 온 인류
가 말하지만, 파괴 없이 유신이 없다는 사실은 알지 못한다. 그러
므로 비례해서 본다면, 유신과 파괴가 멀지 않음을 미루어 알 수
있다.

대개 파괴란 무너져 없어진다는 말이 아니라 없애고 끊는 것이

다. 다만 과거의 관습이 불합리할 때 그것을 뒤집어서 새롭게 나아가는 것이다. 비록 파괴라고 하지만 실은 파괴가 아니다. 훌륭한 유신이란 훌륭한 파괴니, 파괴가 늦으면 유신이 늦고 파괴가 빠르면 유신 또한 빠르다. 파괴가 작으면 유신도 작고, 파괴가 크면 유신 역시 크다. 유신의 정도는 파괴의 정도와 반비례한다. 유신하는 데 있어 가장 먼저 착수할 것은 파괴다.

만해는 36세 때 『불교대전佛敎大典』을 저술하였으며 40세가 되던 해에 월간 『유심惟心』이라는 불교 잡지를 간행하였다. 불교 보급과 민족정신 함양을 목적으로 간행된 이 잡지는 뒷날 그가 관계한 『불교』 잡지와 함께 가장 괄목할 만한 문화사업이었다. 『유심』은 3호를 끝으로 폐간되었으나 불교에 관한 가장 종합적인 잡지였다.

41세 때에는 3·1독립운동이 일어났는데, 백용성白龍城 등과 불교계 대표로 참여하여 33인의 하나가 되었다. 만해는 이 일로 1년 반 가량 옥고를 치렀고, 47세 때인 1926년에는 기념비적인 시집 『님의 침묵』을 발간하였다. 『님의 침묵』에 수록된 88편의 시들은 대체로 사랑 노래 형식으로 민족독립에 대한 신념과 희망을 담았다. 52세 때 『불교』라는 잡지를 인수하였다.

만해는 평생에 걸쳐 불교행정조직혁신론, 사원운영혁신론, 청년 불교의 제창, 선교禪敎 진흥론, 경전의 한역 등을 주장하면서 조국 수호와 대중 교화에 자신의 힘과 정열을 바쳤다. 그러나 그토록 그리던 조국의 광복을 일 년 앞두고 1944년 5월 9일에 성북동의 심우장尋牛莊에서 중풍으로 입적하고 말았다.

만해는 실로 우리 근대사에 빛나는 자취를 남긴 거인이자 민족의 탁월한 스승이었다. 불교의 대중화와 현대화를 이끈 선승禪僧이었으며 조국의 광복에 몸을 바친 독립투사였다. 그리고 민초들의 아픔과 상처를 애정 어린 시로 어루만져 주던 민족의 시인이었다.

백담사는 또 전두환 전 대통령 도피처로도 유명하다. 아직까지 그가 거처했던 방을 무슨 커다란 자랑거리인 양 대중에게 공개하고 있다. 게다가 주불전인 극락보전의 현판마저 전두환 전 대통령의 글씨로 내걸었으니, 그 앞에 「나룻배와 행인」을 새긴 만해의 시비가 무색해졌다. 이렇게도 역사 인식이 없는 오늘의 맹목과 무지가 안타깝기만 하거늘, 이러다가 '일해日海'가 '만해卍海'를 뒤덮지 않을까 쓸데없는 걱정이 앞선다. '일해'는 전두환 전 대통령의 아호다.

백담사에 남아 있는 건물은 주불전인 극락보전을 비롯해 산령각, 화엄실, 법화실, 정문, 요사채 등이다. 뜰에는 삼층석탑 1기가 서 있지만 옛 문화재는 하나도 남아 있지 않다. 부속 암자로는 봉정암 외에 오세암과 원명암 등이 있다.

# 내설악 계곡 예찬

봉정암에 오르기 위해서는 백담사를 나선 다음 영실천의 상류에 해당하는 세 자락의 계곡을 거쳐야 한다. '백담계곡'과 '수렴동계곡' 그리고 '구곡담계곡'이 그것이다. 백담계곡은 백담대피소에서부터 약 1km쯤 위쪽에 위치한 흑선동계곡과 기골이 만나는 지점까지를 가리킨다. 그곳에서부터 상류 쪽 수렴동대피소까지는 수렴동계곡이라 부른다. 수렴동대피소에서부터 사자바위봉 아래에 자리 잡은 깔딱고개 하단부의 청봉골 합수처까지는 통상 구곡담계곡이라고 일컫는다. 이 계곡들은 잘 닦인 등산로로 이어졌는데, 봉정암까지는 보통 5~6시간이 소요된다.

백담계곡을 지나 수렴동계곡으로 들어서면 설악은 더욱 고운 자태가 된다. 언제나 맑은 물이 흘러내리고 그 주변으로 말쑥하게 몸을 닦은 바위들이 기기묘묘한 자태를 뽐낸다. 곳곳마다 쏟아지는 크고 작은 폭포들은 탄성을 불러온다. 저 멀리 하늘 아래에 출렁이는 능선의 흐름은 입이 절로 벌어지게 만든다. 그 결과 비경이라는 한마디 말로 차마 다 설명할 수 없는 풍광들이 번갈아 등장한다. 우두커니 앉아만 있어도 참으로 행복한 산이요, 물길이다.

수렴동계곡은 왼쪽으로 거대한 용아장성을 끼고 오른쪽 물줄기

**수렴동계곡** | 느림의 미학을 만끽하며 걷는 사람들이 저절로 착해지는 곳이다.

를 구경하며 오르는 길이다. 아름다운 계곡은 굳이 빨리 걸을 필요가 없다. 넉넉하게 시간을 잡아 천천히 걸어야 한다. 때로는 한곳에 오랫동안 머물러 앉아 눈앞에 펼쳐진 광경을 가슴속에 지워지지 않을 그림으로 새겨야 좋은 곳이다.

수렴동계곡은 느림의 미학을 만끽하면서 저절로 착한 사람이 되는 곳이다. 남보다 빠르게 앞설 이유가 없다면 사람은 저절로 착해진다. 자연의 섭리를 찾는 순례자는 늘 느리기 마련이다.

설악산 또한 겸허하고 더딘 순례자들을 위해 자신의 내면을 슬금슬금 열어 놓는다. 먼저 바람의 냄새를 맡게 해 준다. 이따금 바람의 군무까지 보여 준다. 바람은 사계절 다른 냄새가 난다. 봄날의 향긋한 냄새와 달리 여름바람에는 비릿함이 배어 있다. 가을에는 달착지근한 냄새가 나고, 겨울에는 시큰한 냄새가 코끝을 스친다.

바람의 군무는 그 세기에 따라 모양을 달리한다. 산들 부는 바람결에 산자락 잎사귀들은 잘랑거리면서 작은 춤사위를 보여 준다. 이따금 계곡의 바람이 우우 하는 소리를 내며 거칠게 달음질치면, 나뭇잎들은 한쪽으로 죄 하얗게 뒤집어지며 사납고도 빠른 춤을 선보인다. 계곡에 흩날리는 꽃잎과 낙엽은 봄과 가을이 보여 주는 요란한 갈채다.

설악의 구름은 온갖 빛깔로 끊임없이 그림을 그려 낸다. 사계절 아침저녁으로 전혀 다른 빛깔을 지니고 하늘에다 한 번도 닮은 적이 없는 무념무상의 그림을 마구 그려 낸다.

**설악산의 여름** | 녹음 깃든 봉우리마다 선계의 구름이 내려앉는다.

**설악산의 겨울** | 흰눈이 내리면 설악산은 더욱 깊고 고요해진 가슴을 슬그머니 연다.

물의 향연은 또 어떠한가? 내내 잔잔한 여울로 흐르다가 어느 결에 전신을 내동댕이치며 폭포로 돌변하는 변덕은 놀랍지도 않다. 거친 흐름에 지친 물살이 소를 만나 이내 걸음을 멈추고 천연덕스럽게 시치미를 뚝 떼는 모습도 마냥 아릿하기만 하다. 검다 못해 시퍼런 바위에 들어앉은 '구담'의 푸름은 아무리 보아도 싱그럽다. '서미소'와 '만수담'도 이에 뒤지지 않는 자태를 자랑한다.

맑은 물살이 영겁의 세월 동안 부린 변덕과 조화가 계곡의 바윗돌을 환상적인 모양으로 빚어 놓았으니 그 매혹적인 자취는 사람들을 숙연하게 만든다. 특히 '쌍룡폭포'와 '용손폭포'는 무척이나 인상 깊은 내설악의 또 다른 얼굴이다.

이처럼 장중하고 수려한 내설악 풍치는 늘 사람들을 불러들인다. 결코 천박할 수 없을 만큼 고결하고도 신성한 자태는 길 가던 사람들을 절로 멈추게 만든다. 비록 하루나 이틀 짧은 시간을 스치고 지나가는 나그네라 하더라도, 그들은 설악의 품에 안겼다는 커다란 희열과 깊은 카타르시스를 느낀다. 그러기에 누구나 속세로 돌아가서도 설악의 황홀한 내면 풍광이 눈에 삼삼한 것이다.

**아침 안개 덮인 설악산** | 어느 한 곳이 모자랄까? 설악은 곳곳이 비경이라, 몽매에도 그립다.

## 봉정암과 자장율사

백담계곡과 수렴동계곡, 구곡담계곡을 거치는 산행은 대체로 평탄하다. 그러나 그 행복한 산행 말미에는 예의 '깔딱고개'가 나온다. 이제 봉정암으로 들기 위한 마지막 고비다. 진신사리를 모신 봉정암鳳頂庵의 오층석탑을 친견하고자 많은 불제자들이 막바지에 힘을 내는 곳이다. 짜릿한 환희를 맛보기 위해서는 감사한 마음으로 치러야 할 짧은 고통이지만 결코 녹록치 않다. 고개 위쪽에 '사자바위'가 우뚝 솟아 있다.

**봉정암** | 우리나라에서 부처님의 진신사리를 가장 높은 곳에 모신 암자로, 설악산을 병풍처럼 두르고 아늑하게 터를 열었다.

봉정암은 우리나라에서 가장 높은 곳에 부처님의 진신사리를 모신 암자로 유명하다. 해발 1,244m의 높이인데도 성지순례에 나선 사람들로 늘 붐빈다. 봉정암의 창건에 관해서는 다음과 같은 이야기가 입에서 입으로 건네진다.

신라의 자장율사가 부처님의 진신사리를 모실 길지를 찾아 이곳저곳을 순례하던 즈음이다. 어느 날 휘황찬란한 빛을 뿜는 봉황이 하늘에 나타났다. 이를 범상치 않게 여긴 자장율사는 몇 날 며

**참배객과 진신사리탑** | 지난한 발걸음들이 모두 이곳에 멈추어 서서 저마다의 소원에 잠겼다.

칠을 뒤쫓았다. 마침내 봉황은 높은 봉우리 위를 선회하다 갑자
기 어떤 바위 앞에서 자취를 감추었다. 자장율사가 가만히 살펴
보니, 그 바위는 부처님의 형상 그대로였다. 그런데 봉황이 사라
진 곳은 바로 부처님의 정수리에 해당하는 부분이었다. 게다가
부처님 모습을 닮은 바위를 중심으로 좌우에 일곱 개의 바위가
병풍처럼 둘러 있었다. 자장율사는 이 자리가 봉황이 알을 품고
있는 형상을 지닌 길지 중의 길지임을 깨달았다. 그리하여 부처
님 형상의 바위에다 부처님의 뇌사리를 봉안한 뒤, 5층 사리탑을

세우고 암자를 지었다.

봉정암은 전설에서 나온 이름인데, 봉황이 부처바위의 정수리 부분으로 사라졌다고 해서 붙여졌다. 봉정암 뒤에는 '부처바위'가 우뚝 솟아 봉정암을 굽어본다.

봉정암을 창건한 자장율사(590~658)에 대해서는 『삼국유사』의 「자장정률慈藏定律」 편이 자세한데, 이를 통해 대체로 다음과 같은 내용을 알 수 있다.

자장의 속성俗姓은 김金으로 소판蘇判 무림茂林의 아들이다. 늘그막까지 슬하에 자식이 없던 무림 부부는 불교에 귀의해 '만일 아들을 낳게 되면 반드시 부처님께 바쳐 장차 불교계의 큰 인물로 만들겠습니다.'라고 서원하였다. 마침내 이듬해 사월 초파일에 아들이 태어났기에 그의 이름을 선종랑善宗郎이라 했다.

뒷날 어머니에게서 자신의 출생에 관한 비화를 들은 선종랑은 부모가 돌아가신 뒤 홀연 처자식을 버린 후 자신의 산에다가 원녕사元寧寺란 절을 짓고 수행에 전념하였다. 그 즈음에 선덕여왕이 그를 발탁해 재상으로 삼으려고 하자, 자장은 한사코 이를 사양하였다. 여왕은 '만약 왕명을 어기면 목을 베겠다.'라고 엄명을 내렸지만, 자장은 결연한 자세로 다음과 같이 답하였다고 한다.

"나는 계를 지키며 단 하루를 살지언정, 계를 어겨 가면서 백 년

살기를 원하지 않노라!"

이 말을 전해들은 선덕여왕은 마침내 자장의 출가를 허락하였다. 그리하여 자장은 정식으로 승려가 되었다. 서기 636년 자장은 당나라로 들어가 수행하던 도중에 지금은 오대산으로 불리는 청량산에서 노승으로 현신한 문수보살을 만나 부처님 진신사리와 가사를 전해 받았다. 그리고 643년에 당나라의 황제가 하사한 불상과 불경을 받아 신라로 돌아왔다.

자장은 귀국 후 황룡사에 구층탑을 세워 신라의 기상을 대내외에 과시하면서 나라의 안녕에 크게 기여하였다. 황룡사에서 『보살계본』을 칠일 낮밤으로 설하던 자장은 재가 불자들에게 여덟 가지 계율을 지키면서 부처님의 가르침을 일상에서 실천하도록 이끌었다.

그 다음에 아홉 마리 용이 살고 있던 연못을 메워 통도사를 세우고, 중국에서 가져온 진신사리를 금강계단에 모시도록 하였다. 그리고 보름마다 승려들로 하여금 포살법회를 열어, 지난 보름 동안 지은 죄가 있으면 참회토록 하였다. 이를 통해 출가 제자들에게는 철저히 계를 지키도록 하여 청정한 승단을 이루는 데 힘을 쏟았다. 이런 활동으로 마침내 자장에게 '율사律師'라는 칭호가 따라붙게 되었다.


자장율사는 그 후로 강원도의 오대산 상원사, 영월 정암사, 사자

**봉정암의 바위** | 쉽사리 범접할 수 없는 위용을 지닌 바위들은 지금도 봉정암을 근엄하게 지킨다.

산 법흥사 그리고 봉정암에 부처님의 진신사리를 나누어 모셨다. 문
수보살께 기도를 올려 영험을 얻으려는 '문수신앙'도 여기에서 비
롯되었다.

봉정암은 온통 바위로 둘러싸였다. 뒤쪽의 부처바위는 물론이요,
곰바위, 부부바위 등 크고 작은 암벽들이 병풍 역할을 한다. 봉황귀
소형鳳凰歸巢形 자리답게 바위들이 호위하는 형국이다.

봉정암 건물은 일 년 내내 비닐로 싸여 있다시피 한다. 해발
1,244m의 높은 곳에 터를 연 까닭에 바람과 추위가 수시로 찾아드는
탓이다. 조금이라도 평평한 주변의 터는 신도들과 등산객들의 숙소
로 바뀌었다.

얼마 전까지 봉정암에 묵었다 가는 사람들의 수효가 많을 때는 3,000명을 상회하곤 하였으니, 좁은 공간에 그야말로 발 디딜 틈조차 없이 북적댄 것이다. 그래서 이제는 1,400명으로 제한해서 인터넷 예약을 받는다. 그런데도 복잡하기는 마찬가지다. 방문객들을 위해 미역된장국과 주먹밥을 싸는 암자 식구들의 손길은 늘 바쁘다.

본래 봉정암은 이렇게 복잡한 곳이 아니었다. 1970년대까지만 해도 찾는 이가 드문 한적한 곳이었다. 험한 길을 걷는 등산객들을 위해 자그마한 대피소 하나를 운영하던, 한겨울에는 내내 적막에 묻혀 있던 고요한 암자였다.

시간이 흐르면서 사찰이나 불교대학에서 행하는 성지순례에 봉정암이 꼭 끼게 되었고, 문수신앙의 효험을 믿고 찾는 신도들 역시 기하급수적으로 불어나게 되었다. 결국 헬기로 쌀과 부식을 실어 나르고, 빈틈을 찾아 꾸준히 숙소를 넓혀 나갈 수밖에 없었다.

봉정암은 더 이상 눈빛 푸른 스님들이 한철 지낼 양식을 등에 매고 수도를 위해 찾아들던 암자가 아니다. 이제는 수많은 중생들이 부처님의 품을 찾는 명소, 승속을 떠나 너나없이 신심信心 하나로 찾는 암자가 되었다. 힘들고 괴로운 걸음을 먼저 요구하지만, 마침내 설악이 주는 아름다움에서 법희法喜를 느끼게 되는 그 자리에 봉정암은 오롯하다.

# 노을빛 고운 진신사리탑

봉정암을 찾는 순례자들이 반드시 거치는 곳은 두말할 나위 없이 진신사리탑이다. 봉정암 서쪽 암벽 능선에 자리 잡은 탑으로, 기단도 조성하지 않고 그냥 천연의 바위 위에 오층의 탑신을 세운 소박한 형상이다. 그 앞의 석등 하나가 벗이라면 벗이지만, 언제나 많은 기도객들에게 둘러싸여 소중한 대접을 받는다.

하루 스물네 시간 내내 사람들의 발길이 끊이질 않는다. 오체투지를 하고, 향을 피우고, 초를 밝히고, 독송을 하고, 염불을 하고, 묵상에 빠지고, 기도를 하는 사람들로 그득하다. 가장 높은 곳에 그것도 부처님의 뇌사리를 모셨으니, 그 영험함을 우리 같은 사람은 도저히 가늠해 볼 도리가 없다.

남녀노소를 가리지 않는 수많은 사람들이 그 멀고 험한 길을 걸어와 밤이 새도록 기도를 올리니, 사뭇 엄숙하고 숙연한 분위기가 향내와 함께 퍼져 나간다. 저녁 어스름이 찾아들면, 종일토록 이를 바라보던 해님 역시 환희심에서 스스로를 장엄하게 불태운다.

맑은 날 이곳에서 보는 석양은 차라리 장쾌하다 못해 애절하기까지 하다. 절묘하다 못해 종내는 서럽기조차 하다. 저 아래 용아장성

**봉정암 진신사리탑** | 봉정암 서쪽 암벽 능선에 기단도 조성하지 않고 오층의 탑신을 세운 소박하고 친근한 형상이다.

을 건너 서쪽으로 내려앉는 저녁 해님은 수많은 상념과 후회를 불러온다. 순간순간 바뀌어 가는 장엄하고 황홀한 광채는 사람들을 점점 압도한다. 마침내 벅찬 감동 속에서 무아지경으로 빠뜨린다.

진신사리탑의 저녁놀은 변화와 소멸의 진리를 천천히, 그렇지만 강렬한 빛으로 전해 준다. 그래서 만해선사는 「알 수 없어요」라는 시에서 '연꽃 같은 발꿈치로 가이없는 바다를 밟고 옥 같은 손으로 끝없는 하늘을 만지면서 떨어지는 날을 곱게 단장하는 저녁놀은 누구의 시입니까'라고 찬탄했는지도 모른다. 아니면 「떠날 때의 님의 얼굴」을 이곳의 석양에서 보았는지 모를 일이다.


꽃은 떨어지는 향기가 아름답습니다.

해는 지는 빛이 곱습니다.

노래는 목 맺힌 가락이 묘합니다.

님은 떠날 때의 얼굴이 더욱 어여쁩니다.

떠나신 뒤에 나의 환상의 눈에 비치는 님의 얼굴은 눈물이 없는 눈으로는 바로 볼 수가 없을 만치 어여쁠 것입니다.

님이 떠날 때의 어여쁜 얼굴을 나의 눈에 새기겠습니다.

님의 얼굴은 나를 울리기에는 너무도 야속한 듯하지마는 님을 사


**진신사리탑에서 본 노을** | 차라리 장쾌하다 못해 애절하고, 절묘하다 못해 종내는 서러워서 저절로 눈물이 나는 빛이다.

**새벽녘의 진신사리탑** | 풋풋한 새벽 기운에 사리탑은 날마다 신성해진다.

랑하기 위하여는 나의 마음을 즐거웁게 할 수가 없습니다.

만일 그 어여쁜 얼굴이 영원히 나의 눈을 떠난다면 그때의 슬픔은 우는 것보다도 아프겠습니다.

언젠가 나는 이곳에 올라 노을에 넋을 앗긴 스님의 뒷모습을 보았다. 부처님이 설하신 화엄장엄을 현실에서 목도하는 양, 스님은 미동도 없이 앉아 있었다. 진리의 빛을 한 몸으로 받아들이는 양, 스님은 고요히 그림처럼 앉았다. 찬란하고 아름다운 장면으로 보여 주시는 부처님의 말없는 설법에 스님은 그냥 돌이 되었다. 그날의 황홀한 석양과 구도자를 나는 깊은 감동으로 지켜보았다. 주변 사람들도 모두 침묵에 잠겼다.

**좌선한 스님** | 부처님이 설하시는 노을빛 화엄장엄 앞에서 그날, 스님은 하릴없이 돌로 화하였다.

# 하늘을 떠받든 대청봉

봉정암에서 대청봉까지는 1시간 정도 걸린다. 내설악의 아름다움을 한눈에 내려다볼 수 있고, 외설악의 일부를 넘겨다볼 수 있는 환상적인 길이다. 일단 능선에 오르기만 하면 길은 그다지 어렵지 않다. 게다가 봉정암이나 오세암에 묵으면서 미역된장국에 물린 사람들이 소청대피소에서 맛보는 한 그릇의 라면은 거의 산해진미에 가깝다. 이곳에서 용아장성을 중심으로 한 내설악의 풍광이 한눈에 잡힌다. 공룡능선도 마등령 코스도 건너다보인다. 신선대 역시 희운각 쪽으로 내려다보인다.

소청대피소에서 바라보는 경치는 날씨와 때에 따라 다양하게 모양을 바꾼다. 비가 오면 비가 오는 대로, 뿌연 비안개가 피어올라 은밀하고도 신비스런 경치가 된다. 눈이 오면 눈이 오는 대로, 온통 하얀 빛깔로 이루어진 별세계가 나타나 긴 시간 동안 사람들을 침잠시킨다. 구름에 덮이면 구름이 흘러가는 대로 설악은 자태를 바꾸며 우리의 눈을 연달아 매료시킨다.

소청대피소의 석양도 무척이나 고혹적인데, 그 까닭은 봉정암보다 더 큰 하늘이 배경으로 버티고 있기 때문이다. 구름에 덮이고 안개에 휩싸인 날, 시뻘겋게 타오르는 이곳의 석양은 휘황찬란하고 신

**대청봉** | 설악산의 최고봉은 겸손하고도 소탈한 모습으로 산행객들을 부른다.

비롭기 그지없어, 보는 이들을 저절로 부르르 떨게 만든다. 안개의 요에 구름의 이불을 덮은 그윽하면서도 적막한 이곳의 새벽 경관은 사람들로 하여금 자연과 생명에 대한 외경심을 지니게 만든다. 여기도 역시 모든 사람들을 언제나 진지하고도 겸손한 구도자로 이끄는 곳이다.

사실 이곳이 화창하게 맑은 날은 일 년 중 보름 정도밖에 되지 않는다고 한다. 이럴 때는 저 멀리 북쪽으로 금강산이 아련하게 보인다. 설악산의 남성다움에 짝을 이룰 만한 곱디고운 금강산이 가끔 존재를 내보이는 것이다.

중청봉은 둥그렇게 생긴 구조물 서너 개를 머리에 이고 있다. 휴대폰 기지국으로 여겨지는데, 이로 인해 중청봉은 어느 곳에서든지 멀리서도 쉽게 알아볼 수가 있다. 이 중청봉의 허리를 감돌면 중청대피소가 먼저 나타나고, 건너편에 대청봉이 우뚝하다.

대청봉은 중청대피소에서 바로 눈앞에 바라보이지만, 지친 걸음으로는 쉽지 않은 거리다. 그러나 새파란 '눈소나무'와 보랏빛 '금강초롱꽃'을 구경하는 재미가 함께하는 길로, 땅거죽을 뚫고 나온 장중한 바위들 구경도 별미다.

대청봉을 향해 누운 능선길 좌우에 눈소나무가 펼쳐진다. 사철 들이치는 비바람에 납작하게 엎드린 눈소나무는 눈향나무와 마찬가지로 누운 소나무란 말의 축약형이다. 이 눈소나무가 대청봉이란 이름을 낳았다. 눈소나무가 온통 푸르게 휘감아 장식하는 탓에 가장 크고 푸른 봉우리란 뜻을 지닌 대청봉이 된 것이다.

곳곳의 바위틈에서는 금강초롱꽃이 등을 내걸었다. 제각각 앙증맞고 귀여운 모습인데, 다른 곳에서는 보기 힘든 야생화다. 가을에는 두메부추의 짙은 보라색 꽃떨기도 여기저기서 눈에 띈다. 두메부추는 우리나라 야산에 흔한 식물이다.

대청봉은 설악산의 주봉이다. 해발 1708m의 높이로, 좀처럼 자신의 전모를 잘 드러내지 않고 자신의 몸통 한두 군데쯤은 늘 구름으로 꼭꼭 여미고 있는 봉우리다. 동쪽으로 펼쳐진 동해도 구름으로 덮어 두고 혼자만 보는 봉우리다. 그렇지만 누구나 오르기를 꿈꾸던 꼭대기라서, 표지석만큼은 이곳을 찾는 수많은 사람들의 사진에 반드시 끼기 마련이다.

예상 밖으로 대청봉은 그렇게 험한 모습이 아니다. 설악산의 명성이나 이미지에 비해 둥그스름하게 솟은 봉우리다. 그다지 크지 않

**눈소나무와 금강초롱** | 눈소나무가 대청봉을 온통 푸르게 휘감았으니, 곳곳의 바위틈에서는 금강초롱이 길을 밝힌다.

은 바위들이 이곳저곳 나앉아 비바람을 견뎌 내는 정도다. 오르막 역시 급하거나 거칠지 않으니 겸손하달 수밖에 없는 모습이다.

아무튼 해마다 한 번 찾기도 어려운 설악의 대청봉이다. 일망무제의 눈길이 펼쳐지는 민족의 영산으로, 위엄이 당당하다. 정상 부근의 바위에 기대 비스듬히 누워 보고픈 봉우리다.

맑은 날 이곳을 찾아와 산들바람과 쏟아지는 햇살에 몸을 맡기면, 미묘한 가려움증 아니면 간지러움 같은 것이 슬며시 느껴진다. 전신에서 미세한 열이 나는 듯하다가, 나중에는 몸과 마음이 들떠 오르는 느낌을 맛보게 된다. 설악의 대청봉과 내가 하나 되는 과정에서 느끼는 짜릿함이다. 바로 이 법열이 늘 설악을 그립도록 만드는지도 모른다. 아니라면 언젠가 보았던 대청의 짙푸른 하늘이 날 부르는 것이오, 속절없이 떠다니는 설악의 흰 구름이 날 유혹하는 것이리라.

천진불이 노니는
# 설악산 오세암

雪嶽山 五歲庵

# 숲길을 건너는 즐거움

지금 당장 가고 싶은 암자가 어딘가? 누군가 내게 묻는다면, 언제든지 오세암五歲庵이라고 주저 없이 대답할 것이다. 오세암으로 향하는 골짜기의 아름다움이야 두말할 나위 없고, 하늘 아래 잠긴 용아장성龍牙長城의 남다른 장쾌함 또한 비길 데 없다. 만경대에 올라앉아 가야계곡을 내려다보는 정취는 어떠한가? 사자봉 바위 위에 널브러지듯 누워 높다란 하늘을 올려다보는 방만함도 못내 머릿속을 떠나지 않는다. 그러나 뭐니뭐니 해도, 한겨울을 맞아 순백의 세상에 홀로 피어난 오세암의 자태는 차라리 고혹적이다 못해 성스럽다고 해야 하리라.

하루를 아름답게 보내는 일은 오세암을 찾는 행보다. 백담사를 지나 수렴동계곡으로 들어서면, 눈처럼 하얀 돌들이 수정처럼 맑은 물을 헤집는다. 태어난 지 얼마 안 되는 물방울들이 모여 고결한 생명력으로 파드득거린다. 손을 담그면 언제라도 은빛 비늘이 잔뜩 묻어날 것 같은 싱그러움이기에, 고결한 생명력은 영원을 지향한다.

수렴동계곡을 벗어나기도 전에, 오가는 나그네들을 미리 나와 맞이하는 존재는 다람쥐다. 조금이라도 솟구친 지형의 굽이치는 길목마다 다람쥐들이 한 마리씩 자리를 잡았으니, 간혹은 쌍으로 출현하기도 한다. 이따금 인기척이라도 들린다 싶으면, 다람쥐들은 어디선가 쏜살같이 나와 길손들의 주변을 맴돈다. 한 구비를 돌 때마다 과

**수렴동계곡 다람쥐** | 녀석들은 먹이를 구걸하는 대신에 지나는 사람마다 성불하시라고 간절하게 합장을 하는 듯하다.

연 이번에는 어떤 놈이 나올까 내심으로 미리 궁금해지기까지 한다.

다람쥐들은 합장하는 자세로 우물거림을 멈추지 않는다. 먹이를 나눠 달라는 그들만의 칭얼거림이다. 그런데 녀석들은 얼마나 많은 나그네들을 상대해 봤는지, 어떤 놈은 숫제 손바닥까지 오른다. 백담지구공원지킴터 앞에서 왼쪽의 마등령 쪽으로 방향을 바꾸거나, 봉정암 쪽으로 직진을 해도 놈들의 출현은 멈추지 않는다.

백담지구공원지킴터에서 오세암까지는 2.5km의 산길이다. 이 삼거리에서 오세암으로 가는 길은 대체로 커다란 고개를 넘어 작은 능선 두세 자락을 지나야 한다. 그러고는 마침내 '만경대'를 빚느라 우뚝 솟아난 고개 하나를 더 넘어야 한다. 숨이 다소 가빠지는 숲길이다. 그렇지만 이곳에서 자라난 초목들은 사람들에게 숲을 건너는 기쁨을 슬그머니 전해 준다.

한겨울을 지난하게 보낸 이곳의 봄은 유달리 짧아도, 상큼한 건강미는 결코 잃지 않는다. 나무의 제왕이라는 자작나무부터 잎을 틔우면, 나머지 수종들이 차례로 숲을 푸르게 물들인다. 이렇게 봄의 합창이 누리를 연녹색으로 채우면, 힘든 걸음에도 절로 콧노래가 흘러나온다. 그리고 힘차게 수액을 빨아들이는 소리가 길손들의 혈관에 녹아든다. 이때부터 산은 살며시 풍선처럼 부풀어 오르기 시작한다.

이곳의 여름은 참으로 길게 느껴진다. 짙푸른 녹음이 하늘을 온통 뒤덮기에, 어느 틈엔가 시간이 멈추고 만다. 몇 겹의 나뭇잎을 뚫고 내려온 음영이 지면을 희롱하면, 빈틈을 노리던 풀잎들은 부랴부랴 초록의 융단을 펼친다. 이에 나그네들의 거친 숨결은 아연 새파란 빛이 되고, 꾀꼬리는 날아가면서 허공에 금빛 부스러기를 떨어뜨린다. 바람은 더위를 식히고자 숲으로 들었다가, 그 긴 몸통을 마냥 늘어뜨린다.

가을은 봄만큼이나 짧다. 가을이 들면, 나무들은 늘 부산하고 서늘한 울음을 울 수밖에 없다. 여름내 간직했던 붉은 태양의 족적과 바람의 체취가 단풍으로 남는 탓이다. 이곳의 단풍 구경은 때를 맞추기가 쉽지 않으니, 자신의 내면을 감추고자 하는 설악의 의연함 때문인지도 모른다. 짧아서 처절하고 서러워서 붉게 타오르는 단풍

**설악산의 암벽** | 기세 넘치는 산세를 시샘하는가. 하늘이 새파란 낯빛으로 바짝 내려앉았다.

이다.

순백의 겨울이 찾아오면, 숲은 소리의 바깥으로 나앉는다. 나뭇
가지들이 뚝뚝 부러지는 소리만 어쩌다가 들려올 뿐, 숲은 고요에
잠긴다. 겨울날 계곡에 고인 무거운 정적은 시나브로 내면의 소리를
듣게 만든다. 눈앞에 펼쳐진 새하얀 설경은 마음가짐을 순결하게 이
끈다. 오가는 사람과 산짐승들이 눈길에 남긴 발자국은 어느 결에
스스로의 마음을 들여다보도록 만든다. 그래서인가. 이곳의 나무들
은 휘몰아치는 눈보라에도 벗은 몸을 스스럼없이 내맡긴 채, 저마다
선정禪定에 잠긴다. 어쩌다가 흰 눈을 뚫고 나온 예쁜 얼레지를 발견

하면 반갑기 한량없다.

숲길을 자세히 들여다보면, 참나무, 소나무, 단풍나무, 작살나무, 꽝꽝나무, 사람주나무, 물푸레나무, 때죽나무, 개옻나무, 잣나무, 굴참나무, 상수리나무, 화살나무, 층층나무, 산벚나무, 밤나무, 고로쇠나무, 가래나무, 개암나무, 굴피나무, 너도밤나무, 오리나무, 초피나무, 산수유나무, 자작나무, 은사시나무, 팥배나무, 서어나무, 생강나무, 닥나무…… . 이루 다 알 수 없고, 헤아릴 수 없이 수많은 나무들이 곳곳에 뿌리를 내렸다. 숲은 이들이 드리우는 푸른 그늘 덕택에 늘 신선하고, 이들이 가꾼 태고의 적막으로 인해 고결하고 성스럽다. 나도 모르게 발길이 조심스러워진다.

이른 봄날 숲길에는 산벚꽃 꽃비가 내리고 진달래와 철쭉의 광풍이 한차례 휩쓸며 지나간다. 그러면 작고 여린, 저마다 앙증맞고 고운 산꽃들이 차례로 들어찬다. 앵초, 은방울꽃, 물봉선, 노루귀, 둥굴레, 초롱꽃, 며느리밥풀꽃, 타래난초, 키다리난초, 대난초, 엉겅퀴, 하늘말나리, 참나리, 뻐꾹나리, 실나리, 윤판나물, 우산나물, 원추리, 각시꽃, 동의나물, 수박나물, 동자꽃, 쑥부쟁이, 꿀풀, 도라지, 잔대, 더덕, 으름, 칡…… . 이들이 하나하나 피었다 지고 나면, 이곳의 짧은 가을은 구절초가 장식한다.

누가 보아주든 보아주지 않든 간에, 풀과 나무들은 스스로 왔다가 간다. 한 톨의 씨앗이, 한 알의 열매가 떨어진 자리거늘 그들은 그 자리를 고집스레 지킨다. 홀로 싹을 틔워 스스로를 다독이고 독려하면서, 온갖 상념과 회한 속에서 자신을 곧추세운다. 그리하여 자신의 꿈과 소망을 자랑스럽게 펼쳐 낸다. 세상의 언저리를 결코 맴도는 일 없이 당당한 그들은 언제나 세상의 중심에 선다.

그들의 출현은 전혀 유난스럽지 않다. 사라짐 또한 남몰래 이루어지는 일이다. 존재하는 동안 누굴 탓하거나 원망하는 일 없이 자신의 몫을 다하다가 스러질 뿐이다. 소리 없는 자취야말로 진정한 자연이요, 생명이다. 이 풋풋한 생명의 힘을 들이마시기 위해, 숲을 찾는 우리는 '수풀'처럼 '수우우우우우' 하면서 길게 들이마셨다가, '푸우우우우우울' 하고 길게 내쉬어야 한다. 그러면 나무와 풀들이 우리들의 몸 안으로 들어와 하나가 된다. 숲과 수풀이 동의어가 된 이치다.

호젓한 숲길을 걷는 동안 우린 숲과 하나가 된다. 산사로 향하는 즐거움과 설레임은 김구용 선생의「동화童話」를 읊조리게 만든다.


나는 장벽腸壁에 자욱한 안개를 헤치며
새소리를 따라간다


물방울은 연잎사귀에서 도그르르 굴러떨어진다
태초 같은 초당草堂이 황혼의 숲에 있더라


버섯 위에서 별을 향하고 날개를 편 나비와

소나무 밑에서 자는 사슴 곁을 지나


산방山房으로 들어가면
쩌르릉, 산을 넘는 종소리는
그새 어디로 가고
밝아오는 침묵


자아自我를 향하여 향을 고로古爐에 피운다
달은 창에 둥긋이 솟는다


원적圓寂에 부각浮刻하는 조응照應이여
먼 흐름으로 날아 내리는 하얀 새야


녹색의 바다를 건너는 산행이요, 동화의 세계로 들어가기 위한
여정이다. 나비가 춤추고 새들이 노래하는 숲길이다. 허리가 쭉 펴
진다.

# 오세동자의 세상

오세암은 644년(신라 선덕여왕13) 자장율사慈藏律師에 의해 창건되었다. 자장율사는 이곳에서 관음보살을 친견하고 암자를 세웠는데, 관음보살이 상주하는 도량이라 해서 처음에는 관음암觀音庵으로 불렀다. 그런데 관음암은 뒷날 두 사람의 오세동자와 인연을 맺고, 마침내 오세암이라는 이름으로 바뀌었다.

먼저 생육신의 한 사람인 매월당梅月堂 김시습(金時習, 1435~1495)이 1455년(세조1) 이곳에서 출가했다. 매월당은 일찍이 어렸을 때부터 천재성을 날린 인물이다. 그는 첫돌이 되기도 전에 말보다 먼저 글자를 깨우쳤다고 한다. 3살 때에는 유모 개화開花가 보리방아 찧는 광경을 보고 낭랑한 목소리로 아래의 시구를 읊었다고 전해진다.

구름도 없는데 우레 소리가 어느 곳에서 울리는가
누런 구름이 조각조각 사방으로 흩어지누나
無雨雷聲何處動　黃雲片片四方分

5살 때에는 승정원에 들어가는 영광을 입고, 소문을 들은 세종대왕이 그를 불렀다. 이때 매월당은 좌의정 허조許稠 앞에서 '노목개화 심불로(老木開花心不老 : 늙은 나무가 꽃을 피웠으니, 마음은 늙지 않았구나)'라는 시구를 지었다. 사람들은 매월당의 재주에 모두 경탄하였다.

이때 승정원에서는 시험 삼아 비단 다섯 동을 하사하면서 혼자만의 힘으로 가져가라 시켰다. 오세동자 매월당은 망설이지 않고 다섯 동의 비단을 모두 풀어 연결한 다음, 그 끝단을 허리춤에 매어 끌고 갔다. 사람들은 그의 영민한 재주에 감탄을 연발하였다. 소문은 널리 퍼져 나갔으니, 도성 안에서는 매월당을 아예 '오세 신동'·'김오세'·'오세'로 불렀다고 한다.

이후 매월당은 김반金泮의 문하에서 학문을 닦았다. 그러다가

**오세암** | 긴 세월을 거치며 저절로 고결해진 오세암이다. 능선들이 번갈아 감싸고 호위하리라.

1455년 삼각산 중흥사重興寺에서 공부하던 중, 세조의 왕위 찬탈 소식을 들었다. 통분을 이기지 못한 그는 모든 책을 불살라 버리고 세상 밖으로 뛰쳐나갔다. 오세암에서 삭발 출가를 단행한 매월당은 법호를 '설잠雪岑'으로 정하고 팔도를 떠돌아다녔다. 설잠이란 법호에서는 '설악'이란 기미가 농후하다.

방랑 도중 두어 번 한양으로 돌아와 불경언해사업을 돕기도 하고 원각사圓覺寺의 낙성식에 참여하기도 하였다. 그러나 끝내 불교에 귀의, 충청도 부여의 무량사無量寺에서 입적하였다. 지금도 무량사에는 그의 부도와 영정이 모셔져 있다.

매월당은 유불도儒佛道 전반에 걸쳐 아주 해박한 인물로 이름이 전한다. 특히 소설집 『금오신화金鰲新話』는 민족의 위대한 문학유산으로 남았다.

미륵암은 매월당이 거쳐 간 이후, 허응당虛應堂 보우(普雨, 1515~1565) 스님에 의해 크게 중건된다. 1548년(명종3) 금강산에서 수행 중이던 보우스님은 문정왕후文定王后에 의해 선종판사禪宗判事로 발탁되었다. 평소 불교 중흥을 꿈꾸던 스님은 즉시 관음암을 중건하였다. 그 뒤 1643년(인조21) 설정雪淨스님이 암자를 중수하였다. 이 과정에서 또 다른 오세동자에 관한 전설이 세상에 널리 알려지게 되었다. 이 전설을 바탕으로 관음암은 마침내 오세암으로 이름을 바꾸었다.


설정스님은 고아가 된 형님의 아들을 암자로 데려와 키웠다. 겨울이 막 시작된 10월의 어느 날이다. 스님은 겨울나기를 준비하기 위해 양양의 물치 장터로 떠나게 되었다. 스님은 이틀 동안 홀로 남아 있을 네 살 난 조카를 위해 밥을 잔뜩 지어 놓고 신신당부를 하였다.

"이 밥을 먹고 저기 앉아 계신 어머니를 '관세음보살 관세음보살' 하며 부르면 너를 보살펴 줄 것이다."

이때 스님이 가리킨 어머니란 다름 아닌 법당에 모신 관세음보살이었다.

스님은 절을 떠나 장을 본 뒤, 바삐 돌아오던 길에 신흥사에 유숙하게 되었다. 다음 날 아침이다. 일찍 잠에서 깨어난 스님의 눈에는 밤새 내린 폭설밖에 보이질 않았다. 한 걸음도 내딛기 어려운 형편이라 스님은 도저히 암자로 돌아갈 수가 없었다.

다음 날에도, 또 그 다음 날에도 눈은 야속하게 자꾸만 내렸다. 오도 가도 못한 채 하루하루를 보내느라 스님의 속은 점점 새카맣게 타들어 갔다. 잠도 오질 않았다. 혼자 남겨 둔 조카가 어떻게 됐을까 하는 걱정뿐이었다. 그러나 눈으로 꽉 막힌 길을 어찌하랴. 별다른 방도가 없는 스님은 부처님께 열심히 기도를 드렸다. 그러다가 눈이 조금 잠잠해져 억지로 떠나려고 하면, 절 안의 모든 스님들이 발길을 잡았다. 가다가 눈 속에 묻혀 목숨을 잃을 게 뻔하거늘, 왜 가려고 하느냐는 것이었다. 애끓는 스님의 심사와는 아랑곳없이 시간은 무정하게 흘렀다.

어느덧 봄이 와 눈이 차츰 녹기 시작했다. 어느 날 서둘러 걸망을 챙긴 스님은 나는 듯이 암자로 돌아갔다. 그런데 이게 웬일인가? 암자가 바라보이는 언덕에 이르자 목탁 소리가 가느다랗게 들려오는 게 아닌가? 바람처럼 달려간 스님이 암자의 문을 열어젖히니, 암자 안에는 겨우내 얼어 죽거나 굶어 죽었으리라 걱정했던 아이가 의젓하게 앉아서 목탁을 치며 관세음보살을 되뇌고 있는 게 아닌가? 방 안에는 훈훈한 온기와 함께 그윽한 향내가 감돌고 있었다. 스님은 아이를 와락 끌어안고 하염없이 눈물을 흘렸다. 그리고 한참 후 정신을 차린 스님은 아이에게 그동안 어찌 살았느냐고 물었다. 아이가 대답하였다.

"저기 저 어머니가 언제나 찾아와 밥도 먹여 주고 재워 주고 함께 놀아 주었지요."

그 순간이었다. 갑자기 휘황찬란한 빛을 뿜으며 하얀 옷을 입은 여인이 관음봉에서부터 내려와 동자의 머리를 만지며 성불의 기별을 주었다. 그리고는 한 마리의 푸른 새로 변하여 창공으로 날아가 버렸다. 감격에 겨운 설정스님은 다섯 살짜리 어린 조카가 관음보살의 가피로 목숨을 보전하다가 드디어 성불한 일을 후세에 길이 전하기 위해 관음암을 중건하고 암자의 이름을 오세암으로 고쳤다.

다시 태어난 오세암은 영험 깊은 기도 도량으로 소문이 났다. 사람들의 발길은 다시 꾸준히 이어졌다.

1865년(고종2) 남호南湖스님은 해인사의 대장경 2질을 인출하여, 한 질은 오대산 상원사에, 한 질은 오세암에 봉안하였다. 1888년(고종25)에는 백하선사白下禪師가 2층 법당을 짓고 응진전을 건립한 다음, 16 나한상과 각종 탱화를 조성·봉안하였다. 1898년에는 인공印호스님의 주도로 만일염불회萬日念佛會 도량이 되어, 무려 18년 동안이나 염불 소리가 끊이지 않았다.

그 후로도 몇 번의 중수를 거치면서 암자의 품격을 유지하던 오세암은 한국전쟁 때 거의 모든 당우堂宇가 불에 탔다. 그리하여 1992년 지우스님이 대웅전을 중건해 백의관음보살상을 모시고 산신각과 요사채 등을 차례로 세웠다.

오세암과 관련하여 잊을 수 없는 사실은 이곳이 한때 만해 한용운 스님의 처소였다는 점이다. 스님은 이곳에 머무는 동안 타오르는 시심을 가다듬어 『님의 침묵』이라는 불후의 시집을 세상에 남겼다. 『조선불교유신론』의 구상 역시 이곳에서 이루어졌다고 한다.

근래에 들어 오세암이 세상 사람들의 입에 널리 오르내리게 된 것은 애니메이션 영화 『오세암』 때문인데, 고인이 된 정채봉 선생의 동화 『오세암』을 대본으로 만들어졌다. 동화 『오세암』은 오세암에 깃든 오세동자의 전설을 골격으로 삼았다. 영화 『오세암』은 2004년 프랑스의 안시애니페스티벌에서 대상을 수상하는 쾌거를 이루었다. 영화는 다시 동일한 제목의 연극으로 무대에 올려졌다. 동화나 영

**백의관음보살상** | 오세동자의 어머니이자 중생들의 어머니인 관음보살이 대웅전 한가운데 모셔졌다. 그 크고 넓은 자비심에 속객들의 발길이 꾸준히 이어진다.

화, 연극 속에서 오세동자는 '길손'이란 이름으로 등장한다.

오세암 주변에 피어나는 수많은 야생화 가운데 단연 주목을 끄는 존재는 동자꽃이다. 왜냐하면 동자꽃에 얽힌 전설 역시 앞서 소개한 오세암의 전설과 거의 흡사하기 때문이다. 동자꽃 전설의 배경 역시 강원도 깊은 산중의 외딴 암자이고 탁발을 나갔다가 눈길에 발이 묶인 스님을 고아로 등장하는 동자 하나가 겨우내 기다린다는 대목까지 완전히 일치한다. 다만 동자가 멀리 오솔길이 내려다보이는 능선으로 올라가 스님을 기다리다 결국 얼어 죽었다는 대목에 이르러 판이하게 달라진다. 눈이 녹은 뒤에야 암자로 돌아와 동자의 죽음을

**동자꽃** | 설악의 요정들이 지나간 자취마다 활짝 피어나 볼을 붉히며 수줍게 웃는다.

확인한 스님은 동자를 능선 위의 그 자리에 묻었는데, 이듬해 봄이
되자 무덤에서 한 떨기 동자꽃이 피어났다고 한다.

　오세암과 동자꽃에 관련한 두 전설이 매우 유사한 때문일까? 7월
이나 8월 즈음에 오세암 뒤편의 마등령에 오르면, 도처에서 동자꽃
을 숱하게 볼 수가 있다. 어린 소년의 붉은 두 뺨처럼 발그레하게 피
어난 동자꽃이 여기저기서 수줍은 자태를 드러낸다.

# 애국가가 들려오는 만경대

만경대 고개의 고갯마루에 다다를수록 서늘한 물소리가 차츰 크게 들린다. 오세암 입구의 계곡에서 들려오는 물소리로 땀이 절로 식는다. 만경대는 '내설악의 꽃'으로 일컬어지는 곳이니, 내설악에 들른 나그네라면 반드시 구경을 해야 한다. 올라 보면 애국가의 전주가 소리 없이 장엄하게 들려오는 곳이다. '동해물과 백두산이 마르고 닳도록~' 하는 첫대목에서 배경 화면으로 나오는 산세의 장쾌한 흐름을 직접 볼 수 있다. 숨이 턱 막히도록 아름다운 경치가 한눈에 사로잡힌다.

기실 설악산에는 세 곳의 만경대가 있는데, 가장 아름다운 곳이 이곳 만경대다. 나머지 두 곳은 쌍폭산장과 화채봉 중간에 위치한 외설악의 만경대와 오색의 주전골에 자리 잡은 남설악의 만경대다.

이곳 만경대는 관세음봉이라고도 부른다. 오세암 쪽에서 바라보면 관세음보살의 형상을 한 바위 하나가 정상 부근에 뚜렷하다. 암벽으로 이루어진 봉우리로 가장 높은 곳에 커다란 바위가 펼쳐졌다. 정상으로 이르는 능선에는 기이한 모양의 돌덩어리들이 첩첩으로 쌓였고, 바위틈에서 푸른 소나무들이 천연의 분재로 자란다. 오르는 길은 좌우로 깎아지른 벼랑이라 아찔하고 미묘한 쾌감이 느껴진다. 한마디로 몸 안의 섬모들이 죄 일어서는 능선길이다. 만경대는 만경대 자체로도 아름답다. 사람마다 눈이 다르겠지만, 특히 봄날의 만

**관세음봉** | 관세음보살은 늘 저렇게 멀리 시선을 두고 있는데, 사람들은 저마다 눈앞의 이익에 허덕대고 있는 것 아닌가.

경대가 가장 사랑스럽다.

그리고 이름에서 미루어지듯이, 만경대는 사방의 빼어난 경관을 실컷 조망할 수 있는 곳이기도 하다. 정상의 전면 우측에는 멀리 '귀때기청봉'이 하늘 아래로 봉우리를 세웠다. 그 앞에 늘어선 힘찬 산줄기는 '용아장성龍牙長城'이다. 용의 이빨처럼 삐쭉삐쭉 날카롭게 솟은 봉우리들이 연달았다. '사자봉' 앞쪽에서 용아장성의 시발점인 '옥녀봉'이 보인다. 줄기의 맨 오른쪽 봉우리가 용아장성의 종착점이다.

만경대에서 바라보이는 용아장성의 돌진은 맹렬하고 장중하다.

**만경대** | 하늘이 내린 푸름의 무게에 질렸는지 바위는 침묵에 잠겼다. 대신 소나무가 푸르게 솟아났다.

이 힘찬 기세는 사람들의 가슴에 새삼 호연지기浩然之氣를 불러일으킨다. 이토록 신비하고 아름답기에, 용아장성이 애국가 첫 대목의 배경 화면을 차지하는 것은 마땅한 일이다. 용아장성의 끝 지점에는 '수렴산장'이 서 있다. 용아장성과 귀때기청봉 사이로는 수렴동계곡이 흐른다. 그러나 이곳에서는 수렴산장과 수렴동계곡이 보이지 않는다.

용아장성의 앞쪽에 보이는 계곡은 '가야계곡'이다. 정면의 하단 왼쪽으로 가야계곡의 물줄기가 좌우로 솟은 절벽을 비집고 흐른다. 대체로 흰빛을 띤 절벽이 커다란 V자 모양으로 열렸으니, 바로 '천왕문'이다.

가야계곡이란 말은 분명 인도의 '보드가야'란 지명에서 왔으니, 보드가야의 원래 이름이 가야였다. 부처님이 피팔라나무 아래에서 깨달음, 곧 '보리'를 얻었기에 이 나무는 보리수란 이름을 얻었고. 가야란 지명 또한 저절로 보드가야로 바뀌게 된 것이다. 지금도 보드가야에 가면, 커다란 탑 앞에 대리석으로 만든 연꽃무늬의 금강보좌金剛寶座가 있다. 부처님이 성불하신 자리를 기념하기 위해 뒷날 마련한 인공물이다. 그리고 부처님이 피팔라나무 아래의 풀잎 위에서 깨달음의 경지에 이르셨기에, 그 풀 이름은 '길상초吉祥草'가 되었다.

가야계곡이 보드가야를 상징한다면, 만경대는 필시 보드가야의 금강보좌다. 그래서 만경대에는 관세음보살의 형용을 닮은 바위가 우뚝하고, '관세음봉'이라 불리는 것이 아닌가? 또 저기 저 아래에 부처님의 나라를 보위하는 사천왕들의 '천왕문'이 있지 않은가?

보드가야의 길상초 위에서 부처님이 깨달음을 얻은 것은 새벽 무렵이었다. 이때 부처님은 제일 먼저 갠지스강이 흐르는 바라나시까지 맨발로 걸어갔다. 함께 고행하던 수행자 다섯 명이 바라나시의 녹야원鹿野苑에 머물고 있었기 때문이다. 깨달음의 소식을 전하기 위해 부처님은 250km가 넘는 먼 길을 걸어갔다. 그리고 녹야원에서 해

**가야계곡의 천왕문** | 빼어난 아름다움과의 이별은 어렵기 마련이다. 차마 등 뒤에 남겨 두고 떠나기가 아쉬워서 걸음이 쉬 떨어지지 않는다.

탈 후의 첫 법문을 펼쳤다.

　이곳 만경대가 보드가야의 금강보좌라고 상정해 본다면, 저 아래로 흐르는 가야계곡의 물줄기는 바라나시로 가는 먼 길을 의미한다. 용아장성은 부처님의 그 장엄한 행보를 상징한다고 볼 수도 있다. 갠지스강 가 바라나시는 용아장성 뒤로 흐르는 수렴동계곡과 맞닿은 백담사인지도 모른다. 그래서 그곳에서는 녹야원의 첫 법문처럼 소중한 부처님의 가르침이 날마다 펼쳐지고 있으리라. 아니면 저 위의 봉정암이 바라나시인지도 모른다. 까닭에 부처님의 영롱한 진신사리가 제일 높은 그곳에 모셔졌으리라. 턱없지만 나는 이곳에 오를 적마다 부처님의 품 안에 드는 기분을 느낀다. 그래서 감히 만경대를 금강보좌에 빗대어 보곤 한다.

　용아장성과 가야계곡은 실제로 그 아름다움만큼이나 위험한 곳이기도 하다. 산악 전문가들도 쉽게 종주할 수 없는 곳이라고 한다. 지금은 아예 출입을 금한다. 이들은 멀리서 바라만 보아도 좋으니, 이 또한 만경대가 존재하기에 가능한 축복이다.

　몇 해 전 여름의 일이다. 만경대의 일출을 보기 위해, 새벽 무렵 이곳에 오른 적이 있다. 40대 중반쯤으로 보이는 어떤 속객 하나가 바위틈에서 잠을 자고 일어나 커피를 끓이던 중이었는데, 신새벽의 난데없는 인기척에 나는 깜짝 놀랐다. 상대도 놀랐다. 한쪽에는 미처 치우지 못한 침낭 하나가 눈에 띄었다. 이곳에서 비박을 한 연유를 묻자, 그냥 산천의 정기를 마시기 위해서라는 간단한 답이 돌아

왔다. 그리고 말없이 넘겨 주는 커피 한 잔에 나도 더 이상 말문을 닫았다.

이곳이 얼마나 좋았으면 하룻밤을 자겠다는 생각까지 했을까? 그리고 어둠이 찾아드는 저물녘부터 시시각각으로 짙어졌을 흑백의 비경을 그는 얼마나 곱게 가슴에 담았을까? 밤하늘에서 쏟아지는 별들을 바라보며 그는 제대로 잠이나 잘 수 있었을까? 아니면 그 많은 별들을 헤아려나 봤을까? 그것도 아니라면, 자신의 별 하나를 찾아서 가슴에 품었을까? 나는 문득 그 나그네가 부러웠다. 그가 지냈을 밤을 나도 언젠가 한번 훔치고 싶었다. 떠오르는 햇살을 온몸으로 받던 날의 아침이었다.

만경대는 별구경 하나만으로도 아깝지 않은 곳이다. 달빛 구경도 결코 뒤처지지 않는다. 새벽안개가 주는 신비스런 경치도 빠질 수 없다. 바람 냄새도 맡아 보는 곳이다. 스치고 지나가는 빗줄기가 펄럭이는 커튼처럼 쏟아지는 희한한 구경도 해볼 수 있다. 때에 따라서는 환상적인 구름의 군무가 펼쳐지기도 한다. 마른 햇살에 온몸을 맡기고 앉아 조용히 전방을 응시해도 마냥 좋다. 분명 소리 너머의 소리를 들을 수 있으니, 만경대는 누구라도 언제든지 행복에 푹 젖도록 해 주는 곳이다.

# 천진관음보전과 시무외전

만경대에서 내려와 개울을 건너면 바로 오세암 경내다. 다리를 건넌 길은 문수동과 보현동 사이를 뚫는다. 두 동의 건물은 오세암을 찾는 참배객과 등산객들에게 제공하는 숙소다. 봄부터 가을까지, 특히 주말이면 발 디딜 틈 없이 찾아오는 나그네들을 위해 일부러 세운 건물이다. 봉정암과 마찬가지로 미리 예약을 받고 숙소를 제공한다. 찾아드는 손님들을 모두 치러 낼 공간과 능력이 한정된 탓이다.

그런 연유에서 오세암에 상주하는 스님은 물론이요, 암자의 식구들도 참으로 고생이 많다. 늘 찾아드는 참배객들을 위해 아침저녁으로 공양을 준비하는 일도 그렇거니와, 무시로 드는 산행객들을 위해 주먹밥을 만드느라고 잠시도 쉴 틈이 없다. 10월 말이면 벌써 눈이 내려 쌓이기 시작해서 4월이나 되어야 녹는데, 일 년에 6개월을 눈에 갇혀 살면서도 스님과 암자 식구들은 늘 밝은 웃음으로 나그네들을 맞이한다. 위쪽의 봉정암도 마찬가지다.

문수동을 지나 나타나는 건물이 천진관음보전天眞觀音寶殿이다. 백의관음보살白衣觀音菩薩을 모신 성스러운 자리로, 앞쪽에다 종각을 건립할 계획이란다. 뒤편의 하늘 아래에는 관음봉과 동자봉이 우뚝하다.

천진관음보전 귀퉁이에서 맑은 물이 시원하게 뿜어져 나온다. 지나는 사람들이 마음대로 목을 적시고, 수통에 물을 받는다. 언젠가 동행했던 사람 중의 하나가 이렇게 높은 산꼭대기에서 물이 나오는

**천진관음보전** | 관음봉 아래 백의관음보살이 상주하는 곳이다.

광경이 신기했던 모양이다. 물맛을 보더니 매우 놀랍다는 표정을 지으며 내게 물었다.

"이렇게 높은 곳에서도 약수가 솟네요?"

내가 농담 삼아 말을 받았다.

"넘어져 이마를 깨 보세요. 이마에서 피가 안 나오나."

그렇다. 꼭 물이 나와야 할 자리에는 물이 나오는 법이다. 더욱이 천하의 명당이라는 자리에 물이 나오지 않는다면, 그 자리는 더 이상 명당이 아니다. 명당에서 솟는 물은 '진응수眞應水'라고 해서 물맛

**시무외전** | 근래에 지어진 법당이지만 천수천안관음상이 모셔진 곳이다. 대자대비의 가르침을 실현하기 위한 의지의 표현이다.

또한 탁월한 법이다.

마당을 같이 쓰고 있는 동쪽 건물은 '시무외전施無畏殿'인데, '시무외施無畏'란 말을 직역해 보면 두려움이 없음을 베푼다는 뜻이다. 본래 보시布施에는 재시財施와 법시法施 그리고 무외시無畏施의 세 종류가 있다. 그 가운데 하나인 무외시는 상대의 두려움을 완전히 제거해 줄 뿐 아니라, 한 걸음 더 나아가 상대를 아예 구원해 주는 일을 가리킨다. 이곳에 시무외전이 들어선 배경은 다름 아니다. 눈 속에 갇힌 오세동자의 두려움을 없애 주고 해탈시킨 관세음보살의 전설이 깃든 곳이기 때문이다. 실제로 관세음보살을 '시무외자施無畏者'라고 부르기도 한다. 관세음보살이야말로 무외시의 위력을 지닌 분이 아니던가.

시무외전에는 '천수천안관세음보살千手千眼觀世音菩薩'이 모셔졌으니, '천수관음'이라고 줄여서 부르기도 한다. 또는 '천수천비관세음千手千臂觀世音'이나 '대비관음大悲觀音' 등으로 부르기도 한다. 시무외전에 모셔진 천수관음보살은 가장 전형적인 모습을 지녔다. 몸통 좌우에 각각 20개의 팔이 달렸고, 손바닥마다 눈이 하나씩 달렸다. 이한 손과 한 눈이 '이십오유二十五有'를 관장한다고 한다. 이십오유란 중생들이 생사의 고해苦海 속에서 겪어 나가는 25종의 세계를 가리키

**천수천안관세음보살** |
대자대비나무관세음보살,
대자대비나무관세음보살,
대자대비나무관세음보살!

는 말이다. 20개의 손에 이십오유를 관장하는 눈이 하나씩 달렸으므로 20×25하고, 또 이들이 양쪽에 달렸으니 2를 더 곱하면 곧 '천수천안千手千眼'으로 계산된다.

천수관음은 일체 중생을 제도하는 관세음보살의 대자대비大慈大悲를 가장 상징적으로 표현한 형상이다. 그래서 관세음보살의 대표적인 화신으로 꼽는다. 일체 중생의 소망과 꿈을 빨리 성취하도록 하는 역할을 할 뿐만 아니라, 특히 지옥에 빠진 중생들을 혹독한 아픔과 고뇌로부터 벗어나게 해 주는 역할을 한다고 한다.

이제 오세암에 시무외전이 들어섬으로 해서, 오세암은 오세동자를 구원하는 데에서 그치지 않음을 재천명하게 되었다. 모든 중생들의 소망을 이루게 하고, 생로병사의 아픔에서 벗어나도록 인도하는 거룩한 암자임을 거듭 강조하게 된 것이다. 이로써 오세암의 외형적인 격이 한층 높아지게 되었다.


## 천진불이 펼치는 별세계

천진관음보전과 시무외전 사이로 난 계단을 따라 오르면, 위쪽의 '동자전童子殿'과 맞닥뜨린다. 전설의 주인공인 오세동자 곧 천진불天眞佛을 모신 전각이다. 최근에 지어졌다.

동자전이 완공된 날의 일이란다. 동자전의 낙성을 보기 위해 전국에서 많은 선남선녀들이 모여들었는데, 그날 밤 대략 100명에 달하는 신도들이 이적異蹟을 겪었다고 한다. 백의관음보살께서 오세동자를 품에 안고 경내의 이곳저곳에 한참 동안 출현하셨다는 것이다. 나투신 관음보살의 형상은 그때그때 달랐지만, 관음보살을 친견한 사람들은 경복敬服을 금할 수가 없었고, 저마다 겪은 신비한 경험에 더욱 신심을 북돋게 되었다고 한다. 서송西松스님이 들려준 이야기다.

법당 안에는 좌우의 나한을 거느린 오세동자가 제법 점잖게 앉아 있다. 주변에는 생기발랄한 표정을 지은 귀여운 아이들이 그득하다. 뒷면의 탱화 역시 아이들로 빼곡하다. 천진난만한 아이들 세상이니, 동화 나라가 따로 없다. 누군들 이곳에 와서 맑고 깨끗한 동심의 세계로 돌아가지 않을 수 있으랴. 오세암은 단연코 천진불이 펼치는 별세계이자, 낙원이다. 청정무구의 세상이다. 그래서 이곳을 찾은 사람들의 눈길이 순박해지는 것도 당연하다.

동자전의 오른쪽으로 공양간이 붙어 있는 건물은 바로 오세동자가 성불했다고 전하는 관음전이다. 현판은 오세암이라고 붙었다. 관음전 맞은편이 종무소이고, 관음전과 종무소를 'ㄷ'자로 잇는 건물이 연화동이다. 관음전과 연화동은 보현동이나 문수동처럼 이제는 기도 참배객들을 위한 숙소로 쓰인다. 관음전은 새로 지어진 천진관음보전과 동자전 그리고 시무외전에 조금은 치인 느낌이다. 그렇지만 관록이 깃든 모습은 여전하다. 게다가 전설의 오세암 자리를 차지한 건물이 아니던가?

한겨울 이곳에 들면, 그 옛날의 암자다운 한적한 맛을 얼마간 엿볼 수 있다. 사람들로 북적이는 봄부터 가을까지를 피해, 한겨울 눈 덮인 이곳을 찾아볼 일이다. 그리하여 눈 속에 갇힌 고립무원의 단절 속에서 관음보살의 가피를 입었던 동자의 모습을 상상해 보아야 한다. 그때서야 비로소 오세암의 진가를 맛볼 수 있다.

동자전의 좌측으로 난 계단을 따라 오르면, 통나무로 지은 아담한 선방이 나타난다. 그 길 끝에 삼성각이 숨었다. 삼성각은 경내의 모퉁이에 한적하게 자리를 열었다. 뒤란에는 다람쥐 몇 마리가 공양에 의지해 살고 있다.

삼성각은 밤하늘의 별을 헤아리기에 아주 좋은 곳이다. 한여름의 별빛이 다소 느긋하고 정답다면, 겨울날의 별빛은 한층 매섭고 총총하다. 주변에 도시가 없어서 더욱 어두운 이 산골짝에서만 볼 수 있는 총총한 별빛이다. 108배를 드리느라 뻣뻣해진 다리를 쉰답시고 어정거리며 밤하늘을 우러러보다가, 광대무변의 우주 속에 깨알만도 못한 자신이 한 마리 미물에 지나지 않음을 깨닫는 곳이 바로 삼성각이다. 어찌하여 겸손함은 늘 이렇게 예기치 못한 곳에서 다가와 뒷덜미를 후려치는가?

**동자전** | 천진무구한 동심의 세계를 펼쳐 놓은 곳이라서 이곳에 들른 사람들의 눈은 금세 순박해진다.

**동자전 내 오세동자** | 결코 들리지 않는 오세동자의 해맑은 웃음소리에 사람들의 마음이 한층 가벼워진다.

풍수지리로 따져 보면, 오세암은 '연화반개蓮花半開'의 명당이다. 일일이 따질 것도 없이, 마당 한가운데에 서면 이곳이 왜 천하의 명당인지 스스로 깨우쳐진다. 동자전 뒤에 관음봉이, 관음전 뒤에 나한봉이, 삼성각 뒤에 칠성병풍암이, 천진관음보전 오른쪽 앞으로 만경대가, 시무외전 앞으로 사자바위봉이 한 폭의 그림처럼 오세암을 감싼다. 따로따로 보아도 그지없이 아름다운 봉우리들이지만, 또 이렇게 하나가 되어 한 송이 연꽃으로 곱게 피어난다.

연화반개의 형상은 만경대나 사자바위 위에서 바라볼 때 더욱 실감 나는데, 연꽃 한가운데 곧 꽃술 자리에 오세암이 들어선 형국이

**삼성각** | 오세암의 제일 후미진 자리에서 자신을 한껏 낮춘 삼성각에도 다람쥐들이 자주 찾아든다.

다. 더욱이 한겨울 순백의 세상에 피어나는 오세암의 고결한 모습은 감동 그 자체다. 풍수지리에서 '연화반개'는 '연화만개蓮花滿開'보다 더 높이 쳐준다. '만개'는 이제 시들 일밖에 남아 있지 않지만, '반개'는 '만개'를 기약하는 탓이다. 그러므로 오세암은 앞날이 유망한 자리로 꼽힌다. 김시습이나 오세동자, 만해선사를 뛰어넘는 또 다른 선각자가 예비된 자리다. 분명 만개의 날에 함께 찾아오실 분이다.

# 사자바위 위의 법문

지난가을 처음으로 사자바위에 올랐다. 평소에도 한 번쯤 오르고 싶었는데, 왠지 나대는 것 같아서 애써 참고 망설였던 장소다. 마침 한가한 짬을 얻은 서송스님께서 올라가자고 제의하였다. 고마운 마음으로 스님을 따라나섰다.

사자바위는 만경대와 오세암을 동시에 바라보는 자리다. 만경대의 전모도 훑어볼 수 있고, 오세암도 굽어볼 수 있다. 게다가 다른 각도에서 천왕문을 더욱 분명하게 살펴보고, 햇빛과 바람을 마음껏 즐길 수 있는 위치다.

우리는 편안한 곳에 각자 자리를 잡았다. 얼마큼의 시간이 흘렀을까? 묵상을 마친 스님이 천천히 말문을 떼었다.

"나는 여기만 오르면 왜 이리 좋은지 모르겠어요. 저 아래를 보세요. 얼마나 아름답고 황홀한 경치입니까? 가야계곡을 타고 오르다가 이쪽으로 꺾으면 오세암이요, 저쪽으로 천왕문을 거쳐 올라가면 봉정암이지요. 이리 가도 부처님의 나라요, 저리 가도 부처님의 나라니, 이 얼마나 좋은 곳입니까? 어디로 가야 하나 선택의 고뇌도 필요 없이, 마음이 내키는 대로 어떤 길로 가든지 부처님의 나라가 아닙니까? 그러기에 포대화상도 저곳에 자리를 잡았나 봅니다."

결실을 재촉하느라 숲이 바스락거렸다.

"포대화상은 아기를 앞에 하나, 뒤에 둘을 업고 있지요. 바로 이

**포대화상바위** | 두 아이는 등에 업고, 한 아이는 품은 채 해바라기를 하는 신성한 바위다.

곳에서 세 분의 성자가 나온다는 계시라고 합니다. 오세동자 이후로 또 어느 분이 나올까 아주 궁금하고 기다려집니다."

숲이 익어 가는 냄새가 골짜기를 가득 채웠다.

"포대화상의 왼쪽 아래가 오세폭포입니다. 여기서는 보이질 않습니다. 수량이 많지는 않지만 제법 운치가 납니다. 언제 기회가 되면 한번 내려가 봅시다. 여름이나 되어야 폭포다운 폭포를 구경할 수 있지요. 위험한 길이기도 합니다."

천왕문의 물도 말라 가고 있었다. 하얀 바윗돌은 눈부신 나신으로 바람을 쏘였다. 사자바위도 따가운 가을 햇살을 튕겨 냈다.

"그런데 얼마 전에 신기한 일이 일어났습니다. 60이 넘은 할머니가 저 만경대에 올라가다가 그만 미끄러졌지요. 할머니는 비명을 지르고 굴러떨어지면서 자신도 모르게 '관세음보살 관세음보살……' 하고 염송을 했답니다. 그런데 어느 순간에 저 급한 낭떠러지로 구르던 몸뚱이가 딱 멈추어 서더랍니다. 저도 마침 경내에 있다가 사람들의 비명 소리를 듣고 식구들과 함께 달려갔지요. 온몸이 긁히고 찢겨 피투성이가 된 할머니는 헬기에 실려 내려갔는데, 병원에서 사진을 찍어 보니 피부에 찰과상만 입었더랍니다. 뼈에는 금이 가거나 부러진 곳이 하나도 없었으니, 관세음보살님께서 당신을 부르자 얼른 도와주신 게지요. 저기가 굴러떨어지면 그냥 죽을 수밖에 없는 자리 아닙니까? 그러니 우리는 늘 관세음보살을 입에 올리며 살아야 한다고 생각합니다. 아이가 '엄마, 밥 주세요!' 하고 어머니를 찾아야, 어머니께서 밥을 차려 주는 이치와 똑같거든요. 관세음보살님도 우리가 당신을 간절하게 찾고 부를 때 우리를 돌아보지 않겠습니까?"

전날 저녁 예불은 예정과 달리 주지스님 대신에 서송스님이 집전하신 바가 있었다. 그런데 예불의 말미에 이르러 스님은 무려 30분가량이나 '나무관세음보살'을 염송하도록 이끌었다. 당시에는 좀 아연하였는데, 사자바위 위에서 비로소 그 까닭이 미루어졌다. '나무관세음보살'을 염하였기에, 일찍이 오세동자가 이곳에서 성불하지 않았던가? '나무관세음보살'을 염하였기에, 얼마 전에 할머니가 사경에서 벗어날 수 있지 않았던가?

참으로 오세암은 관음보살이 상주하시는 암자다. 크고도 깊은 관음보살의 가피가 늘 쏟아져 내리는 곳이요, 세파에 찌들고 일상에 시달리던 사람들이 관음보살의 따뜻한 품에 안겨 마음의 평온을 얻고 희망을 움틔우는 성스러운 자리다. 찾아만 들어도 마음이 푸근해지고, 짙은 여운이 앙금으로 남는다. 그리하여 속세로 돌아가 이곳을 돌이켜볼 때마다 언제나 흐뭇한 미소가 입가에 맴돈다. 천년의 역사와 전통이 더욱 빛을 발하는 오세암이다.

사자바위 위에서 앞쪽을 내다보면, 줄지어 늘어선 용아장성 역시 오세암을 감싼 형국이다. 그리하여 신령스런 대청봉의 정기를 실어와 날마다 오세암에 쏟아붓는다. 치열한 구도심의 표상인 듯, 솟구친 봉우리마다 기세가 대단하다.

그날따라 더욱 푸른 하늘이었다. 어느 틈엔가 새 한 마리가 창공을 향해 솟구쳤고, 숲은 다시 고요해졌다. 풍요로운 햇살에 눈이 부셨다.

원효의 사랑 담긴
# 소요산 자재암
逍遙山 自在庵

# 동두천의 소요산

그리운 사람으로 인해 마음이 한자리에 머물지 못하고 자꾸 나앉는
날이면, 동두천의 소요산으로 가야 한다. 옛 추억을 곱새기며 이리
저리 거닐다가 자재암自在庵에 이르러 원효대사(元曉大師, 617~686)와 요
석공주瑤石公主의 사랑 얘기도 들어 보고, 원효폭포와 옥류폭포의 물
줄기에 미련과 아쉬움으로 물든 마음 한 자락을 흘려보내라 권하고
싶다. 그래도 여전히 마음이 일렁이거든, 맑은 물줄기를 거슬러 선
녀탕에 올라가 송수권의 시 「산문에 기대어」를 읊고 나서 소리 높여
울어 볼 일이다.

누이야
가을산 그리메에 빠진 눈썹 두어 낱을
지금도 살아서 보는가
정정淨淨한 눈물 돌로 눌러 죽이고
그 눈물 끝을 따라가면
즈믄 밤의 강이 일어서던 것을
그 강물 깊이깊이 가라앉은 고뇌의 말씀들
돌로 살아서 반짝여 오던 것을
더러는 물속에서 튀는 물고기같이
살아오던 것을

그리고 산다화 한 가지 꺾어 스스럼없이
건네이던 것을

누이야 지금도 살아서 보는가
가을산 그리메에 빠져 떠돌던, 그 눈썹 두어 낱을
기러기가 강물에 부리고 가는 것을
내 한 잔은 마시고 한 잔은 비워 두고
더러는 잎새에 살아서 튀는 물방울같이
그렇게 만나는 것을

누이야 아는가
가을산 그리메에 빠져 떠돌던
눈썹 두어 낱이
지금 이 못물 속에 비쳐 옴을

이 시는 작자가 동생을 잃은 그리움에서 지었다고 한다. 나중에
나중에라도 환생해서 꼭 다시 만나자는 애절한 다짐이 서걱대며 숨
어 있기에 읽다 보면 어느덧 자신도 모르게 목이 메는 시이다.

선녀탕의 시원한 물소리에 이 시를 묻어 두고 하산한다면 마음이
절로 밝아질 터이다. 그래도 아쉬움이 남는다면 자재암의 나한전에
들어가 고요히 눈 감고 앉아 명상에 빠져 봐야 하리라. 그래도 그래

도 아니 된다면 굳게 빗장을 지른 백운암 안에서 세상과 단절한 채 수행에 몰두하는 스님네의 마음을 담장 너머에서나마 미루어 볼 일이다. 그리하여 '자재自在'의 교훈 하나를 가슴에 보듬고 산을 내려가야 하리라.

자재암이 둥지를 튼 소요산은 서울지하철 1호선이 연장, 개통되어 이제 서울에 사는 사람들에게 찾기 쉬운 산이 되었다. 전철이 30분 간격을 두고 소요산역에 다다르기 때문이다.

소요산은 경기의 금강산이라고 불릴 만큼 아름다운 산이다. 최고봉인 의상대가 해발 587m밖에 되지 않지만, 온통 암벽으로 이루어진 산이다. 소요산역 쪽에서 보면, 대체로 ∩모양으로 굽은 능선을 따라 봉우리들이 늘어서서 절경을 자랑한다. 자재암 뒤에서 왼쪽부터 하백운대, 중백운대, 상백운대, 나한대, 의상대, 공주봉이 감도는 형상이다. 중백운대와 상백운대 사이에서 시작하는 넉넉한 계곡물은 시원스레 흐르면서 중간중간에 폭포를 빚는다.

소요산은 수석이 남달리 아름다워 예로부터 유명세를 얻었다. 실학 시대를 선도했던 허목許穆은 1643년 10월에 소요산을 구경하고 「소요산기逍遙山記」를 남겼다. 그의 나이 70세 때의 일이다.

"소요산은 양주읍의 북쪽 40리에 있는데, 한탄강漢灘江에서 20리가 못된다. 왕방산王方山 서쪽 기슭에 또 다른 산으로 솟았으니, 그 골짜기 입구의 안팎으로 산 아래 사는 사람들이 서로 말한다.

**소요산 자재암 일주문** | 수많은 사람들이 들고 나면서 마음을 하나로 가다듬는 문이다.

'왕궁의 옛터가 두 곳 있는데, 우거진 숲 속에 두어 층의 층계만
이 남았다. 이는 태조 이성계의 행궁行宮이다.'

소요산은 서울에서 1백 리이고, 풍양궁豊壤宮에서도 또 1백 리이
다. 골짜기 입구에는 옛 우물의 돌난간이 남았다. 산중에 들어서
면 산이 모두 돌이다. 봉우리와 동굴, 장명등長明燈과 다리도 다 돌
로 이루어졌다. 산의 나무는 소나무·단풍나무·철쭉나무가 많
다. 궁터가 있는 남쪽의 산에도 돌이 뾰족하게 솟았다. 가장 높은
곳에 백운대, 조금 아래에 중백운대가 있다. 또 조금 아래 동북쪽
으로 하백운대가 자리했으니, 중백운대 위쪽이다.

궁터 위에 폭포가 있는데, 높이가 8~9척이 된다. 그 아래 계곡을
거슬러 중백운대에 올라가면 큰 절이 있었으나, 지금은 모두 빈
터로 남았다.

폭포 옆으로 높이가 10여 길 되는 절벽에 비스듬히 걸쳐 있는 나
무사다리를 올라가면 원효대이다. 원효대를 지나면 소요사逍遙寺
가 있다.

……

암벽을 타고서 깊고 험한 골짜기를 따라 올라가 아홉 봉우리를
바라보니, 산의 돌이 모두 기이하게 생겼다. 중봉中峯의 바위굴을
지나 현암懸庵의 동남쪽으로 나와 의상대에 오르자, 여기가 최고
꼭대기이다. 그 북쪽은 사자암獅子庵이다. 골짜기 입구에서 폭포를
지나 층층의 암벽을 따라 의상대에 오르기까지 높이가 9천 장丈이

다. 10월이어서 산은 깊고 골짜기가 음산하다. 아침 비가 지나간
뒤라서, 시냇가의 돌에 낀 푸른 이끼는 봄철과 같고 단풍잎은 마
르지 않았다."

소요산은 신라 때에 원효대사가 관음보살을 친견하고, 자재무애
의 수행처로 삼아 645년에 자재암을 창건한 곳이다. 고려 시대인
974년부터 소요산이라 부르게 되었다고 한다.

본래 '소요逍遙'란 '기분 내키는 대로 거닐다', '바람을 쐬다' 혹은
'자적自適하여 즐기다'라는 사전적인 정의를 지닌 낱말이다. 그래서
세상에 구애 없이 유유자적하는 스님들의 삶을 빗대기도 한다. 일례
로 '소요복逍遙服'이라 하면 가사袈裟를 뜻하지 않던가? '소요자재逍遙
自在'라고 하면 '얽매임 없이 자유롭게 소요함'을 의미한다. 소요산
에는 자재암까지 있으니, 그야말로 '소요자재'의 산이다.

동두천에는 지금도 경의선이 지나간다. 동두천은 예로부터 북으
로 가는 길목이었다. 그래서 조선 초기에 고향 함경도에 머물던 태조
이성계가 무학대사의 권유로 귀경길에 삼 개월가량을 자재암에 머물
렀다고 한다. 이때 이성계가 묵던 행궁行宮이 이곳에 남았지만, 나중
에는 무학대사가 세운 포천의 회암사로 옮겨졌다고 한다. 오늘날 이
곳에 있었다는 행궁 자리는 정확하게 어디인지 알 수 없다.

# 원효폭포와 원효굴

소요산 관리소는 소요산역에서 1km가량 떨어진 곳이다. 관리소 주변에는 단풍나무들이 연달았고, 나무 아래 곳곳마다 간이 의자들이 늘어섰다. 길가 오른쪽에서는 해맑은 계곡물이 사시사철 흐른다.

 소요산은 단풍이 불붙는 가을철을 제외하면 그다지 붐비지 않는 산이었다. 동두천 인근 사람들이 봄바람에 홀리거나, 한여름 더위를 피하려고 찾아들던 한적한 산이었다. 다만 단풍이 절정을 이루는 가을이 들면, 서울 시민들까지 합세하여 눈부신 선홍의 그늘 속을 흥청대는 정도였다. 그러다가 어느덧 낙엽이 지고 나면 한겨울의 눈발 속에 고요히 잠들곤 하였다.

 전철이 개통된 이후로 많은 사람들이 찾는 산이 되었다. 특히 노인들을 위한 산이 되었다. 삼삼오오 짝을 이룬 노인들이 점심거리를 싸 들고 찾아와 하루를 소일하는 산이 된 것이다. 여름날 진입로의 물가에는 대부분 노인들이 늘 자리를 잡는다. 이름답게 소요하는 노인들이 꽤 많다.

 서울역을 기준으로 1시간 30분이 채 걸리지 않는 소요산은 수려한 경관을 탐하는 수많은 등산객들이 전철을 타고 쉽사리 찾아들기 때문에 주말마다 시끌벅적한 '소요騷擾' 산으로 바뀌었다.

**원효폭포** | 시간이 그득 고인 소 위에 찰나로 쏟아지는 물길이 중생들의 눈길을 모은다.

관리사무소 위쪽의 일주문을 지나 이십 분 정도 걸으면, 아름다운 폭포와 맞닥뜨린다. 높이에 비해 시원하고도 큰 물줄기로, 여름마다 많은 사람들을 주변으로 불러들이는 '원효폭포'다. 속리교란 다리 옆이다. 원효폭포는 귀족 중심이었던 당시의 불교를 민중불교로 전환시킨 원효스님답게 넉넉한 수량이다. 폭포의 소沼는 깨끗하다 못해 푸른 옥빛이다.

원효폭포 안쪽으로는 천연의 동굴 하나가 얕게 뚫렸다. '원효굴'로 불리는 곳으로 지금은 부처님을 모셨지만, 본래 원효스님이 좌선에 들던 자리다. 두 눈을 내리감고 깨우침 하나를 얻기 위해 간절히 기도하던 스님의 모습이 살며시 떠오른다.

원효스님이 지은 「발심수행장發心修行章」에 보면, 다음과 같은 구절이 나온다. 아마도 스님께서 이 굴에서 수행정진하실 적에 지었으리라는 느낌이 짙은 대목이다. 그래서 우렁우렁 울리는 물소리를 비집고 원효굴로 들어가 소리 높여 한번 외워 보고 싶기도 하다.

| | |
|---|---|
| 배 주리면 열매 먹어 주린 창자 위로하고 | 飢餐木果 慰其飢腸 |
| 목 마르면 냇물 마셔 그 갈증을 풀어 주니 | 渴飲流水 息其渴情 |
| 단것 먹어 몸 길러도 이내 몸은 무너지고 | 喫甘愛養 此身定壞 |
| 부드러운 옷 입어도 명 다하면 끝이라 | 着柔守護 命必有終 |
| 잘 울리는 바위굴을 염불하는 법당 삼으니 | 助響巖穴 爲念佛堂 |
| 슬피 우는 새와 오리는 환희심의 도반 되어 | 哀鳴鴨鳥 爲歡心友 |

**원효굴** | 원효스님의 자취가 깃들었기에 「발심수행장」이 불쑥불쑥 떠오르는 자그마한 자연동굴이다.

끓은 무릎 얼음 같아도 불을 그리는 마음 없고　拜膝如氷 無戀火心

주린 창자 간절해도 음식 구할 생각 없어라　餓腸如切 無求食念

　원효폭포의 오른쪽 계단을 이용하면 폭포의 위쪽으로 오를 수 있는데, 왼쪽에 공간 하나가 열렸다. 원효스님이 수행의 여가에 올라와 주변의 경치를 감상하셨다는 '원효대'다.

　원효대의 전방으로는 두어 줄기 산자락이 흘러내린다. 기세 좋은 쏠림을 막아 보려 함인지, 암벽들이 병풍처럼 펼쳐지며 풍경 하나를 만들었다. 그렇지만 원효대에서 겪는 상쾌한 물소리와 수려한 경관은 이제 아름다운 협곡의 시작을 알리는 전주곡이자, 예고편에 지나

**추담스님 사리탑과 비문** | 선지식 한 분께서 이 세상에 남긴 족적이다. 인연의 끈이 자재암과 닿았다.

지 않는다.

자재암에 이르기 전, 먼저 추담(秋潭, 1898~1978)스님을 위한 사리탑과 비문이 보인다. 추담스님은 젊은 시절 항일운동과 인재양성에 힘쏟고, 해방 후에는 불교정화운동을 주도했던 근대의 선지식이다. 스님은 이곳에 백운암白雲庵을 다시 일으키면서 인연을 맺었다.

사리탑을 뒤이어 나타나는 지붕이 백운암이다. 백운암은 담장 안에 자신의 몸을 잔뜩 웅크렸으니 추녀 한쪽이 담장 위로 슬쩍 고개를 들었다. 오늘날 백운암은 자재암의 선방禪房으로 쓰인다.

백운암으로 들어가는 문이 굳게 닫혔다. 문짝 위에는 '정진 중 출입금지'라는 표지가 붙었다. 아마도 어느 스님네가 문을 단단히 걸어 잠그고, 흔히 문짝 없는 관문—무문관無門關—으로 비유되는 화두 하나를 깨우치기 위해 처절하게 수행 중인 모양이다. 저토록 굳게 닫힌 암자 안에서, 고독을 도반 삼아 침묵의 대화를 내면으로만 나누고 계실 스님을 향해 저절로 경배를 올리고픈 마음이 인다.

**백운암 입구** | 무섭도록 고요하고 굳게 닫혀서 구도심이 더욱 치열해진 무문관이다.

# 대웅전과 자재암

백운암을 지나면, 잠시 후 물 쏟아지는 소리가 점점 크게 들려온다. 자재암 경내에서 옥류폭포의 물소리가 울려나는 탓이다.

이곳은 참으로 물이 많은 협곡이다. 앞서 허목 선생이 지적한 대로, 냇가에 널린 바위 위의 이끼들이 언제나 봄날처럼 푸른, 그 눅눅한 분위기를 꿰뚫고 나는 물소리다. 폭포소리에 나뭇가지들이 수런거리고, 잎사귀들은 귀를 쫑긋거린다. 물소리에 잠시 마음을 뺏길 때쯤 자재암이 활연하게 나타난다. 이토록 좁은 협곡 안에 어떻게 이런 공간이 특별하게 펼쳐졌을까?

작은 계단 앞으로 경내에서 가장 큰 덩치를 지닌 요사채가 우선 보인다. 그리고 그 안쪽으로 대웅전과 자재암이 차례로 거리를 둔다. 제일 안쪽의 절벽 좌우에는 나한전과 옥류폭포가 나란히 제 얼굴을 드러낸다. 삼성각은 대웅전 뒤쪽의 가파른 계단 위에 외롭다. 모두가 좁은 공간을 염두에 둔 배치다.

자재암의 대웅전은 참으로 곱게도 생겼다. 원효스님이 요석공주와 사랑을 움틔우며 설총을 기른 곳답게 아주 기품이 넘친다. 건물의 단정한 생김새도 생김새려니와 곱고 세밀하게 칠한 단청이 빛을 뿜는다. 공주의 아리따움이 저랬을까? 스스로 도도하지만 이상스러울 만큼 거리감이 느껴지지 않는 완숙한 아름다움이다. 요석공주를 배필로 삼은 뒤, 속세로 뛰쳐나간 원효스님의 포용력 때문일까?

**자재암 대웅전** | 도도하면서도 완숙한 아름다움이다. 요석공주의 자태가 연상된다.

스님은 요석공주를 맞이하고부터, 스스로 소성거사小性居士 혹은 복성거사ㅏ性居士라고 일컬으면서, 승복을 벗고 속옷을 입었다. 그리고는 가야금을 뜯기도 하고, 술집에 출입하며 저잣거리에서 거리낌 없이 잠들곤 하였다. 어떤 날에는 산수 자연 속에서 좌선을 하거나 법문을 펼치고, 『화엄경』의 내용을 쉬운 노래로 만들어 사람들에게 가르쳤다.

민중과 어울려 함께 술을 마시고 노래하며 춤을 추었던 스님의 발길은 전국을 두루 누볐다. 이는 중생제도를 위한 원효스님만의 완전히 새로운 포교 방법이자, 교화 방식이었다. 스님은 이내 민중들의 우상이 되었다.

'원효'란 법호에는 '첫 새벽'이란 뜻이 담겨 있다. 진골眞骨 출신으로 불법을 통해 민중 통치를 꾀한 자장慈藏이나, 화랑도에게 베푼 세속오계世俗五戒를 통해 사회 교화를 도모했던 원광圓光과는 전혀 다른 길을 걸어간 스님이 바로 원효다.

원효는 귀족 중심의 불교에서 탈피하여, 중생을 위한 중생의 불교로 거듭나는 대전환의 버팀목 역할을 하였다. 한마디로, 원효는 민중에게 다가가 민중불교의 '첫 새벽'을 연 선각자요, 선지자였다. 그리하여 원효는 한국 불교사를 통하여 대중들에게 가장 존경받는 친근한 스님으로 추앙받게 되었다.

대웅전 안에 모신 부처님과 협시불은 말할 필요도 없이, 탱화나 닫집에서도 고결하기 그지없는 기품이 넘쳐 난다. 제아무리 목석 같은 사람일지라도 입을 벌리지 않을 수 없는 아름다움이다. 아주 세련되게 꾸미고 고도의 기술로 다듬은 칠보공예처럼, 우리 민족사에 높이 내걸린 원효스님의 찬란한 명성처럼 대웅전 안팎은 눈부시다.

원효스님은 『금강삼매경론金剛三昧經論』, 『대승기신론소大乘起信論疏』, 『이장의二障義』 등의 수준 높은 불교 저술로 당대에 벌써 커다란 주목을 끌었다. 이들 저술에 담긴 핵심 사상은 한마디로 일심一心이다. 일심이 세상의 근원으로, 화합의 근본이 된다고 하였다. 일심을 지닌 중생들은 너나없이 평등하고 차별이 없으므로, 부질없이 다툴 까닭이 없다는 주장이었다.

원효는 이렇게 나만 옳고 너는 그르다는 당시의 이분법적인 불교계의 다툼을 화해의 길로 인도하였다. 각자의 주장을 서로 인정하면서, 근본적인 가치인 부처님의 가르침으로 돌아가 서로 단합하자는 이론이었다. 원효가 제창한 '화쟁론和爭論'은 분열의 조짐을 보이는 신라 사회를 단결케 하였고, 마침내 삼국통일이란 대업을 이루는 정신적인 바탕이 되었다.

원효스님과 동시대를 활약했던 명승으로는 의상과 자장이 있다. 이 중에 특히 의상은 원효보다 여덟 살 아래였지만, 둘은 아주 가까운 사이였다. 귀족 출신이었던 원효와는 달리 의상과 자장은 신라의 왕족이었다. 자장은 원효보다 연상으로 미루어진다.

이 세 분의 스님에 대한 후세의 평가는 칭호에서 각각 구별된다. 자장은 율사律師, 의상은 법사法師, 원효는 성사聖師로 일컬어진다. 고려 때에 대각국사 의천義天이 원효의 생애와 학문 그리고 업적을 높이 존경하여 '성사'로 일컫기 시작하였다. 앞서 설명했던 대로, 탁월한 불교 지식과 주저 없는 무애행無碍行으로 새롭게 전래된 불교를 세상의 대중들에게 널리 전파하고, 신라 사회를 대통합의 길로 이끈 원효스님의 공로가 뒤늦게나마 가장 크게 인정을 받은 것이다.

돌아보면, 우리나라 방방곡곡에는 원효스님이 창건했다는 절들이 수없이 많다. 이는 원효스님이 얼마나 민중들에게 가깝게 다가갔는지를, 거꾸로 스님이 중생들에게 얼마나 사랑받았는가를 여실히 보여 주는 뚜렷한 증거다.

중생의 바다에 몸을 던져, 위로는 진리를 구하고 아래는 중생 교화[上求菩提 下化衆生]에 앞장섰던 '성사'가 원효스님이다. 스님의 가없는 사랑 가운데 한 조각이 지금 이렇게 고결하고 단아한 자재암으로 남아, 다시금 내일의 청정한 세상을 기약하고 있다.

자재암은 새로 지은 건물이다. 그러나 대웅전과는 달리 아주 검소하다. 원효스님이 살았던 시대만큼 소박하게 꾸미려고 노력한 흔적이 고맙다. 안내판에 다음과 같은 내용이 담겼다.

자재암은 신라 선덕여왕 14년(645) 원효대사가 창건한 유서 깊은 사찰로서, 고려 광종 25년(974) 왕명으로 각규대사覺圭大師가 중창했으며, 의종 7년(1153) 화재를 당해 이듬해 각령선사覺玲禪師가 대웅전과 요사 일부를 중건했다. 그 뒤 조선 고종 9년(1872) 원공선사元空禪師와 제암화상이 퇴락한 이 사찰을 44간의 건물로 복원하고 영원사靈源寺라 개창했다. 순종 원년(1907) 정미의병丁未義兵 때는 이곳이 의병 활동의 근거지였던 탓으로 일본군의 공격을 받아 불태워졌다. 그 후 제암화상과 그의 제자 성파性波스님이 복원, 원래 이름인 자재암으로 고쳤다. 그러나 6·25 때 다시 폐허가 되어 1961년에 대웅전을, 1971년에 요사를, 1974년에 포교당과 원효대를, 1977년에는 삼성각을 각각 건립하였다.
경내와 주변에는 1980년에 조성한 석굴·추담대사 사리탑·속리교·세심교가 있다. 최초의 창건자 원효대사가 수행하는 동안 요석공주가 아들 설총을 데리고 와 머물렀다는 요석공주 궁지

**자재암** | 또 다른 내일을 빚기 위해 갓 태어난 모습입니다.

富趾와 사자암지 · 소요사지 · 현암지 · 원효사지 · 조선 태조 행궁
지가 있다고 하나 그 위치는 알 수 없고, 의상대 · 나한대 · 금송
굴 · 선녀탕 · 선녀폭포 · 청량폭포 등이 있어 경관을 더해 주고
있다.

안내문의 설명대로, 자재암의 건물들은 모두가 근래에 지어졌다. 그
러나 자재암은 일찍부터 『반야바라밀다심경략소般若波羅密多心經略疏』
를 간직해 옴으로써, 유서 깊은 암자임을 스스로 증명한다. 『반야바
라밀다심경략소』는 세조가 즉위한 지 10년째 되던 해인 1464년에

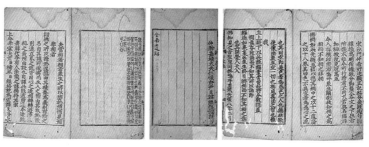

**반야바라밀다심경략소** ㅣ 세조가 즉위한 지 10년째 되던 1464년에 『금강경』 언해본과 함께 간행한 첫 한글 불교 경전으로 보관 상태가 아주 좋다.

『금강경金剛經』 언해본과 동시에 간행한 첫 한글 불교 경전이다. 그래서 세인들의 각별한 이목을 끌었으니, 보물 1211호로 지정을 받은 일은 당연하다고 하겠다.


## 옥류폭포와 나한전

자재암은 한여름에도 서너 시간밖에 햇빛이 들지 않아, 사계절 내내 불을 지펴야 하는 곳이다. 날마다 해가 설핏 기울면, 자재암에서 피우는 연기는 뿌옇게 골짜기를 채우고 물길을 따라 흘러나간다.

하늘이 언제나 손바닥만 하게 보이는 자재암의 답답함은 옥류폭포가 툭 터 준다. 아니, 암자를 메우는 경쾌하고도 명랑한 물소리에 시각적인 답답함은 외려 느낄 수가 없다. 그래서 옥류폭포는 자재암의 소중한 존재다.

자재암의 안쪽 끝에서 거대한 바위가 하늘을 떠받드는데, 그 오른쪽으로 쏟아지는 물줄기가 옥류폭포다. '옥 옥玉'자와 '물방울 떨어질 류溜'자를 이름으로 삼았기에, 속살을 내비치는 투명한 옥구슬들이 떼를 지어 낙하한다. 옥구슬이 밀어내는 수면의 주름으로, 한낮의 파편들은 은빛으로 번뜩인다. 물속의 잔돌들은 일렁이는 잔영으로 남는다.

옥류폭포는 지면보다 더 깊숙한 땅속으로 쏟아진다. 마치 지표면 아래로 뚫린 수직의 동굴로 내리꽂히는 모습이다. 그런 까닭에 폭포의 전모를 보려면 난간에 기대어 아래쪽을 내려다봐야 한다. 낙차의 절반 이상이 발바닥 아래로 내려가는 지형 때문이다. 폭포의 시원시원한 생김새와 거침없는 행보는 보는 사람들의 가슴을 깨끗이 씻어내기에 충분하다. 이토록 멋진 폭포를 경내에 둔 암자가 또 어디 있던가? 옥류폭포에는 자재암 창건과 관련 깊은 전설 한 꼭지가 전해온다.

원효스님이 참선 수행을 하고 계시던 어느 날이다. 밤이 들자 비바람이 더욱 세차게 초막을 뒤흔들었다. 이때 문을 두드리는 사람이 있었으니, 절세의 미모를 지닌 젊은 여인이었다.

"스님, 저는 아랫마을에 사는 아낙이온데 나물을 캐다가 그만 길을 잃었사옵니다. 잠시 비바람을 피해 몸을 녹이고 가면 아니 되겠습니까?"

스님은 여인을 위해 아랫목을 내주고, 윗목으로 올라가 가부좌를 틀었다. 여인은 비에 젖은 옷을 하나하나 벗은 뒤, 알몸으로 아랫목의 이불 속으로 들어갔다. 여인의 체취가 새롭게 찾아든 고요한 방 안에는 두 사람의 숨소리만 들릴 뿐이었다.

어느덧 비바람이 그치고, 새벽이 밝아 왔다. 밤새 미동도 없이 앉았던 스님은 밖으로 나갔다. 그리고 초막 앞의 폭포로 들어가 몸을 씻은 뒤 물속에서 고요히 합장을 하였다. 그런데 이게 무슨 일인가. 여인은 실오라기 하나 걸치지 않은 눈부신 나신으로 스님에게 다가왔다. 깜짝 놀란 스님은 즉시 법문을 베풀었다.

"심생즉종종법생心生卽種種法生이요, 심멸즉종종법멸心滅卽種種法滅이라. 마음이 일어나면 곧 옳고 그르고, 크고 작고, 깨끗하고 더럽고, 있고 없는 가지가지 모든 분별심이 생겨나는 법이요, 마음이 사라지면 곧 상대적인 시비의 가지가지 법이 없어지나니, 나 원효에게는 자재무애自在無碍라는 참된 수행의 힘이 있노라."

스님의 사자후가 쩌렁쩌렁 계곡을 울리자, 여인은 이내 보관을 쓴 관음보살로 현신하여 폭포 위로 날아올랐다. 스님의 깨달음

**나한전 입구와 옥류폭포** | 솟구친 바위 아래로 폭포수는 쏟아지지만 나한전이 반대편의 틈새를 비집고 들어섰다.

을 점검하기 위해, 관세음보살께서 지난밤에 아름다운 젊은 아낙으로 화현化现하셨음이다.

나한전은 옥류폭포에게 자리를 내주려고 왼쪽으로 비스듬히 누운 거대한 바윗덩이의 하단에 굴을 뚫어 만들었다. 앞쪽의 터진 공간은 화강암을 벽돌처럼 쌓아서 막았고, 중앙에 문을 만들었다. 다소 경직된 외양이지만, 얼마간의 근엄한 분위기가 풍긴다.

이곳 스님의 말에 의하면, 자재암의 나한전을 꿈에서 먼저 보고 찾아오는 신도들이 많다고 한다. 그래서 자재암의 관음기도와 나한기도는 영험하다고 널리 소문이 났단다.

나한전 입구의 오른쪽에서 앙증맞은 용 한 마리가 샘물을 쏟아낸다. 본래는 바위틈에서 흘러나오던 '원효샘'이었는데, 지금은 이렇게 모양을 바꾸었다. 이 샘물은 만병통치의 약물로 이름이 나기에

**원효샘** | 앙증맞은 모습은 눈을 즐겁게 하고 달콤한 물맛은 몸을 기쁘게 한다.

**나한전 내부** | 경건한 만큼이나 한 걸음 한 걸음 더 다가가고 싶은 내면이다.

이르렀으니, 특히 음력 삼월 삼짓날에는 이 물을 마시러 오는 사람들의 행렬이 길게 꼬리를 문다고 한다.

나한전 안쪽에는 석가모니를 주불로 삼아, 좌우의 가섭과 아난존자 그리고 16나한을 모셨다. 그 앞에다 종내 천불을 채울 요량으로 아직도 시주를 받는 중이다. 작아도 웅장한 세상 하나가 동굴 안에 따로 환하게 펼쳐졌으니, 조용히 앉아 있기만 하여도 속 시원한 법문 한 자락을 듣는다고 여겨진다.


## 물빛 맑은 선녀탕

나한전의 왼쪽에 설치된 계단이 끝나는 즈음이다. 이정표가 오른쪽으로 '선녀탕'을 안내한다. 여기서 직진하면, 하백운대를 거쳐 능선을 타고 상백운대와 의상대를 거쳐 공주봉으로 가는 등산로다.

그러나 소요산 자체가 암벽으로 뒤엉킨 산인 데다가, 거죽에 잔돌이 흘러내려 능선 쪽으로 뻗은 등산로를 타기란 쉽지 않다. 겨우 해발 440m라고 얕보기 쉬운 하백운대는 매우 가파른 경사다. 능선 쪽으로 오르려면, '소요'를 넘어 본격적인 등반 차림과 자세가 필요하다.

자재암을 품은 하백운대는 빙 둘러 흘러내린 의상대와 공주봉을 마주 보는 하얀 바윗돌과 노송이 어우러진 아름다운 봉우리다. 잠시 땀방울을 식히며 신선이 된 듯한 기분을 느껴 보는 곳이기도 하다. 백운대란 이름처럼 파란 하늘에 흰 구름이 떠가는 날의 운치가 더욱 좋다.

등산로의 절반을 지나야 만날 수 있는 의상대 역시 조망이 매우 좋다. 특히 소요산역에서 자재암을 잇는 길가의 단풍나무가 붉게 타오르는 가을이 되면, 붉은 페인트를 엎어 놓은 듯한 장관을 내려다볼 수 있는 곳이기도 하다. 원효스님과는 떼래야 뗄 수 없는 의상법사(625~702)이기에, 이곳에서도 의상대란 이름 하나를 얻었다.

공주봉은 요석공주 때문에 새로 이름을 얻었으니, 본래 이름은 마지봉이었다. '마지'란 부처님께 올리는 공양을 일컫는 말로, 봉우리의 둥그스름한 모양이 마치 고봉으로 푼 밥사발처럼 생겼다.

능선으로 오르는 길을 접어 두고, 나한전 위쪽에 선 이정표의 지시에 따라 오른쪽으로 옥류폭포 상단부를 거쳐 20~30분 걷다 보면 선녀탕에 이른다. 도중에 보이는 암벽들도 기기묘묘한 형상으로 절경을 이루지만, 그 아름다움의 핵심은 단연 선녀탕이다.

선녀탕은 소요산의 수석이 빚어낸 천연의 욕조다. 선녀탕은 위쪽에서 맑은 물이 푸짐하게 흘러내린다. 아래쪽에는 한 사람이 들어가 편히 기대고 누울 만한 공간이 열렸다. 골짜기 바윗돌이 대체로 길쭉하고 둥그스름하게 패이면서, 마치 욕조처럼 생겼다. 기암절벽을 타고 내려온 상큼한 물줄기는 잠시 이곳에 고였다가, 다시 아래로

**선녀탕** | 인자(仁者)는 요산(樂山)이요 지자(智者)는 요수(樂水)라 했거늘…….

흐른다.

선녀탕을 이루는 주변 바위들의 색깔은 대부분 짙은 흙빛이다. 물이끼가 새파랗게 한 몫 거들고, 암벽에 팬 주름은 커튼처럼 늘어졌다. 여기에 백옥처럼 하얀 피부를 지닌 선녀 하나가 나신으로 눕는다면, 화사하기 이를 데 없는 장면이 연출되리라. 마치 그런 장면을 미리 염두에 두고 파내기라도 한 듯, 선녀탕은 하늘이 주신 절묘한 빛깔의 형태다. 행여 갑작스런 내 방문에 미처 옷가지를 챙기지 못한 하늘나라의 선녀 하나가 어딘가 숨어 있을까 싶어 자꾸만 두리번거리게 되는 곳이다.

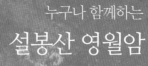

누구나 함께하는
# 설봉산 영월암

雪峰山 映月庵

# 이천의 설봉공원

우리나라에 천년의 역사를 지닌 암자는 그리 흔치않은 데다 찾아가는 일 또한 쉽지 않다. 이들은 대부분 깊은 산중이나 외진 곳에 남몰래 자리를 잡고 있기 때문에 오랜 시간 차를 타고 가서 힘든 발품을 팔아야 한다. 그렇지만 경기도 이천利川의 설봉산雪峰山 영월암映月庵은 누구나 찾기 쉬운 곳에 자리를 열었다. 중부고속도로의 서이천 나들목에서 10분 남짓한 거리에 설봉산은 솟았다.

서이천 나들목 바로 앞에서 좌회전을 한 다음, 5분 정도 가다가 만나는 큰 도로는 3번 국도다. 이 삼거리에서 우회전해서 이천 시내로 향하면, 5분쯤 뒤에 오른쪽으로 이천소방서가 나타난다. 왼편에는 고려대 이천의료원이 보인다. 여기서 500m를 직진하면, 오른편으로 설봉공원을 알리는 아주 큰 입간판이 서 있다. 안내에 따라 관고저수지를 왼편으로 끼고 들어가면 설봉공원이 나온다. 설봉산이 병풍처럼 둘러친 넓고 아늑한 시민 공원이다.

설봉공원은 온갖 체육시설과 아울러 이천도자기엑스포장, 이천도자박물관, 월전미술관 등을 품에 안았다. 이천 9경 가운데 2경, 3경, 4경에 해당하는 설봉호와 삼형제바위, 설봉산성이 그 안에 자리를 잡았으니, 그만큼 설봉산이 아름답다는 증거다.

게다가 설봉산은 물이 많다. 예닐곱 개나 되는 약수터에서는 사시사철 맑은 물이 뿜어져 나온다. 이 물은 구암계곡, 여래계곡, 호암

**설봉호** | 시간을 따라 흘러온 설봉산 계곡의 물살이 잠시나마 자신의 행적을 되돌아보는 자리다.

계곡으로 흐른다. 넉넉한 수량은 늘 설봉산을 적시고 내려와 설봉호에서 하나가 된다. 설봉호 역시 수려한 경관으로 이천 시민들의 사랑을 듬뿍 받는다. 후련한 수면에 가슴이 탁 트이는 곳으로, 호수 주변에는 언제나 많은 사람들이 모여든다.

설봉산은 여러 경로로 오를 수 있다. 정상에 해당하는 희망봉이 394m밖에 되지 않으니, 그다지 어렵지만은 않은 산행이다. 처음 방문하는 사람들은 대체로 2번 주차장에 차를 세우고 호암계곡을 따라 올라가 설봉산성을 거쳐 정상을 구경한 다음, 출렁이는 능선을 쫓아 부학봉浮鶴峰 아래쪽의 영월암으로 하산하는 길을 택하는 편이 좋다. 그러면 삼형제바위를 구경할 수 있다. 2시간 정도밖에 걸리지

**설봉산에서 바라다본 이천** | 기름진 들판에서 볍씨가 알알이 영글듯, 저마다의 삶이 소중하게 펼쳐진 인간의 터가 아득하다.

않으니, 길도 편하고 설봉산의 야무진 면모도 제법 맛볼 수 있다. 그렇지만 작은 고추가 맵다고 당돌하고 기세가 좋은 산이다.

등산로가 짧고 쉬운 설봉산은 누구에게나 권할 만한 천년 암자 순례길이다. 남녀노소 가릴 것 없이, 아무나 선뜻 함께할 만한 아름답고 정다운 숲길이다. 게다가 고즈넉한 영월암의 분위기는 심산유곡의 천년 암자에 뒤떨어지지 않는다. 더욱이 영월암에는 흥미로운 구경거리가 적지 않다.

설봉산은 한남정맥의 지맥 하나가 뻗어 내려 솟은 산이다. 속리산에서 갈라진 한남금북정맥은 죽산의 칠현산에서 한남정맥과 금북

정맥으로 갈라진다. 한남정맥은 이곳에서 백운산과 구봉산 그리고 대곡돈현과 소곡돈현에서 세 갈래로 갈라진다. 이때 북으로 뻗은 줄기 하나가 좌천고개를 거쳐 정수산과 양각산을 솟아 올린 뒤, 설봉산으로 매듭을 지었다.

가지 끝에 열매가 달린다고 했다. 한남정맥의 끝자락 한 줄기를 차지한 설봉산의 기운은 결코 예사롭지 않다. 그래서 설봉산은 일찍이 이천의 진산鎭山으로 주목을 받았다. 지금도 설봉산 능선의 곳곳에서는 이천 시내가 시원스럽게 내다보인다.


## 호암계곡과 설봉산성

호암약수터를 지나 산성까지는 작은 고개를 서너 개쯤 오르내려야 한다. 40분 정도밖에 걸리지 않는 짧은 거리지만, 숲을 뚫고 걷는 기쁨은 크다. 분명 이 숲길이 유달리 아름다워서만은 아니다.

호암계곡의 숲은 도심과 아주 가깝다. 주차장에서 내려 몇 걸음만 내딛으면 닿는 곳이니, 아주 짧은 시간 안에 자연과 동화될 수 있는 친근하고 반가운 숲이다. 이렇게 도심 가까운 곳에 천년 암자를 잉태한 숲이 있다는 사실은 이천 시민들을 위한 축복이다. 아니, 편애에 가깝다고 해야 할까?

회색빛 도시 안에서 팍팍하고 힘든 일상을 보내야 하는 우리는 이따금 숲길을 걸어야 한다. 찌들 대로 찌든 마음의 때를 숲 속의 바람결에 훌훌 털어 내야 한다. 그런 다음에 자신의 마음을 꺼내 들고 진지하게 들여다보아야 한다. 설봉산에서는 영월암으로 향하는 숲길이 이런 숙연한 분위기를 조성해주므로 더없이 고맙고 행복한 일이다. 다비드르 브르통은 『걷기 예찬』에서 이렇게 말하였다.

걷기는 자신을 세계로 열어 놓는 것이다. 발로, 다리로, 몸으로 걸으면서 인간은 자신의 실존에 대한 감정을 되찾는다. 발로 걸어가는 인간은 모든 감각기관의 모공을 활짝 열어 주는 능동적 형상의 명상으로 빠져든다. 그 명상에서 돌아올 때면 가끔 사람이 달라져서 당장의 삶을 지배하는 다급한 일에 매달리기보다는 시간을 그윽하게 즐기는 경향을 보인다. 걷는다는 것은 잠시 동안, 혹은 오솔길에 몸을 맡기고 걷는다고 해서 무질서한 세상이 지워 주는 늘어만 가는 임무들을 변제받지는 못하지만, 그 덕분에 숨을 가다듬고 전신의 감각들을 예리하게 갈아 호기심을 새로이 할 수 있는 기회를 얻게 된다.

사람들이 걷기에는 숲길이 좋다. 그것도 풀과 나무가 무성하게 자란 푸른 숲이 가장 좋다. 숲길을 걷는 일은 자연이 자아내는 아름다운 시 가운데로 들어가는 일이다. 그 순결한 시어 속에서 우리는 저절로 명상가가 된다. 숲길을 걷는 일은 자연이 펼쳐내는 몽환적인 그림 가운데로 들어가는 일이다. 곱디고운 빛의 향연 속에서 우리는 저절로 순례자가 된다. 숲길을 걷는 일은 자연이 풀어내는 저릿한 선율 속으로 빨려들어 가는 일이다. 그 안에서 우리는 자신도 모르게 수행자가 된다.

호암계곡은 언제나 맑은 물이 졸졸 흐르고, 산새가 우짖는 산길이다. 메말랐던 가슴에 시나브로 물기가 밴다. 마음이 포근해지고 기분 또한 아늑해진다.

설봉산성은 관고리성지官庫里城址 또는 무안산성이라고 불린다. 산꼭대기에 테뫼식으로 쌓은 석성인데, 1,079m에 달하는 길이다. 안내판에 따르면, 삼국 시대의 성벽 가운데 비교적 큰 모습으로, 발굴 결과 백제의 토기가 다수 출토되었다고 한다. 따라서 백제 최초의 석성일 가능성도 있다는 설명이다.

널따란 이천 들녘을 사방에 끼고 있는 설봉산성은 한강 유역으로 진격하려는 신라와 이를 막고자 했던 백제 혹은 고구려가 쟁패를 벌인 전략적 요충지로 미루어진다. 김유신 장군이 삼국통일을 위한 작전을 이곳에서 세웠다는 이야기가 입에서 입으로 전해 오기도 한다.

산성 바로 위쪽에서 '칼바위'가 눈길을 끈다. 산성 안에서 가장 높고 전망이 좋아 일찍이 남장대南將臺가 설치되었던 자리와 멀지 않다. 봉수대烽燧臺의 자취도 한 켠에 남았다.

**설봉산성** | 관고리성지 또는 무안산성이라고 불리는 테뫼식 석성으로 1,079m에 달한다.

앞서 이야기했듯이, 설봉산은 몸집이 작아도 기세가 넘치는 산이다. 수려한 정기가 끊임없이 뿜겨져 나오는 산이기에, 능선을 따라 야무진 바위들이 줄지어 박혔다. 언제나 푸름을 자랑하는 소나무들은 설봉산의 당찬 기상을 눈으로 보여 준다. 이천 사람들의 사내답고 호쾌한 기질이 설봉산에서 비롯되었을까? 그래서 예로부터 '이천에 가서 주먹 자랑하지 마라.'란 말이 생겨났는지도 모른다.

설봉산에 박힌 세 자루의 칼 역시 문文보다는 무武를 내비춘다. 서슬 푸른 이 칼들은 대장군을 위한 장검이다. 이 칼바위가 이천의 자랑인 서희徐熙 장군을 먼저 낳았나 보다. 남은 두 자루의 칼은 자신들을 뽑아 들 대장군 두 사람의 새로운 탄생을 근엄하게 예고한다.

서희徐熙, 942~998 장군의 본관은 이곳 이천이다. 자는 염윤廉允이고, 아버지는 내의령內議令을 지낸 필弼이다. 960년(광종11) 과거에 급제한 뒤 광평원외랑廣評員外郎을 거쳐 내의시랑內議侍郎이 되었다. 972년에는 송宋나라에 사신으로 파견되어, 10여 년 동안 단절되어 있던 양국 외교관계의 재개에 힘을 기울여 송나라의 태조太祖에게 검교 병부상서檢校兵部尙書 벼슬을 받는 등 큰 성과를 거두었다.

993년이다. 고려의 북진정책과 친송외교에 불안을 느낀 거란은 동경유수東京留守 소손녕蕭遜寧으로 하여금 고려를 침략토록 하였다. 조정은 이미 여진을 통해 거란의 침공 계획을 알았지만, 아무런 대책도 세우지 않고 있었다. 10월이 되자, 나라에서는 비로소 전국에 영을 내려 병사를 동원했다. 당시 서희는 지금의 평안북도 지역에서 방어의 임무를 맡았다.

80만 대군으로 봉산군蓬山郡을 빼앗은 거란은 항복하라는 위협을 되풀이했다. 조정에서는 항복하자는 의견과 서경西京 이북의 땅을 떼어 주고 화의하자는 할지론割地論이 일었다. 이에 서희는 거란의 출병 목적이 영토 확장에 있지

**칼바위** | 어느 장군이 또 태어나 저 칼을 마저 뽑을까?

않음을 간파하고, 거란과의 담판을 강력히 주장하였다.

이때 소손녕은 청천강 남쪽의 안융진安戎鎭을 공격하다가 중랑장 대도수大道秀에게 패하게 되자, 어쩔 수 없이 고려와의 담판에 응하였다. 거란 진영에 도착한 서희는 신하의 예를 갖추어 뜰에서 절하라는 소손녕의 무례한 요구를 단호히 물리쳤다. 그리고 대등한 예로 마주하자는 자신의 의견을 끝내 관철시켰다. 마주 앉은 소손녕은 침략의 이유를 크게 두 가지로 들었다.

"첫째, 고려는 신라 땅에서 일어났는데도, 거란이 소유하고 있는 고구려 땅을 잠식하고 있다. 둘째, 거란과 땅을 접하고 있으면서도, 바다 건너의 송나라를 섬기고 있다. 이는 용서할 수 없는 일이다."

그리고는 땅을 떼어 바친 다음 조빙朝聘을 해야만 고려는 무사할 것이라고 위협을 가했다. 이에 서희가 반박하였다.

"우리나라는 고구려의 옛 터전을 뒤이었기에, 국호를 고려라 하고 평양을 다섯 도읍의 하나로 삼았다. 만일 경계로 논한다면, 요나라의 동경東京도 우리 경내境內에 있는 셈이니 어찌 잠식이라 할 수 있겠는가? 또 압록강 안팎도 우리 경내인데, 지금은 여진이 그곳에 살면서 완악하고 간사한 짓을 자행하고 있다. 그래서 도로가 막혀 통행이 어렵기가 바다를 건너는 것보다 심하다. 조빙을 행하지 못한 것은 여진 때문이다. 여진을 쫓아낸 다음 우리의 옛 땅을 되찾아 성을 쌓고 도로를 통하게 하면, 감히 조빙을 행하지 않겠는가?"

이는 우선 고려의 북진정책이 역사적으로 타당함을 밝힌 내용이

**서희 장군 동상** │ 우리 민족의 웅혼한 기상을 여실하게 보여 준 선생의 눈빛은 아직도 형형하다.

었다. 그러면서 고려와 거란의 외교관계를 수립하기 위해서, 두 나라 사이에 끼어 있는 여진족을 함께 토벌하자는 선결 조건을 내세운 것이었다. 소손녕은 논리가 정연한 서희의 주장을 크게 인정하고, 곧바로 군사를 돌이켰다. 뒤이어 고려가 압록강 동쪽 280리 땅을 개척하는 데 동의하는 서신을 보내왔다.

평장사가 된 서희는 994년부터 3년간 군사를 이끌고 압록강 동쪽의 여진족을 몰아냈으며, 강동의 6주에 성을 쌓아 우리의 옛 땅을 회복하였다. 빛나는 외교의 승리이자, 북방정책의 알찬 실현이었다.

그 후 서희는 태보太保와 내사령內史令의 최고 요직에 올랐다. 1027년(현종18)에는 성종의 묘정에 배향되었다. 시호는 장위공章威公이다. 설봉산 여래계곡의 초입에는 서희 장군을 기리기 위한 동상이 최근에 조성되었다.

야트막한 설봉산 능선에는 정답고 편안한 오솔길이 펼쳐진다. 연자봉과 서희봉을 차례로 지나야, 정상으로 일컬어지는 희망봉이 나온다. 연자봉에는 연자방아처럼 생긴 희한한 바위가 사람들의 눈을 즐겁게 만든다. 서희봉 곁에는 '장군바위'가 이름처럼 우람하니, 위의威儀가 매섭다.

설봉산의 오솔길은 짧아도 아름답기에, 역시 행복한 마음으로 뚜벅뚜벅 걸어야 한다. 법정法頂스님도 『홀로 사는 즐거움』이란 책의 「걷기 예찬」 편에서 이렇게 말씀하셨다.

**연자바위** | 보는 이의 고개를 저절로 끄덕이게 만드는 자연의 산물이다.

걷는다는 것은 침묵을 횡단하는 것이다. 걷는 사람은 시끄러운 소리에서 벗어나기 위해 세상 밖으로 외출하는 것이다. 걷는 사람은 끊임없이 근원적인 질문에 직면한다.

"나는 어디에서 왔는가? 나는 어디로 가는가? 나는 누구인가?"

이 산하대지는 자동차의 타이어를 위해서보다는 우리의 두 발을 위해서 예부터 있어 온 것임을 알아야 한다. 자연 속에는 미묘한 자력이 있어 우리가 무심히 거기에 몸을 맡기면 그 자력이 올바른 길을 인도해 준다고 옛 수행자들은 믿었다. 자동차에 의존하지 않고 두 발로 뚜벅뚜벅 걷는 사람만이 그 오묘한 자연의 정기를 받을 수 있다.

무욕의 바람이 불어와 땀을 씻어 준다. 자연이 주는 청량산淸凉散이다. 능선은 부학봉浮鶴峰 근처에서 하산길로 갈라진다. 영월암을 거쳐 삼형제바위 쪽으로 내려가는 길이다. 영월암은 능선 바로 아래에 터를 펼쳤다.

## 영월암과 나옹화상

이천의 최고 지장기도 도량인 영월암은 대한불교조계종 제2교구 본사인 용주사의 말사다. 신라 문무왕(661~680) 대에 의상대사義湘大師가 창건했는데, 처음에는 북악사北岳寺라고 불렀다. 고려 말기에 나옹화상懶翁和尙이 중건했지만, 임진왜란으로 소실된 뒤 겨우 명맥만 유지해 왔다.

그러다가 1774년(영조50)에 영월대사映月大師가 중창하고 이름을 영월암으로 바꾸었다. 1911년 보은普恩스님이 다시 암자를 중수하였다. 1920년에는 극락전, 1937년에는 산신각, 1941년에는 대웅전을 다시 지어 오늘에 이르렀다. 현존하는 당우堂宇는 대웅전과 동별당, 요사채 등이다. 중요문화재로는 1984년 12월에 보물 제822호로 지정된 마애입상이 있다. 그 밖에 『법화경』 50권, 석불좌상과 3층석탑 등이

**영월암** | 고요한 암자에 평온함이 가라앉았다. 사람들의 마음도 마냥 차분해졌다.

남았다.

영월암으로 드는 등성이에서 보면, 종각의 오른편 담장 아래로 나무 한 그루가 높다랗다. 나옹화상이 심었다는 700살가량 된 은행나무인데, 높이가 무려 40m에 달한다. 은행나무는 아래쪽이 하나로 붙어 두 줄기가 나란히 치솟았다. 너와 나라는 서로 다른 두 마음을 하나로 엮어 가라는 무언의 가르침인가? 이 기묘한 자태는 늘 사람들의 눈길을 이끈다.

영월암과 가장 관련이 깊은 인물을 꼽으라면, 역시 나옹화상이다. 나옹화상(1320~1376)의 법명은 혜근惠勤이다. 성은 아카씨이고, 속명은 원혜元惠다. 호는 나옹 또는 강월헌江月軒이다. 아버지는 선관서령膳官署令을 지낸 서구瑞具로, 어머니는 정씨鄭氏다. 개경에서 태어났는데, 어머니 태몽에 금빛 송골매의 알이 품 안으로 들었다고 한다.

스님은 자라면서 근기根機가 매우 뛰어났지만, 부모가 출가를 허락하지 않아 쉽게 뜻을 이루지 못했다. 그런데 스무 살이 되었을 때, 평생 동안 생사고락을 같이하자고 약속했던 절친한 친구 하나가 갑자기 병으로 세상을 떴다. 슬픔에 잠긴 나옹스님은 '도대체 사람은 죽으면 어디로 가는가?'라는 의문에 사로잡혔다. 주변의 어른들께 수없이 질문해 보았지만, 속 시원하게 대답해 주는 사람은 아무도 없었다.

**영월암 은행나무** | 은행나무의 미세한 흔들림 또한 영겁 이전에 예정된 일인지도 모른다.

벗의 죽음을 인생의 근본 문제로 받아들인 스님은 마침내 공덕산 묘적암의 요연了然스님을 찾아갔다. 요연스님은 찾아온 나옹에게 다짜고짜 물었다.

"여기 온 것이 무슨 물건이더뇨?"

나옹스님이 대답하였다.

"말하고 듣고 하는 물건이

왔지만 보려 해도 볼 수 없고 찾으려 해도 찾을 수가 없나이다. 어떻게 닦아야 하겠습니까?"

요연스님은 대답을 듣고 나옹의 공부가 보통의 경지가 아님을 알아차렸다.

"나도 너와 같아서 알 수 없으니 다른 스님께 가서 여쭙도록 하여라."

나옹스님은 공덕산을 떠나 여러 곳을 돌아다니다가, 1344년 회암사에서 4년 동안 밤낮을 가리지 않고 용맹정진을 한 끝에, 드디어 깨달음을 얻었다. 그러나 스님은 더 높은 경지를 꿈꾸며 1347년 중국으로 구법求法의 길을 떠났다.

연경燕京의 법원사法源寺에 도착한 스님은 이곳에서 인도의 지공화상指空和尙을 만나 계오契悟하였다. 지공화상과 스님의 인연은 이때가 처음이 아니었다. 나옹스님은 8살 되던 해에 고려를 방문했던 지공화상에게서 세속의 신도에게 내리는 보살계첩을 미리 받은 바가 있었던 것이다. 법원사에서 2년을 더 정진한 나옹스님은 다시 남쪽으로 가 평산처림平山處林에게 깨달음을 인가받아 임제종臨濟宗을 이루었다. 이때 평산처림은 스님에게 법의法衣와 불자拂子를 전해 주었다.

그 뒤로도 중국 천하를 두루 돌아다니며 선지식을 찾아뵙던 스님은 어느 날 어머니의 타계 소식을 들었다. 어머니에 대한 애틋한 정이 샘솟았지만, 스님은 출가사문의 본분을 내세워, 멀리 중국 땅에서나마 극락왕생을 기원할 수밖에 없었다.

1358년에 고려로 돌아온 스님은 불교를 널리 퍼뜨리면서 전국을 유람하였다. 그러다가 경기도 양주에 회암사를 짓다 말고 중국으로 돌아간 지공화상의 뜻을 잇고자 하였다. 지공화상은 회암사 터가 마침 인도의 나라난사와 비슷하다고 여겨 불사를 일으켰던 것이다. 스님은 지공화상의 염원을 좇아 회암사의 중창불사를 일으켰다.

마침내 1376년에 260여 칸의 대규모 사원을 완성하고, 4월 15일에 낙성식인 문수회文殊會를 가졌다. 이때 서울과 지방의 아낙네들이 구름처럼 몰려들자, 스님을 시기하는 무리들이 이를 금지시키고자 왕을 부추겼다. 우왕禑王은 스님을 경상도 밀양의 영원사瑩原寺로 추방하였다. 스님은 영원사로 가기 위해 한강을 거슬러 오르다가 제자들이 살고 있던 신륵사에서 5월 15일 열반에 들었다. 세수가 56세, 법랍이 38년이었다. 시호는 선각禪覺이다.

나옹스님은 스승이었던 지공화상 그리고 무학대사無學大師와 함께 '3대 화상'으로 일컬어진다. 양산 통도사의 삼성각에는 독특하게도 독성·산신·나반존자 대신 3대 화상이 모셔졌으니, 모두 성승聖僧으로 기려진 탓이다. 3대 화상의 부도는 지금도 회암사 터에 나란히 서있다. 나옹스님의 부도는 또한 문경의 공덕산에도 있다.

# 대웅전과 삼성각

영월암의 대웅전은 1941년에 조성된 석가여래를 본존불로 삼고, 좌우에 지장보살과 관음보살을 모셨다. 그런데 현판의 대웅전이란 글자가 낯익다. 퇴경退耕 권상로權相老 선생의 솜씨로, 평생을 학문에 바친 선비답게 얌전하고 단정한 글씨체다.

대웅전은 이천향교의 명륜당 앞에 있던 풍영루를 옮겨다 놓은 것이다. 1949년 청암淸庵스님이 옮겨 짓던 도중 한국전쟁의 발발로 공사가 중단되었는데, 1953년 11월 해옹海翁스님이 완공을 보았다고 한다.

기단은 잘 다듬은 화강석을 이용해 만들었다. 정면 중앙에 장대석을 이용해 계단을 쌓았다. 계단 좌우에는 소맷돌을 설치하였고, 기단 윗면은 강회다짐으로 마감하였다. 측면과 후면에는 벽을 친 다음에, 중방 위쪽의 벽에다가 벽화를 그렸다. 벽화는 모두 8폭으로, 7폭은 전형적인 심우도尋牛圖다. 내부도 벽화로 장식하였으니, 우측 문의 위쪽 벽에는 비약주천상이 그려졌다. 본존불의 뒤쪽에는 1962년 그려진 후불탱화, 신중탱화, 지장탱화, 칠성탱화, 산신탱화 등이 모셔졌다.

삼성각은 대웅전 왼쪽에 설치된 계단을 따라 올라야 한다. 계단이 시작되는 하단에서 맑은 물이 샘솟는다. 그 앞의 바윗돌에는 작은 부처님을 모셨다.

**대웅전 내부** | 나무지장보살, 나무관세음보살······.

삼성각은 제법 높직한 자리로, 경내가 한눈에 들어온다. 기상이 맑은 곳이니, 이곳 또한 여느 삼성각과 마찬가지로 산신과 독성, 칠성님을 모셨다. 그런데 참으로 보기 드문 양식을 지녔는데, 마치 진신사리를 모신 법당처럼 불단의 중앙에다 통유리를 설치한 것이다. 산신과 칠성님은 건물 안에 계시지만, 가운데 자리를 차지한 나반존자가 건물 밖의 뒤쪽 암벽 속에 모셔졌기에 짜낸 묘안이다.

나반존자는 '독수성獨修聖' 또는 '독성獨聖'이라고 부른다. 남인도의 천태산天台山에서 홀로 도를 닦아 깨달음을 얻었기에, 그렇게 일컫는다. 나반존자는 흔히 머리카락이 희고 눈썹이 긴 모양으로 형상화된다.

나반존자는 '삼명三明'에다가, 자리自利와 이타利他의 '이리二利'를 갖춘 나한이라고 한다. 삼명은 숙명명宿命明, 천안명天眼明, 누진명漏盡明을 가리킨다. 숙명명은 전생을 남김없이 꿰뚫어 보는 지혜이며, 천안명은 미래를 내다보는 혜안을 의미한다. 누진명은 모든 고통의 근원이 되는 현세의 번뇌를 자유자재로 끊어 버리는 지혜. 따라서 과거와 현재 그리고 미래의 모든 일을 남김없이 알고 있는 분이 나반존자라고 말할 수 있다.

나반존자는 '삼명'의 능력을 바탕으로 홀로 깨달음을 얻었을 뿐만 아니라, 스스로 중생들의 복을 키워 주는 복전福田이 되기도 한다. 그래서 나반존자는 '자리'와 '이타'를 도모하는 '이리'를 갖춘 성자로 높이 기려진다. 연유에서 독성각이나 삼성각에서 중생들의 공양을 받는 분이다. 미륵불이 화현하는 용화세계龍華世界가 도래하는 날까지 나반존자는 중생들과 함께 이 세상에 머무신다고 한다.

삼성각의 뒤편에 들자, 감실처럼 꾸민 작은 바위굴 안에서 나반존자가 부드러운 미소로 찾아드는 나그네들을 맞는다. 나직한 눈길 역시 인자하기 그지없다. 어느 스님의 재치인가? 붉게 칠한 입술에

**삼성각을 오르는 계단** | 중생들의 한 걸음, 한 걸음은 진리를 향한 몸짓이어라.

생기가 돈다.

삼성각에서 내려가자, 경내를 소개하기 위해 세운 입간판이 마당 끝의 은행나무 앞에서 존재를 드러낸다. 여기서 입간판에 쓰인 글을 잠깐 인용하도록 하는데, 「세상을 의롭게 지혜롭게 살라」는 제목의 글이다. 우리에게 삶의 지혜를 나누어 주는 유익한 내용이다.

**나반존자** | 어디 제 손 한번 정답게 잡아 주시렵니까?

유리하다고 교만하지 말고 불리하다고 비굴하지 말라. 자기가 아는 대로 진실만을 말할 것이며 듣는 이에게 편안함과 기쁨을 주라. 무엇을 들었다고 쉽게 행동하지 말 것이며 그것이 사실인지 깊이 생각하여 이치가 명확할 때 과감히 행동하라. 이기심을 채우고자 정의를 등지지 말고 원망을 원망으로 갚지 말라. 위험에 직면했다고 두려워 말고 이익을 위해 남을 모함하지 말라. 사나우면 남들이 꺼려하고 나약하면 남들이 업신여기니 사나움과 나약함을 버려 중도를 지켜라.

벙어리처럼 침묵하고 임금처럼 말할 것이며 눈처럼 냉정하고 불처럼 뜨거워 태산 같은 자부심을 갖고 누운 풀처럼 자기를 낮추어라. 임금처럼 위엄을 갖추고 구름처럼 한가로워라. 역경을 참아 이겨 내고 형편이 잘 풀릴 때를 조심하라. 재물을 오물처럼 볼 줄 알고 터지는 분노를 잘 다스리라. 때로는 마음껏 풍류를 즐기며 사슴처럼 두려워할 줄 알고 호랑이처럼 무섭고 사나워라.

행복은 내가 짓는 것이요 불행도 내가 짓는 것이네. 그 행복과 불행은 다른 사람이 짓는 것 아니네.

수풀 사이로 수행자처럼 걸어와 암자를 찾은 순례자들에게 영월암이 주는 귀중한 법보시다. 그 앞에 선 사람들은 모두 명상가가 되어 잠시나마 침묵에 잠긴다. 굳게 다문 입술에는 새로운 다짐이 번져 간다. 속세에서 키웠던 탐욕과 분노와 시기 따위의 사악한 마음을 힘들고 무겁게 내려놓느라, '휴우~!' 하며 한숨을 내쉬는 사람도 보인다.


## 마애입상과 석불좌상

대웅전의 오른쪽 뒤편에는 보물로 지정된 마애입상이 단연 눈에 뜨인다. 선으로 새겨진 마애입상은 높이가 9.6m다. 어깨 폭은 약 3m가량 된다. 먼저 자연 암석을 다듬은 뒤에, 바위면 전체를 꽉 채워 조각한 작품이다. 전체적으로 장대한 모습에 힘찬 솜씨를 내보이는데, 고려 초기의 것으로 추정된다.

자세히 살펴보면, 머리와 양손은 얕은 돋을새김이다. 몸통과 옷의 주름 등은 단순한 선으로 새겼다. 전체적으로 보아, 원만하고 둥근 얼굴로 이목구비가 크고 뚜렷하다. 지그시 감은 두 눈과 굵직한 코, 두툼한 입술에서 후덕하고 친근한 분위기가 한껏 우러난다.

목에는 삼도三道가 분명하게 새겨졌다. 삼도는 번뇌에다가 업장과 고통을 총칭하는 말이다. 양손은 가슴에 모아 엄지와 약지를 맞대고, 손바닥은 밖을 향했다. 선정삼매에 든 모습이다.

왼쪽 어깨를 감싼 옷은 부드러운 선으로 흘러내렸는데, 하단에서

**마애입상** | 보물 822호. 바라보는 각도에 따라 조금씩 모양을 바꾸는 보살님의 얼굴에 늘 떠나지 않는 것은 은은한 덕의 향이다.

갈지 자 모양으로 거두었다. 옷의 주름은 소박해서 넉넉한 인상과 편안하게 조화를 이룬다. 멀리서 바라보면, 은은한 향처럼 덕망이 풍겨난다.

대부분의 학자들은 영월암의 창건 조사나 혹은 이 사찰과 인연이 깊은 나한 또는 고승을 새겼다고 추측한다. 그리고 유래를 찾기 어려운 고려 시대 마애조사상이라며 중요한 의미를 부여한다. 하지만 나옹화상과 관련한 아래의 전설을 보면, 이곳의 마애입상은 지장보살이 아닌가 여겨진다. 아무튼 이 전설 때문에, 영월암은 일찍부터 지장기도처로 명성을 떨쳤다.


지금으로부터 6백여 년 전이다. 나옹화상은 양주의 회암사에서 설법을 마치고, 홀로 설봉산 기슭을 오르고 있었다. 그날따라 봄을 시샘하는 듯, 춘설이 어지럽게 흩날리고 바람이 세찼다. 이때였다. 어디선가 울리는 요령 소리가 스님의 귓전을 스쳤다.

"어허, 누군가가 또 세상을 하직한 게로군."

스님은 자신이 출가하던 당시에 화두로 삼았던 생사의 도리를 되뇌며 산모퉁이로 돌아섰다. 스님은 초라한 장례 행렬과 마주쳤다. 상여는 물론 상주도 없이, 늙수그레한 영감이 요령을 흔들며 상엿소리를 구슬피 메기고 있었다. 그 뒤에 장정 하나가 지게에다 관을 힘겹게 멨고, 두 사람이 삽과 곡괭이를 들고 따르던 중이었다. 장례 행렬은 한쪽으로 비켜서서 스님을 향해 허리를 굽혔다.

스님이 물었다.

"대체 누가 세상을 떴기에 이처럼 황망하게 격식도 갖추지 못했는가?"

영감이 아뢰었다.

"예, 아랫마을에 살던 돌이어멈이 세상을 떴습니다."

"거참 안됐구려. 젊은 나이로, 얼마 전에 아들까지 잃고 정신마저 이상해졌다더니……. 나무관세음보살."

스님은 마지막 길을 떠나는 돌이어멈의 극락왕생을 기원하였다. 그리고 다시 가던 길을 재촉했다. 스님의 머릿속에는 마을을 지나며 몇 번인가 보았던 돌이어멈의 얼굴이 살며시 떠올랐다.

돌이어멈은 아들을 잃은 충격이 얼마나 컸던지, 나중에는 정신까지 이상해졌다. 차츰 남의 집 물건 훔치기를 예사로 하고, 걸핏하면 마을 사람들과 싸우기를 일삼았다. 돌이어멈은 포악해지고 사나워져 갔다. 처음엔 동정 어린 눈빛으로 바라보던 마을 사람들도 돌이어멈을 외면하기 시작했다. 나중에는 하도 말썽을 부리니까 급기야 가둬 두어야 한다는 공론이 일기도 하였다. 그래서일까, 돌이어멈은 한동안 눈에 뜨이질 않았었다. 그런데 이제 그만 유명을 달리하고 만 것이다.

스님은 을씨년스런 날씨에 마음마저 착잡해졌다. 그리고 내내 잊고 살았던 어머니에 대한 정과 그리움이 다시금 새록새록 피어올랐다. 너무나 긴 세월 잊고 지낸 어머니였다.

그날 밤 스님은 선정에 들어가 진즉에 돌아가신 어머니의 행적을 쫓았다. 그런데 이게 웬일인가? 스님의 어머니 정씨는 뜻밖에도 환생하지 못하고 무주고혼無主孤魂이 되어 중음신中陰神으로 떠돌고 있는 것이 아닌가? 스님은 스스로가 원망스러웠다. 자신을 낳아 준 어머니에 대해 그토록 무관심했던 자신의 불효가 더할 나위 없이 후회스럽고 원통하였다.

"자식이 출가하면 구족九族이 복을 받는다는데, 우리 어머님은 얼마나 업장이 두터우셨기에 구천을 맴돌고 계시는 걸까. 혹시 이 못난 아들을 못 보고 눈감으셨기에 그 한이 골수에 맺힌 것은 아닐까?"

스님은 지옥에서 허덕이던 어머니를 제도했다는 목련존자를 떠올렸다. 그리고는 자신도 어머니를 천도키로 결심하였다. 스님은 법당 뒤 산기슭의 큰 바위에 모셔진 마애지장보살 앞에서 어머니의 천도기도를 시작했다.

"지장보살, 지장보살……."

지옥에 남은 마지막 중생까지 제도하겠다고 서원한 지장보살의 명호를 부르며 어머니의 왕생극락을 기원하는 스님의 독경은 간절했다. 그렇게 기도 드리기 49일째 되던 날이었다. 스님은 철야 정진에 들어갔다.

아직 동이 트기 전이었다. 스님은 지장보살의 전신에서 뿜어져 나오는 금빛 광채를 보았다. 눈부시게 밝은 자비의 빛이었다. 스님은 깜짝 놀라 고개를 들어 지장보살의 얼굴을 올려다보았다. 지장보살의 눈에서는 눈물이 주르륵 흘러나오는 듯하였다. 고통 받는 지옥의 중생들 때문에, 늘 지옥의 문전에서 눈물이 마를 새 없다는 지장보살이 아니던가?

"아, 지장보살님께서 내 기도에 감응하시고 눈물로써 현현하시는 구나."

스님은 기도가 성취되어 뛸 듯이 기뻤다.

"어머니, 이제 불효한 아들에 대해 서운한 마음일랑 거두십시오. 그리고 편안하게 극락으로 드십시오."

기도를 마친 나옹스님은 다시 선정에 들어가 이미 천도왕생하신 어머니를 뵈었다. 이후로 영월암의 지장보살 앞에는 먼저 가신 부모님의 극락왕생을 빌며 자신의 업장을 소멸시키고자 하는 중 생들의 발길이 끊임없이 이어지고 있다고 한다.


마애입상 앞쪽에는 연화좌대 위의 부처님께서 석조광배를 등지 고 앉아 계신다. 이천 향토유적 3호인 석조광배 및 연화좌대는 영월 암 창건 당시에 조성된 것으로 알려졌는데, 본래 넘어져 있던 것을 근년에 복원해 놓았다. 광배는 전체 높이 156cm, 폭 118cm, 두께 45cm의 규모다.

연화좌대는 섬세하고 유려한 조각 솜씨를 자랑한다. 특히 부처님 을 떠받들고 있는 연잎들이 방금 피어난 것처럼 생동감으로 넘친다.

**영월암 연화좌대와 불상** | 마치 경주 석굴암의 부처님을 보는 듯한 느낌이다. 세월의 더께가 쌓이면 더욱 그러하리라.

높이 107cm다. 전체적인 조화나 균형미와 세련된 조각 솜씨로 미루어, 불교미술의 전성기였던 통일신라 또는 고려 초기의 작품으로 추정된다. 가운데 안치됐던 불상은 언젠가 없어졌기에 1980년 새로 조성하였다. 새로 모신 부처님은 전체적으로 석굴암의 부처님을 닮은 상호相好와 분위기를 지녔다. 다만 두 뺨이 다소 갸름한 모습이니, 시대적인 선호 탓인지도 모른다. 수인手印 또한 항마촉지인降魔觸地印이다.

항마촉지인은 통일신라 시대 때 만들어진 불상에서 주로 볼 수 있다. 이 수인은 석가모니가 보리수 아래에서 온갖 번뇌를 물리치고 도를 깨닫는 순간에 지녔던 손동작이다. 이때 석가모니는 온갖 유혹으로 성불을 방해하던 마왕 파순波旬의 항복을 받기 위해 지신地神을 불러 자신의 깨달음을 증명하셨다고 한다. 왼손은 손바닥을 위로 향하게 하여 결가부좌한 다리 가운데에 놓고, 오른손은 무릎 밑으로 늘어뜨리면서 다섯 손가락을 편 모양이다. 이 수인은 반드시 결가부좌한 좌상에서만 볼 수 있으니, 서거나 기대고 있는 불상에서는 결코 볼 수가 없다.

**영월암 삼층석탑** | 신라 석탑의 일반형으로 통일신라 이후의 작품을 보완한 것이다.

연화좌대 옆으로 삼층석탑이 섰다. 본래 3개의 옥개석과 1개의 옥신, 1개의 상대갑석만 남은 채로 은행나무 옆에 방치되어 있던 석탑이다. 1981년에 새로 축조, 복원하였다고 한다.


## 가슴 아픈 삼형제바위

영월암에서 나와 소나무가 우거진 하산길로 접어들면, 잠시 후에 '삼형제바위'를 만나게 된다. 똑같이 생긴 바위들이 같은 높이로 나란히 섰으니, 참으로 보기 드문 진귀한 형상이다. 그러나 남다른 모습에 비해, 바위에 어린 전설은 서글프기만 하다. 이천 시청에서 준비한 안내판이 친절하게 이를 소개한다.

아주 오랜 옛날 가난한 집에 늙은 어머니를 모시고 나무를 해다가 팔아 생계를 유지하며 살아가는 아들 셋이 있었는데, 삼 형제는 우애와 어머니에 대한 효성이 지극하여 인근 지방에 효자 아들로 이름이 널리 알려져 있었다. 어느 날 설봉산으로 나무하러 갔던 삼 형제가 날이 저물도록 돌아오지 않아 속 태우던 어머니는 아들을 찾아 산으로 가게 되었고, 그런 줄도 모르는 아들은 나무를 한 짐씩 잔뜩 하여 집으로 돌아와 보니 어머니가 안 계시자 어머니를 찾아 온 산을 헤매고 있을 때, 어디선가 호랑이 울음소리가 들려 삼 형제가 쏜살같이 달려가 보니 수십 길이 넘는 낭떠러지 밑에 어머니가 호랑이에게 쫓기고 있는 것이었다. 이 광경을 본 삼 형제가 똑같이 뛰어내렸는데, 그 순간 세 덩어리의 바위가 되었다고 하는 전설이 있다.

또한 오랜 옛날 홀어머니 밑에 삼 형제가 있었는데, 3년 기한인 병졸로 모두 뽑혀 가게 되었다. 아들 셋을 의지하며 살던 어머니는 아들의 무사함을 빌었으나 약속한 3년이 지나도 아들이 돌아오지를 않았다. 혼자서 생계를 이어 가던 홀어머니는 그리던 아들을 보지 못한 채 홀로 세상을 떠나고 말았다. 병졸의 의무를 다한 삼 형제가 집으로 돌아와 어머니의 죽음을 슬퍼하여 어머니의 무덤에 엎드려 명복을 빌며 일어날 줄 몰랐고 그대로 세 덩어리의 바위가 되었다는 전설도 있다.

삼형제바위 앞에서 이천 시내를 굽어본다. 꿈결처럼 아득한 속세지만, 종내에는 되돌아가야 할 곳이다. 짧은 시간이나마 설봉산의 품에 들어와 명상가가 되고, 순례자가 되어, 수행자의 분위기를 맛보았던 우리들이다. 이제 아쉬움을 달래며 아래쪽 세상을 향해 떨어

**삼형제바위** | 누가 빚었는가? 무엇이 그리워 빚었는가? 삼형제바위는 오늘도 남녘 하늘만 바라본다.

지지 않는 발걸음을 내딛어야 한다. 섭섭한 마음에서 떠오르는 시가 나옹화상이 남겼다고 하는 「청산은 나를 보고」다. 참고로 이 시의 작자가 당나라의 한산寒山스님이라는 설도 있고, 작자 미상이라는 설도 있다.

청산은 나를 보고
말없이 살라 하고
창공은 나를 보고
티 없이 살라 하네
……
성냄도 벗어 놓고
탐욕도 벗어 놓고
물같이 바람같이
살다가 가라 하네

날마다 새로 나는
# 속리산 상고암

俗離山 上庫庵

# 속리산 법주사

인간의 삶이 불행한 데에 대해서는 여러 가지 요인이 있으리라. 날마다 거듭나지 못하는 점도 이 가운데 분명 한 가지 이유가 되리라.

대부분의 많은 사람들은 운명처럼 주어진 환경 속에서 무기력하게 일회성 삶을 소모한다. 진보가 없이 날마다 그저 그런 모습으로 일생을 마친다. 구각舊殼을 벗지 못하는 삶은 필연코 불행할 수밖에 없다. 창공을 훨훨 나는 자유로운 나비가 되지 못하고, 그냥 답답하게 애벌레로 살아가야 하기 때문이다.

중국 은殷나라의 탕湯 임금은 천자의 신분임에도 늘 새로 나고자 노력하였다. 자신의 욕조에다가 "참으로 날마다 새롭고 나날이 새로워지니, 또 매일 새로워지자. 苟日新 日日新 又日新"라고 새겨 놓았다. 탕 임금은 몸만 깨끗이 씻을 것이 아니라, 근원적인 자아를 날마다 부지런히 닦아 새 인물로 거듭나고자 다짐하였다. 그리하여 장구한 인류의 역사 위에 위대한 성군聖君으로 썩지 않을 이름을 남겼다.

상고암上庫庵도 새롭게 거듭난 암자다. 그저 목재나 쌓아 두던 허드레 창고에서 어엿한 암자로 다시 태어나, 오늘에까지 전해 온다. 그 자리가 백두대간의 늠름한 봉우리인 속리산 비로봉 아래라서 더욱 자랑스럽다.

한반도의 중추인 백두대간은 백두산에서 일어나 개마고원에서 잠시 숨을 고르며 힘을 크게 비축한다. 그러고는 함경도 한가운데를 뚫고 내려오다가 분수령에서 동해 쪽으로 다가간다. 이렇게 푸른 동해를 옆에 끼고 남진하는 백두대간은 금강산과 설악산, 오대산을 차례로 빚어 올린다.

태백산에 다다른 백두대간은 다시 내륙을 향해 서쪽으로 거대한 몸통을 튼다. 그리고 한반도의 복판 즈음에 다다라 갈무리해 온 정기를 내뿜어 장중한 속리산으로 솟구친다. 백두대간은 다시 남쪽으로 몸을 꺾어 덕유산과 지리산을 세우면서 영호남을 가르게 된다.

백두대간이 크게 부풀려 놓은 속리산은 남한강과 금강, 낙동강으로 물을 흘려보낸다. 오대산 아래쪽의 태백산맥에서부터 속리산의 동북쪽 물은 모두 모여 남한강으로 흐른다. 속리산의 서남쪽 물은 금강으로 흐르고, 동남쪽으로 흘러내린 물은 낙동강으로 모여든다. 이 3대 강은 한반도의 절반 이상을 적시는 중요한 물줄기다. 예로부터 속리산에는 '삼타수三陀水'란 샘물이 있다고 여겨 왔다. 삼타수에서 내린 물이 각각 남한강, 금강, 낙동강을 이룬다고 여겼기에, 삼타수가 바로 3대 강의 발원지라고 생각했던 것이다. 그리하여 삼타수는 다름 아닌 상고암에서 솟는 약수라고 비정하기에 이르렀다. 이로 인해 상고암은 일찍부터 주목을 받아 왔다.

상고암 약수의 효험과 우수성은 조선조 세조 때에 이미 명성을 얻었다. '정이품송'의 유래를 통해 널리 알려졌듯이, 세조는 신병 치료차 피접을 나와 속리산에 머문 적이 있다. 그때 세조는 복천암福泉庵에 머물렀는데, 식수는 물론 약을 달일 때에도 반드시 위쪽에 있는

**정이품송** | 거침없는 순환 속에서 자라나고 시드는 존재들의 표상이다.

상고암의 물을 길어다 사용했다고 한다.

속리산이란 이름은 신라 말기의 학자 최치원崔致遠 선생이 남긴 "도불원인인원도道不遠人人遠道, 산비리속속리산山非離俗俗離山"이란 구절에서 유래했다고 하는데, "도는 사람을 멀리하지 않는데 사람들이 도를 멀리하고, 산은 속세를 떠나려 하지 않는데 속세가 산을 여의는구나."라고 풀이된다. 이때 속리산은 속세를 벗어난 산이란 의미를 지닌다.

또 다른 전설은 다음과 같다. 신라 선덕왕 5년(784)에 김제 금산사金山寺에 있던 진표율사眞表律師가 속리산을 찾게 되었다고 한다. 그때 들판에서 밭갈이를 하던 소들이 일제히 무릎을 꿇고 예를 갖추어 율사를 맞아들이는 기이한 일이 벌어졌다. 수많은 농부들은 미물인 소들조차 깨우치고 뉘우치는 모습에 크게 감동해서 다투어 머리를 깎고 율사를 따라 입산수도하였다고 한다. 이에 속세와 이별하는 산이라고 하여, 속리산이란 이름이 붙게 되었다는 이야기다.

호서 지방에서 제일가는 절이란 뜻의 '호서제일가람'이 속리산 법주사다. 법주사란 이름은 불법이 머무는 절이란 뜻을 지녔으며 신라 진흥왕 14년(583)에 의신조사義信祖師가 창건했다고 전한다. 당시에 의신조사는 천축국에서 가져온 불경을 흰 나귀에 싣고 절을 지을 만한 곳을 찾아다녔는데, 지금의 절터에 이르러 나귀가 더 이상 앞으로 나가지 않고 제자리를 맴돌았다고 한다. 이에 이곳에 절을 짓고 이름을 '법주사'로 삼았다고 한다.

일설에는 진표율사의 제자들에 의해 창건된 길상사吉祥寺가 법주사의 전신前身이었다고 한다. 진표율사는 백제의 유민으로, 실의에 찬 백제 땅의 사람들을 위해 전라도 모악산에 먼저 금산사를 세웠다. 그리고 뒤이어 이곳에 법주사를 일으켰다. 두 곳 모두 미륵장륙존상彌勒丈六尊像이 봉안되었다는 공통점을 지녔으니, 미륵의 출현을 간절하게 기다리는 유민들을 위한 조처였다.

당시 속리산에는 영심永深, 융종融宗, 불타佛陀라는 세 대덕이 수행하고 있었다. 이들은 부안으로 진표율사를 찾아가 법맥을 인정받고 『공양차제비법供養次第秘法』한 권과 『점찰선악업보경占察善惡業報經』두 권, 그리고 점대 189개를 하사받았다.

**법주사 일주문** | 산사로 드는 일주문은 나그네의 마음을 경건하게 한다.

이때 진표율사는 이들에게 속리산으로 다시 돌아가 길상초가 돋아나는 자리를 찾은 다음, 이곳에 절을 짓고 이름을 길상사로 부르도록 일렀다고 한다. 그런데 진표율사가 하사해 준 서적들과 점대로 인해, 길상사는 뒷날 법주사로 이름을 바꾸었다고 전한다.

# 개울 건너 비로산장

예로부터 법주사는 많은 암자를 거느렸다. 한창 때에는 무려 70개가 넘는 암자가 딸렸었다고 하는데, 지금은 여덟 암자만 남았다. 상고암은 물론이고, 복천암, 상환암, 중사자암, 여적암, 수정암, 탈골암, 동암이 여덟 암자에 해당한다.

상고암으로 가는 길은 먼저 법주사 앞에서 우측으로 뻗은 포장도로를 택해 세심정洗心亭까지 올라가야 한다. 맑은 계곡수가 넉넉하게 흐르는 평탄한 길이다. 중간에 '목욕소沐浴沼'도 보인다.

목욕소는 세조가 법주사에서 대법회를 연 후, 목욕을 하고 피부병을 고쳤다는 계곡 안의 소 이름이다. 세조가 이곳에서 목욕을 하고 있을 때, 약사여래불의 명을 받은 월광태자라는 미소년이 나타나 세조의 피부병이 나을 것이라 예언하였다고 한다. 세조가 목욕을 마치자 몸에 났던 종기들이 깨끗이 사라졌으므로, 마침내 목욕소라고 부르게 되었다는 전설이 전해 온다.

계곡에는 맑고 푸른 물이 지칠 줄 모르고 흐른다. 여기저기 나뒹구는 바위들이 속리산 계곡의 운치를 그려 낸다. 불현듯 가슴에 한 줄기 전율이 짜르르 스쳐 간다. 눈부신 햇살이 나뭇잎 커튼을 뚫고, 맑은 바람은 청량하고 달콤하다. 속세의 먼지 한 점이 들지 않은 신선경이다.

어느덧 길이 두 갈래로 나뉜다. 왼쪽으로는 문장대로 올라가고,

**목욕소** | 중생 하나를 제도했기에 이름을 얻은 신성한 물길이다.

오른쪽으로는 천왕봉으로 향하는 '세심정 삼거리'다. 세심정휴게소
가 오가는 이를 맞는다. 여기에서 오른쪽 길을 택하면 바로 '세심정
절구'가 보인다. 이 절구는 12~13세기에 사용했던 것이다. 속리산의
영험한 기운을 받으며 공부하던 고승대덕이나 도인, 학자들에게 식
사를 제공하기 위해 쓰였는데, 이때 나락은 정부에서 제공하였다고
한다. 지금은 물의 낙차를 이용하던 물레방아가 사라지고, 돌로 만
든 두 개의 절구통만 부질없이 물을 받아 흘리고 있다.

　잠시 계곡 안의 바위 위에 올라가 땀을 씻자니, 주변에서 나무들
이 노래하는 소리가 들린다. 몸 안에 바람을 품었기에 절로 울려나
는 노랫소리다. 더 높은 곳에서 울리는 바람의 소리를 듣고자, 담쟁

**세심정 절구** | 나눔의 미학이 길가에 오롯이 나 앉았다.

이 넝쿨은 우듬지를 향해 감아 올랐다. 나무 그림자가 지면을 덮는
다. 튀어나온 곳은 튀어나온 대로, 움푹 팬 곳은 패인 대로, 거울에
비추는 양 차별 없는 자락을 고요히 덮는다. 소리 없는 파문이 골짜
기에 퍼져 나간다. 소리 없는 이야기가 저절로 나무와 오간다.

　백두대간의 위용은 절대 헛된 것이 아니다. 산길이 깊어질수록,
거대한 바위들이 숲 속에서 몸통을 드러낸다. 길가에 나앉은 바위들
은 아예 거대한 석문이 되었다. 절대자의 침묵이 남긴 말없음표처럼
바위들이 띄엄띄엄 줄을 잇는다. 이따금 깨달음의 느낌표가 바위틈
에 소나무로 박혔다. 나그네는 말문을 닫는다.

　‘세심정 삼거리’에서 200m가량 오르면 ‘비로산장’이 나타난다.

개울 건너 비로산장은 일견에도 고풍스럽다. 수줍은 듯 단아한 모습인데, 이마에는 서예 작품들이 죽 나붙었다.

비로산장은 모정茅亭 김태환金泰煥 노인이 꿈속 같은 일생을 보낸 장소다. 노인은 1965년에 지금의 자리로 들어와 산장을 일구면서 새로운 삶을 열었다고 한다. 지금은 90을 바라보는 나이에 노환으로 붓을 꺾었지만, 지난날에는 무릉도원이 부럽지 않은 이곳에서 필경筆耕을 벗 삼아 도인으로 살아왔다. 내건 작품들은 대부분 노인의 솜씨다. 철기鐵驥 이범석李範奭 장군과 초정艸丁 권창륜權昌倫 선생 등의 작품도 산장 안 곳곳에 숨어 있다.

비로산장은 개울가의 의자에 앉아 차 한 잔을 마시기에 아주 좋은 곳이다. 그냥 아무런 생각 없이 무료하게 앉아 살갗에 꼬물거리는 햇살을 무한정 느끼며, 흐르는 물살을 태평스럽게 바라볼 수 있는 자리다. 비가 오거나, 눈이 내리거나 어떤 날씨라도 상관없이 제 자신부터 아름다운 산장이다. 언제나 하루쯤 유숙하고 싶게 만든다.

계곡의 물소리를 실컷 들어 보고, 밤하늘을 바라보며 눕고 싶은 곳이다. 그러나 아직 한 번도 실행에 옮기지 못했으니, 그 정취와 묘미는 자세히 알 길이 없다. 다만 정지용의 시 「인동차忍冬茶」를 읊으며 미루어 볼 뿐이다. 인동차는 인동초로 만든 차를 가리킨다.

노주인老主人의 장벽腸壁에

무시無時로 인동忍冬 삼긴 물이 나린다

**비로산장** | 무릉도원은 진정 내 마음속에 있다고 들었는데…….

자작나무 덩그럭 불이

도로 피어 붉고


구석에 그늘 지어

무가 순 돋아 파릇하고

흙 냄새 훈훈히 김도 사리다가

바깥 풍설風雪 소리에 잠착하다


산중山中에 책력册曆도 없이

삼동三冬이 하이얗다

# 원숭이바위와 상고암

경업대로 향하던 등산로가 다시 갈라지면서, 상고암을 안내하는 작은 표지판이 나타난다. 작은 다리를 건너면서 시작되는 이 샛길은 많이 가파르다. 험준한 바위들이 여기저기서 더욱 자주 얼굴을 드러낸다. 길가의 작은 봉우리들은 숫제 암벽으로만 이루어졌다.

숨이 차오르기 시작한다. 그만큼 경사도 급해졌으니 땀이 주룩 흘러내린다. 지금부터는 밖으로만 내딛던 발걸음을 내면으로 돌려야 한다. 두 발의 힘든 행보를 마음에 새겨야 한다. 세상의 멋진 비경은 늘 이렇게 고통과 인내를 먼저 요구하지 않던가?

중간에서 만나는 '원숭이바위'는 어렵고 힘든 산행에 큰 웃음을 준다. 길가의 표지판을 따라 왼쪽으로 몇 걸음을 옮기면, 작은 계곡 건너편에 많은 바위들이 제멋대로 쌓여 있는 광경을 볼 수 있다. 그런데 윗부분에 마치 원숭이처럼 생긴 바위 하나가 남몰래 숨었으니, 처음 와 본 사람들은 쉽게 찾을 수 없을 만큼 꼭꼭 숨었다.

근래에 발견된 이 바위는 '손오공바위'라고 불리기도 한다. 퀭한 두 눈과 길쭉하고 두루뭉실한 코, 양쪽으로 늘어진 볼때기가 간데없는 원숭이다. 삼장법사가 아니라, 위쪽의 비로봉에 상주하는 비로자나불을 수행하던 손오공인지도 모른다. 지금은 무슨 업장 때문인지, 바위틈에 끼어 옴짝달싹도 하지 못하는 신세가 되었다. 언젠가 비로

**원숭이바위** | 이제는 삼장법사 대신 상고암을 찾는 탐방객들을 모셔야 할 손오공이다.

자나불이 내려와 용서해 줄 날만을 애타게 기다리는가?

원숭이바위를 지나도 여전히 가파른 등산로다. 험준한 바위들은 이제부터 석문이 되어 등장한다. 피안을 찾기 위해 수없이 열고 들어야 하는 석문들이다. 돌계단이 그 사이로 숨었다가 나타났다가 홀로 숨바꼭질을 한다.

숲을 보니, 수종樹種이 차츰 바뀌기 시작한다. 참나무, 상수리나무, 오리나무, 단풍나무, 생강나무, 물푸레나무, 층층나무 등이 주종을 이루는 잡목림 속에서 소나무가 자주 나타난다. 올망졸망한 조릿대는 길가에 우거졌다.

아름드리 소나무가 하늘을 찌르는 광경이 잦아질수록, 상고암은 자꾸 가까워진다. 그 옛날 법주사를 짓고자 하던 시절에 상고암은 목재 창고 역할을 하였다. 능선 주변에 쭉쭉 솟은 소나무를 베어다가 잘 보관하고 말리면서, 큰 절의 공사에 알맞도록 먼저 손을 보았던 곳이다. 당시 목재 창고는 세 군데에 자리를 잡았다. 제일 위쪽에 자리 잡은 상고에다가 그 아래쪽으로 중고中庫, 하고下庫가 따로 있었다. 세 곳의 목재 창고는 당연히 법주사보다 시기적으로 몇 년 앞서 열렸다. 지금은 중고와 하고가 섰던 자리가 빈 채로 남았으니, 모두 100여 년 전에 사라졌다고 한다. 다만 버리기 아깝도록 뛰어난 상고의 자리는 마침내 상고암이란 암자로 거듭났다.

상고암은 서기 720년에 창건되었는데, 인근의 중사자암이나 탈골암과 거의 같은 시기다. 중간의 자세한 기록은 알 길이 없고, 다만 1876년부터 1896년 사이에 진봉스님이 중건했다고 전해진다. 그런데 한국전쟁을 거치면서 다시 완전한 폐허로 변했고, 1975년에 주불전인 극락전을 세웠다.

상고암의 경내는 크게 동서를 가로지르는 축대를 중심으로 해

**상고암으로 오르는 길가의 석문** | 석문이 단순 반복의 무료함을 깨 주고자 몸을 활짝 열었다.

서 상단과 하단으로 양분된다. 하단에는 요사채들이 차지했다. 상단에는 극락전을 중심으로, 좌측에 상고암이란 현액을 내건 종무소가 세워졌다. 우측 가까이에는 '거북바위'와 '용바위'가 포개져 있고, 그 앞으로 사천왕상이 새겨진 바윗돌이 버젓하다. 뒤쪽 한가운데에 영산전이 섰다.

상고암은 행주형行舟形의 빼어난 자리다. 앞쪽으로 파도처럼 일렁이는 산세를 바라보며 나아가는 배의 형상이다. 비로봉 꼭대기에 솟은 하얀 바윗돌을 돛대 삼아 진리의 바다를 향해 돌진하는 배의 모습에 해당한다. 백두대간의 힘차고 넘치는 기세를 이어받았으니, 그야말로 거침이 없다. 밝고도 맑은 기운으로 충만한 터다. 수행자를 품고 길러 내기에 참말로 좋은 공간이다.

상고암 뒤에는 비로봉의 자태가 웅장하기 그지없다. 비로봉은 비로자나불毘盧遮那佛이 상주하는 봉우리이다. 비로자나불은 범어 Vairocana(바이로차나)의 음역으로, 부처님의 진신眞身을 나타내는 칭호다. 따라서 상고암은 부처님이 품은 숭고하고도 거룩한 암자다.

상고암의 주불전인 극락전이 경내의 한가운데를 차지했다. 왼쪽 뒤편으로 커다란 바위를 등졌다. 근래에 다시 지어진 까닭에 극락전은 고풍스런 맛이 별반 없다. 좌우측을 보면 대리석이 벽면의 절반을 채웠고, 주춧돌의 모양과 크기도 건물과 어울리질 않는다.

극락전 오른쪽 바위 무더기 틈에서 '삼타수'로 일컬어 왔던 샘이 솟는다. 샘물은 홈통을 따라 흘러내려 앞쪽에 놓인 수조를 채운다.

샘물도 꾸민다고 꾸몄는데, 왠지 어수선한 모양새로 고상한 품격을 찾을 수 없다. 그러나 물맛만큼은 명성에 전혀 금이 가지 않으니 아주 탁월하다고 하겠다. 수량도 풍부해서 오가는 사람들의 목을 넉넉히 축여 준다.

극락전의 뒤쪽으로 두 줄기 계단이 놓였다. 왼쪽은 산신각을 거쳐 전망대로 오른다. 오른쪽 계단은 영산전에서 멈추었다. 산신각과 영산전 역시 초라하다는 느낌으로 뒤쪽의 비로봉을 올려다보면 더더욱 비교가 된다.

산신각 뒤쪽에 새로 조성된 전망대는 속리산의 정축을 조망하기에 아주 좋은 곳이다. 그러나 너무 크고 멋없는 구조물로 전락하고 말았다. 주변 풍광과 제대로 어울리지 않는 살풍경한 시멘트 덩어리다. 작아도 맵시가 나는 전망대로 꾸몄다면 훨씬 좋았으리라는 생각을 떨치기가 어렵다.

상고암은 전체적으로 보아, 아직은 허술하고 정돈되지 않은 느낌이 앞선다. 이 깊은 산중의 꼭대기 암자에 아직 시절인연이 닿지 않은 탓이다. 그러나 천년의 역사와 목재 창고에서 암자로 거듭난 이력이 있지 않은가. 때가 되면 상고암은 단아하고 경건한 분위기의 암자로 또다시 일신하리라. 뛰어난 터에는 반드시 위대한 인물과 함께 빛을 발하는 시절이 찾아드는 법이다.

**상고암 극락전** | 무작위의 지고지순한 비로봉 아래를 상고암이 독차지했다.

# 용바위와 거북바위 그리고 마애불

상고암 경내의 동편에는 투박하게 생긴 '용바위'와 '거북바위'가 자리를 차지했다. 그리고 그 앞에 마애석불이 섰다. 주변이 아직 덜 정돈된 탓에, 이들은 쉽게 주목을 끌지 못해 퍽 아쉽다.

거북바위와 용바위는 천연석에 인공의 힘을 조금 보탠 생김새다. 누군가가 거북이의 머리 부분을 다듬어 냈고, 용의 얼굴만을 쪼아 냈다. 그리하여 용이란 놈이 승천을 위해 거북이를 걸터 탄 형상으로 보인다. 용바위의 등짝에는 담쟁이 넝쿨이 비늘처럼 덮여 승천 직전의 긴장으로 새파랗다.

거북바위 등에 비석을 세운 흔적이 뚜렷이 남았으니 아마도 이 바위들은 귀부龜趺와 이수螭首로 쓰였던 모양이다. 예로부터 훌륭한 사람들을 기리는 건물이나 묘 앞에 세운 비석들은 거북이 형상의 돌 위에 앉혔다. 그리고 비석의 머리 부분은 뿔 없는 용이 서린 형상으로 장식하였다. 이를 귀부와 이수라고 한다.

이곳에 세워졌던 비는 이제 찾을 길이 없지만 아마도 어느 큰스님을 기념하기 위한 것이었으리라. 거북바위 등에 팬 홈의 크기로 미루어 비석의 크기는 아주 작았다고 여겨진다. 작은 비라서 죄송스럽고 귀부와 이수를 따로 장만해 이곳까지 올리기 힘든 처지에서 누군가가 꾀를 낸 모양이다. 그래서 거북이와 용을 닮은 이곳의 바위에 적당히 손을 보아 귀부와 이수로 대신했다고 짐작된다.

**거북바위** | 애초부터 손짓과 발짓마저 미비되었으니 영생이 내재된 거북이다.

상고암은 해발 950m나 되는 곳으로 속리산의 가장 높은 곳에 자리 잡았다. 이제 빗돌은 사라졌어도, 그 아름다운 마음씨는 거북바위와 용바위로 남아 오늘에 이른다.

거북바위와 용바위가 마애불을 바라본다. 이 마애불은 조선 중기의 작품으로 추정되는데, 둥글납작하게 생긴 커다란 바위에 상하 2단으로 돋을새김을 하였다. 고졸한 솜씨로 공간 배치에 고심하면서 나름대로 정성을 들인 모습이 역력하다.

상단에 약사여래불이 가부좌를 틀고 홀로 앉았다. 약사불의 커다란 귀와 두툼한 코가 매우 인상적이다. 입 모양도 가로로 짧게 새

**마애불 상단 약사여래불** | 앙 다문 입술에서 세상을 모두 구제하리라는 결기가 느껴진다. 게다가 기교라는 허위까지 내던졌으니, 그 앞에 서면 달리 할 말이 없다.

기는 흉내만 냈는데, 도리어 미묘한 느낌을 불러 온다. 주변의 검버섯과 이끼들은 긴 세월의 자취를 보여 준다.

하단의 오른쪽에는 부처님의 좌상을 모셨고, 왼쪽으로 사천왕상을 연달아 새겼다. 그런데 맨 왼쪽의 사천왕은 오른손으로 무기를 짚고, 왼손에 석탑을 받들었다. 이는 경주와 영주 등지의 사천왕상에서 드물게 발견되는 특이한 자세다. 나머지 사천왕들은 평범하게 비파나 물병을 들었다.

전체적인 암자의 배치로 보아 사천왕상을 새겨 놓은 이 바위가 입구에 해당한다. 그런데 지금은 어느 곳이 입구인지 알 수 없도록

**사천왕바위** | 한 줄기 바람과 비에 결코 묻혀지지 않는 의연함이 내일을 기약한다.

등산로가 암자의 한가운데를 지른다. 임시로 지은 듯한 푸른 양철지붕의 요사채도 아래쪽에서 마구 시선을 흩뜨린다. 마애불을 기점으로 삼아 전면적인 재단장이 필요하다.

# 굴법당과 칠룡송

마애불을 지나 동쪽으로 뻗은 등산로를 따라가면, 작은 갈래길이 금세 나온다. 굴법당과 법주사로 갈라지는 길목이니, 국립공원에서 세운 안내판이 서 있다. 그리고 '굴법당 가는 길'이라는 작은 표지판이 이어진다. 상고암에서 굴법당까지는 100m 남짓한 거리밖에 되지 않는다.

굴법당의 정식 명칭은 약사전이다. 약사전은 두툼한 바스크모자처럼, 불룩하게 부푼 버섯처럼 생긴 커다란 바위 아래에 조성되었다. 전임 주지였던 법혜스님이 바위 아래에서 천연 동굴을 발견하고 세운 법당이다.

법혜스님은 침술에 아주 능통했다고 한다. 그래서 인근의 마을 사람들은 아픈 곳이 생기면 스님을 찾아와 침을 맞고 갔다. 때로는 스님이 몸소 마을로 내려가 아픈 사람들에게 침을 놓아 주면서 많은 사람들이 스님을 존경하고 따랐다고 전해 온다.

스님은 중생들이 병마에 시달리지 않도록 서원을 담아, 이곳에 약사전을 건립할 계획을 세웠다. 동굴을 확장하고 법당을 들이는 공사가 진행되던 도중에 스님은 열반에 들었다. 그러나 많은 사람들의

---

**굴법당** | 착한 사람에게는 크고 굳센 바위가 되라고, 더 착한 사람에게는 하늘을 우러르라는 가르침을 주는 암자다.

**굴법당 내부** | 인공의 법당은 결국 천연의 바위굴 속에 들어앉았다.

염원 속에서 공사는 계속 진행되었고 마침내 법당을 완성하였다.

부처님을 모시던 날이다. 동원된 헬기가 법당 앞에 부처님을 조심스레 내려놓자 50여 명의 주민들이 달라붙었다. 주민들은 굴대로 쓸 통나무를 바닥에 나란히 깔아 놓은 다음, 서로 힘을 모아 석굴 안으로 부처님을 밀어 넣었다. 모두가 평소 법혜스님에게 은혜를 입었던 사람들이었으니, 그날의 대역사에 자발적으로 참여한 것이다.

법당에는 약사여래불이 왼손에 약병을 들고 세상을 굽어본다. 약사여래불은 세상의 모든 중생들을 병마의 고통으로부터 벗어나게 해 주는 부처님이다. 그 좌우에 천불千佛이 모셔졌다. 천장에는 천연의 바위가 그대로 내려앉았다.

　법당의 문 옆에 '심생멸문心生滅門'이라고 새겨진 작은 빗돌 하나가 존재를 드러낸다. '심생멸문'은 흔히 '심진여문心眞如門'이란 구절 뒤에 붙어 함께 쓰는 말이다. 묶어서 해석하면, "마음이 곧 진여의 문이요, 마음이 바로 생멸의 문이다."라는 뜻이다. 비록 작은 빗돌이지만, '일체유심조一切唯心造'의 가르침이 또렷하다.

　굴법당도 굴법당이지만, 상고암의 진귀한 볼거리 중의 하나는 '칠룡송七龍松'이다. 칠룡송은 '천년송'이라고도 불린다. 이 칠룡송을 보기 위해서는 다시 상고암을 가로질러 서쪽으로 계속 직진을 해야 한다. 길은 능선에 이르러 다시 아래쪽으로 구부러지는데, 그곳에서 칠룡송이 신비하고도 아름다운 자태를 드러낸다.

　칠룡송은 바위틈에 뿌리를 박고 천년을 견딘 소나무다. 뿌리 바로 위에서 모두 일곱 개의 줄기가 서로 몸을 나눠 날개를 펼쳤다. 전체적으로 보아 마치 우산처럼 펼쳐진 곱고도 기이한 형용이다. 천년을 살았기에 사람들은 천년송이라 불렀고, 일곱 줄기가 각각 힘차게 용틀임을 했기에 사람들은 칠룡송이라고 불렀다.

　북풍한설이 몰아치는 한겨울에도 한 줌의 햇살이나마 감사히 받아들이고, 바위틈에 밴 한 방울의 물이라도 고맙게 여겼기에, 천년송은 지금도 생기가 발랄한 모습이다. 비록 일곱 줄기로 몸통을 나눴지만, 서로 시기하거나 질투하지 않고 정답게 자랐다. 그래서 이 소나무는 더욱 고고해졌다.

**칠룡송** | 일곱 가지가 백 가지 천 가지로 화한다면, 이 땅에 천수관음보살이 나투시리라.

　칠룡송 위쪽의 능선으로 오르면 조망바위가 나타난다. 속리산의 흐름과 기세를 한눈에 구경할 수 있는 자리다. 거대한 백두대간의 장쾌한 행보를 일부라도 보면서, 그 형세에 감탄사를 연발할 수 있는 곳이다.

　멀리 해발 1,054m의 문장대가 보이는데, 주봉인 천왕봉보다 겨우 4m가 얕다. 그러나 자신만의 독특하고 빼어난 모습으로 언제나 많은 산행객들을 끌어모으는 거대한 바위로 솟은 봉우리다. 예로부터 문장대는 평생에 세 번 오르면 모든 업보가 소멸된다는 말이 전해질 만큼 모든 사람들이 우러르는 성소聖所다.

　속리산 정축의 한가운데를 꿰뚫고 나온 줄기 위로 경업대가 보인다. 관세음보살이 상주하신다는 미륵암은 그 앞에 아스라하다. 눈부시도록 깨끗한 하얀 바위들이 녹음과 어우러졌으니, 기막힌 풍광에 저절로 말문이 막힌다. 영겁의 세월을 찰나로 멈추게 하는 조망바위다.

영산靈山은 결코 사람을 실망시키지 않는다. 겸손의 미덕을 슬그머니 선물로 전해 주고, 신심信心을 북돋아 준다. 시선은 예서 그치지 않고 부지런히 속리산 자락을 훑는다. 끊임없이 이어지는 절경들이 보란 듯이 기다리는 탓이다.

임경업 장군이 세웠다는 바위 하나가 저쪽에 우뚝 솟았다. 전설의 입석대가 손에 잡힐 듯 가깝다. 누가 저리도 솜씨 있게 쌓았을까? 첩첩의 아찔한 바위 위에서 눈 한번 깜빡하지 않고 하늘을 등진 의연함이 부럽다. 맑은 하늘이 문득 고맙다.


# 몸을 낮춘 천왕봉

상고암에 들렀을진데 천왕봉에 오르지 않을 순 없다. 지친 걸음으로 다시 천왕봉을 향해 내딛는다. 천하의 명산을 오르는 기쁨에서 발걸음은 절로 가뿐해진다. 상고암에서 천왕봉으로 가는 길은 그다지 험하지 않다. 기암괴석을 실컷 구경하는 재미 또한 크다. 기기묘묘하

**속리산 기암괴석** | 찰나가 모여 영겁의 풍광이 펼쳐졌지만, 바위들은 모른 척 딴청을 피우며 하늘만 바라본다.

게 생긴 바위들이 잠시도 쉴 틈을 주지 않고 사람들을 홀린다.

　주체하지 못하는 백두대간의 힘찬 기운은 곳곳에서 우람한 바위로 뿜어져 나온다. 계곡의 바위들도 대단한 크기지만, 능선의 바위들은 그들과 비교조차 거부한다. 이렇게 까마득히 치솟은 바위들이 길을 열어 주고, 문이 되어 준다. 내 스스로가 미물임을 인정하면서 걸어가는 바위틈의 산길이다.

　천왕봉에 다가갈수록 산세는 점차 유순해진다. 험상궂은 바위들

**속리산 경업대** | 한가운데 바위 위에서 임경업 장군이 무예를 닦았다고 하는데, 그 왼쪽 윗편으로 미륵암이 터를 열었다.

**천왕봉 정상** | 백두대간이 흐르다 지쳐 게으름을 피운 건지, 아니면 힘찬 흐름을 주체하지 못해 겸손을 떤 건지 알 수가 없다.

이 살며시 사라지고, 야트막한 잡목들이 우거져 나타난다. 백두대간이 일순 기세를 꺾으면서, 하늘나라 상제께서 주재하실 안온한 천왕봉을 빚고자 하는 준비 태세다. 발바닥도 흙길이 주는 감촉으로 포근해진다.

천왕봉은 여느 명산의 정상과는 사뭇 다르다. 갑자기 우뚝 솟아난 봉우리가 아니라, 주변의 봉우리나 능선과 어슷비슷한 높이에 평범한 자태를 지니고 있다. 천왕봉이라는 표지판이 없다면, 그냥 훌쩍 지나치기 쉬운 곳이다. 그래도 정상은 정상인지라, 올망졸망한 바위들이 땅거죽을 뚫고 나왔다. 해발 1,058m의 높이다.

**천왕봉에서 바라본 전경** | 주변의 산들이 자세를 낮추었기에 천왕봉은 기약 없이 최고봉이 되고 말았다.

그러나 북쪽을 바라보면, 역시 천왕봉이 왜 천왕봉인지 알게 된다. 험준한 산자락들이 꼬리를 물고 천왕봉에 몸통을 잇는 광경이 한눈에 들어온다. 천왕께서 상주하시는 영험한 봉우리는 진정 스스로를 낮추었지만, 이렇게 추종하는 무리들의 우렁찬 함성과 용맹스런 기상이 천왕봉의 위세와 권능을 자연스럽게 증명해 준다.

앞쪽으로도 수많은 산들이 눈 아래 깔린다. 천왕봉을 향해 크고 작은 산들이 죄 머리를 조아렸다. 상제의 명을 남김없이 받들고자 산들은 귀를 활짝 열었다. 겸손한 마음과 자세로 늘 새롭게 거듭나라는 귀중한 가르침이 천지에 울려 퍼진다. 이 깊은 감동은 날마다

**천왕봉에서 본 노을** | 모두가 신의 뜻이니 오늘 하루가 하루만은 아니란다. 내일을 꿈꾸어야 내일이 온단다.

붉은 낙조로 하늘에 새겨진다.

백제의 한이 깃든

# 계룡산 고왕암

鷄龍山 古王庵

# 새로운 세상을 꿈꾸는 계룡산

계룡산鷄龍山은 충청남도를 상징하는 대표적인 산이다. 이름에서 '닭 계鷄'와 '용 룡龍' 자가 의미하는 대로, 계룡산은 닭의 벼슬을 머리에 인 용의 웅장한 모습을 지녔다. 이름처럼 생긴 전모가 궁금할 때에는 계룡산의 서쪽 사면이 한눈에 들어오는 논산시의 상월면이나 건너편인 노성면 쪽으로 가야 한다. 서기 어린 계룡산을 실감할 수 있는 조망이 그곳에서 기다린다.

예로부터 계룡산은 우리 민족이 성스럽게 여긴 산으로, 금남정맥 끝자락에 즈음한다. 금남정맥은 백두대간의 한 봉우리인 주화산에서 갈라져 나온 줄기다. 이 줄기가 운장산과 대둔산을 거쳐 공주의 금강에 가까워지면, 잠시 주춤거리다가 거대한 몸집을 한껏 부풀려 계룡산을 빚는다. 그리고 부여의 부소산에 이르러 마침내 걸음을 멈춘다.

계룡산의 최고봉은 '천황봉'이다. 사실 우리나라 명산 가운데 천황봉 또는 '천왕봉'이란 아주 큰 이름의 봉우리를 품은 산으로 지리산, 태백산, 속리산, 월출산 등이 따로 꼽힌다. 하늘나라를 주관하는 상제께서 거처하신다는 선계의 기운이 감도는 신령한 최고봉이 바로 천황봉이요, 천왕봉이다.

논산과 공주를 잇는 1번 국도 중간에 계룡면이 소재한다. 이곳을 통해서도 계룡산의 명찰 갑사甲寺와 신원사新元寺로 들어갈 수 있으

**계룡산** | 새로운 세상을 꿈꾸던 선지자들이 오고 간 성스런 산이다. 그 깊은 꿈이 언제나 실현되려는가?

니, 그 초입에서 계룡산을 향해 조금만 들어오면 '초포草浦'라고 부르는 지명이 나타난다. 이곳과 관련해서는 다음과 같은 예언이 옛날부터 입에서 입으로 전해 온다.

"무너미로 물이 넘어가고, 계룡산의 돌들이 하얘지고, 초포에 배가 들어오면 구세성인救世聖人께서 납셔 새 세상을 여신다."

무너미는 초포를 지나 갑사저수지로 들어오다가 만나는 고개 이름이다. 그런데 지금은 무너미로 물이 넘으니, 70년대에 조성한 갑사저수지의 물이 농업용수가 되어 계룡과 상월의 들녘을 적신다. 계룡산 천황봉이나 연천봉, 문필봉, 삼불봉 꼭대기의 바윗돌들도 하얘지는 속도가 80년대 이후로 무척 빨라졌다.

이제 초포에 물이 넉넉히 불어 배가 들어오기만 하면, 예언은 실현되리라. 그런데 사실 이곳의 물도 예전에 비해 많이 늘기는 늘었다. 금강 하구에 군장댐이 들어서고, 논산에서 흘러드는 샛강과 금강 본류가 하나 되는 강경의 옥녀봉 아래쪽으로도 댐이 들어섰다. 그리고 나서부터 수량이 제법 늘어났으니, 이 물이 더 불어나 초포로 배가 들어올 날은 크게 멀지 않으리라.


# 신원사와 중악단

계룡산의 동쪽 자락에 동학사東鶴寺가 공간을 열었고, 서쪽에는 갑사甲寺가 자리를 잡았다. 남쪽에는 신원사新元寺라는 유명한 고찰이 자태를 드러낸다. 북쪽에 있던 구룡사九龍寺는 조선 시대에 사라졌는데, 이제 그 터에는 '상신'이란 마을이 들어섰다. 마을 입구에 외로운 당간지주만이 남아 그곳이 옛날의 구룡사 터였음을 증명한다.

지난날 갑사가 계룡산에서 '으뜸[甲]'의 역할을 수행했다면, 계룡산이 온 세상의 중심이 되는 '새로운[新]' 세상이 도래할 때, 다시 '으뜸[元]'의 역할을 할 사찰은 바로 신원사가 아닐까? 그러나 아직까지는 계룡산의 남단만이 세상의 주목을 받아 근래에 계룡시가 새롭게 열렸다. 언젠가는 계룡산의 서쪽 자락이 크게 주목받는 때가 찾아오리라.

신원사는 서기 651년에 보덕화상普德和尚이 창건한 절이다. 백제의 마지막 임금인 의자왕 재위 11년에 이루어진 역사다.

신원사의 분위기는 참으로 고즈넉하고 차분하기에, 참다운 수행자들이 진리를 찾는 옛 모습에서 벗어나지 않는다. 작지만 작은 만큼 야무지고, 속세와 타협 없이 구도의 길을 좇는 이미지가 강한 사찰이다. 신원사가 봉안하고 있는 노사나불盧舍那佛 탱화는 국보 299호다.

**신원사** | 새로운 세상의 으뜸이 되리란 굳센 다짐이 깃든 절이다.

신원사가 차지한 터는 선인단좌형仙人端坐形의 명당이다. 신선이 단정하게 앉아 있는 형상으로, 신원사 뒤쪽의 깔끔하게 생긴 삼각봉이 신선을 상징한다. 그래서 그런지, 지금의 신원사 입구에는 '국제선원國際禪院'이 조성되어 온 세상의 수행자들을 불러 모아 참선의 경지로 이끄는 중이다. 새로운 세상의 중심이 되기 위한 씨앗이 시나브로 움트는 조짐이라고 말하면 지나친 표현이 될까?

동양사상의 하나로 오악사상五嶽思想이 있다. 나라의 동서남북과 중앙의 다섯 군데에 영산靈山을 하나씩 선정하고, 이를 신성하게 섬기는 도교道敎 신앙의 산물이다. 중국의 경우에는 동쪽의 태산泰山, 서쪽의 화산華山, 남쪽의 형산衡山, 북쪽의 항산恒山과 중앙의 숭산嵩山을 '오악五嶽'으로 섬긴다.

우리나라도 본래는 동쪽의 금강산, 서쪽의 묘향산, 남쪽의 지리산, 북쪽의 백두산, 중앙의 삼각산을 오악으로 일컬었다. 그러나 조선 시대를 거치면서 오악은 천자만이 섬기는 예법이라고 하여, 제후로 품격을 낮춘 뒤 '삼악三嶽'을 섬겼다. 이에 북악으로 묘향산, 남악으로 지리산, 중악으로 계룡산이 꼽히게 되었다.

그 결과로 신원사 옆에는 계룡산 산신을 모시는 중악단中嶽壇이 여전히 남았다. 전체적으로 완벽한 형상이니 보물 1293호에 지정되었다. 지리산 산신을 모시는 남악단南嶽壇은 벌써 훼손되어, 벽송사 인근에 빈터로 전해 온다. 묘향산 북악단北嶽壇의 형편은 아직 살필 길이 없다.

**중악단** | 계룡산의 또 다른 자랑이 산자락에 펼쳐졌다.

## 신원사계곡의 고왕암

신원사계곡은 수량이 풍부해서 한여름에도 시원하다. 그래서 가까운 논산시나 공주시에 사는 주민들에게 남다른 사랑을 받는다. 계룡산의 다른 계곡에 비해서 훨씬 한적하다는 강점까지 지녔다. 그만큼 외지 사람의 발길이 드물다는 얘기도 된다.

　다른 명산들도 마찬가지지만 신원사의 계곡에는 바람소리, 물소리, 새소리가 선명하다. 산비탈에 자라난 수없이 많은 풀잎과 나뭇잎을 스치느라, 더욱 청아해진 바람소리는 아연 푸른빛이다. 자신을 낮추어라, 자신을 낮추어라 끊임없이 독송하면서, 아래로 아래로만 몸을 낮춘 계곡물은 어느 샌가 허공에 타오르는 새파란 향불 연기로 바뀐다. 계룡산이 보듬고 길러 낸 온갖 산새들은 '화엄의 세상이여, 어서 오라!'며 곳곳에서 초발심의 기쁨을 노래한다.

만약에 바람소리, 물소리, 새소리가 없다면 이 세상은 얼마나 심심할까? 무료하기 쉬운 등산길에 고마워서 절로 든 생각이다. 그 생각을 따라 한 줄기 오솔길이 산자락을 탄다.

잠시나마 속세의 무거운 짐을 버리고 산에 드는 사람들의 손길은 여기저기 남는 법이다. 간절한 마음 하나가 커다란 너럭바위 위에 돌탑으로 앉았다. 거미 한 마리가 이를 알아보고 기원에 힘을 보탰다. 산그늘도 슬쩍 비켜 앉았다.

신원사계곡의 소나무들은 아주 푸르다. 혹독한 한겨울이 되면 저 소나무들은 더욱 새파래진다. 여름날 뜨거운 햇살에 담금질하고 두드려 낸 바늘잎들이 겨울을 맞아 서슬이 푸르러지는 탓이다. 처절한 수행을 통해 모든 업을 소멸시킨 스님들의 눈이 저 소나무들처럼 푸를까? 바라보는 내 눈까지 푸름으로 물든다. 어디선가 가느다란 목탁 소리가 드문드문 들려오는 듯하다. 흐르는 계곡물이 잠시 숨을 죽인다.

고왕암古王庵은 신원사에서 연천봉으로 향하는 등산로의 중간 지점에 위치한다. 신원사에서 소림원과 금룡암을 거쳐 40분가량 소요

**고왕암 입구** | 산대가 바스락거리는 오솔길을 벗어나야 고왕암이 나온다. 고왕암은 말과 말이 난무하는 세상이 싫어서 슬쩍 돌아앉았다.

되는 지점이다.

계곡을 거슬러 올라가다 보면, 갑자기 산대가 울창한 수풀을 이 룬다. 산대의 서걱거리는 소리가 서늘하게 들리는 길가의 오른쪽으 로 고색창연한 계단이 길게 뻗었다. 등산로를 벗어나 이 계단을 따 라 올라가면 바로 만나게 되는 작은 암자가 고왕암이다. 고왕암 입 구의 안내판은 친절하다.

대한불교조계종 제6교구 본사 마곡사의 말사 중 하나인 신원사의 부속 암자이다. 660년(의자왕20)에 백제 의자왕의 명으로 창건하였 다. 『공주읍지』에 따르면, 의자왕이 이 암자를 창건하도록 명하였 으나 미처 완성하지 못하였다고 한다. 당시 당나라 소정방蘇定方과 신라 김유신金庾信이 백제를 침공하였을 때, 백제의 왕자 융隆이 이 곳에 피난하였다가 붙잡혔기 때문이다. 암자 이름을 고왕古王이라 한 것도 여기서 유래하였다고 한다. 창건 이후부터 조선 초까지 의 연혁은 전하지 않는다. 1419년(세종1)에 서함西函이 중건하고, 1928년에 청운淸雲이 다시 중건하여 오늘에 이른다. 건물로는 법 당이 있다.

맨 처음 의자왕에게 고왕암을 창건하라는 명령을 받은 스님은 부 설거사의 아들인 등운대사라고 한다. 그러나 등운대사는 전란 통에 미처 암자를 완성하지 못하고 이곳에서 7년가량 태자 융隆과 머물렀다고 한다. 그러다가 마침내 백제가 패망하게 되자, 등운대사는 위쪽으로 올라가 연천봉 바로 아래에 등운암騰雲庵을 지었다고 전한다.

일설에는 태조 이성계가 무학대사와 함께 계룡산에 새로운 도읍지를 정하기 위해 이곳에서 잠시 머물렀다고 한다. 그래서 고왕암이란 이름을 얻었다고 한다.


## 백왕전에 맺힌 한

계단에 오르면 세 동의 건물이 나타난다. 먼저 안쪽으로 왼편에 위치한 건물이 '백왕전百王殿'이다. 백왕전은 2007년에 이곳의 주지로 부임한 견진見眞스님의 법력으로 완성을 보았다. 최근에 지은 건물답게 현판 글씨가 오른쪽으로 읽도록 쓰였다. 그러나 그 옛날 백제왕들의 위패를 모신 의미 깊은 건물이다.

널리 알려졌듯이, 서기 660년 6월에 신라의 5만 군사와 당의 10만 군사가 연합하여 백제를 총공격하였다. 7월 들어 마지막까지 저항하던 계백의 결사대가 황산벌에서 장렬하게 산화하고, 백제의 수도 사비성은 결국 함락되었다. 의자왕은 13,000명의 백성들과 함께 당나라의 수도 장안長安으로 붙잡혀 갔다. 의자왕은 이 해를 넘기지 못하고 처형되어 북망산에 묻혔다.

**백왕전** | 백제의 한이 깃든 백왕전은 다소 초라한 모습이다. 그러나 내재한 의의만큼은 어디에도 지지 않는다.

661년에 백제 부흥의 주축 세력이었던 복신과 도침은 당으로 잡혀간 태자 융을 대신해서, 그의 아우 풍豐을 새롭게 태자로 옹립하고 주류성에서 부흥군을 일으켰다. 이듬해 7월에 이들은 중과부적으로 크게 패하였지만, 부활을 향한 백제인들의 염원은 쉽게 시들 줄 몰랐다. 663년이 열리자마자, 백제의 유민들은 웅진성과 임존성을 거점으로 다시 싸움을 전개하였다. 3월에는 일본에서 원군이 도착했지만, 9월에 결국 백강白江에서 나당연합군에게 완패하고 말았다. 마지막 거점이었던 주류성이 함락되자, 태자 풍은 어쩔 수 없이 고구려로 망명하였다.

융은 아버지 의자왕과 같이 장안으로 끌려가 그곳에서 한 많은 일생을 접었다. 백제 부흥을 주도하던 흑치상지 역시 장안에 포로로 잡혀가 처형되었다. 지금도 서안의 북망산에 가면, 흑치상지의 무덤이 남아 있다. 그러나 한 나라의 왕이자 태자였던 의자왕과 융의 무덤은 아직까지 찾아내지 못했다. 늘 그렇듯이, 역사의 패자가 감수해야 할 비애가 아니던가?

백왕전에 들어가면 제단 위에 신위神位가 보이는데, 길쭉한 나무판에 명단이 죽 새겨져 있다. 검은 바탕에 흰 글씨로 이루어진 합동 위패는 백제의 한이 고스란히 담긴 초라한 모습이다. 누구도 돌보지 않는 그들을 위해 고왕암에서 최근 이렇게나마 마련하여, 그들을 기리며 원혼을 달래는 중이다. 이곳에는 늘 역사의 정적이 무겁게 감돈다. 찾는 이들의 가슴을 아릿하게 만든다.

위패에는 먼저 백제를 건국한 제1대 온조왕溫祚王에서부터 제31대 의자왕까지 역대 왕들의 이름이 오른쪽에서 왼쪽으로 한 줄씩 뒤를 이었다. 그리고 왼쪽 말미쯤에 가서는 부흥군들에게 태자로 추대되었던 풍이 역시 한 줄을 차지했다. 형이었던 융보다 앞섰다.

태자 융의 이름 하단에 '충마忠馬'란 명칭이 나온다. 충마는 당시 융이 고왕암에서 나당연합군에게 잡혀 끌려가자 슬피 울며 절벽으로 몸을 던졌다는 융의 애마를 가리킨다. 왼쪽 끝으로 '백제유민제신위百濟遺民諸神位'라는 마지막 줄이 나온다. 눈길이 이곳에 머물자, 휑한 가슴속에 시린 역사의 바람 한 줄기가 지나간다. 나라 잃은 백

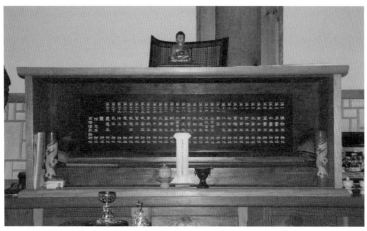

**백왕전 신위** | 하나로 모은 위패라서 생소하다손 치더라도, 그 안에 깃든 깊은 한은 잊을래야 잊을
수가 없다.


성들의 아픔과 설움이 배인 바람이다.

목판으로 이루어진 신위 앞에 종이로 접은 위패가 한가운데를 차
지했다. 모든 백제인의 어머니 소서노召西奴를 모신 위패다. 소서노는
고구려를 건국한 주몽朱蒙의 아내이자, 온조와 비류 두 왕자의 어머
니이기도 하다.

금동향로가 제단 앞에 따로 놓였다. 남달리 빼어났던 백제의 문
화를 상징하는 금동향로다. 이제는 백제왕조의 마지막 유물인 양,
처연한 아름다움이다.

차마 눈길이 거둬지지 않는 망국의 한이 서린 위패다. 이제는 역
사의 뒤란에 이렇게 거울로 남았으니, 발걸음이 채 떨어지지 않는

다. 하지만 우리는 '연꽃 만나고 가는 바람같이' 의연해질 도리밖에 없다. 다음은 서정주 선생이 남긴 「연꽃 만나고 가는 바람같이」의 전문이다.

섭섭하게
그러나
아주 섭섭치는 말고
좀 섭섭한 듯만 하게

이별이게
그러나
아주 영 이별은 말고
어디 내생에서라도
다시 만나기로 하는 이별이게

연꽃
만나러 가는
바람 아니라
만나고 가는 바람같이……

엊그제

만나고 가는 바람 아니라

한두 철 전

만나고 가는 바람같이……


2007년부터 백왕전에서 '백제왕추모제'를 지낸다. 10월의 첫째 주말에 열리는데, 인적 드문 백왕전이 들썩거리는 날이다. 까마득한 시간을 건너온 미망未忘의 백제가 모처럼 기지개를 켜고 부활하는 하루다.

백왕전의 오른쪽 암벽에는 곱게 새긴 마애불이 우뚝하다. 새겨진 지 얼마 되지 아니한 탓에, 아직 어린 아기 속살처럼 눈부시게 뽀얗다. 제단 앞쪽의 화단에는 초롱꽃이 등을 내걸었다.

마애불은 백왕전에 서린 백제 사람들의 한을 아시는지, 모르시는지 '연꽃 만나고 가는 바람' 같은 그런 미소를 입가에 담았다. 따뜻한 햇볕에 마음이 편안하신 모양이다. 호박벌 두어 마리가 주변에서 붕붕거리며 난다.

암벽 위에는 둥치 굵은 소나무 한 그루가 마치 일산처럼 우뚝하다. 마애불을 위해 한 줌의 햇살이라도 더 가리고자 남쪽을 향해 기우뚱 몸을 기울였다. 그리고 긴 가지를 드리웠다.

멀리서 꾀꼬리 울음소리가 들려온다. 금빛 깃털만큼이나 황홀한 울음소리가 아득하게 절집을 채운다. 바위 위의 부처님도 어느 결에 살포시 졸린 표정이 되고, 소나무 가지도 축 처진다. 어느 결에 바람

**백왕전 마애불** | 백왕전에 깃든 한을 달래 주렴인가? 마침내 단단한 바위 표면을 열고 마애불이 존재를 드러냈다.

마저 잠이 들었다. 심심해진 잠자리 두어 마리가 하늘을 가로질러 숲으로 날아간다.

# 원효굴과 융피굴

마애불의 오른쪽으로, 커다란 동굴 안에 날개를 활짝 펼친 누각은 삼성단三聖壇이다. 산신과 칠성 그리고 독성을 모셨는데, 기이한 형태로 이루어진 석굴 안에 자리를 잡아서일까? 단촐하고 소박한 누각이 신비스러운 분위기를 자아낸다. 석상이나 탱화도 없이 단청마저 올리지 않았지만, 예상 밖으로 장중한 맛까지 풍긴다.

제단 위 오른쪽에 '계룡산신위鷄龍山神位'라고 새겨진 고졸한 빗돌 하나가 작은 몸을 숨겼다. 오래전 이곳에서 산신제를 지낸 흔적이다. 앞쪽의 단풍나무도 말 못할 무슨 간절한 기원이 있는지, 자꾸만 빗돌을 향해 다가서며 몸을 굽힌다. 암벽 위의 부처손도 앞다투어 손을 활짝 펼친다.

삼성단 바로 우측의 작은 굴이 '원효굴'이다. 겨우 사람 하나가 들어갈 정도로 좁은 입구로 굴 안에 들어가 보면 한 사람이 누울 수 있을 만큼 제법 넓고 편안하다. 이는 신원사를 창건한 보덕화상의 『열반경』 강의를 듣기 위해 찾아온 신라의 원효대사가 잠시 머물러 수행한 곳이라고 전해지는 자연 굴 법당이다. 들어가 보면, 처절한 고독 속에서 진리를 향해 정진했던 수행자의 냉철한 마음가짐이 서늘한 기운으로 느껴진다.

원효굴 한쪽에 지금도 신비로운 자연 불단이 고아하게 남아 있다. 알맞은 천연석을 주워다가 쌓아 만든 불단으로, 돌덩이 하나하

**삼성단** | 산신과 칠성, 독성이 비를 맞을세라, 안개에 젖을세라 삼성단은 석굴 안에 자리를 잡았다.

나에서 진지한 마음가짐과 정성이 느껴진다. 견진스님이 최근에 이 불단을 발견하고, 여기에 작은 부처님 여러 분을 지금의 모습으로 모셨다고 한다.

견진스님은 또 한 가지 특이한 점을 발견하였단다. 원효굴 안에서 바라보이는 마애불 위쪽의 봉우리가 그것인데, 마치 여인의 젖꼭지처럼 생긴 봉우리 두 개가 포개졌다. 다음

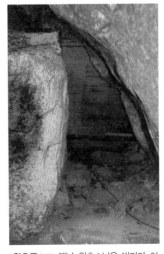

**원효굴** | 그 옛날 원효스님은 밤마다 이곳에 들어 무슨 생각을 하셨을까?

**원효굴 옆 불단** | 작은 개체들의 거대한 집합이라고 해도 틀린 말은 아니리라.

은 견진스님의 말이다.

　"저 산줄기 꼭대기가 연천봉이고, 아래로 내려오면서 중간에 관음봉이 솟았지요. 여기서 바라보면, 마치 엄마 젖꼭지처럼 생긴 저 봉우리가 연천봉 자락의 제일 아래쪽 아닙니까? 그러니 이 굴에 앉아 보면, 하늘 닿은 연천봉으로 내려온 관음봉의 관음보살께서 저 봉우리를 통해, 부처님의 무량한 자비와 가피를 엄마 젖가슴처럼 아낌없이 나누어 주는 형상이라고 볼 수 있습니다. 원효굴이 그만큼 영험한 곳이라 할 수 있겠지요. 그래서 저는 바로 이 앞의 샘물이 바로 『정감록』에 나오는 '계룡석정鷄龍石井'이 아닐까 짐작해 봅니다."

　견진스님이 계룡석정으로 추정하는 돌샘은 원효굴 바로 앞에서

**돌샘** | 아래로 아래로만 몸을 낮추던 물길 하나가 이렇게 맑은 물로 샘솟았다.

솟는다. 옛날 원효스님이 이곳에 거처하면서 소중하게 쓰셨을 샘물이다. 그러나 지금은 보호시설을 해 놓고 부처님께 올릴 물로만 아껴 쓴다. 맑고 상쾌한 물이 샘 안에 흐뭇하게 고였다.

그렇다. 사람이 입을 닫으면 귀가 열리기 마련이다. 이때 자연은 비로소 여러 이야기를 사람들에게 살며시 들려준다. 돌돌 솟는 샘물 소리에는 이곳을 거쳐 간 수행자들에 관한 이야기들이 담겼다. 스치는 바람소리에는 인간의 역사를 일구어 나갔던 수많은 사람들의 한숨과 비탄이 새어 나온다.

이름 모를 풀벌레가 들려주는 저 이야기는 무슨 내용일까? 나나니벌 한 마리가 바위를 타며 맴돌고, 청벌 두 마리가 그 뒤를 따른다.

끊어졌던 꾀꼬리 울음소리가 다시 들려오기 시작한다.

원효굴 상단의 암벽 표면에 우단일엽초가 무성하다. 이곳이 비범한 자리임을 암시하는 우단일엽은 고란초과에 속하는 양치식물이다. 가까운 부여 고란사의 고란초와 마찬가지로, 다른 곳에서는 좀처럼 찾아보기 힘든 고왕암의 자랑이다. 푸르른 우단일엽은 해우소로 향하는 입구의 왼쪽 바위 위에서 더 큰 군락을 이뤘다.

우단일엽은 자신의 의지와 갈망을 단 하나의 이파리로 표현한, 그래서 독특하게 생긴 식물이다. 눈을 감으면 한겨울의 삭풍에 굴하여 스러질 것 같기에, 우단일엽은 저토록 하나의 눈만 부릅떴다. 여러 가지 소원을 빌면 모두 이루어지지 않을 것 같아서, 단 하나의 소망을 세상 바깥에 잎사귀로 내밀었다. 아니, 어쩌면 모든 중생들의 애타는 손짓이 저렇게 떼거리로 표상되었는지도 모를 일이다. 그 분위기에 편승한 담쟁이 넝쿨 하나가 인력의 법칙을 끝내 거부하고, 우단일엽과 함께 바위 표면에 완강히 달라붙었다.

'융피굴'은 앞서 이야기한 대로, 태자 융이 7년 동안 숨어 살았다고 하는 굴이다. 이 굴은 요사채를 통해야만 들어갈 수 있는데, 지금은 그 서늘한 냉기를 이용하여 암자의 장독들을 보관한다.

그러나 『삼국사기』의 기록을 보면, 융은 의자왕과 함께 압송되었다. 따라서 국운이 절체절명의 위기에 빠질 무렵에, 융이 이곳으로 잠깐 피신하여 임존성 등에서 끝까지 항거하던 백제인들의 사기를 북돋아 주었으리라 여겨진다. 이때 신라에서는 당연히 융의 뒤를 끊

**우단일엽초** | 하나된 마음을 단엽으로 표출하였으니 그 기상이 푸르게 돋았다.

임없이 추적했을 것이다. 그래서 마침내 이 굴에 숨어 있던 융을 생포하였으리라.

아무튼 이때 태자가 잡혀가자, 융의 애마가 서럽게 울음을 울다가 절벽 아래로 몸을 던져 스스로 목숨을 끊었다고 한다. 뒷날 사람들은 말의 충절에 감복하여 '말이 울었다'는 의미를 지닌 '마명암馬鳴庵'을 주변에 세워 충마의 명복을 빌었다고 한다. 망국의 서러운 역사가 배태한 애달픈 설화라서, 슬며시 내 목이 탄다.

원효굴과 융피굴 사이에는 한 줄기 석간수가 흐른다. 맑은 물이 졸졸 흐르는 가느다란 물길을 따라 거슬러 온 물고기 한 마리가 그곳에 있다. 멋을 아는 석공 하나가 물줄기를 이용해 소박하게 재주

**융피굴** | 몸 하나를 숨기기에 급급했던 세월도 이제는 흐르고 말았으니 장독들이 이제 그 자리를 차지했다.

를 부린 돌샘이다. 손을 댄 듯, 아니 댄 듯 주변의 바위와 이끼랑 썩 잘 어울리도록 아주 작게 만들었다.

위에서 내려다보면, 대체로 원형에 가까운 샘이다. 그러나 물을 떠먹는 자리에서 보면, 날렵한 유선형 물고기 한 마리를 보는 양 싶다. 보는 사람들의 시각을 다분히 염두에 둔, 세련된 새김질이다. 그래서 절로 정다운 샘이 되었으니, 물맛 역시 탁월하다.

어느 틈엔가 하얀 나비 한 마리가 이곳에 들러 물을 마시고 떠나간다. 본래 나비는 영혼을 상징하는 곤충이니, 어느 목마른 영혼의 방문인가? 바위에 붙어 있던 푸른 이끼가 머금고 있던 물방울을 똑

**돌샘** | 부드럽고 연약한 이끼들이 융단처럼 펼쳐지자 동자승들이 줄지어 납시었다.

똑 떨어뜨린다.

## 통천문과 암자 터

통천문으로 가려면 역시 요사채의 공양간을 거쳐야 한다. 사람 좋은
이곳 공양주 보살이 건강한 웃음으로 통천문을 안내한다. 그러고는
자신이 사하촌寺下村에 산다고 소개를 한다.

통천문은 하늘로 통하는 문이란 뜻이다. 이름에 어울리는 늠름한 위용이 기선을 제압한다. 본래는 한 덩어리였을 것으로 추정되는 커다란 암벽이 양쪽으로 갈라지면서, 머리 위 허공에다가 커다란 바위 하나를 띄웠다. 여차하면 떨어질 것처럼 보이는 둥그스름한 바윗돌은 대단한 기세다. 통천문 위쪽이 암자 터라고 미리 상정한다면, 통천문은 필경 암자로 드는 일주문이다. 통천문이 사천왕문의 역할을 삼엄하게 대신하고 있음이 분명하다. 천연석으로 대충 쌓았기에 사뭇 우직하고 자연스러운 계단이 몸을 사리며 통천문 한가운데를 지른다.

통천문으로 오르는 우측 상단의 암벽은 넉줄고사리가 장식을 한다. 넉줄고사리도 그다지 흔치 않은 식물인데, 하늘로 드는 길목에서 잘 다녀오시라며 곱고 가는 손바닥을 흔든다. 싱그러운 연두색이다.

사실 고왕암에서는 연두색이 주는 힘찬 생명의 약동을 곳곳에서 느낄 수 있다. 우단일엽이나 넉줄고사리 외에도, 부처손과 꿩의비름이 여기저기에서 군락을 이룬다. 패망의 역사가 한스러워도, 질긴 목숨들은 여전히 이어 나가기 마련이다.

통천문 위의 암자 터는 이제 아쉽지만 밭으로 쓰인다. 그저 흉내만 낸 밭 주변에는 주춧돌로 쓰였음직한 바위 몇 개가 나뒹군다. 언

**통천문** | 바위 하나가 허공에 떴다. 덜컥 겁이 난다. 나는 저 틈을 무사히 지날 수 있을까?

제나 햇살이 내리비치는 양지바른 자리다.

둘러보니, 석중혈石中穴로 이루어진 괘등형掛燈形의 터다. 바위 속으로 내려온 맥이 벽에다가 등불을 걸어 놓은 모양으로 일궈낸 자리라는 말이다. 석중혈의 힘찬 기세는 물론이오, 깎아지른 바위 위에 등잔불처럼 매달린 이 터의 맑고 빼어난 정기는 수행자들을 기다린다. 앞쪽을 내다보니, 멀리 저수지가 보이고 많은 산들이 에워싼다. 발끝은 역시 낭떠러지다. 이곳은 암자 터가 분명하다.

게다가 통천문은 암자의 출입구로 아주 훌륭하지 않은가? 속세를 벗어나 암자로 드는 사람들의 마음가짐을 다시 한번 가다듬도록 이끄는 형상이 아니던가? 모르면 몰라도 지금의 고왕암 자리를 뛰어넘는 암자 터다.

그렇다면 혹 이 자리가 설화 속에 등장하는 마명암 터가 아닐까 하는 의구심이 불현듯 인다. 이곳에 암자가 있다고 상상해 보면, 아주 그럴듯한 모습이다. 물론 새파랗게 날을 세운 수행자를 위한 암자다. 하물며 축생도 도를 알아 주인을 위해 목숨을 버렸거늘, 사람으로 태어나 벼랑 끝을 걷는 치열함으로 용맹정진하던 어떤 선각자가 저절로 그려지는 터다.

패망의 역사가 주는 한을 되새기며 산을 내려오는 도중이다. 해는 설핏 이울어, 신원사의 은은한 저녁 종소리가 계룡산에 울린다. 이 서른여섯 번의 타종에는 늘 종송鐘頌이 뒤따른다.

**암자 터** | 양지바른 곳에 바윗돌 몇 개가 나뒹군다. 옛날 암자 터였음이 분명한 자리다. 아쉬움에서 푸름이 슬그머니 내려앉았다.

| | |
|---|---|
| 종소리 들으면 번뇌가 끊기네 | 聞鐘聲煩惱斷 |
| 지혜가 자라네, 깨달음이 생기네 | 智慧長菩提長 |
| 지옥을 떠나네, 삼계를 벗어나네 | 離地獄出三界 |
| 원컨대 성불하여 일체중생 건질지니 | 願成佛度衆生 |

산 그림자가 짙어지고 물소리가 깊어졌다. 지금부터는 삼라만상이 지그시 눈 감아 자신을 돌아볼 시간이다. 어제와 오늘을 내일로 승화시켜야 할 순간이다. 길가의 달맞이꽃이 달님보다 먼저 벙근다.

고려와 조선을 연

# 성수산 상이암

聖壽山 上耳庵

# 성수산 가는 길

전라북도의 북동쪽 지역에는 성수산이 세 군데나 존재한다. 하나는 진안군 백운면과 장수군 천천면의 경계에 위치한 높이 1,059m의 성수산이요, 또 하나는 진안군 성수면 용포리에 491m 높이로 솟은 성수산이다. 나머지 하나는 임실읍에서 동으로 12km가량 떨어진 성수면 성수리의 성수산으로, 해발 876m에 달한다. 그래서 이 지방 사람들은 이들을 각각 진안 성수산, 장수 성수산, 임실 성수산으로 구별하며 부른다.

성수산이 세 군데나 솟았기에, 인접한 진안군과 임실군에는 흥미롭게도 성수면이 따로 생겨났다. 두 성수면은 일부 맞닿아 있기도 하니, 이 가운데 임실군 성수면의 성수산이 약 1,200년의 역사를 지닌 상이암을 품에 안았다.

금남호남정맥은 백두대간의 영취산에서 분기하여, 팔공산에 이르러서 서쪽으로 지맥 하나를 나누어 놓는다. 이 지맥은 서북쪽으로 뻗어 나가 마령치에서 만행산 줄기를 남쪽으로 갈라 놓는다. 구름재 부근에서 또 서쪽으로 영태산 줄기를 나누어 놓고 서쪽으로 뻗어 나가 성수산을 빚는다. 이 줄기는 다시 삼봉산과 고덕산을 인근에 부풀린 다음, 백련산과 나래산을 향해 줄달음질친다. 그리고 성수산의 물길은 남쪽의 오수천과 북쪽의 백운천으로 나뉘어 흐르다가, 마침내 섬진강에 합류한다.

**상이암 초입의 논** | 천천히 그냥 천천히 흘러내린 다랭이논들이 발목을 잡는다. 봄이 자란다.

상이암을 찾아가는 길은 그다지 어렵지 않다. 순천완주고속도로의 임실나들목에서 나와 남원 방향으로 진행하다 월평교차로에서 성수산자연휴양림 방향으로 진행하면 성수면을 지나게 된다.

임실에서 성수면까지는 8km가량 된다. 대체로 들을 끼고 달리는 길이라 시선도 꽤 멀리 간다. 농촌의 풍요로움에 한껏 젖어 볼 수 있다. 그러나 성수면을 지나면서부터는 높은 산들이 연달아 나타나면서 시선을 제압한다. 금남호남정맥의 행진 속에 덩치가 커다래진 산들이 도처에 버티고 섰다.

성수면을 지나면, 성수산자연휴양림과 상이암을 알리는 이정표가 우측으로 금세 보인다. 이곳에서 우회전을 하면 성남저수지가 나타난다. 첩첩의 산자락 아래쪽에 몸을 누인 성남저수지는 제법 넓어 반갑다. 성수산에서 흘러내린 물들이 이룬 저수지다. 푸른 물빛으로 인해 메말랐던 가슴에 물살이 일고, 마음이 푸근해진다.

성남저수지를 끼고 2km 남짓 달리다 보면, 길 끝에 휴양림에서 마련한 주차장이 나온다. 이곳 매표소에서 포장된 임도를 따라 1km 쯤 가다가 맞닥뜨리는 삼거리에서 곧장 올라가면 상이암이다. 여기 에도 표지판은 섰다.

이른 봄날 이곳에 가면 반가운 야생화 한 종種이 사람들을 맞는 다. 산기슭 한 자락에 군락을 이룬 얼레지가 고운 자태를 일시에 드 러낸다. 다소곳이 고개 숙인 청초하고 아리따운 모습은 지나는 이들 의 발걸음을 절로 세우게 만든다.

얼레지는 새봄을 맞아 성수산을 찾는 이들을 위해 자연이 보내는 고귀한 전령사이자 영접사다. 조물 주의 위대한 솜씨에 다시금 감탄사 가 터져 나올 수밖에 없다. 찬란하 고 고운 생명의 신비 앞에서 가슴 까지 서늘해진다.

참으로 성수산은 언제나 찾아오 는 이들의 추억을 푸르게 물들인 다. 성남저수지는 말할 것도 없거

**얼레지** | 주로 우리나라 남부 지방 산간에서 자라는 야생화다. 매몰찬 봄바람을 이겨 내 는 절세미인이기도 하다.

니와, 휴양림의 편백나무도 온통 새파랗다. 이들은 사계절 내내 원시의 빛깔로 시원하기 그지없다.


## 상이암 경내에서

성수산이란 이름에서 '성수'는 임금의 나이를 뜻한다. 임금이 오래 살기를 비는 말인 '성수무강聖壽無疆', 또는 '성수만세聖壽萬歲' 등에서 볼 수 있는 단어다.

이곳 성수산에 자리를 펼친 상이암은 고려와 조선왕조를 연 왕건王建, 이성계李成桂와 관련이 깊다. 다른 측면에서 이야기하면, 우리나라 역사에서 제일 먼저 국사로 추앙된 도선국사(道詵國師, 827~898)와 마지막 국사로 남은 무학대사(無學大師, 1327~1405) 두 스님의 사연이 깃든 암자이기도 하다.

「상이암사적기上耳庵寺蹟記」에 따르면, 상이암은 신라 헌강왕 1년(875)에 도선국사가 처음 암자를 열고 '도선암道詵庵'이라 명명하였다. 그 후 고려 말에 이성계가 암자 이름을 상이암으로 고쳤다. 이때부터 산 이름도 성수산이 됐고, 마을 이름까지 성수리가 됐다고 한다.

그 후 1394년(태조3)에 각여선사覺如禪師가 중수하였으나, 조선 말기인 1894년(고종31)에 동학운동 때 불탄 것을 1909년(융희3)에 김대건金大

建이 중건했다. 일제강점기에는 의병 대장 이석용李錫庸이 상이암을 근거지로 항일운동을 전개했는데, 그 여파로 일본군에 의해 암자가 불탔다. 1912년에 대원大圓스님이 중건했지만, 1950년 한국전쟁 때 다시 불에 탔다. 1958년 당시 군수였던 양창현이 중건해서 오늘에 이른다.

임도삼거리에서 조금 오르다 보면, 길은 다시 두 갈래로 갈라진다. 왼쪽은 차량을 위해 개설한 도로이고, 오른쪽 길이 암자로 오르는 계단이다. 근래에 계단을 다시 조성했으니, 천년 암자를 향하는 계단치고 너무 새로워 어색하다. 사뭇 기계적으로 쌓아 고풍스런 맛이 사라졌다. 계단 옆으로 뻗어 내린 계곡 또한 본래의 모습을 잃었다. 낯선 모양새는 그렇다 쳐도 계단에 치여 자못 옹색한 꼴이다.

그러나 계곡 옆의 여의주봉은 역시 야무지고 장쾌한 맛으로 넘친다. 낙락장송들이 울창하게 자라면서 천년 암자의 위용을 넌지시 전해 준다. 대단하다고밖에 말할 수 없는 강인한 첫인상이다. 상이암의 얼굴 노릇을 톡톡히 해내는 이 여의주봉 앞에는 '어필각御筆閣'이섰다.

경내로 들기 직전의 작은 다리 앞으로 두 개의 커다란 수조가 벌려 있다. 수조의 뒤쪽에 쓰인 글자를 살펴보니, 조선 말기에 황태윤의 시주로 만들어졌다. 이 수조는 아직도 사용 중이다.

경내의 손바닥만 한 마당 가운데에 편백나무 한 그루가 우뚝하다. 아래쪽이 하나로 이루어진 몸통인데, 위쪽으로 올라가면서 줄기

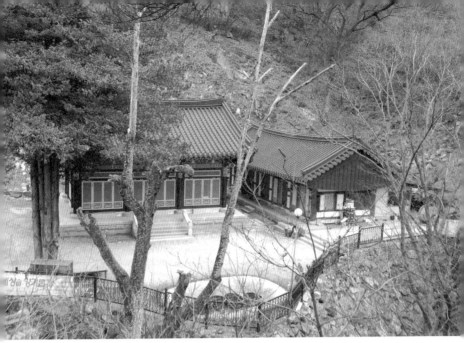

**무량수전** | 어느 암자가 소란할까? 고려와 조선을 세우도록 한 상이암도 고요와 안한에 묻혀 있다.

가 여럿으로 나뉘었다. 이 편백나무가 상이암의 역사를 보여 준다. 아울러 아래쪽 산자락의 휴양림에 가득한 편백나무 숲과 일체감을 이루기도 한다. 마당 한가운데에서 편백나무를 마주하고 서 있는 건물은 무량수전이다. 오른쪽은 새로 지은 요사채로 말끔한 모습이다.

무량수전은 1958년에 세운 인법당印法堂을 2002년에 고쳐 지은 것이다. 앞면 4칸, 옆면 3칸의 겹처마에 풍판을 댄 맞배지붕이다. 천장은 우물반자에 우물마루다. 편액은 무량수전으로 붙었고, 주련은 아예 없다. 내외부에 단청을 올렸다. 내부에 아미타내영도와 연화도,

신중벽화가 그려져 있다. 상이암이란 편액은 건물의 좌측면에 자리를 잡았다. 봉안된 존상은 유리구슬을 손에 든 채 선정인禪定印을 하고 있는 아미타불좌상이다. 좌우에는 관세음보살과 지장보살이 협시불로 모셔졌다.

선정인은 두 손바닥을 위로 해서 하나는 배꼽 앞에 놓고, 하나는 그 위에 겹치게 올린 다음, 두 엄지손가락을 서로 맞댄 손 모양을 가리킨다. 석가모니가 보리수 아래의 금강좌에 앉아 깊은 명상에 잠겨 있을 때 취한 수인手印으로, 결가부좌한 좌상에서만 보인다. 삼마지인三摩地印, 삼매인三昧印, 법계정인法界定印, 등지인等持印으로 부르기도 한다. 이 수인은 항마촉지인, 전법륜인, 시무외인, 여원인과 더불어 '근본 5인'에 속한다.

아미타불은 임금의 자리마저 버리고 출가, 성불한 법장비구法藏比丘가 전신前身이다. 법장비구는 세상에 비할 바 없는 부처가 되어 모든 중생이 행복하게 살 수 있는 생사의 고통이 뿌리째 뽑혀진 불국토의 구현을 서원하였다. 그 서원은 48가지로 표현되는데, 종극에는 극락정토로 요약된다.

아미타불을 주불로 모신 무량수전이 상이암에 들어선 이유는 다름 아니다. 고려와 조선이라는 새로운 나라를 세웠던 왕건과 이성계라는 두 태조太祖에게 수많은 불자佛者들이 극락정토 곧 불국토의 실현을 서원하였기에, 드디어 무량수전으로 가시화된 것이다.

아미타불상 뒤로는 아미타후불탱화와 지장탱화 및 신중탱화가 배치되었다. 예불에 쓰이는 범종도 법당 한쪽에 보인다. 작아도 법도가 완비된 무량수전 안에 장엄한 부처님의 세상이 또 이렇게 열렸다.

숲 속의 새들은 환희의 노래를 부르고, 떠가는 흰 구름 하나가 잠시 이곳을 돌아본다. 눈부시게 맑은 바람의 웃음이 소리 없이 허공을 맴돌기에, 편백나무의 잎사귀들은 일시에 손을 흔든다.

칠성각은 경내의 계단 옆에 자리를 잡았다. 정면 3칸에 측면 1칸으로, 겹처마의 팔작지붕을 올린 목조건물이다. 앞쪽에 두 그루의 편백나무가 호위병 역할을 하며 위풍당당하게 솟았다. 왼쪽으로 시멘트 포장로가 물길을 따라 이리저리 감돌며 사리탑을 향해 오른다.

칠성각은 시멘트 기단 위에 원형 주초를 놓고 두리기둥을 세웠으며, 주심포 형식을 취하였다. 편액은 '칠성각'으로, 주련은 역시 없다. 내외에 단청을 올렸다. 내부에는 치성광여래좌상과 지장보살상 및 16나한상이 모셔졌다. 그리고 칠성탱화를 중심으로 지장탱화, 독성탱화, 장수탱화 2기, 현왕탱화 등이 배치되었다.

전각 외부에는 운판이 걸렸다. 내부에는 조선 말기에 명필로 이름 높았던 창암蒼巖 이삼만李三晩 선생이 남긴 '칠성각' 편액을 따로 걸었다.

선생의 자는 윤원允遠, 본관은 전주다. 본래의 이름은 규환奎煥이었는데, 스스로 만학晩學, 만교晩交, 만혼晩婚이라고 여겨 나중에 '삼만'으로 개명했다고 한다.

선생은 전주 교동에서 출생했으나, 어렸을 때 완주군 상관면 죽

**칠성각** | 행여 탐진치의 때가 탈까 염려스러워 편백나무가 좌우에서 칠성각을 호위하는 중이다.

림리의 공기골로 이주했다. 그리고 당대의 명필로 알려졌던 이광사 李匡師의 글씨를 배웠다. 그는 부유한 가정에서 태어났으나, 서예에만 치력해 중년 이후의 생활이 곤궁해졌다. 부귀공명에 뜻을 두지 않고 일생 동안 서예에 몸을 바친 것이다. 특히 그는 아무리 가난해도 절대 자신의 글씨를 내다 팔지 않았다고 한다.

추사秋史 김정희(金正喜, 1786~1856)는 1840년 제주도로 귀양 갈 때, 전라도 관찰사 이목연에게 일부러 부탁해서 이삼만을 처음 만났다. 추사는 자신과 나란히 이름을 떨치는 이삼만이 과연 어떤 존재인지 궁금하여 이삼만의 글씨를 청해 본 뒤 감탄을 금할 수가 없었다.

많은 제자들이 그를 따랐는데, 추사가 쓴 비문에 '중국에까지 알려져 중국인 제자도 수십 명이나 있었다.'고 전한다. 그의 서체는 물 흐르듯이 유연하기에, '유수체流水體'라고 부른다. 그가 남긴 '마천십연磨穿十硯 독진천호禿盡千毫'란 경구는 지금도 서예인들 사이에 아주 유명하다. 먹을 갈아 벼룻돌 열 개를 뚫어 버릴 만큼, 붓 천 자루를 닳아 없앨 만큼 열심히 쓰고 또 쓰면서 노력하라는 뜻이다.

산신각 입구에는 3기의 부도가 늘어섰다. 이 가운데 2기는 '혜월당慧月堂'과 '두곡당杜谷堂'이라고 음각되었다. 두곡당과 혜월당 부도는 본래 상이암 입구 300m 전방에 설치되었던 것인데, 2002년 9월에 도난의 우려가 있어 상이암 경내로 옮겼다.

왼쪽의 혜월당 부도는 팔작지붕의 형태로 멋을 부렸지만, 몸체에 비해 지붕이 다소 커 보인다. 둥근 몸통도 위쪽이 더 불룩해서 안정

감이나 균형미가 얼마간 떨어진다. 한가운데에 선 두곡당 부도는 종 모양을 지녔다. 별다른 장식이 더해지지 않았지만, 세련된 생김새로 절제미가 뛰어나다. 특히 흘러내린 곡선이 탁월하게 멋스럽다.

맨 오른쪽의 부도는 이름을 잃었다. 형식과 구조로 보아 조선 중기 것으로 추정된다. 몸체나 덮개돌 위에 얹은 노반, 노발, 보개 등의 수법이 뛰어나 문화재로서의 가치도 높다. 원래는 상이암 오른쪽에 있었는데, 이 또한 2002년 9월에 지금의 장소로 옮겨 왔다. 몸통은 당초문양으로 장식을 삼았다.

상이암 경내는 자못 어수선한 형국이다. 물길이 위에서 아래쪽으로 구불구불 뱀처럼 내려왔기에, 이를 피하느라 부속 건물들이 제각각 편한 곳에 자리를 차지한 때문이다. 그 바람에 정갈하고도 단아해야 할 암자 특유의 분위기를 맛보기가 어렵다.

상이암의 주불전인 무량수전 앞에 서면, 이 법당만이 가까스로 자리다운 자리 하나를 꿰찼다고 여겨진다. 그러나 그다지 큰 자리는 아니다. 풍수지리에서 '석중혈石中穴'이라고 일컬어지는 자리인데, 기세는 별로다. 왕건과 이성계 두 사람의 창업주를 낳은 명당이라고 보기는 매우 어렵다. 오히려 고요하게 마음을 가라앉히고 수행에 정진하기 좋은, 자그맣고 맑은 공부 터다.

상이암의 백미는 두말할 것도 없이 무량수전과 마주한 '여의주봉'이다. 바로 여의주봉이 왕건과 이성계를 보위에 오르도록 만들었다. 여의주봉에 관한 언급은 뒤에서 자세하게 이어진다.

**부도** | 이제 한곳에 모인 부도들이다. 모두 제각각 다른 형태를 지녔지만, 함께 마른 햇살을 쪼이며 하루해를 보내는 동지가 되었다.

## 환희담과 고려 태조 왕건

전설의 환희담을 가리키던 표지석 또한 경내에서 발견된다. 암자로 드는 계단을 조성하면서, 어필각 바로 아래쪽의 계곡 옆에서 지금의 위치로 이전되었다. 칠성각으로 오르는 계단 아래가 현재의 자리이니, 그 옆에 장작이 쌓였다. 큰비가 내리면 유실될까 두려워서 베푼 처사인데, 이제 표지석은 자신의 자리를 잃고 초라한 모습으로 한 귀퉁이에 남았다.

표지석은 1m가량 되는 자연석으로 넓적한 돌을 머리에 이고 있다. 바위 표면에는 지금도 두 줄로 쓰인 글씨들이 흐릿하게 읽혀진다. 자세히 살펴보면, 오른쪽에 작은 글씨로 '왕태조필王太祖筆'이라고 새겨졌다. 한가운데에 '환희담歡喜潭'이라고 쓴 세 글자가 널찍한 자리를 차지하였다. '왕태조필'은 후인의 솜씨임이 분명하겠지만, '환희담'이란 얌전한 세 글자가 참으로 왕건의 필적이 맞는가? 사실이라면, 이제는 보기 힘든 왕건의 필체를 덤으로 구경하는 셈이다.

왕건과 환희담에 얽힌 전설은 다음과 같다. 물론 도선국사도 등장한다.


신라 말기와 고려 초기를 살다 간 풍수도참의 대가 도선스님이 성수산에 들른 적이 있다. 도선스님은 범상치 않은 산세를 두루 살피고 난 뒤, 크게 탄식하며 말했다.

"이곳이야말로 하늘이 응하고 땅이 도와주는 자리로구나."

그리고 자세하게 덧붙였다.

"천자가 조회를 받드는 형상으로, 코끼리 봉우리가 따로 서서 차차 모습을 드러내니, 이 산이 흥하면 나라가 흥할 것이오, 이 산이 망하면 나라가 망할 것이라.[天子奉朝之像 象峰別立 次次出現 此山興則邦家興 此山亡則邦家亡]"

도선스님은 장차 이곳에서 여덟 성인이 나오리라 예언한 다음, 이 산을 팔공산八公山이라고 명명하였다. 그리고 즉시 송도松都로 올라가 초야에 묻혀 있던 왕건에게 성수산에 대한 설명을 하였

**환희담 표지석** | 얼마나 기뻤으면 환희담이란 이름을 짓고 표지를 남겼을까? 이제는 오랜 역사의 뒤안길을 더듬는 이정표가 되었다.

다. 아울러 이곳에서 백일기도를 올리면 대망을 성취할 것이라고
이르며, 이행을 권하였다.

왕건은 도선스님과 더불어 이곳에서 백 일 동안 열심히 기도를
올렸지만 특별한 효험이 나타나지 않았다. 재차 마음을 다잡은
왕건은 골짜기로 내려가 바위틈에 흐르는 맑은 물로 목욕재계를
하였다. 그리고 연이어 3일을 다시 기도하자, 마침내 한 나라의
주인이 되리라는 관음보살의 계시가 나타났다.

왕건은 기쁨을 가눌 길 없어, 자신이 목욕재계를 했던 계곡 옆의
바위 위에 즉시 '환희담'이라고 일필휘지하였다. 도선스님도 이
를 기념하기 위해 주변에다 암자를 짓고 도선암이라는 이름을 붙
였다.


이 전설은 중국 당나라의 문헌인 「당일선사기唐一禪師記」에도 실렸
다고 전한다. 다른 이야기에는 백일기도를 마치던 날에 하얀빛을 뿜
는 기둥이 하늘에서 내려오면서 '상제만세'란 소리가 세 번이나 울
렸다고 한다.

어필각 아래쪽의 환희담은 본래 모습을 퍽이나 상실했다고 여겨
진다. 긴 세월을 거치면서 지형이 변한 탓도 있겠지만, 계단 공사의
여파가 가장 큰 듯싶다.

환희담은 건조한 봄날에도 물기가 흥건하고, 특히 비가 많은 여
름날에는 제법 그득하게 물이 고이는 자리다. 고려 개국의 위대한

전설이 깃든 곳이니 만큼, 이제라도 깨끗하게 치우고 정리를 해 둔다면 보기에도 훨씬 좋으리라. 물론 환희담이라고 쓴 천연석도 다시 제자리로 돌아와야 한다.

돌이켜 보면, 왕건과 도선국사는 불가분의 관계를 지닌 '제왕과 국사'로 우리 역사에 남은 인물들이다. 도선국사는 왕건의 탄생부터 간여하고 예견하였을 뿐만 아니라, 후일에는 새롭게 건국한 고려를 위해 태조 왕건에게 여러 가지로 조언을 아끼지 않았다. 먼저 왕건의 탄생과 관련한 전설을 본다.

언젠가 도선국사가 백두산에 올랐다가 남으로 내려가며 개성을 지날 때였다. 왕건의 아버지 왕륭王隆이 새로 집을 짓는 모습을 보고 한마디 건넸다.

"느릅나무를 심을 땅에 왜 삼베를 심으셨소이까?"

이 말을 심상치 않게 들은 왕륭은 도선을 극진히 대접하며 자문을 구하였다. 이에 도선은 뒷산에 올라가 산수의 맥을 살펴보았다. 위로는 천문天文을 보고 아래로는 시수時數를 살핀 다음 말하였다.

"송악산의 맥은 멀리 임방壬方에 있는 백두산에서 출발하여 수모목간水母木幹으로 뻗어 내려와 마두馬頭에 떨어져 명당을 일으킨 곳입니다. 그대는 수명水命이니 물의 대수大數에 따라 집을 육육삼십육구六六三十六區로 짓고, 송악산이 험한 바위로 되어 있으니 소나무를 심어 암석이 보이지 않게 하십시오. 그리하면 천지의 대수가 부응하여 명년에는 반드시 신성한 아들을 낳을 것입니다. 아이의 이름을 왕건王建이라고 짓는 것이 좋겠습니다."

도선의 말처럼 과연 1년 후에 고려의 창업주가 될 왕건이 태어났다.

고려를 세운 뒤, 왕건은 도선국사를 개인적인 스승으로 삼았다. 나아가 국사의 자리에 책봉하였다. 그리고 고려 시대 내내 국사國師 제도를 채택하도록 하였다.

왕건이 도선의 사상에 얼마나 심취하고 영향을 받았는가는 그가 남겼다고 전하는 「훈요십조訓要十條」를 통해 미루어진다. 「훈요십조」의 내용은 불교와 토속신앙, 풍수지리, 음양오행, 도참설 등에 대한 태조의 깊은 믿음을 그대로 보여 준다. 모두 10개 조로 되어 있는데, 도선국사의 영향으로 미루어지는 다섯 조목은 대체로 다음과 같은 내용이다.

제1조 나라의 대업大業은 반드시 부처의 힘을 입어야 한다. 선종과 교종의 사원寺院을 창건하고 주지를 보내 각각 다스리도록 하되, 각 사원을 서로 다투어 빼앗는 일이 없도록 한다.

제2조 사원을 함부로 세우면 나라의 운수가 오래가지 못한다고 도선국사가 말했다. 스님이 산수山水의 형세를 살피고 세운 사원

외에는 마음대로 창건하지 못하도록 한다.

제5조 서경西京은 수덕水德이 순조로워서 우리나라의 중요한 터전
이다. 철마다 서경에 가 머무르기를 100일이 넘도록 해서, 그곳의
안녕을 이루도록 한다.

제6조 내가 지극히 원하는 것은 연등燃燈과 팔관八關이다. 연등은
부처님을 섬기는 것이오, 팔관은 천령天靈과 오악五岳・명산名山・
대천大川・용신龍神을 섬기는 것이다. 후세에 더하거나 줄이지 못
하도록 한다.

제8조 차령車嶺 이남과 금강錦江 밖은 지형이 모두 거꾸로 달리고
있으니, 그곳의 인심도 또한 그러하다. 따라서 그쪽 사람들을 등
용시켜 권세를 쥐게 하면 혹 반란을 일으킬 수가 있다. 그쪽 사람
들의 등용을 금한다.


고려가 일어나면서 가장 중요한 인물로 등장한 도선은 이후 현종
때에 대선사大禪師로, 숙종 때에는 왕사王師로 기려졌다. 인종은 선각
국사先覺國師로 추증하였다.

그렇다면 왕건이 기도를 올린 자리는 과연 어디였을까? 바로 여
의주봉이라고 미루어진다. 여의주봉을 빼 놓는다면 상이암 주변에
는 기도를 올릴 만한 자리가 쉽게 눈에 뜨이질 않는다. 아니, 여의주
봉만큼 기세 넘치는 자리는 인근에 없다.

# 이성계의 어필각과 여의주봉

이성계와 무학대사 역시 불가분의 '제왕과 국사'로 역사에 이름을 남겼다. 무학대사는 절친한 친구 이성계가 보위에 오를 것을 일찍이 예견하였다. 다음은 두 사람 사이에 벌어진 꿈풀이 형식의 재미있는 전설 세 꼭지다.

어느 날 밤이다. 이성계가 헌 집에서 잠을 자다가 집이 무너져 석 가래 세 개에 깔리는 꿈을 꾸었다. 무학대사에게 길몽인지 흉몽 인지 물어보았다. 무학대사가 대답했다.

"그 꿈 이야기를 누구에게도 말씀하지 마시오. 석가래 셋에 깔렸 다면, 이는 임금 왕王 자의 형상으로 나라의 주인이 된다는 꿈이올 시다."

훗날 조선을 개국한 이태조는 함경도 안변에다 보은의 뜻으로 절 을 짓고, 이름을 '석왕사釋王寺'라고 하였다. 자신의 꿈을 임금[王] 이 되는 꿈이라고 풀었기[釋]에 붙여진 이름이라고 한다.

또 다른 날이다. 이성계가 벽에 걸려 있던 거울이 떨어져 쨍그랑 하고 깨지는 꿈을 꾸었다. 용하다는 점쟁이에게 물어보자 다음과 같은 대답을 하였다.

"거울이 깨어지는 것을 '파경破鏡'이라 하니, 부부간에 헤어지고 집안에 불화가 생긴다는 흉몽입니다."

마음이 영 편치 않은 이성계가 무학대사에게 다시 물어보자, 무학대사는 전혀 다르게 대답하였다.

"거울이 깨지며 큰소리가 났으니, 장차 크게 호령하는 일이 생길 것이고 명성을 떨치게 될 것입니다."

또 어느 날에는 아름다운 꽃들이 떨어지는 꿈을 꾸고 이성계는 불길한 생각이 들었다. 그래서 꿈을 잘 푼다는 사람에게 물어보았다.

"꽃이 만발하는 것은 좋은 꿈이오나, 꽃잎이 모두 떨어지는 것은 좋지 못한 일이니 부디 조심하십시오."

미심쩍은 이성계는 무학대사에게 다시 해몽을 부탁하였다. 그러자 이번에도 무학대사는 전혀 다르게 꿈을 풀었다.

"그 꿈은 대단히 좋은 길몽 중의 길몽입니다. 왜냐하면 꽃잎이 떨어져야만 열매를 맺게 되는 법이니, 머지않아 좋은 때가 찾아들 것입니다."

고려 말기에 해당하는 1380년 9월 이성계가 남원 땅 운봉의 황산에서 왜구를 섬멸하였다. 대승을 거두고 개선하던 도중에, 마침 무학대사가 성수산에 관한 이야기를 귀띔하였다. 성수산에 찾아가 기도를 올려 산천의 빼어난 정기를 얻으면, 후일에 큰일을 도모할 수 있으리라는 가르침이었다.

이성계는 곧바로 성수산을 찾아와 백일기도를 올렸다. 그런데 백일기도가 끝나던 날의 밤이다. 꿈에 용이 나타나서 이성계의 몸을 세 번이나 씻어 주는 것이었다. 이 꿈은 그가 운봉 출전 전후에 꾼 석가래 셋을 등에 지었다는 꿈과 함께 옥좌에 오르는 길몽 중의 길몽이었다. 이성계는 그 자리를 삼청동三淸洞이라 이름 짓고, 또 왕건처럼 돌에다가 자신의 글씨를 남겼다.

그가 삼청동이라고 명명한 이유는 이곳에서 하늘의 계시를 받아 삼업三業을 깨끗이 했다고 여긴 때문이다. 삼업이란 불가에서 세 가지 업장業障을 총칭하는 용어다. 기준에 따라 몇 가지로 각각 분류가 되는데, 일반적으로는 입으로 짓는 죄인 구업口業, 몸으로 짓는 일체의 죄인 신업身業, 생각으로 짓는 모든 죄인 의업意業을 가리킨다.

이성계는 등극 후에 암자의 이름을 상이암으로 고쳤다. 하늘의 소리를 들은 암자라고 여겨 그렇게 고친 것이다. 그리고 어필각을 지어 그 안에 자신의 친필을 보관케 하였다. 더불어 한양 땅에 삼청동이란 동네 이름을 남겼다고 한다.

다른 이야기에는 이성계가 가죽신도 벗지 않고 백일기도를 드리자 동자승으로 현신한 산신령이 "가죽신이나 벗고 기도를 드려라."라며 꾸짖었다고 한다. 그 잘못으로 이성계는 백 일 동안 기도를 올렸지만, 하늘의 계시를 얻지 못하였다는 것이다. 그래서 다시 3일을

**여의주봉과 어필각** | 맑은 기운이 넘치는 곳이라서 야무진 봉우리가 작지만 힘차게 솟구쳤다. 왕조의 꿈이 바로 이곳에서 싹텄다.

더 연장해 기도를 올리자 마침내 심신이 맑아졌기에, 삼청동이란 이름을 지었다고 한다.

어필각 안에는 예의 천연석 비가 모셔졌다. 앞쪽에는 비각碑閣 중수비重修碑가 자그맣게 따로 섰다. 비를 향해 기도하는 신도들이 이따금 보인다.

흥미롭게도 성수산 남쪽의 고덕산 자락에는 이성계와 관련해 생겨났다는 지명들이 많다. 대운리垈雲里는 이성계가 상이암으로 백일기도를 드리러 갈 때 하늘에서 구름이 맴돌며 머물렀다고 하여 붙여진 이름이라고 한다. 대왕촌大王村이란 지명 역시 이성계 때문에 생겨

**어필각 및 비석** | 이성계의 붓끝에서 나온 세 글자가 바위로 몸을 빌어 어필각 안으로 들어갔다.

났다고 하는데, 대왕촌에서는 마을 앞에다 아예 대왕령촌비大王嶺村
碑를 세워 놓았다. 바로 옆의 도인리道引里는 이태조가 기도 드리러 갈
때 길을 내면서 갔다는 의미에서 지어진 이름이라는 설명이다.

  어필각 뒤가 여의주봉이니 예사로운 이름이 아니다. 본래 여의주
란 승천하는 용이 입에 물고 있다고 하는 신비의 구슬이 아니던가.
이 구슬에서 용이 부리는 모든 조화가 나온다고 한다. 그리고 용은
임금을 가리키는 표현이기도 하다. 따라서 여의주를 물고 승천하는
용은 한 나라의 창업주를 의미한다고 볼 수 있다. 여의주봉이 바로

왕건과 이성계의 기도에 효험을 발해 나라를 열어 준 곳이다.

여의주봉에 올라가 경내 왼쪽의 낡은 요사채 뒤편을 바라보면, 작아도 생기 넘치는 지맥 하나가 힘차게 뻗어 내려오는 형상이 보인다. 그 넘치는 활력과 정기는 거대한 바윗돌이 되어 이렇게 봉우리로 솟구쳤다. 하늘을 향해 치솟은 소나무들은 여의주봉이 얼마나 기백 넘치는 자리인지를 여실히 보여 준다. 이 산의 소나무들은 유독 여의주봉에서만 우뚝하게 자란다.

사실 성수산의 남쪽 자락은 대체로 음습하다. 그러나 여의주봉은 주변과 달리 믿기 어려울 정도로 밝고 햇볕이 잘 드는 특별한 자리다. 상이암을 향해 오르면서 무겁던 머리가 이곳에 올라와 가벼워지니, 기분마저 상쾌해지는 천하의 명당이다. 아주 훌륭한 기도처다.

여의주봉 주변을 둘러보면 첩첩의 산자락들이 여의주봉을 감싸면서 모두 머리를 조아렸다. 휴양림에서 따로 조성한 왼쪽 위편의 전망대에 올라가 산세를 굽어볼 때 더욱 확실하게 알 수가 있다. 아무튼 도선국사의 지적대로 이곳은 천자가 조회를 받드는 형상이라는 '천자봉조지상'이다.

이곳에서 제일 좋은 자리는 약간 아래쪽에 펼쳐졌다. 평상 하나쯤 펼쳐 놓을 만한 공간인데, 서너 그루의 소나무들로 둘러싸였다. 상이암에서 바람을 쏘이기 위해 의자를 내놓은 곳이기도 하다.

# 김한태 옹의 편백나무 숲

상이암을 찾기 위해 거쳐 온 곳이 성수산자연휴양림이고, 그 안에 임업연수원이 있다. 이곳 휴양림은 하산 길에 한번 둘러볼 만한 값어치를 지녔다. 곳곳에 조성된 편백나무 숲이 참으로 볼만하기 때문이다.

지난날의 성수산은 6·25전쟁을 겪으며 거의 황폐한 모습으로 변했다고 한다. 그런데 다행스럽게도 젊은 시절의 김한태金漢泰 옹이 장기적인 안목과 꿈을 갖고 스스로 경찰직을 내던진 다음, 홀로 이곳에 나무를 심기 시작했다. 노인은 남들의 조소와 온갖 고초 속에서 한 그루 한 그루 나무를 심어 나갔다. 그 결과 이곳 성수산의 120만 평 땅에는 1964년부터 심어 온 편백나무 50만 그루와 향나무 10만 그루가 빽빽이 들어서게 되었다.

산에 나무를 심고 자연을 가꾸면 경제적인 가치는 물론이요, 공익적인 기능이 얼마나 높은지를 노인은 남보다 앞서 내다보고 이를 실현하기 위해 노력을 기울였던 것이다. 그리하여 평생 동안 임실과 진안의 불모지 657만 평의 땅에 무려 329만 그루 나무를 심어, 노인은 국내 최고의 조림 실적을 남긴 독림가篤林家의 자리에 올랐다. 노인은 초등학교 5학년 사회과 교과서에 '나무 할아버지'로 자랑스럽게 소개되기도 하였다.

편백나무는 울창한 숲이 되어 성수산 곳곳에서 장관을 이룬다.

**편백나무 숲** | 주어진 처지를 감내하며 하루하루 몸을 키운 편백나무다. 차별이 없어 평등해지고 다툼이 없어 고요해진 숲이다.

노인의 남모르게 흘린 한 방울의 땀과 눈물 그리고 피가 모여 이렇게 푸르고 아름다운 숲으로 피어났다. 고맙고 감사하기 그지없는 일이다.

이 숲은 삼림욕을 겸한 휴양림으로 거듭나기 위해, 편의시설과 위락시설을 차츰 꾸며 나가는 중이다. 내장산국립공원의 두 배나 되는 거대한 규모를 지닌 계획의 실천이라는 설명이다. 한 사람의 결단과 의지는 이렇게 큰 결과를 낳기도 한다.

이제 우리들의 푸른 추억에 노인의 이름을 또박또박 새겨 넣으면서, 편백나무 숲길을 천천히 거닐어 보자. 숲이 주는 고즈넉한 분위기는 사람의 마음을 평화롭고 경건하게 이끈다. 바쁘기만 하던 눈길도 차츰 더뎌지고, 평소 눈에 뜨이질 않던 사물들이 하나 둘 또렷이 등장한다. 아득했던 저편의 기억들이 어느 순간 환하게 떠오르기도 한다.

언젠가 이곳 숲길을 거닐다가 우연히 새들이 남기고 떠난 빈 둥지 하나를 발견한 적이 있다. 그래서인지 이곳을 찾을 때마다 아름다운 산새들의 울음소리에 귀를 기울이면서 눈길은 늘 나뭇가지의 둥지를 찾아 맴돌곤 한다. 뇌리에는 정용주 시인의 짧은 글 한 편을 떠올린다. 산문집 『나는 숲 속의 게으름뱅이』 가운데 나오는 「따뜻한 빈집」이다.

낙엽이 저 버린 숲길을 산책하다가 새집을 발견할 때가 있다. 멧새들은 큰 나무의 높은 곳에 집을 짓지 않고 까치발을 하고 팔을 뻗으면 닿을 만한 높이의 잔가지가 많은 나무 갈래에 집을 짓는다. 천적을 피하는 세심한 배려가 이런 곳에 집을 짓게 만들었을 것이다. 새끼가 떠나간 빈집 하나를 꺼내 본다. 입 하나로 지은 집이 얼마나 아늑하고 정교한지 빈집으로 버려두기에는 아까운 마음이 든다. 새들은 알을 낳고 새끼들을 기르기 위해 집을 짓는다. 제 핏줄을 사랑하는 본능이 이렇게 섬세하고 포근한 집을 만드는 힘이다. 날개에 힘이 붙으면 새들은 아름다운 이 집을 미련 없이 버린다. 제 집에 들어앉아 노래를 부르는 새는 없다.

정 시인은 지금도 치악산의 어느 꼭대기 외딴집에서 홀로 살아가고 있다. 이 땅의 숲을 사랑하는 사람 가운데 하나라서 가능한 그의 삶이다. 『나는 숲 속의 게으름뱅이』도 그 외로운 삶의 다정한 기록이다.


## 의병장 이석용 선생 생가

상이암을 들르는 사람이면 한번쯤 가 봐야 할 곳이 의병장 이석용 선생의 생가다. 삼봉리의 생가를 찾기 위해서는 성남저수지 아래쪽 작은 삼거리에서 북으로 삼봉산을 향해 들어가야 한다. 작은 고개를 넘어 앞쪽으로 나타나는 삼봉산은 무척 잘생겼다. 기상이 새파랗고 매섭다.

선생은 1878년 이곳 삼봉리에서 태어나 25살 때까지 살았는데, 이후에는 이웃 태평리로 옮겨 가 의병활동을 펼쳤던 것으로 전해진다. 생가는 최근에 깨끗하게 새로 단장하였다.

선생의 본관은 전주이고, 초명은 갑술甲戌이다. 자는 경항敬恒이고,

호는 정재靜齋다. 어려서 김관술金觀述의 문하에서 수학했다. 1898년에 남한산성과 촉석루, 황산대첩비 등 구국 항전의 기상이 서린 유적지를 답사하면서, 당대의 우국지사이자 지성이었던 송병선宋秉璿・기우만奇宇萬・전우田愚・최익현崔益鉉・곽종석郭鍾錫・허유許愈 등을 차례로 방문했다.

1905년 을사조약이 체결되자, 선생은 우국지사들과 함께 조약의 무효를 주장하며 투쟁에 들어갔다. 위정척사衛正斥邪의 부르짖음 속에서, 개화를 반대하며 반일의식을 더욱 확고하게 다졌다. 그리고 국권을 회복하고 도탄에 빠진 백성들을 구해 내리라 다짐하였다. 1906년 일제가 본격적으로 내정간섭에 나서자, 선생은 임실・장수・진안・순창・남원・함양・곡성・순천 등지를 돌며 동지들을 규합해 항거에 나섰다.

1907년 8월 26일에는 마이산에서 의병을 일으켜, 장성에서 일어난 기삼연奇參衍의 의병들과 뭉쳐 영광의 수록산에서 호남창의진湖南倡義陣을 편성했다. 선생은 기삼연을 대장으로 추대하고, 서석구徐錫球・김익중金翼中・전기홍全基泓과 함께 종사從事로 활약하였다. 그해 9월 호남창의대는 고창의 일본 병참기지를 습격하고 진안의 우편취급소를 파괴한 뒤 용담의 심원사深源寺로 퇴각했다. 이어 전라도와 경상도의 접경지대에서 활약하던 김동신金東臣 세력과 연합했지만, 일본 군경의 내습을 받아 지리산 실상사 백장암으로 패주하였다. 그리고 잠시 의병을 해산한 다음, 광주로 내려가 기우만에게 몸을 의탁

**의병장 이석용 생가** | 민족의 독립을 위해 짧은 생애를 마친 분이 태어난 곳이다. 밝은 햇살이 눈부시게 쏟아져 내리는 터다.

하였다.

그러다가 1908년 1월 대장 기삼연이 순창의 복흥산에서 일본군에게 체포되어 순국하였다. 이에 선생은 대장 자리를 이어받아 28분의 의사義士들과 함께 남원과 전주 등지에서 일본군에게 많은 타격을 주었다. 이후 전열을 재정비하여 진안읍을 점령했으나, 백마산에서 일본군의 공격을 받아 참패를 당했다. 그 뒤에도 장수군청을 습격하는 등 항일전을 계속했지만, 결국 일본군의 토벌작전으로 임실에서 패전하고 의병을 해산하였다.

1911년 4월에는 일본으로 밀사를 파견하여 일왕을 주살하려 하였으나, 이 일은 실패로 돌아가고 말았다. 이듬해 겨울 정찬석鄭贊錫 · 최제학崔濟學 · 이규진李圭鎭 · 안자정安子精 등 호남 지역 지사들과 밀맹단密盟團을 조직하였는데, 정동석의 배신으로 1913년 일본 경찰에 체포되었다. 그리고 다음 해 1월 12일 사형선고를 받아, 4월 4일에 순국했다. 37세의 아까운 나이였다.

의병활동 중에 남긴 선생의 진중일기는 『정재선생호남창의일록靜齋先生湖南倡義日錄』으로 간행되었다. 1962년에 건국훈장 국민장이 추서되었다. 성수면의 소충사昭忠祠에서는 선생과 함께 28분의 의사를 기린다.

생가의 안방으로 드는 문틀 위에는 결연한 표정을 지은 선생의 사진 한 장이 걸렸다. 선생은 옥중에서도 "나라를 위해 죽는 것만이 자신을 편안하게 하는 것이다." 라고 부르짖었다는데, 사진 속의 형형한 눈빛이 이를 증명해 주는 듯싶다. 나도 모르게 저절로 고개가 숙여진다.

**의병장 이석용** | 형형한 눈빛에 절로 고개가 숙여진다.

수년 전 상이암에 맨 처음 들렀을 때다. 나는 '창업創業과 수성守成, 어느 쪽의 공업功業이 더 큰가?' 라는 물음을 불현듯 뇌리에 떠올린 바가 있다. 그러나 이곳을 거듭 방문할 때마다 역시

'세우기보다는 지키기가 훨씬 어렵다.'는 옛 어른들의 가르침을 되새기지 않을 수가 없다.

그렇다! 원대한 야망 속에서 고려와 조선이라는 '새 나라'를 창업한 왕건과 이성계의 자취는 분명 말할 수 없이 크다. 하지만 한일합병에 저항하면서 분연히 일어나, 민족을 위해 기꺼이 목숨을 바친 의병장 이석용 선생의 거룩하고도 처절한 일생이 여기 생가에서 더욱 또렷하게 각인되는 탓이다. 그리고 민족의 앞날을 위해 평생을 독립가로 보낸 김한태 옹의 외길 인생이 저 휴양림의 편백나무처럼 늘 우뚝하고 푸르지 않은가.

2부
연꽃 만나고 가는 바람같이

네 분의 성자를 낳은
# 오산 사성암

鼇山 四聖庵

# 섬진강 가의 오산

사성암四聖庵이 소재한 구례九禮는 먼저 국립공원 제1호로 지정된 지리산 때문에 유명하다. 누구나 다 아는 것처럼, 지리산은 백두산에서부터 한반도를 종주하며 거침없이 달려온 백두대간이 남녘 땅에 다다라 우람한 몸통으로 빚어낸 산이다.

> 남원부의 남쪽은 성원星園인데, 최씨崔氏들이 세거하는 곳으로 자못 산천의 아름다운 운치가 있다. 또 남쪽으로는 구례현인데, 성원에서부터 구례현까지는 하나의 들녘으로 이어져 소출이 큰 논들이 많다. 구례의 서쪽은 봉동으로, 맑은 샘과 괴석들이 어우러진 기이한 경치를 지녔다. 구례현의 동쪽으로는 화엄사華嚴寺·연곡사燕谷寺 계곡의 빼어난 승경이 있다. 구례의 남쪽은 구만촌이 된다. 임실에서 구례까지, 섬진강의 위와 아래를 따라 유명한 지역과 빼어난 경개가 많고, 또 큰 마을들이 수두룩하다. 그 중에서 오직 구만촌이 계곡의 물가에 임하여, 강산과 토지에서 나오는 이익에다 물길과 물고기, 소금을 통해 생기는 이익까지 겸한 곳으로, 가장 살기 좋다.

일찍이 이중환李重煥은 『택리지擇里志』에서 전국의 가장 기름진 땅으로 지리산 자락의 남원과 구례를 꼽았다. 그러고는 다시 계곡 가의 길지로 구례의 구만촌九灣村을 꼭 집어냈으니, 구만촌은 지금 '구만리'로 불린다. 봉동鳳洞은 오늘날 구례경찰서가 자리 잡은 '봉동리'가 되었다.

지리산을 감도는 섬진강 물이 산기슭 아래 펼쳐진 넓고 기름진 들판과 어우러져 아름다운 경관을 자아내는 고을, 바로 구례다. 그래서 구례는 수려한 지리산과 물 맑은 섬진강, 풍요로운 들녘을 자랑으로 내세우게 되었다.

구례를 찾는 방법은 여러 가지겠지만, 가장 추천할 만한 길은 남원에서 곡성을 거쳐 섬진강을 따라가는 17번 국도다. 이 길은 곡성을 지나면서부터 전라선 열차와 함께 나란히 달리는데, 노변의 멋들어진 풍광이 절로 환호성을 지르도록 만든다. 곡성 평야의 너른 들판이 주는 풍요로움은 마음을 절로 느긋하게 만든다. 대지가 베푸는 고마움에 숙연한 마음이 들기도 한다.

창가에 스치는 강물은 전라북도 순창군의 강천산에서부터 흘러내려 오는 섬진강의 본류다. 특히 섬진강과 보성강이 합류하는 석곡면의 압록역 인근에 이르면, 수량은 한층 풍부해진다. 가슴이 시릴 만큼 푸른 강물은 그저 멀리서 바라보는 것만으로도 행복하다. 검은 등 껍데기를 수면에 내밀고 강물을 거슬러 오르는 괴석들은 수시로 모양을 바꾸며 구경꾼들의 눈을 흥겹게 만든다.

사성암은 행정적으로 구례군 문척면 죽마리에 속하는데, 찾기가 그리 어렵지 않다. 일단 구례읍에 접근하면 읍내 곳곳에 사성암을 안내하는 표지판이 즐비하다. 사성암은 구례 10경에 속하는 승경지로 많은 사람들이 즐겨 찾아오기 때문이다.

사성암이 둥지를 튼 오산은 해발 531m다. 그다지 높은 편이 아니니, 사성암에 오르는 방법으로 도보를 권장하고 싶다. 셔틀버스가 운행되는 안내소에서 차를 타고 올라가는 포장도로는 주변의 풍광이 별로다. 오히려 마을에서 가까운 산기슭 등산로를 이용하는 편이 훨씬 운치가 난다. 숨이 다소 가쁘지만, 1시간 정도 쉬엄쉬엄 오르면서 구례구역 쪽에서 흘러내려 오는 섬진강 물을 바라보는 재미가 쏠쏠하다.

구례교와 용문교 사이에서 섬진강은 황전강과 하나가 되면서 커다랗게 S자를 그리며 흘러내린다. 그 상단의 모습이 등반길에서 훤히 내다보인다. 운임을 받고 다니는 셔틀버스가 구불구불 길을 따라 오르는 모습도 언뜻 비친다. S자로 감돌아 흐르는 섬진강의 품 안에 오산이 솟았으니 그 꼭대기에 사성암이 오롯하다. 이곳에는 오산활공장이 있기도 하다. 날씨가 좋은 날에는 푸른 하늘을 울긋불긋한 점으로 수놓는 패러글라이딩 구경도 가능하다.

까치는 결코 곁가지에 둥지를 틀지 않는다. 오산의 사성암 역시 곁가지를 거부하고 맨 꼭대기를 고집하였다. 활공장에 이를 때까지, 과연 저곳에 암자가 있을까 의구심이 나도록 정상에 꼭꼭 숨었다. 오산의 정상은 험한 바윗돌로 이루어졌다. 입구의 요사채를 제외하면, 암자의 경내에 이르기까지 다른 건물들은 눈에 띄지 않는다.

**좌선대에서 바라본 섬진강** | 상단 오른쪽으로 구례구역을 향해 뻗은 다리가 보인다. 그곳에서 흘러내린 강물은 크게 굽이쳐 오산을 감싸고 내려간다.

이렇게 사성암은 세상의 눈을 거부하고 홀로 앉아 무소의 뿔처럼 용맹정진하는 눈 푸른 납자衲子들을 위한 암자다. 그러나 10여 년 사이에 점차 관광지화 되어 가는 모습은 안타깝기만 하다.

# 사성암의 네 고승

사성암은 전라남도 문화재자료 33호다. 암자의 입구에서 다음과 같은 내용의 안내판이 드는 이들을 반긴다.

이곳은 백제 성왕 22년(544)에 연기조사가 세웠다고 전하나 확실한 기록이 없다. 원래는 오산암이라 부르다가 이곳에서 4명의 덕이 높으신 승려인 연기조사緣起祖師, 원효대사元曉大師, 도선국사道詵國師, 진각국사眞覺國師가 수도하였다 하여 사성암이라 부르고 있다. 이로 미루어 통일신라 말 도선국사 이래 고려 시대까지 고승들의 참선을 위한 수도처였던 것으로 보인다.

오산 주변에는 기이하고 괴상하게 생긴 돌(기암괴석)이 많아서 소금강이라고도 부르고 있으며 암벽에는 서 있는 부처의 모습(마애여래입상)이 조각되어 있다.

사성암은 성자 네 분의 자취가 어린, 그래서 이름마저 '오산암'에서 사성암으로 바뀐 암자다. 네 분의 성자에 대해 간략히 설명하면 다음과 같다.

연기조사는 대체로 신라 경덕왕(742~764 재위) 때의 고승으로 밝혀졌다. 따라서 안내판의 지적처럼, 백제의 성왕(523~554 재위) 때에 연기조사가 사성암을 세웠다는 설명은 신빙성이 떨어진다.

연기조사는 고창군 흥덕현 출신으로 여러 명산을 편력하였다고 한다. 그 과정에서 그가 창건한 사찰은 구례의 화엄사와 사성암을 비롯해 천은사와 연곡사, 흥덕의 연기사와 소요사, 나주의 운흥사, 곤양의 서봉사, 산청의 대원사 등이라고 전한다. 우리나라에 처음 불교가 전래된 무렵, 이렇게 아주 왕성한 활동을 전개한 성자가 연기조사다.

원효대사는 소개를 생략한다.

도선국사(827~898)는 후삼국 시대에 활약했던 고승이다. 특히 그의 음양오행설과 풍수지리설은 고려와 조선 시대를 통하여 우리 민족의 가치관에 커다랗고 깊은 영향을 끼쳤다. 저서로 『도선비기道詵秘記』, 『도선답산가道詵踏山歌』, 『송악명당기松岳明堂記』 등이 전한다.

진각국사(1178~1234)는 고려 중기에 수선사修禪社 제2대 사주社主를 지낸 선승으로 유명하다. 불교적인 저서로는 『선문염송禪門拈頌』, 『선문강요禪門綱要』 등이 전한다. 그리고 시집으로 『무의자시집無衣子詩集』이 남았는데, 이는 필자가 우리말로 옮겨 1994년 을유문화사에서 간행하였다.

# 벼랑 위의 약사전과 마애불

암자의 경내로 들어서면 약사전이 제일 먼저 눈길을 사로잡는다. 부속 건물 가운데 단연 압권이라, 입에서 감탄사가 절로 나온다. 건축 기법도 특이하려니와, 아름답기가 그지없어 달력의 사진으로도 많이 등장하는 전각이다.

약사전은 비상을 꿈꾸는 모습으로 추녀를 날개 삼아 번쩍 들었으니, 금방이라도 푸른 하늘을 향해 날아가려는 자세다. 인연의 굴레에서 벗어나 해탈의 하늘을 자유롭게 날고자, 언제나 하늘을 동경하는 형상이다. 참으로 아름다운 꿈 하나를 현실에서 보는 순간이다.

약사전은 금강산에 있다는 보덕암과 동일한 설계다. 절벽 앞에다 먼저 강철로 만든 크고 긴 기둥 몇 개를 세우고, 그 위에 가까스로 터를 조성해 약사전을 달아 냈다. 절벽에 새겨진 약사여래藥師如來의 입상立像을 주불主佛로 모시기 위한 묘안이다. 그런데 벼랑에 매달린 약사전의 모습에서 오히려 간절한 신심이 우러난다. 의지할 곳 없는 허공에서 한 걸음 더 내딛고자 하는 구도정신의 표출이다.

그 간절함을 본받았을까? 절벽 아래쪽에서는 관광객들이 암벽에 동전을 붙이면서 제각각 소원을 비는 중이다. 저마다 소원만큼이나

**사성암 약사전** | 강철 기둥을 올라타고 벼랑에 매달렸기에 더욱 간절해진, 그래서 비장미가 밴 아름다운 전각이다.

진지한 모습이다.

사성암은 돌이 많은 곳이다. 약사전으로 오르는 계단과 울타리도 모두 자연석을 주워서 만들었다. 여간 정성을 들인 게 아니다. 이 또한 간절한 신심과 수행심의 발로이자, 결과물이다. 돌계단은 절벽을 따라 구불구불 오르다가 왼쪽으로 크게 한 번 몸통을 꺾는다.

계단 끝에는 난간을 앞세운 약사전이 벼랑을 등졌다. '허虛'와 '공空'을 화두로 삼은 단정한 자태니, 등을 기댄 수직의 벼랑이 자못 비장하다. 암벽에는 길고 긴 세월의 때가 이끼로 달라붙었다.

약사전 안에 모신 약사여래불은 생로병사에 시달리는 중생을 위해 약사발을 왼손에 들었다. 원효대사가 선정에 든 상태에서 손톱으로 음각을 했다는 전설의 약사여래불이다. 대략 25m 높이에 이르는 절벽의 상단인데, 단순하고도 고졸한 모습이라서 더욱 친근하게 느껴진다.

약사전 앞으로는 섬진강의 장쾌한 물줄기가 한눈에 들어온다. 강물은 이제 이곳을 감돌아 지리산의 계곡 물과 만날 차례다. 지금도 푸르고 시린 저 물줄기는 더욱 새파랗고 차가워지리니, 그 만남의 일부분은 도선굴 바깥쪽에서 잠시 보인다.

언젠가 약사전에서 내려오는 길에 관광객들이 동전을 붙여 놓은 암벽 쪽으로 다가가 본 날이 있다. 자세히 살펴봄에, 바위치고는 아주 무른 바위였다. 그래서 원효대사가 손톱으로 새겼다는 전설이 생겨난 모양이다.

**지장전을 오르는 돌계단** | 신심 하나하나가 크고 작은 돌이 되어 이루어진 계단이다. 멋을 부리지 않은 듯 멋을 부린 인공의 작품이다.

**약사전 약사여래불** | 나무약사불, 나무약사불, 나무약사불!

# 800년 묵은 귀목과 지장전

약사전과 나란히 선 지장전에 오르기 위해서는 서쪽에 따로 낸 돌계
단을 이용해야 한다. 지장전에 오르다 보면, 이곳이 얼마나 돌이 많
은 곳인지 다시 한번 실감이 난다. 천연석을 이용해 높다란 축대를
쌓고 계단을 조성했으니, 겉으로 보이는 돌의 양만 해도 엄청나다.
저마다 생긴 모양이 다른 돌멩이들인데, 돌 틈 사이에 기와를 이용
해 멋까지 부렸다.

언젠가 홍익대학교 고승관 교수와 함께 이곳을 방문한 적이 있
다. 그분 역시 충북 괴산의 화양동 계곡 옆에서 돌탑을 쌓는 일에 매
진하시는 이른바 '돌쟁이'이자, '돌교수님'이다. 20년이 넘는 세월
동안 한 길이 훨씬 넘는 돌탑을 자신의 계곡에 300기가 넘도록 쌓았
으니, '돌일'에 관한 한 기꺼이 달인이라고 할 수 있다.

"이야! 대단하군, 대단해……."

그때의 일이다. 계단의 중간에서 걸음을 멈춘 교수님은 더 이상
말문을 이어 가질 못했다. 그리고는 말없는 돌들만을 한참이나 이리
저리 어루만지셨다. 진정 선수가 선수를 알아준다는 흐뭇한 미소와
표정으로 말이다.

계단의 한쪽에는 나무 한 그루가 우뚝하다. 수령 800년으로 추산
하는 귀목이다. 귀목은 순수 우리말로 느티나무다. 느티나무는 분명
지켜보았을 것이다. 이리저리 산재하던 돌멩이를 주워 모아, 모두가

제자리에 맞게 쌓아 올리던 땀 흘린 역사役事를. 발끝에 채이며 하찮게 여겨지던 돌멩이를 하나하나 모아, 이렇게 소중하고 아름다운 돌계단을 꾸민 사람들 또한 또렷이 기억하리라. 제멋대로 생긴 돌들이 이제는 하나가 되어 우리의 발길을 편안하게 이끈다. 느티나무는 여전히 이 광경을 지킨다. 이들은 말 그대로 '목석木石'으로 남았다.

귀목나무 바로 위에는 좌선대가 자리를 폈다. 진각국사 혜심慧諶스님이 아끼던 자리란다. 섬진강의 유장한 흐름을 내려다보며 수행의 여가를 보냈다고 여겨진다. 누구나 잠시 앉아만 봐도 수행자가 되는 좌선대. 저 멀리 흐르는 강물에 마음의 짐일랑 벗어 놓고 가라며, 좌선대는 지나는 이들의 발목을 잡는다.

높은 곳에서 내려다보면, 세상은 늘 좁고 작다. 그래서 세상사의 물욕이나 명예심조차 슬그머니 존재를 감추기 마련이다. 더욱이 도도한 강물의 흐름은 언제나 겸손을 수반하지 않던가? 혜심스님이 남긴 「유거幽居」란 시의 둘째 수를 읊어 본다.

일 많은 구름 보고 고요히 웃음 웃고　　　　　　靜唉雲多事

이웃 되는 달님을 한가로이 맞이하네　　　　　　閑邀月作隣

구구한 세상사 명리의 길에서　　　　　　　　　　區區利名路

날뛰고 쫓는 자 저들은 뉘런고　　　　　　　　　　馳逐彼何人

지장전은 약사전에서 건너다보이는 건물이다. 지장전은 "온 세상

**차곡차곡 쌓아올린 돌담** | 제멋대로 생긴 돌들이 각각 소임을 다하며 서로 아래쪽을 차지하였기에, 오늘의 우리가 편안하게 오르며 순연의 미를 감상할 수 있는 것 아닌가?

사람들이 지옥에서 벗어나기 전에는 절대 성불하지 않겠다."라고 외치며 최후의 벼랑 끝으로 스스로 물러난 지장보살을 모신 전각이다. 지장보살의 서약처럼 웅장한 규모와 빼어난 아름다움을 약사전에 모두 양보하고, 맨 나중에 돌아올 자신의 차례를 기다리며 절벽 끝에 몸을 기댔다. 지장전도 약사전과 같은 방식으로 지어졌지만, 규모나 아름다움은 많이 떨어진다. 지장전이 존재하기에 약사전은 고맙게도 외롭지 않다.

계단 쪽에서 바라보면, 지장전과 약사전의 추녀는 나란하다. 병고에 빠진 중생들을 위해 자비의 약병을 든 약사전과 온 인류를 남김없이 해탈시키고자 서원을 세운 지장전이 같은 높이로 선 탓이다.

**좌선대** | 진각국사 혜심스님이 열어 놓은 공간이다. 그저 맑게 흐르는 섬진강 강물에 마음의 때를 씻어 보내는 곳이라서 바람마저 상쾌하다.

꿈의 실현을 위해, 지장전과 약사전의 추녀들은 다짐 삼아 동시에 각을 세웠다. 세상에 어느 절이나 어느 암자가 그렇지 않으랴마는 사성암 역시 철저하게 중생들을 위한 자비의 마음으로 설계되었다.

사성암의 비밀스런 건물 하나가 남몰래 바윗돌 틈에 숨었다. '스님 방'이라는 작은 표지 하나가 슬쩍 보인다. 전해 오는 이야기로는 원효대사가 거처하던 토굴이었다고 한다. 그래서 '원효방'이라고 불렀다는데, 지금은 작은 기와채로 모양을 바꾸었다.

돌아보면, 사성암에는 스님들이 발을 뻗고 편히 쉴 만한 공간이 거의 보이지 않는다. 아니, 홀로 앉아 수행 정진할 만한 장소가 전연 없다. 다만 이 건물 하나가 숨어서 자신의 역할을 톡톡히 해낸다고 여겨진다. 이곳을 찾을 때마다 언제나 열어 보고 싶은, 대쪽으로 만든 볼품없게 생긴 사립문 안쪽의 건물이다. 그렇지만 단정하게 앉아 좌선 삼매에 든 스님의 뒷모습이 떠올라 얼른 손을 거두고 말 따름이다.

## 소원바위와 도선굴

자연과 인공의 조화는 늘 우리에게 던져진 숙제다. 이 숙제에 대한 해답은 사성암에서 얼마간 찾을 수 있다. 사성암에서는 자연의 틀을 전혀 깨지 않았다. 자연이 부여해 준 기존의 틀을 고스란히 살린 채,

여기에다가 정성스럽고 진지한 인간의 손길을 보탰다. 그래서 한층 자연스럽고 세련된 분위기가 차츰 숙성되었다. 어서 빨리, 얼른 해치우자며 서둘러서 보탠 기계적인 힘이 아니다. 천천히 아주 천천히 공을 기울인, 애정 가득한 손길의 힘이다.

그렇게 서두르지 않았음에, 사성암은 손때가 진득하다. 아무 곳이든지 카메라 앵글을 들이대도 마냥 그림이 된다. 잡석들 하나하나가 이제는 소중하고 꼭 필요한 존재가 되어, 넋을 앗아갈 만한 풍치를 자아낸다.

사실 필자에게 사성암 방문은 열 번을 넘어간다. 이 근처를 지날 일이 생길 때마다 어떻게 해서라도 찾고야 말던 사성암이다. 고결하고 아름답다는 이유 하나가 이토록 강인한 흡인력을 지닌다. 산신각으로 향하는 길목에는 두 둥치로 이루어진 '소원바위'가 우뚝 솟았다. 소원바위에는 슬픈 전설 한 꼭지가 남았다.

옛날에 오산 자락에 금슬 좋은 부부가 살았는데, 어느 날 하동으로 뗏목을 팔러 간 남편이 기약한 날짜가 되도록 돌아오질 않았다. 하루하루 목 빠지게 남편을 기다리던 아낙은 마침내 하동 쪽이 내려다보이는 이 바위 위에 올라와 남편을 기다리기 시작했다. 먼동이 트는 새벽부터 섬진강이 석양빛으로 붉게 물들 때까지, 남편을 기다리던 아낙은 그리움에 지쳐 드디어 불귀의 객이 되고 말았다. 얼마 후 집으로 돌아온 남편은 바위 위에서 싸늘한 시신으로 변한 아

**소원바위** | 옛 사랑은 이제 아련한 전설로 남았으니 바위도 무연한 표정으로 굳어지고 말았다.

내를 발견하고, 슬픔에 겨워 강물로 몸을 던졌다.

소원바위는 '뜀바위'라고도 불린다. 아내 뒤를 따르고자 남편이
강물로 뛰어내렸기에 붙여진 이름이다. 전설 속의 변함없는 사랑은
오늘에 이르기까지 맑고 푸른 섬진강물로 흘러내린다. 애절한 사랑
은 굳세고 단단한 소원바위에 한으로 맺혔으니, 바람의 소리까지 도
막도막 갈라지는 곳이다. 이제 소원바위는 부부처럼 다정하게 나란
히 섰다. 하늘이 아니면 갈라 놓을 수 없는 사랑의 힘으로.

산신각과 '도선굴'은 서로 이웃하였다. 도선굴을 만드느라 한 걸
음 내디딘 암벽 사이를 비집고, 산신각이 가까스로 작은 몸통을 끼
워 넣은 형국이다. 그래도 산신각은 결코 왜소하거나 초라하게 느껴
지지 않는다. 좁은 공간이나마 어렵사리 장만해서, 소박하지만 최선
을 다한 갸륵한 정성 때문이다.

산신각은 오산을 주재하시는 산신을 모시고 북쪽을 향해 섰다.
앞쪽으로 지리산의 웅장한 모습과 너른 들판에 일구어진 구례읍이
상쾌한데, 등지고 있는 산신각에 비해 턱없이 넓게 트인 시야다. 산
신각의 작은 몸집에서 나오는 웅혼한 배포와 기상이랄까?

산신각과 도선굴 사이에는 야트막한 돌담이 지나간다. 돌담 끝
오른편의 으슥한 곳에 산신각의 연통이 보인다. 이 작은 연통도 자
연석과 기와 조각을 이용해 만들었는데, 다소곳한 자태가 슬며시 나

**산신각** | 소박했던 옛 모습이다. 지금 가 보면 지나친 단장으로 수줍던 미소를 잃었으니 아쉽기만 하다.

그네들의 발걸음을 묶는다.

　연통의 바로 옆이 도선굴 입구다. 도선굴은 도선국사가 도를 닦았다는 굴인데, 남북으로 뚫렸다. 10m가량 되는 굴 한가운데에 이르면, 한쪽에 몸을 숨길 만한 공간이 펼쳐진다. 맞바람을 피하기에 적합한 장소다. 제법 아늑한 이곳에는 지금도 틈틈이 촛불을 켜 놓고 가는 사람들이 많다.

　앞서 설명한 대로, 도선국사는 승속을 따지지 않고 우리 민족 모두가 경외하는 분이다. 천년 넘는 오랜 세월이 흐르면서, 이제 스님의 체취는 대부분 사라졌다. 그러나 이 땅을 복된 터전이 될 수 있도록, 스님은 음양오행과 풍수지리 이론을 바탕으로 커다란 사찰들을

**도선굴** | 육신 하나 겨우 누인 스님은 밤마다 무슨 상념에 빠지셨을까?

삼천리 방방곡곡에 남겼다. 우리 산하가 지니고 있는 결점과 허점을 보충하기 위한 비보裨補의 조처였다. 사성암에서 그다지 멀지 않은, 남원시 산내면에 자리한 실상사가 대표적인 사찰이다.

도선굴을 빠져나오면, 지리산과 섬진강에 구례 들녘이 조화를 이룬 장엄한 풍광이 우리를 기다린다. 하늘 위에 떠서 내려다보는 느낌이니, 이 아름다운 경치가 패러글라이딩 활공장을 오산으로 불러들였나 보다. 『택리지』를 남긴 이중환 선생도 과연 이곳에 올라 보시고, 계곡 가의 길지로 얼른 구례의 '구만촌'을 꼽았을까? 들판의 동쪽 끝으로 운조루와 곡전재는 아직 보이지 않는다.

**섬진강과 구례들녘** | 도선굴 밖에 펼쳐진 구례읍과 들녘이다. 날이 맑으면 지리산도 바짝 다가온다.

## 운조루와 곡전재

사성암에서 불교는 물론이요, 음양학과 지리학을 닦은 도선국사가 천혜의 복된 터전 구례 땅에 명당 자리를 찍어 놓지 않을 수 없었으리라. 바로 운조루와 곡전재가 그 중에 두 자리다.

도선국사는 토지면土旨面 오미리五美里의 세 자리를 명당으로 점찍었다고 전한다. 금 거북이가 진흙 밭으로 기어들어가는 형상을 한 금구몰니형金龜沒泥形, 하늘나라 옥녀의 금가락지가 땅에 떨어진 모양의 금환낙지형金環落地形, 다섯 가지 보배가 번갈아 모여드는 모습을 한 오보교취형五寶交聚形의 터가 그것이다. 오미리는 구례읍에서 하동 쪽으로 4km 남짓 가면 나오는 마을이다. 토지면土旨面이란 지명은 본래 금가락지를 토해 냈다는 의미를 지닌 '토지면吐指面'이었다고 한다.

이제 금구몰니형의 명당은 운조루가 차지했고, 금환낙지형은 곡전재의 몫이다. 오보교취형의 명당은 아직도 찾아지질 않았다. 그래서 지금도 이 자리를 찾기 위해 방문하는 사람들이 있다고 한다. 실제로 해방 전에는 한꺼번에 12가구가 이 자리를 찾아들어 와, 운조루보다 더 북적거렸다는 게 마을 사람들의 전언이다.

그런데 이 가운데 운조루가 차지한 금구몰니형이 가장 명성을 얻은 모양이다. 풍수지리에서는 거북과 자라의 형상을 한 터에서는 꼬리 부분을 제일로 치는데, 맑고도 생명력 넘치는 복된 기운이 꼬리 부분에서 가장 왕성하게 나온다고 한다. 진흙탕을 헤집고 들어가는 거북이나 자라가 꼬리를 힘껏 내저으며 앞으로 나아가기 때문이란다. 운조루 앞의 연당은 풍수지리 속의 금 거북이를 위한 인공 못이다.

운조루는 1776년(영조52)에 당시 삼수부사를 지내던 유이주柳爾冑가 세웠다. 99간의 대규모 주택으로서, 조선 시대 선비의 품격을 상징하는 품자형品字形 배치의 양반가다. 지금도 70간이 넘는데, 관리가 허술한 탓인지 차츰 퇴락하고 있다.

운조루 주인의 말을 빌리면, 이 마을에는 상대, 중대, 하대의 명당

**운조루** | 앞쪽에 늘어선 오봉산에서 돋아나는 구름을 바라보고, 저녁 나절이면 둥지를 찾아 나는 새들을 바라보는 18세기의 고택이다.

이 있다고 한다. 바로 운조루 안채가 상대인 금구몰니터고, 중대에 해당하는 금환낙지터가 행랑채 바깥의 연못 자리며, 오보교취의 하대는 면 소재지의 돌탑 자리라는 주장이다. 애초에 운조루의 터를 닦을 때, 땅속에서 어린애 머리만 한 돌 거북이가 나왔다고 한다. 그래서 생명의 근원인 습기가 마르지 말라고 부엌에 두었는데, 1987년에 이를 노린 도둑에게 강탈을 당했다고 한다.

　운조루란 이름은 도연명陶淵明의 시 작품인 「귀거래사歸去來辭」에서 나왔다. '운무심이출수雲無心以出岫, 조권비이지환鳥倦飛而知還'이라는 두 구절에서 각각 첫 글자를 딴 이름이다. "구름은 무심히 멧부리에서 피어오르고, 새들은 날다 지쳐 돌아올 줄 아누나."로 번역되는 시구다.

이 구절은 옛 시인들에게 천하의 절창으로 여겨졌다. 자연에 묻혀 사는 은자의 유유자적한 내면이 유감없이 표출되었다는 칭송이 뒤를 따랐다. 이 구절은 다시 불가의 화두話頭가 되기도 하였다. 사람의 말을 뛰어넘는 바로 선禪의 경지가 담겼다고 여긴 탓이다.

운조루의 대표적인 구경거리는 솟을대문 위에 매단 말뼈와 뒤주다. 본래 솟을대문 위쪽의 처마에는 호랑이 뼈가 매달렸었다고 한다. 힘이 장사였던 창건주 유이주가 문경새재를 넘다가 채찍으로 쳐서 잡은 호랑이 뼈였다는 것이다. 그러나 지금은 호랑이 뼈를 잃어버리고, 대신에 말 뼈를 매달아 놓았다. 마을에 돌림병이 돌 때마다 남자는 왼편에, 여자는 오른편에 말 뼈를 차고 다니며 횡액을 피했던 민간 풍속의 영향이라는 설명도 있다.

**솟을대문과 말 뼈** | 창건주 유이주의 자취였던 솟을대문 위의 호랑이 뼈는 언젠가 말 뼈로 바뀌었다.

**뒤주** | 나눔의 미덕을 상징하던 쌀 뒤주로 근년 들어 매스컴의 조명을 제법 받았다.

200여 년 된 원통형 뒤주는 사랑채에 설치된 중문 안에서 찾아진다. 뒤주의 아래쪽으로 쌀이 나오는 구멍에는 '타인능해他人能解'란 글씨가 아직도 남았다. 다른 사람도 누구나 열 수 있다는 뜻이다. 흉년에 굶주리는 사람들이 마음대로 곡식을 퍼 가도록 밖에 내놓았던 뒤주니, 나눔의 미덕을 실천하던 운조루의 자부심이다. 그 밖에도 운조루에는 많은 구경거리가 남았는데, 이는 순전히 구경꾼들의 취향과 눈높이에 달렸다.

사실 한국전쟁 때 구례군 일대의 기와집들은 모두 불에 탔다고 해도 과언이 아니다. 당시 좌익 세력들은 악덕 지주들을 척결한다면서, 운조루 주변의 기와집들을 모두 불살랐다. 그러나 남보다 앞서

**곡전재** | 뾰족한 지붕 아래로 세모꼴의 박궁에 '금환낙지' 네 글자가 선명하다. 울타리도 금가락지 모양으로 둥근 집이다.

노비들을 해방시키고, 나눔의 미덕을 몸소 실천했던 운조루만은 다행히 불길을 피할 수 있었다. 좌우익을 불문하고, 이 집안의 은덕을 입지 않은 사람이 원근에 없었기 때문이다. 그들은 스스로 앞장서서 운조루가 화마에 들어가지 않도록 애써 변호했던 것이다.

운조루에서 앞쪽으로 200m가량 떨어진 곡전재는 금환낙지터를 내세우는 전통 가옥이다. 1929년 박승림 씨가 건립하였는데, 1940년에 이교신 씨가 인수하여 현재까지 후손들이 거처하는 기와집이다. 본래 '춘해루春海樓'로 불렸는데, 이교신 씨의 호가 곡전穀田이었기에 이제는 곡전재로 불린다. 부연을 단 고주집과 문살의 외미리 형식, 기둥 석가래 등이 매우 크게 설계된 점과 높다란 지붕이 특징으로 꼽힌다.

곡전재는 멀리서 보아도 금가락지처럼 둥근 형태다. 담장 안에 대나무가 울창하게 자라나 마치 거대한 성곽 같기도 하다. 지붕의 마구리에 해당하는 박공에는 아예 '금환낙지'라고 한자로 새겨 놓았다. 가옥 배치는 둥근 대지 안에 'ㅁ'자 꼴이다. 전체적으로 보아 옛날에 통용되던 동전을 연상시키는 구조다. 앞마당에 구불구불 파 놓은 물길과 뒤란의 장독대와 굴뚝도 인상적이다. 구석구석을 단정하게 꾸미고 가꾼 곡전재는 오늘날 한옥펜션으로 운영된다.

운조루와 곡전재의 가장 특이한 점은 두 줄기 물의 흐름이다. 운조루 바로 앞에 흐르는 개울과 곡전재 담장을 따라 흐르는 안쪽의 작은 도랑이 이에 해당한다. 이 물줄기들은 주변의 지세로 보아 왼쪽에서 오른쪽으로 흘러야 정상일 듯싶다. 그러나 주의해서 보면, 이 물줄기들은 모두 오른쪽에서 왼쪽으로 흐른다. 물은 분명 위에서 아래로 흐르는데, 언뜻 그런 착각을 불러일으키는 독특한 지형이다. 이렇게 가까운 물줄기가 서로 반대 방향으로 흘러 두 겹으로 감싸 주는 형상만 보더라도, 운조루와 곡전재는 명당이라고 주장할 만하다.

그렇지만 '오봉귀소형五鳳歸巢形'이라고도 불리는 오보교취형 명당은 아직도 임자를 기다린다. 지난날 운조루의 주인처럼 자비심 넘치는 섬진강의 맑은 물 같은 사람을. 그 기다림에 오늘도 물은 말없이 흐른다.

백장선사를 기리는

# 수청산 백장암

水淸山 百丈庵

# 백장기를 목전에 두고

설날이 지나 곧장 입춘이다. 날씨는 아직 쌀쌀한데, 바람이 어느새 부드러워졌다. 지난가을에 바람의 칼날이 초목을 잠재웠다면, 오늘은 다시 생명의 숨결로 돌아왔다. 보내는 것도, 맞는 것도 바람의 역할이요, 사명이다. 모든 게 바람의 짓이다.

산야에 안개가 희붐한데, 물소리는 커졌다. 산들이 깊은 숨을 천천히 내쉬기 시작한 것이다. 겨우내 추위에 웅크리고 있느라 뻣뻣해진 몸통을 펴기 위해 산들은 먼저 두텁게 쌓인 눈과 얼어붙은 물길부터 풀어낸다. 막혔던 혈관을 녹여 가면서 조금씩 아주 조금씩 팔다리를 편다.

원활한 피 돌기를 기약하는 굴신屈伸으로 산맥의 뼈마디에 물방울이 돋는다. 그리고 이 작은 움직임은 진동 없는 파장으로 퍼져 나가 수목과 풀씨들을 일깨운다. 솜털 같은 잔뿌리를 촉수처럼 내밀게 하고 깨알 같은 씨앗들을 움트게 만든다.

뿌연 하늘 아래로 물소리가 들려오니 봄은 이렇게 무심한 표정과 단순한 음향으로 다가온다. 작년의 봄과 다르지 않고 내년의 봄과 다를 바 없는 순환의 한 장면이다. 차라리 느긋하고 담담한 표정이다. 자연의 위대함은 이토록 허전한 단순성에 있으니, 거대한 순환의 고리는 참으로 소박의 연속에서 기인한다. 복잡과 변덕은 자연의 순환을 일구지 못한다. 오히려 무차별하게 파괴하고 말 것이니, 굳이 빙하기를 예로 들지 않아도 아는 일이다.

멀리서 산줄기들의 긴 하품이 바라보인다. 나무들은 눅눅한 날숨을 뱉어 낸다. 영겁으로 흐르는 시간의 입자들이 산천을 채우고 배릿한 봄 냄새가 허공에 번진다. 세상의 목숨붙이들은 몸 안에 온기를 저장하느라 바빠졌다.

오늘의 봄 역시 단순 명료한 순환의 고리 속에서 싹튼다. 늘어진 나뭇가지마다 추운 겨울을 힘들게 버틴 잎눈과 꽃눈이 비늘잎으로 달렸다. 이들은 이제 올 봄을 찬란하게 피워 내면서 주어진 소임을 다할 것이다. 오늘의 봄을 가장 '오늘의 봄'답게 꾸미는 '오늘의 바람'이 불어온다.


중국과 우리나라의 선종사禪宗史에도 수많은 바람들이 스쳐갔다. 선종을 종지宗旨로 삼는 바람들이 그때그때 한 시절을 풍미했으니, 이 바람들은 제각각 독자적인 선풍禪風을 일으키며 후대에 많은 영향을 주기도 하였다. 이 중에서 잊혀지지 않을 큰 바람 하나는 당나라 때의 회해선사(懷海禪師, 720~814)다. 노년에 주석한 장소가 백장산이었으므로, 스님을 흔히 백장선사百丈禪師라고도 부른다.

백장선사는 당시 저마다의 계율과 방법으로 뿔뿔이 흩어져 수행 정진하던 스님들을 불러 모아 공동생활을 열었다. 역사상 처음으로 사찰을 세웠으니 그 유서 깊은 장소가 백장산이다.

뿐만 아니라, 스님은 『백장청규百丈淸規』를 제정했다. 선문의 직책

**백장선원** | 백장선사의 가르침을 이어받은 선원이다. 선기가 매서운 선원 앞에 빗장을 지른 무문관이 결연하게 자리를 잡았다.

에서부터 식사에 이르기까지 종단에서 지켜야 할 계율을 맨 처음 만든 것이다. 사원은 물론 법당과 승당 그리고 방장의 제도를 먼저 정한 다음에 다른 승려들에게 동서東序, 요원寮元, 당주堂主, 화주化主 등의 소임을 맡겼다. 자신은 이따금 법당에 나와 상당법문을 베풀었다.

2권의 책으로 이루어진 『백장청규』는 이제 사라지고 없지만, 선종에서 지키는 법규의 뼈대와 핵심이 된 중요한 저작으로 칭해진다. 참고로, 백장선사와 관련한 화두話頭로는 '백장야압자百丈野鴨子'와 '백장야호百丈野狐'가 전해 온다.

백장선사는 청빈한 삶의 표상이 되기도 하였다. 그가 남긴 "일일부작一日不作 일일불식一日不食" 이란 말은 오늘날까지 널리 쓰인다. 이 말은 "하루 일하지 않으면 하루 먹지 않는다." 라고 풀어진다.

백장선사는 나이가 90이 넘어서도 다른 사람들과 함께 밭에 나가 일을 했다. 그래서 이를 안쓰럽게 여긴 제자들이 어느 날 스님의 농기구를 모두 감추었다. 그러자 스님은 밥에 입을 대지 않는 것이었다. 제자들이 연유를 묻자 스님은 "일일부작 일일불식" 이란 말로 대답하였다. 주변의 모든 사람들은 경복하고 말았다.

선종사에 남긴 백장선사의 업적은 이제 '백장기百丈忌'라는 의식으로 기려진다. 스님은 1월 7일에 입적하였으니, 선원을 창립하고 청규를 제정한 정신을 고스란히 이어받고자 절마다 이날을 택해 특별하게 법회를 여는 것이다. 문득 날짜를 따져 보니 '백장기'가 사나흘 앞으로 다가왔다.


## 실상사를 지키는 장승들

함양을 지난 차가 마천을 향해 '오도재'를 넘는다. 오르막 우측에 변강쇠의 무덤을 알리는 간판이 보인다. 함양과 남원이 경계를 이루는 이 일대는 「가루지기타령」의 근원지로 장승이 흔한 곳이다.

「가루지기타령」에 따르면, 벽송사 입구에 섰던 목장승들은 변강쇠에 의해 아궁이 속으로 들어간다. 이 사건이 빌미가 되어 변강쇠는 끝내 처참한 죽음을 맞게 된다. 사실 십 년 전만 해도 벽송사 입구에는 목장승들이 줄지어 있었다. 그런데 근래에 들어 모두 사라졌으니 아쉽다면 아쉬운 일이다.

그렇지만 실상사 입구의 돌장승들은 여전히 제자리를 굳건하게 지킨다. 다리를 건너기 전에는 왼쪽으로 1기만이 우뚝한데, 다리를 건너면 2기가 나란히 서 있다. 이 장승들로 인해, 이 일대가 '입석리'라는 행정구역 이름을 얻게 되었다고 여겨진다. 본 장승들은 중요민속자료 제15호로 지정되었다.

장승 앞에 다음과 같은 안내문이 세워졌다.

이 돌장승들은 실상사를 지키는 상징적인 조각품으로, 원래는 이곳 냇가에 모두 네 개가 있었다. 절로 가는 도중 내를 건너기 전에 두 개의 장승이 서 있었는데, 그 중 오른쪽 것이 1936년 홍수에 쓸려 내려가 현재는 세 개만 남았다. 장승들의 높이는 대략 2.5~2.9m, 너비는 40~50cm가량이며, 머리에 모자를 쓰고 튀어나온 둥근 눈에 주먹코와 커다란 귀를 갖는 등 비슷한 양식을 보인다. 장승에 새긴 기록으로 보아, 같은 시기인 1725년(영조1)에 세운 것들임을 알 수 있다. 장승은 보통 남녀를 배치해 음양의 조화를 꾀

**실상사 입구 돌장승** | 우리나라 대부분의 장승들은 익살맞고 장난기 가득한 얼굴인데, 이곳의 장승
은 나름 엄숙하다. 아마도 실상사를 지킨다는 자부심과 사명감 때문이리라.

하는데, 이곳 장승들은 모두 남자의 형태이다. 귀신을 쫓는 장승들의 표정이 험상궂기는커녕 오히려 익살스럽고 해학적이다.

장승은 크게 목장승과 돌장승으로 구분된다. 돌장승은 주로 전라도와 경상도 일대에서, 목장승은 그 밖의 지역에서 발견된다.

장승은 본래 이정표의 용도로 쓰였던 것인데, 돌무더기 위에 세워진 나무기둥의 모습이었다. 그러다가 점차 사람의 형상을 띠고 성문 앞으로 옮겨 갔다. 혹시라도 성안으로 들어올지 모르는 잡귀나 액, 살, 돌림병 등을 막는 용도가 되었기에, 이들은 자연스럽게 험상궂은 모습으로 바뀌었다. 장승이 성문의 수호신으로 등장하는 시기는 대체로 17세기로 추정되는데, 이들은 다시 사찰 입구로까지 자신의 영역을 확대해 나갔다. 이후로 장승의 수호신적인 성격은 다시 비보裨補의 의미를 지니게 되었다. 비보는 풍수지리적인 결함을 보강하기 위해 세운 인위적인 시설을 가리킨다. 숲, 사찰, 연못, 섬, 불상, 돌탑, 장승…… 등이 여기에 해당한다.

장승의 외형적인 특징은 팔다리가 생략된 긴 몸통에 사납게 생긴 얼굴로 귀결된다. 몸통은 얼굴에 비해 아주 단순한 모습이다. 대체로 가운데에 '천하대장군'과 '지하여장군'이라는 글씨가 쓰이거나, 새겨졌다. 얼굴은 모자와 퉁방울눈, 주먹코, 긴 귀, 듬성듬성한 수염, 엉성한 이빨로 요약된다.

장승의 모자는 사모紗帽와 전립氈笠으로 크게 나뉜다. 사모의 형태는 우리나라 곳곳에서 발견되고, 전립형은 경상도와 전라도의 남부 지방에서 주로 나타난다. 이따금 민머리형이나 상투형, 산발형, 건형도 볼 수 있는데, 이들도 대체로 남부 지방에서 찾아진다.

장승의 눈은 퉁방울형과 봉형鳳型으로 구분된다. 봉형은 위쪽으로 쭉 째진 눈 모양이니 퉁방울형과 마찬가지로 수호신적인 성격이 강조된 형상이다. 부릅뜬 눈이나 치뜬 눈 모두 장승의 노기怒氣나 위압감의 표현에서 벗어나지 않는다. 주먹코와 커다란 귀 역시 남성성의 강조에서 나온 산물이다. 거꾸로, 작고 얄은 코에다가 자그마한 귀를 지닌 장승을 상상해 보라. 얼마나 볼품없고 초라한 장승이 되겠는가?

그런데 이런 노기나 위압감은 장승의 입에서 여지없이 깨진다. 대다수의 장승들은 듬성듬성한 쥐꼬리 수염에 입을 헤 벌리고 있거나 입꼬리를 올리며 사람 좋게 웃는 모양이다. 아니면, 두 볼이 도드라질 만큼 크게 웃거나 은은한 미소를 띠고 있다. 그렇지만 벌어진 입으로 비어져 나온 송곳니를 주목해 본다면, 애초에 입 모양도 위압감 넘치는 형상이었으리라. 그러다가 세월의 흐름과 함께 온화하고 자상한 민중의 웃음이 시나브로 깃들게 된 것이다.

한마디로, 장승의 전체적인 모양은 우리가 주변에서 흔히 만날 수 있는 할아버지와 할머니의 얼굴에서 크게 벗어나지 않는다. 굵은 주름에 모자라진 수염과 엉성한 이빨이 주는 이미지 위로 인자한 웃음이 얹힌 때문이다. 이 얼굴에는 온갖 풍상을 묵묵히 견뎌 내고 버터 온 민초들의 친근감 넘치는 표정이 담겼다. 그 친화력에서 장승은 늘 새롭게 만들어지고, 우리 곁에 언제나 머물 수 있는 생명력을 얻었다.

만수교萬壽橋 건너의 장승들 또한 전형적인 모습을 갖췄다. 우리 한국인의 얼굴에 전통 사회의 가치관이 그대로 깃든 얼굴이다. 익살 맞으면서도 해학적인 미소가 사뭇 정답기에 바라보는 사람들도 저절로 헤 하며 웃게 만드는 얼굴이다.

다리를 건너면, 오른쪽 장승 옆으로 최근에 깎아 세운 솟대들이 늘어섰다. 창공을 향한 꿈이 이렇게 장대 끝에 아련하게 내려앉았다. 그리고 목장승들이 그 옆으로 줄을 지었다. 이 목장승들 또한 세월의 바람을 타고 몸무게와 몸피를 줄여 나가는 중이다. 앞쪽의 만수천萬壽川에는 피라미를 쫓는 들오리들의 움직임이 부산하다.


# 호국의 천년 사찰 실상사

실상사 입구에 마련된 연지蓮池는 아직 눈에 덮였다. 말라빠진 연잎이 하얗게 사위어 을씨년스런 풍광을 자아낸다. 실상사 경내에 솟아난 거목들도 대부분 잎사귀가 여위었으니 앙상한 가지들만 바람결에 하늘거린다. 해가 뜨기 전이 가장 춥다고 했던가? 싱그럽고 화사

**실상사 경내** | 들판 한가운데 내려온 특이한 절로 가장 먼저 꼽히는 곳이다. 그러나 가람 배치는 여느 절과 크게 다르지 않다.

한 봄날을 목전에 두고 실상사는 파리하고 초췌한 모습이다.

지세를 돌아보면, 실상사는 지리산의 깊은 품을 더듬는 만수천을 옆에 끼고 입석리의 너른 들판에 자리를 잡았다. 동으로는 천왕봉과 마주하면서 남쪽의 반야봉과 서쪽의 심원 달궁, 북쪽의 수청산 등을 병풍처럼 둘렀다.

우리나라 사찰의 대부분이 깊은 산중에 터를 열었는데, 실상사는 들판 한가운데로 내려왔다. 아주 특이한 자리 선택이라고 지적할 만하다. 물론 인근의 사찰 가운데 평지로 나앉은 단속사가 있기는 하다. 그러나 단속사가 빈터에 외로운 석탑만을 남겼다면, 실상사의 절집다운 모습은 변함없다.

'천년 사찰', '호국 사찰'로 널리 알려진 실상사는 828년(신라 흥덕왕 3)에 증각대사證覺大師 홍척洪陟스님이 세웠다. 스님은 어린 나이에 당나라로 유학을 떠나 지장智藏의 문하에서 선법禪法을 배운 뒤 귀국했다. 그 후 2년 동안 선정처禪定處를 찾아 전국의 산을 뒤지다가 지금의 자리에 실상사를 창건했다. 이곳은 스님의 고향이기도 하다. 이때 흥덕왕興德王은 절을 세울 수 있도록 커다란 도움을 주었을 뿐만 아니라, 나중에는 태자 선광宣光과 함께 이곳으로 귀의하였다.

실상사는 우리나라 선종의 역사를 본격적으로 열어 나간 신라 말기 구산선문九山禪門 가운데 최초의 사찰로 의미가 자못 깊다. 특히 가지산문과 실상산문은 일찍이 '남악산문'과 '북악산문'으로 일컬어질 만큼 커다란 주목을 받았다. 구산선문 가운데 성주사와 굴산사는 이제 빈터로 전해 온다. 성주사 터에는 무염화상비문無染和尙碑文이 남았고, 굴산사 터는 국내 최대의 당간지주가 외로이 지키고 있다.

홍척스님은 실상사를 창건하고 선종을 크게 일으켰다. 그의 문하였던 수철화상秀徹和尙과 편운片雲스님은 남악선문 특유의 선풍으로 수많은 제자를 양성하였다. 실상사는 조선 시대에 접어들어 3차례에 걸친 중수와 복원 과정을 겪으면서 오늘의 모습을 지니게 되었다.

1468년 세조 때에 처음 화재가 일어났는데, 원인 불명이라는 기록과 왜구들에 의해 전소됐다는 설이 동시에 전해진다. 이 화재로 실상사의 승려들은 200년 이상을 백장암으로 옮겨 와 살았다. 절터에는 철불, 석탑, 석등 등만 오래도록 남아 있었다. 그러다가 침허대사가 나라에 상소를 올려 1680년(숙종6)에 36채의 대가람을 중건한 뒤 승려들은 다시 실상사로 처소를 옮겼다.

두 번째의 중건은 1821년(순조21)에 의암대사가 주도했으며, 다시 1884년(고종21)에 월송대사가 세 번째로 중건해 오늘에 이른다. 세 번째로 중창을 하게 된 것은 1882년에 어떤 사람이 절터를 가로챌 목적으로 방화를 저질렀기 때문이라고 한다.

한국동란 시기에 실상사는 또 한 차례 수난을 겪었다. 낮에는 국군, 밤에는 빨치산들이 점거하는 전란의 틈바구니에서 절간은 용케 화를 입지 않았다.

실상사는 평지에 조성되었으니 일견으로 자그마하게 보인다. 그러나 천왕문으로 들어서면 비로소 실상사의 위용이 실감난다. 실상사가 들판에 자리를 잡게 된 배경과 관련해 다음과 같은 전설 한 꼭지가 남았다.


홍척스님이 중국에서 배운 선종의 종지를 이 땅에 전파할 즈음이다. 도선스님은 전라도 땅을 두루 돌아다니고 있었다.

도선스님은 평소 우리나라의 형세가 배의 모양을 지니고 있다고 여겼다. 그런데 배의 오른쪽 부분에 해당하는 전라도 땅은 왼쪽의 경상도에 비해 산이 적어서, 배가 균형을 이루지 못한 채 왼쪽으로 기울어진다고 생각했다. 그래서 우리나라의 빼어난 정기가 일본으로 흐른다고 판단하였으니, 배가 기우는 쪽에 일본이 있기 때문이었다. 더구나 당시에는 왜구들이 끊임없이 남녘 지방 일대를 노략질해 나라의 큰 걱정거리였다.

도선스님은 먼저 전라도 땅에서 기세가 허약하다고 여겨지는 지역을 골랐다. 그리고 곳곳마다 탑과 불상으로 비보를 행하였으니, 화순의 운주사 주변에 천불과 천탑을 세운 일을 좋은 예로 들 수 있다.

어느 날 도선스님이 지리산 천왕봉에 이르렀을 때다. 문득 아래쪽에서 아주 강한 기운이 느껴지는데, 기묘한 향기마저 뿜어 나왔다. 스님은 곧장 그곳으로 내려갔다.

"어허, 이게 무슨 조화인고? 주변의 지세가 마치 꽃송이의 수술처럼 생겼으니, 온 사방에 매화꽃이 떨어진 듯 향기가 진동하는구나. 그래, 이곳이 바로 매화낙지형梅花落地形의 천하 명당이로다."

스님은 주변을 살폈다. 백두대간이 장엄한 행보를 마무리 짓는 지리산 천왕봉의 서쪽 아래에 완만하게 터를 연 산간분지였다. 그러나 스님은 깜짝 놀라지 않을 수 없었다. 이곳은 정기가 뭉치기는커녕 사방으로 흩어지는 게 아닌가?

"그래, 바로 이 자리였구나. 내가 아무리 찾으려고 해도 찾아지지 않던 자리가 참으로 이 자리였구나."

스님은 마침내 전라도 땅에서 가장 취약하고 찜찜하던 자리를 찾게 되었다. 스님의 기쁨은 이루 다 표현할 수가 없었다.

"나무관세음보살! 매화에 덕향이 있다더니, 실로 매화 향기가 날 이곳으로 부른 게야. 참으로 감사한 일이로고. 나무관세음보살!"

스님은 예를 갖추어 공양을 올렸다. 그 순간이다. 어디선가 아름다운 동자 하나가 매화꽃 한 가지를 손에 들고 나타났다. 선재동자였다. 선재동자가 스님에게 일렀다.

"스님, 스님의 나라 사랑에 부처님이 몹시 기뻐하십니다. 그래서 스님의 나라에 부처님의 따뜻한 보살핌이 계속 이어질 것이라는 말씀을 전하라 하셨습니다."

말을 마친 선재동자는 홀연 자취를 감추었다. 조금 전까지 수북하게 쌓여 향기를 내뿜던 매화꽃 역시 한 송이도 남지 않고 죄 사라져 버렸다. 스님은 부처님께 깊은 감사의 기도를 올렸다.

도선스님은 홍척스님으로 하여금 매화낙지형의 이 땅에 실상사를 지어 흩어지는 정기를 누르도록 하였다. 그리고 주건물인 보광전 앞뜰에 2기의 삼층석탑을 동서로 쌓았다. 또한 1백30여 평이나 되는 거대한 규모의 장육전을 세우고, 그 앞에 5층으로 만든 목탑을 세웠다. 목조탑 안에는 1000기의 불상을 모셔 비보로 삼았다.

실상사의 경내는 보광전普光殿을 중심으로 펼쳐졌으니, 앞쪽에 삼층석탑 2기와 석등이 자리를 잡았다. 삼층석탑과 석등은 각각 보물

37호와 35호로 지정되었다. 둘 다 통일신라 시기에 만들어졌는데, 백장암 삼층석탑, 석등과 같은 시기의 유산으로 미루어진다. 특히 삼층석탑은 상륜부相輪部의 원형을 그대로 보존하고 있어서 당시 정형 탑의 본모습을 잘 보여 주고 있다.

경내의 왼쪽을 살펴보면, 초라하면서도 정겨움이 물씬 풍기는 해우소를 발견하게 된다. 지금은 사용하지 않지만, 매우 예스러운 모습을 지녔기에 눈길을 끈다. 그 옆의 매화나무는 봄을 맞아 꽃눈을 부풀렸다.


## 철불과 범종에 얽힌 사연

실상사 경내에서 눈길을 끄는 것 중의 하나는 수철화상이 주조한 철제여래좌상이다. 지금은 보물 41호로 지정되었다. 철불은 무쇠가 4천 근이나 들어갔으며, 높이가 2.66m에 이른다.

도선스님이 실상사 경내의 여러 탑과 부속 건물 공사를 마무리할 때다. 스님은 홍척국사의 상좌인 수철화상을 법당 안으로 조용히 불렀다. 그리고 은근한 부탁을 하였다.

"이것 보시게, 수철상좌! 이제 절 모양은 내가 마음먹은 대로 다

**실상사 삼층석탑 상륜부** | 보물 제37호. 머리 부분이 완벽한 모습을 지녔기에 통일신라 시대 조성
된 석탑의 정형을 엿볼 수 있다는 점에서 소중한 유산이다.

**실상사 철불** | 보물 제41호, 민중의 호국 의지가 깃든 부처로서 전설과 이적이 함께 전해진다. 일본 쪽을 향한 눈길이 자못 매섭다.

꾸며졌네만, 이제 딱 하나가 숙제로 남았다네. 그러니 이 숙제만큼은 수철상좌가 맡아 주지 않으려나?"

수철스님이 궁금해서 물었다.

"큰스님! 미욱한 소승이 도울 일이란 게 도대체 무엇이란 말씀이십니까?"

잠시 뜸을 들이던 도선스님이 천천히 말을 이어 나갔다.

"수철상좌, 보다시피 저쪽의 약사전이 어제 날짜로 완공되지 않았던가? 그런데 저 약사전의 생김이 어떠한가? 어디 부족함은 없어 보이는가?"

"예! 장차 모실 부처님을 빼고는 다 갖추어진 것으로 압니다. 스님!"

수철스님의 대답에 도선스님이 껄껄 웃었다. 그리고는 곧바로 정색을 하고 말했다.

"그래, 자네가 해결해야 할 숙제는 바로 부처님을 모시는 일이라네."

"아니, 큰스님! 그런 큰일이라면, 당연히 우리 스승님이나 큰스님께서 행하셔야 옳지 않겠습니까? 어리석은 소승이 어찌 그리 큰일을 감당해 낼 수 있겠습니까?"

"아닐세. 그 일은 분명 수철상좌의 몫이라네. 지금은 아직 때가 아니니, 뒷날 때가 이르면 반드시 자네가 그 일을 마쳐야 하네. 그런데 그 부처님은 꼭 무쇠로 만들어야 하는데, 무쇠 사천 근을 넘도록 써야 할 걸세. 내 말을 꼭 잊지 말게나."

수철스님의 얼굴이 근심으로 어두워졌다. 도대체 그 큰일을 자신이 감당해 낼 수 있을까 하는 염려 때문이었다. 수철스님의 흐린 낯빛을 본 도선스님이 다시 껄껄 웃으면서 말했다.

"수철상좌, 걱정 말게! 때가 이르면 절이 번성해져서 그 일이 그리 어렵지만은 않을 걸세. 그러니 지금부터 미리 그렇게 걱정하지 말게."

큰스님이 내리시는 분부인지라, 수철스님은 어쩔 수 없이 '예!' 하고 대답을 올린 뒤 법당에서 내려왔다. 그러나 수철스님은 밤새 잠을 이룰 수 없었다.

다음 날, 도선스님이 다시 수철스님의 방으로 불쑥 들어왔다.

"자네가 아직 내 뜻을 헤아리지 못한 것 같으니, 내가 좀 더 이야기를 해야겠네. 자, 우리 약사전으로 가 봄세."

도선스님의 뒤를 따라서 수철스님은 약사전 앞에 이르렀다. 도선스님이 천왕봉을 가리키며 말했다.

"자, 보게나! 저쪽이 지리산 천왕봉 아닌가? 그리고 그 너머로 일직선상에 무엇이 있는가? 무엇이 보이는가?"

큰스님의 갑작스런 질문에 수철스님은 얼른 정신을 모았다. 그리고 마음의 눈을 열어 천왕봉 너머를 내다보았다. 잠시 후에, 수철스님의 눈길은 멀리 뻗어 나가 바다를 건너 일본에까지 다다랐다.

"예, 바다 건너로 일본의 후지산이 보입니다."

"그래, 그렇다면 후지산이 어떤 모습으로 보이는가?"

수철스님은 다시 마음을 가다듬은 뒤, 후지산의 모습을 천천히 살펴보았다. 그런데 후지산에도 과연 상서로운 기운이 서려 있는데다가, 모양 자체가 무척 수상쩍었다. 수철스님이 깜짝 놀라 외쳤다.

"스님, 큰일입니다. 후지산은 규봉窺峰의 형상입니다. 후지산이 지리산의 천왕봉을 엿보는 모습입니다."

그러자 도선스님이 무거운 목소리로 말했다.

"그것이야. 그래서 내가 이 자리에 무쇠로 만든 부처님을 모시고자 함이라네. 수철상좌는 이제 내 뜻을 헤아리겠는가?"

수철스님은 머리를 조아렸고, 도선스님은 당부를 빠뜨리지 않았다.

"머지않아 자네의 뜻이 세상에 알려지면, 백성들이 저마다 무쇠 쪼가리라도 하나씩 들고 이곳으로 찾아올 걸세. 그러면 백성들의 마음을 하나라도 빠뜨리지 말고 모두 한데 녹여서 부처님을 모시게. 그래야 일본 후지산의 기운을 당해 낼 수 있을 걸세. 내가 꼭 부탁함세."

도선스님의 혜안 앞에서 수철스님은 더욱 머리를 조아렸다.

그 뒤 홍척국사가 입적을 하고, 수철스님이 실상사의 주지 자리를 잇게 되었다. 뒷날 수철스님은 도선스님이 당부한 대로 백성들의 정성을 하나로 모아 사천 근이 넘는 거대한 철불을 약사전에 모셨다. 정확하게 지리산 천왕봉을 마주 보도록 철불을 모신 것은 당연한 일이었으니, 일본인들이 성스럽게 여기는 후지산의 기운을 억누르고자 함이었다.

천년이 넘는 세월 동안 호국 사찰로 널리 알려진 실상사에는 유독 일본과 얽힌 이야기가 많이 전해 온다. 약사전의 철불은 지금도 우리나라에 큰 위기가 있을 때마다 온몸에 땀을 흘리거나, 전신에서 빛을 뿜는다고 한다. 이런 이적異蹟은 실제 사진으로 찍히기도 했다고 한다.

홍척국사를 기리는 응료탑應了塔과 탑비塔碑는 경내에 보물 38호와 39호로 전해 온다. 수철화상의 자취가 담긴 능가보월탑凌迦寶月塔과 탑비는 보물 33호와 34호로 지정되었다. 참고로, 부속 암자에 속하는 약수암에는 보물 421호로 지정된 목조탱이 남았으니, 이 또한 눈여겨볼 만한 실상사의 자랑거리다.

보광전의 범종도 흥미로운 구경거리다. 범종의 표면에 일본 지도가 그려 있으니 아주 특이한 현상이라고 하겠다. 일반적인 범종의 표면에는 흔히 아름다운 비천상飛天像이 새겨진다.

실상사의 범종은 1664년에 만들어졌는데, 그 뒤로 스님들은 매일같이 범종 표면에 새겨진 일본 지도를 두들겼다고 한다. 일본의 기운을 흔들어 놓고자 함이었다.

그런데 불행하게도 일제강점기가 찾아왔다. 나라를 빼앗긴 슬픔에서 실상사 스님들은 더욱 열심히 범종을 두드리면서 우리나라가 한시바삐 일제의 치하에서 벗어날 수 있기를 기원하였다. 신도들도 이 범종을 신비롭게 여기면서 어서 우리나라가 독립할 수 있기를 빌었다.

그러자 범종을 치면 일본이 망한다는 소문이 쫙 퍼졌다. 소문을 들은 일본 헌병들은 날마다 실상사 스님들을 협박하고 괴롭혔다. 그러나 새벽녘이면 보광전의 종소리가 변함없이 지리산 자락에 울려 퍼졌다.

마침내 일본 헌병들이 실상사로 몰려와 주지스님을 주재소로 끌고 갔다. 헌병대장이 직접 나서서 눈을 부라리며 문초했다.

"너희 실상사 중들이 아침마다 우리 대일본제국을 망하라는 뜻으로 범종을 친다는데 그게 사실이냐?"

미동도 없이 앉아 있던 주지스님이 담담한 표정으로 대답하였다.

"어허, 나는 일본제국이 잘되라고 하는 마음에서 일본 쪽을 향해 은은하게 종을 쳤던 것이라오. 그런데 어찌 이런 내 충정을 몰라준단 말이오?"

그러자 헌병대장은 이내 흡족한 표정으로 바뀌더니 곧장 주지스님을 풀어 주었다. 초조하게 주재소 밖을 지키던 스님과 신도들은 어디 한 군데 다친 곳 없이 온전한 모습으로 풀려나는 주지스님을 보고 깜짝 놀랐다.

"아이고, 이것들 보게. 주지스님께서 멀쩡한 육신으로 주재소를 나오시네."

"아니, 스님! 치도곤을 치르실 줄 알았는데, 어떻게 이렇게 무사하실 수 있었습니까?"

"스님, 도대체 어떤 지혜를 쓰셨습니까?"

사람들의 웅성거림이 멎자, 주지스님은 조용히 말했다.

"헌병들을 조금 놀려 주었다네. 일본이 잘되라고 아침마다 종을 친다 했거든."

이 말을 들은 사람들은 모두 통쾌한 심정에서 박장대소를 하였다.


얼마나 두드렸는지, 범종의 일본 지도는 이제 많이 닳았다. 그런데 "실상사가 망하면 일본이 흥하고, 실상사가 흥하면 일본이 망한다."는 말이 예로부터 이 지역에 널리 퍼져 있으니, 이 조그만 범종의 위세와 권능은 실로 대단하다고 하겠다.

실상사를 벗어난 차가 백장암으로 향한다. 왼쪽으로 남천을 끼고 달리는 길이다. 시린 물살이 봄을 찾아 흘러내린다. 물살은 지난겨울 이야기를 나누느라 쉴 새 없이 조잘거린다.

백장암으로 꺾어들기 바로 직전에 나타나는 곳이 '백장공원'이다. 변강쇠를 벌주기 위해 팔도의 장승들이 모였다는 곳이다. 지금은 장승을 비롯해 여러 조형물들이 자리를 잡았다. 그러나 눈으로

**실상사 동종** | 일본 열도가 새겨진 자리는 오랜 세월 두들겨 맞아 이제는 아예 번들거린다. 눈여겨 살펴보아야 한다.


확인해 보기에 다소 실망스런 곳이다.


## 아름다운 백장암 삼층석탑

백장암으로 오르는 1km가량의 길은 가파른 만큼 심하게 요동을 친다. 길가의 나뭇가지들이 좌우의 차창으로 불쑥 다가들었다가 얼른 물러난다. 솔잎은 살짝 푸른빛을 머금었다. 회색빛 하늘에 바람이 여전하다.

　이리저리 몸을 가누며 비탈을 오르던 차가 주차장에 선다. 앞쪽으로 예의 삼층석탑과 석등이 먼저 나타난다. 그런데 최근에 법당을 새로 올렸나 보다. 석등 뒤쪽으로 갓 지은 목조건물이 들어섰다. 몇 해 전까지만 해도 이곳의 삼층석탑과 석등은 밭 가운데 있었다. 제일 앞에는 사리탑 네 기가 나란하다.

불탑의 기원은 부처님 열반 직후로 거슬러 올라간다. 2500여 년 전 부처님은 쿠쉬나가라의 사라쌍수 아래에서 열반에 드셨다. 장례는 쿠쉬나가라에 살고 있던 말라족에 의해 치러졌다. 다비 후에 나온 부처님의 진신사리는 8개 부족이 나눠 가졌다. 그들은 각각 자신의 나라로 돌아가 사리를 모실 탑을 세웠다. 이 탑들은 '근본팔탑根本八塔'으로 지칭된다. 사리의 분배를 중재했던 드로오나는 사리를 담았던 병으로 병탑瓶塔을 세웠고, 뒤늦게 당도한 핍팔리나나의 모랴족은 남은 재를 가지고 가서 회탑灰塔을 세웠다. 그리하여 최초의 탑은 모두 10기로 늘어나 '근본십탑根本十塔'이 되었다.

이후에 인도를 통일한 아쇼카왕(기원전 268~232년 재위)은 근본팔탑에서 사리를 꺼내 인도 전역에 84,000기의 탑을 세웠다. 이때부터 승려들도 직접 불탑을 관리하고 숭배하게 되었는데, 이로써 탑은 많은 사람들에게 귀의의 대상이 되기에 이르렀다. 제자들과 신도들은 탑을 보면 공양을 올렸으니, 탑은 곧 부처님의 상징이었기 때문이다.

우리나라 탑의 역사는 중국 오대산에서 문수보살을 친견하고 가사와 사리를 전해 받은 신라의 자장율사(590~658)에 의해 비롯되었다. 자장율사는 신라로 귀국한 다음, 황룡사의 9층 목탑을 비롯해 수많은 탑을 세웠다. 우리나라의 경우는 중국의 전탑이나 일본의 목탑과 달리, 주변에서 흔히 구할 수 있는 석재를 이용해 만든 석탑이 차츰 주를 이루게 되었다. 돌을 다루는 솜씨가 더욱 정교해지면서 우리만의 독창적인 양식을 지닌 장엄하고 예술성 높은 탑들이 꼬리를 물고 출현하였다.

백장암의 삼층석탑은 9세기 무렵에 조성된 것으로 추정된다. 화려한 조각 장식과 개성적인 구조를 뚜렷한 특징으로 꼽을 수 있다.

먼저 이 탑은 전체가 조각이라고 말해도 과언이 아닐 정도로 탑신塔身에서 지붕에 이르기까지 다양한 조각으로 채워졌다. 탑신의 1층에는 보살상과 신장상神將像이 각각 2구씩 나타난다. 신장상은 금방이라도 호령을 하며 뛰어나올 것만 같은 역동적인 모습이다. 곱게 단장한 보살상은 사람들의 눈길을 차마 떼지 못하게 만든다.

2층에는 천인주악상天人奏樂像이 새겨졌으니, 한 면에 2구씩 배치한 양각의 형식이다. 천인은 부처님께 음악공양을 올리는 존재들로서 커다란 깨우침을 이룬 부처님에 대한 찬탄과 공경의 표현이다. 천인들은 각각 공후, 생황, 비파, 장구, 배소, 나각, 젓대, 피리 등을 연주하는 형상이다. 차분하게 들여다보면, 하늘나라의 음악 소리가 은은하게 들리는 듯하다.

3층의 네 면에는 천인좌상天人坐像이 1구씩 새겨 있어 아름다움을 더한다. 지붕돌 밑면에는 연꽃 무늬가 선명하다. 사실 이렇게 다양하고 섬세한 조각을 품은 석탑은 전국 어느 곳에서도 찾아보기가 힘들다. 상륜부의 노반露盤 · 복발覆鉢 · 보개寶蓋 · 수연水煙이 완전한 찰

**탑에 새겨진 상** | 왼쪽이 신장상이고 오른쪽이 주악비천상이다. 절집을 지키는 험악한 신장들 위로 천상에서 음악을 연주하는 천인들이 올라앉았다.

주擦柱에 겹쳐 있는 모습도 희귀한 예에 속한다.

이 탑은 구조가 특이한 것으로도 정평이 나 있다. 통일신라 시대에 조성된 석탑들은 기단부가 이중으로 되어 있는 것이 보편적인 구조다. 그런데 백장암의 석탑은 기단부를 생략한 채, 곧바로 지대석 위에 탑신을 올린 이형異形의 탑으로 널리 알려졌다. 기단과 탑신고임에는 난간 모양을 새겨 멋을 부리기도 하였다.

아래층의 탑신은 폭에 비해 높이가 높은 것도 일반적인 형태와 크게 다르다. 일반적인 탑은 위로 올라갈수록 너비와 높이가 줄어드

**백장암 삼층석탑** | 국보 제10호. 이곳에서 우연히 만난 스님 한 분이 우리나라 석탑 중에서 이 석탑을 최고로 친다고 목에 힘을 주었다.

는데 비해, 이 탑은 너비가 거의 일정하다는 특징을 지녔다. 심지어 2층과 3층의 경우에는 높이까지 얼추 비슷하다.

이 삼층석탑은 목조건축의 양식을 어느 정도 표방하고 있다. 따라서 통일신라 시대의 목조건축이 하나도 남아 있지 않은 오늘의 현실에서, 당시의 목조건축 양식을 미루어 볼 수 있는 아주 좋은 사료로 평가를 받는다.

요약하면, 이 탑은 갖가지 형상의 조각으로 장식을 올린 화려함과 형식에 얽매이지 않은 자유로운 구조가 돋보인다고 하겠다. 통일신라 시대를 대표하는 아름다운 석탑 중의 하나로 기꺼이 지목해 볼 수 있다. 국보 제10호로 지정되었다.

잔디 위에는 잔설이 녹아내리는 중이다. 나는 한참 동안 석탑을 꼼꼼하게 들여다보았다. 그리고 조심스레 손으로 쓸어 보았다. 그렇다. 이 탑은 정녕 손으로만 빚어낸 걸작이다. 변변한 도구도 없이, 분명 정과 망치만으로 두들겨 낸 탑이다. 이 탑을 만들기 위해 그 옛날 장인은 얼마나 많은 시간과 정성을 쏟아부었을까? 나는 절로 고개가 숙여졌다. 허공에 울려 퍼지는 산새들의 맑은 노랫소리가 내 귀를 가득 메웠다.

# 석등과 청동향로의 자태

삼층석탑 뒤에는 석등 하나가 섰다. 석등은 깨달음의 빛을 세상에 두루 밝히는 성물聖物이다. 어둡고 흐린 중생들의 마음에 불성佛性을 밝혀 주는 법등法燈이다.

아사세왕이 부처님을 모셔다 공양을 올렸다. 얼마 후 부처님이 기원정사로 돌아가실 때, 왕은 왕궁에서 기원정사까지 수많은 등을 밝혔다. 그때 가난한 노파 하나가 이를 보고 크게 감격했다. 그래서 구걸한 돈으로 기름을 사러 갔더니, 기름집 주인이 노파를 나무랐다.

"이렇게 어려운 처지에 음식이라도 사 먹을 일이지, 도대체 기름은 사다가 어디에 쓴단 말이오?"

노파가 더듬거리며 대답하였다.

"부처님 세상은 백 겁을 살아도 만나기 어렵다는데, 다행히 오늘 내가 만날 수 있게 되었지요. 그러니 초라한 등 하나라도 밝혀 보려 한다오."

노파의 정성에 감동을 받은 기름집 주인은 기름을 더 부어 주었다. 노파는 길가에 등을 밝히며 간절히 서원하였다.

"이 적은 기름으로는 초저녁도 못 버티겠지만, 만약 내가 후세에 도를 얻게 된다면 이 등불은 밤새 꺼지지 않으리로다."

밤이 깊어가자, 왕이 밝힌 등불은 하나씩 꺼져 갔다. 그러나 노파가 밝힌 작은 등은 종내 꺼지지 않고, 오히려 더욱 밝은 빛을 뿜었다. 이윽고 날이 밝았다. 부처님은 목련존자에게 남은 등불을 끄라고 명하였다. 목련은 불을 꺼 나갔다. 그러나 노파의 등불은 세 번씩이나 끄려 하였지만 끝내 꺼지지 않았다. 도리어 더욱 밝아지더니 하늘에까지 비추었다. 그러자 부처님께서 목련에게 말했다.

"목련아, 그만두어라! 그 등불은 가난하지만 마음 착한 노파의 넓고 큰 서원과 공덕으로 밝힌 것이니라. 그 등불의 공덕으로 노파는 오는 세상에 반드시 부처를 이룰 것이니라. 보아라! 한결같은 정성이 깃든 등불은 결코 꺼지지 않느니라."

부처님은 이 노파가 30겁 후에 수미등광여래須彌燈光如來가 되리라고 수기하셨다.


『아사세왕수결경阿闍世王授決經』에 나오는 '빈녀일등貧女一燈'이란 설화다. 이 이야기는 절간의 법당 앞에 석등이 서게 된 배경이 되었다.

백장암의 석등은 일견에 무척 단단하고 야무진 느낌을 준다. 검은 빛깔도 검은 빛깔이지만, 생김새 자체가 다부지다. 자세히 살펴보면, 방형의 지대석 위로 상당히 큰 복련覆蓮이 조각되었다. 그리고 보력의 중심에 4개의 꽃잎이 새겨진 특이한 형태다. 게다가 8각형의

**백장암 석등** | 보물 제40호. 상단부가 다소 큰 듯 보이지만 떠받드는 팔각의 몸체가 꽤나 다부지다.

지붕돌과 상대석 상단부의 난간 조각은 국내의 석등 가운데 찾아보기 힘든 사례다.

석등은 앞쪽의 삼층석탑과 함께 화려한 장식을 자랑하는데, 문화재로서의 가치도 매우 높다. 향이나 초를 피울 수 있도록 낸 화창구火窓口에는 창을 고정시키기 위한 구멍도 만들었으니, 실상사 경내에 있는 석등과 동일한 형식이다.

이 석등은 1980년 2월 도굴꾼에 의해 일부 파손되는 아픔과 복원 과정을 겪었다. 상륜부 역시 원형을 찾기가 쉽지 않지만, 하단부에 난간을 조각해 놓은 모양이라든지, 장식 의장이 동일하다는 점으로 미루어 삼층석탑과 동일한 시기에 건립된 것으로 미루어진다. 보물 40호로 지정되었다.

백장암이 보유한 또 다른 자랑은 '만력 12년'이라고 새겨진 청동은입사향로青銅銀入絲香爐인데, 보물 420호다.

향은 꽃이나 차와 함께 절집에서 중요하게 여기는 물품이다. 향은 불자들의 몸에서 나는 냄새와 건물에서 풍기는 송진 냄새를 제거하는 용도에서 시작되었다. 게다가 향은 중생들의 번뇌와 망상을 잠시나마 잊도록 하기에 좋은 재료였으니, 마침내 향은 부처님께 올리는 중요한 공양물로 자신의 위치를 굳힐 수 있었다.

향로 또한 향공양 때문에 매우 소중하게 다루는 기물이다. 따라서 향로가 만들어지는 과정에서 저절로 세련된 기교와 정성이 깃들곤 하였다. 그 결과 수많은 향로들이 우아한 자태를 뽐내며 민족의 유산으로 남게 되었다.

향로는 대체로 은입사를 넣은 청동향로와 다양한 형태의 청자향로로 크게 양분된다. 청동향로는 대부분 뚜껑이 없는 형태며, 청자향로는 뚜껑을 지닌다. 청동향로가 대체로 큰 편인데 반해, 청자향로는 크기가 작다. 청동향로는 중국과 일본에서 찾아볼 수 없는 우리 고유의 금속공예품이다. 청자의 값어치는 별도로 설명하지 않아도 좋으리라.

백장암이 소장한 청동은입사향로는 너른 직경의 주둥이 부분과 나팔형의 받침이 붙어 있는 형태로, 조선 시대의 걸작으로 인정받는

**청동은입사향로** | 보물 제420호. 중생들의 번뇌와 망상을 잠재우던 향이 모락모락 피어났을 화로다. 천연스런 아름다움이 빛을 뿜는다.

다. 주둥이 안쪽에 "운봉백장사은사향완雲峰百丈寺銀絲香碗"이라는 문구와 말미에 "만력십이년갑신삼월주성萬曆十二年甲申三月鑄成"이라는 기록이 남았다. 만력 12년은 서기 1584년으로, 조선 선조 17년에 해당한다.

이 향로는 몸체와 받침을 따로 제작해 조립하는 형태로 제작되었다. 가느다란 은실로 정교하게 문양과 글귀를 만든 후, 다시 눌러 제작하는 은입사 수법을 구사하였다. 입 주위에는 가는 선으로 된 원이 9개가 있는데, 그 안쪽에 덩굴무늬를 가득 새겼다. 몸통 표면에는 이중의 가는 선으로 된 원을 새기고, 그 안에 범 자梵字를 둘러싼 5개의 작은 원을 다시 그려 넣었다. 원과 원 사이는 덩굴 무늬로 가득 찼고, 몸통 아래쪽은 두 줄로 된 18개의 연꽃잎으로 꾸며졌다. 받침대는 2단으로 되어 있으며, 위쪽의 길쭉한 연꽃잎 6장과 아래쪽의 덩굴 무늬로 전체를 장식하였다. 크기는 높이 30cm에 입 지름이 30cm다.


## 백장선원과 청화스님

석탑의 오른쪽 뒤로 작은 대밭이 나오는데, 눈보라를 이겨 낸 대나무가 시퍼렇다. 그 아래에 암자로 오르는 길이 구부정하게 누웠다.

돌아보니 지리산 천왕봉이 맞은편에 우뚝하다.

백장암은 정확하게 언제 창건되었는지 알 수 없으나 본래 백장사였다고 한다. 백장사는 백장선사를 기리는 한편, 투철했던 스님의 수행 자세를 본받고자 지은 이름이 확실하다. 그러기에 지금도 '백장선원'이 한쪽에 운영되고 있는 것이다. 삼층석탑과 석등의 조성 연대로 미루어 백장사는 실상사와 거의 같은 시기에 지어진 것으로 유추된다.

백장사는 1679년(숙종5)에 소실되었는데, 대중들이 힘을 모아 몇 칸의 작은 건물을 세운 뒤 백장암이라고 불렀다. 1868년(고종5) 10월에 다시 화재를 당했다. 이듬해 운월대사가 삼층석탑이 있는 자리에서 지금의 위치로 암자를 옮겼다. 1901년 또 화재를 겪었는데, 다음 해에 남호대사가 완봉, 환월, 월허, 영담스님 등과 함께 다시 암자를 일으켰다.

백장암은 맞배지붕으로 이루어진 광명전과 선원을 전면에 배치한 모습이다. 광명전은 1910년에 건립되었고, 선원은 1972년에 중축하였다. 광명전 위쪽의 건물은 문수전이다.

백장암은 예로부터 많은 선승들이 머물던 곳이다. 그들은 백장선사의 정신을 되새기면서 한 철 바람으로 이곳을 스쳐갔다. 그 바람은 우리나라 선종사를 크고 작게 아로새겼을 터인데, 선원은 옛 모습으로 거듭나 아직도 제자리를 지킨다.

선원 안쪽으로 언덕 아래에 조성한 무문관無門關이 보인다. 폐기와를 재활용해 앞쪽을 단장했는데, 자물쇠를 채운 문에 공양이 드나드는 창 하나만 열어 놓았다. 이곳은 예로부터 치열하게 용맹정진하던 스님들이 가부좌를 틀었을 작고 밀폐된 공간이다. 세상과의 단절을 선언하고 스스로를 가둔, 그래서 서슬 푸른 곳이다. 토굴 앞쪽으로 수조 하나가 덩그렇게 놓였다.

백장암과 인연 깊던 스님들의 이름은 이제 알 수가 없다. 이름을 남길 이유가 없고 그럴 필요가 없기에 스님들은 미련을 두지 않고 홀홀 떠나가 버렸으니, 그들은 무명無名의 길을 흔쾌히 선택한 것이다. 다만 근년에 이곳에 들었던 청화淸華스님의 행적만이 그나마 자세하게 전해 온다.

청화스님과의 인연은 1960년대 후반 지리산 벽송사 삼불주 두지터 토굴에서 거처할 때부터 80년대 중반까지 계속되었다고 한다. 특히 스님은 인연에 따라 중생을 제도하기 위해 80년대 초반 백장암에서 처음으로 대중을 제접提接하였으며, 염불선念佛禪을 일깨워 주었다. 게다가 '안 자고, 안 눕고, 하루 한 끼만 먹는' 가행정진加行精進의 청규淸規를 세상에 내보였다. 스님은 수행의 어려움을 열 가지로 설하였으니, 이들의 극복을 위해 치력했던 흔적이다. 그 열 가지 어려움은 다음과 같다.


첫째 체도난體道難이니, 무릇 진리를 얻기가 어렵다.
둘째 수규난守規難이니, 규율을 지키기가 어렵다.

**무문관** │ 백척간두에서 한 걸음 더 내딛고자 서슬 푸른 스님들이 가부좌를 트는 공간이다.

셋째 우사난遇師難이니, 스승을 만나기가 어렵다.

넷째 출진난出塵難이니, 번뇌를 벗어나기가 어렵다.

다섯째 실심난實心難이니, 마음을 실답게 하기가 어렵다.

여섯째 오도난悟道難이니, 진리를 깨닫기가 어렵다.

일곱째 수관난守關難이니, 관문을 지키기가 어렵다.

여덟째 신심난信心難이니, 마음을 믿기가 어렵다.

아홉째 경심난敬心難이니, 마음을 공경하기가 어렵다.

끝으로 해경난解經難이니, 경을 이해하기가 어렵다.

스님에 관한 일화 하나가 인터넷 검색에서 잡히는데, 박병섭朴炳燮 거사의 소개라고 한다.

1982년 백장암에서 방선시간放禪時間을 틈내어 큰스님께 여쭈었다.

"큰스님, 얼마만큼 부처님을 그리워해야 합니까?"

"옆에 있는 사람들로부터 저 사람 미쳤다는 소리를 들을 정도가 되어야 합니다."

"큰스님께서는 외로운 토굴 생활이 마땅하신가요?"

"공부하다 보면 감사한 마음이 끝이 없어서 계속하여 눈물이 납니다. 수건 두 개를 걸어 놓고 공부하고 있습니다."

"염불을 권하시는 이유를 말씀해 주십시오."

"염불은 제일 하기 쉬우면서도 공덕 또한 많습니다. 그리고 무엇보다도 더 빨리 초승超乘할 수가 있습니다."

"토굴 생활이 적적하실 때가 있으시지요?"

"바람이 있고 달이 있습니다. 하늘에서는 신묘한 음악이 흐르고 있습니다. 그 이상의 행복이 어디 있겠습니까?"

백장암은 고승과 대덕들이 천왕봉을 바라보며 바람과 달의 노래를 듣는 암자다. 아니, 삼층석탑에서 천인들이 연주하는 천상의 가락을 듣는 곳이다. 깨우침을 위해 정진을 하다가 감사의 마음에서 저절로 눈물을 쏟는 행복한 자리다. 그리하여 우렁찬 염불 소리가 새로운 천년을 내다보면서 울려 퍼져야 할 약속의 터전이다.

귀갓길에 운봉읍사무소 옆의 서림공원에 들렀다. 우리나라 돌장 승 중에 가장 정겨운 모습을 지녔다고 평가되는 한 쌍이 이곳에 있 는 탓이다. 도중에 일제가 자신들의 수치스런 옛 역사를 지우려고 만행을 저지른 황산대첩비 구경도 빠뜨리지 않았다.

흐린 하늘 아래로 제법 길게 느껴지는 하루가 흘렀다. 바람은 종 일토록 불었다.

남해를 품은
# 금오산 향일암과 백도

金鰲山 向日庵 白島

# 갓김치로 유명한 돌산읍

전라선의 종착지는 이름처럼 물빛 고운 여수麗水다. 남쪽 바다의 아름다움을 이야기할 때마다 늘 나오는 '한려수도'란 말은 한산도와 여수를 잇는 뱃길을 가리킨다. 이곳 여수에 신비하고 아름답기 그지없는 향일암向日庵이 있다. 다른 곳에서는 쉽게 맛보기 힘든 서대회도 있다.

향일암은 생각만 해도 기분이 좋은 암자다. 해를 바라보는 암자라는 이름부터가 아주 근사하다. 항구도시 여수의 색다른 풍광 역시 가슴을 설레게 한다. 게다가 옥빛 물살을 헤치고 백도까지 유람할 예정이라면, 여수로 출발하기 전날 밤은 잠을 설치기 십상이다.

우리나라에는 4대 관음 사찰이 있으니, 소위 '기도발'이 잘 받는다는 암자와 절 네 군데를 가리킨다. 동해의 푸른 물결이 넘실거리는 양양의 홍련암이 그렇고, 남해의 보리암 역시 망망대해를 바라보며 정진하기에 좋은 암자다. 서울에서 가까운 강화도의 보문사 또한 서해의 아름다운 낙조를 볼 수 있는 관음 성지다. 여기에 바다 풍경이 그림 같은 여수 돌산突山의 향일암을 합쳐 4대 기도처로 꼽는다. 그리하여 불교 신자들은 물론이요, 향일암의 멋들어진 경관에 반한 일반 관광객들도 끊임없이 여수를 찾는다.

여수에서 향일암을 찾는 길은 어렵지 않다. 향일암을 가리키는 안내판이 여수 거리에 수두룩하다. 여수에서 77번 국도를 따라 남쪽으로 내려가다 죽포리의 방죽포 해수욕장 앞에서 우회전을 한 다음, 계속 직진하면 향일암이 나온다. 돌산대교에서 향일암까지의 거리는 23km다.

여수의 돌산은 우선 갓김치로 전국적인 명성을 얻은 곳이다. 여수에서 돌산대교를 지나 향일암으로 향하다 보면, 돌산은 반농반어의 풍요로운 동네라는 생각이 든다.

특히 차창의 왼편으로 스치는 굴전 마을을 보노라면, 이곳이 굴을 양식하는 천혜의 어촌임이 실감난다. 적곡재를 넘기 전 둔전리를 지나다 보면, 이곳 또한 복된 농촌이구나라는 생각이 뒤를 잇는다. 돌산천 한 줄기가 둔전리를 적시며 가로지르는 일을 잊지 않았다. 두 곳 모두 섬이 감싸고 산이 감싼 분지처럼 생긴 복된 터전이다.

적곡재를 넘으면, 죽포리의 녹색 가르마를 탄 밭들과 멀리 푸른 물결이 일렁이는 바다가 함께 보인다. 농촌의 흙 밭과 어촌의 물 밭이 동시에 등장한다. 반농반어의 경제적인 부가 읽혀지는 돌산읍이다. 한겨울에도 새파란 갓이 알싸한 내음을 풍기며 제일 먼저 봄을 부르는 행복한 동네다.

길가에는 사계절 내내 갓김치와 젓갈을 파는 가게들이 이어진다. 해풍을 쏘인 갓이라서 향기가 코를 찌르고, 청정 해역에서 나오는 어패류로 담은 젓갈이라 맛이 뛰어나다. 막걸리 한 사발이 절로 생각나는 갓김치요, 젓갈이다. 입맛이 다셔지고 침이 고인다.

방죽포 해수욕장 입구를 지나면 길이 좁아진다. 그러나 바다를 바라보는 즐거움은 아주 크다. 가슴이 툭 터지니 야호 하며 외치고 싶은 심정이다. 바닷가의 갈매기도 찾는 이를 반긴다.

해송이 우거진 길을 따라 20분가량의 행복한 드라이브를 마치면 탐방안내소가 지키는 주차장에 서야 한다. 여기서부터 향일암 입구의 '거북이 목'까지는 셔틀버스를 이용하거나 걸어야 한다. 그러나 역시 걷기를 권하고 싶다. 바다를 건너온 해풍을 맞으며 향일암을 바라보고 걷는 재미도 괜찮다.


## 향일암 오르는 길목

향일암은 금오산金鰲山 중턱의 깎아지른 바위 위에 자리를 잡았다. 금오산은 대체로 둥그스름하게 생긴 산으로 마치 바다를 바라보는 바다거북의 등을 닮았다. 그 앞으로는 작은 지맥 한 줄기가 흘러나와서 역시 둥그렇게 목을 뽑았으니, 멀리서 보면 간데없이 목이 나온 거북이 모습이다. 그래서 금오산이란 이름이 붙었는데, '오鰲'가 바로 바다에 사는 큰 거북이를 뜻한다. 그 앞의 포구는 '깨개'로 불렸던 임포荏浦다.

향일암으로 드는 초입은 거북이의 목에 해당하는 곳이라서 이름조차 '거북이 목'이다. 주변에 상가들이 늘어서서 오가는 사람들에

**향일암 일주문** | 떠오르는 태양을 맞기 위해 언제나 동쪽을 바라보며 날개를 활짝 펼친다.

게 갓김치를 맛보라고 권한다. 숙박 시설도 잘된 편이기에 일출을
구경하러 오는 사람들이 많다.

거북이 목에서 매표소를 지나면 한쪽에 가파른 계단이 일주문까
지 곧장 뻗었다. 걸음이 불편한 분들은 오른쪽에 준비된 다른 길을
이용해도 좋다. 다소 우회하는 길이지만 흙이 주는 감촉 때문에 그
다지 힘들게 여겨지지 않는다. 일주문으로 드는 길은 무미건조한 계
단인데, 좌우에 동백을 심어 나름대로 단장하였다. 계단 끝에서 일
주문이 날개를 활짝 펼친다.

일주문을 지나면 완만한 경사로가 숲을 뚫는다. 한여름에는 하늘이 보이지 않을 만큼 무성한 동백나무와 아열대의 수목들로 침침한 길이다. 원시림을 방불케 하는 이곳의 건강한 숲은 바위 표면이나 나무껍질에 자생의 풍란을 키워 낸다. 사실 오늘날은 뿌리 배양을 통해 대엽풍란이든 소엽풍란이든 모두 흔한 존재가 되었다. 그러나 배양 기술이 개발되기 전까지 이들은 남해 바닷가에나 가야 볼 수 있는 희귀종이며 진품이었다.

숲이 끝나갈 무렵에서 바위들이 얼굴을 내민다. 그런데 금오산에 존재하는 모든 바위들은 하나같이 거북이 등껍데기 문양을 지녔다. 이 때문에 사람들은 신비로움과 함께 놀라움을 금치 못한다. 인근의 산에서 찾을 수 없는 금오산 특유의 기이한 현상이다.

꼼꼼하게 살펴보면 다소의 차이는 있지만 모두가 한결같은 거북이 등껍데기 모양이다. 금오산이란 거대한 거북이 몸통에 크고 작은 바위들이 새끼 거북이가 되어 달라붙은 형국이다. 그래서 향일암을 찾는 재미 가운데 하나가 이 기하학적인 무늬 찾기라고 말할 수 있다. 눈에 띄는 바위마다 예사롭지가 않다.

향일암의 사천왕문에 해당하는 바위굴은 참으로 웅장하다. 신령한 거북 바위틈으로 가까스로 난 이곳의 바위굴은 두 줄기로 이루어졌다. 향일암에 들기 위해서는 오른쪽에 해당하는 바위굴을 먼저 이용하기 마련이다. 바닥에는 보행자들의 편의를 위해 나무판을 깔았다. 그리고 그 끝 지점에서 다시 U턴 해서 결국 왼쪽의 바위굴로 오

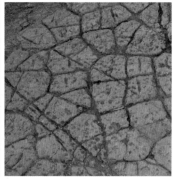

**금오산의 바위** | 곳곳에 자리잡은 바위들의 표면은 저마다 다른 문양 같지만, 모두가 거북의 등껍데기를 닮았다는 점에서 여행자들은 감탄을 금치 못한다.

르게 된다. 이 바위굴을 지나면 한여름에도 소름이 돋는다. 서늘한 냉기 때문이 아니다. 자신도 모르게 성스러워진 마음가짐이 불현듯 불러온 소름이다. 양쪽의 바위 표면에서는 물방울이 맺혀 떨어진다. 덩달아 사람들의 호흡도 길어지고 깊어진다. 그러면서 앞쪽이 마냥 궁금해진다.

경내로 오르는 길목도 놀랄 만큼 신비스럽다. 커다란 바윗돌을 머리에 인 좁은 틈새로 길이 나 있다. 여기에는 계단을 설치해 편안한 발걸음을 이끈다. 앞쪽에 내리비추는 햇살이 마치 구원의 빛처럼 여겨지기도 한다. 이곳의 두 바위굴은 사람들의 입을 딱 벌리게 만드는 향일암의 강렬한 첫인상이며, 뚜렷한 매력이다.

향일암의 전신은 644년(의자왕4) 원효스님이 세운 원통암圓通庵이다. 그 후 고려의 윤필거사潤筆居士가 머물러 도를 닦으면서 금오암金鰲庵

으로 이름을 바꾸었다. 임진전쟁 때에는 금오산성에 거점을 둔 승군들의 본거지가 되기도 하였다. 그러다가 1715년(숙종41)에 인묵대사仁默大師가 현 위치로 옮겨 향일암으로 개칭하였다. 그리고 얼마 뒤에 다시 영구암靈龜庵으로 부르다가 1970년부터 향일암이란 이름으로 다시 불렀다.

**향일암 경내로 이르는 바위굴** | '두 개의 바위틈을 지나 청춘을 찾는 뱀처럼' 뻗어 나갔으니, 이곳의 굴은 늘 푸름을 지향한다.

## 나를 되돌아보는 향일암

경내에서는 제일 먼저 금빛 찬란한 원통보전이 나그네를 맞는다. 금오산에 자리 잡은 암자라는 이유로 근래에 들어 금박을 올린 모양이다. 해풍에 빛바랜 단청이 오히려 관록을 보여 주던 옛날의 검소한 모습과는 거리가 멀다. 게다가 앞쪽에 금 거북이를 세울 예정이라고

**향일암 초입의 바위굴** | 어둠침침한 바위굴 너머에서 비추는 밝은 햇살을 부처님의 설법에 견준다면 지나친 말이라고 하겠지만, 이곳에서 그런 마음이 시나브로 드는 것은 어쩔 수 없다.

한다.

원통보전은 창공 아래의 '경전바위'를 배경으로 삼았다. 불경을 다 꿰뚫은 원효스님이 이제는 방편에서 벗어나자며 내던진 책들이 돌로 변했다는 전설이 전해 온다. 마치 책갈피를 펼쳐 놓은 듯한 네모난 바위들로 이루어졌다.

여기 향일암은 말 그대로 해를 바라보는 자리다. 아침에 이글거리며 타오르는 선홍의 광염에서부터 장엄하게 스러지는 낙조까지 종일토록 해를 바라보는 곳이다. 이른 아침 햇살의 수줍음에서 내일을 설계하고 한낮에 내리쬐는 강렬한 직사광선에서 오늘을 마주하며 오후의 이우는 저녁 빛에서 어제를 되돌아보는 선남선녀들을 위한 참 좋은 자리다.

거룩하고 영험한 곳이라서인지 이곳에 불어오는 해풍은 소금기가 없다고 한다. 특히 흐리고 눅눅한 날씨나 비오는 날에도 살갗이 전혀 끈적거리지 않는다고 한다. 이 또한 참으로 이해하기 어려운 향일암만의 신비한 현상이라고 하겠다.

범종각이 원통보전 앞에서 바다를 내다본다. 향일암은 먼바다까지 원음圓音으로 울려 퍼지는 해맑은 종소리를 듣는 곳이다. 범종각이 소리를 멈추면 이제 다른 소리에 귀를 기울여야 한다.

향일암은 끼룩거리며 날아가는 갈매기 소리와 이따금 울리는 뱃고동 소리는 물론이요, 하늘이 주는 적요의 소리까지 듣는 곳이기도 하다. 후두둑 거리는 빗발은 때때로 찾는 손님이요, 하늘하늘 내리

**향일암 원통보전** | 다른 종교를 믿는 사람의 손에 의해 소실된 옛 모습입니다. 돌이켜 보면, 지나친 단장이 불의의 화를 불러온 건 아닐까?

는 눈송이는 겨울의 진객이 주는 메시지다. 태풍과 해일은 광풍과 노도로 다가들지만, 그 안에는 바다가 들려주는 내면의 소리가 숨어 있다. 고요 속에서 꽃 피는 소리가 들리고 나뭇잎 지는 소리가 들려오는 곳! 이곳이 바로 향일암이다.

범종각 옆 약수터에서 맑은 물이 솟는다. 거북이 등으로 둘러싸인, 거북이 등에서 솟는 독특하게 생긴 약수다. 본래 거북이는 십장생+長生 가운데의 하나로 꼽히는 영물이다. 그러기에 이 물은 필시 불로장생을 보장하는 약수가 아닌가 싶어 꼭 마셔 보게 된다. 이곳에 전설 한 자락이 깃들었다.

어느 날 만행에 나선 원효스님은 한반도의 끝 여수까지 내려왔다. 나룻배를 타고 돌산으로 건너와 70리 산길을 걸어 깨개의 금오산에 이르렀다. 해변의 깎아지른 절벽으로 오른 스님은 이곳에 기도처를 세우면 좋겠다는 생각을 했다. 그러나 식수원이 없기에 스님은 아쉬운 마음을 머금고 돌아설 수밖에 없었다. 그런데 백포목에

**향일암 범종각** | 범종은 본래 불가의 사물(四物) 가운데 하나로, 땅속에 사는 생물에게 불심을 불러일으키는 도구다. 그런데 이곳의 범종은 바다를 바라보며 자태를 뽐낸다.

이르러 금오산 동쪽 거북이 목처럼 생긴 형상을 되돌아보게 되었다. 이때 금오산의 바위들이 거북이 등껍데기 같은 문양이라는 사실을 머릿속에 떠올렸다. 금오산이 거북이 모양이면 필시 소변을 보는 곳이 있으리라 여긴 원효스님은 배설기관에 해당하는 자리로 다시 올라와 살펴보았다. 그리고 마침내 여기에서 생수가 솟는 것을 확인하고, 위쪽에다가 원통암을 지었다고 한다.

약수터를 지나면, 관세음보살을 주불로 모신 제2관음전이 나타난다. 좌우에 남해용왕대신과 남순동자南巡童子가 협시불로 모셔졌다. 남순동자는 『화엄경』의 주인공인 선재동자善財童子의 다른 이름이다.

**약수터** │ 거북이 등으로 둘러싸인, 거북이 등에서 솟아나는 독특한 형상의 약수터다. 끊임없이 나오는 맑은 물이 시원하기 그지없다.

『화엄경』의 「입법계품」에 따르면, 관세음보살은 인도의 남쪽 바다 한가운데에 솟은 보타락가산寶陀洛迦山에 상주하면서 중생을 제도하는 보살이라고 한다. 관세음보살은 이곳의 맑고 깨끗한 연못가의 금강 보석 위에서 결가부좌를 하고 중생들을 위해 설법을 하는데, 때때로 선재동자의 방문을 받는다는 것이다.

또한 전설에 의하면, 이곳 향일암과 남해의 금산 그리고 저 앞바다에 떠 있는 세존도를 잇는 삼각형의 바닷속 한가운데에 용궁이 있다고 한다. 관음보살을 주불로 삼아 선재동자와 남해용왕을 협시불로 모신 제2관음전을 향일암에 다시 배치토록 한 배경이다.

맑고 푸른 물에 배들이 떠간다. 그 너머로 새파란 하늘이 시원하

**제2관음전 불상** | 남해를 바라보며 관세음보살을 주불로 모셨다. 좌우에는 남해용왕과 선재동자를 협시불로 배치하였다.

다. 이곳은 바다뿐만 아니라 하늘을 보는 곳이기도 하다. 화창한 날씨는 화창한 날씨대로 푸를 만큼 푸른 하늘이 미소를 지으니 떠가는 구름이 숨김없이 게을러도 좋은 곳이다. 장대 같은 비가 내리쏟아지면 무연한 표정으로 맞닿은 바다와 하늘을 분간하지 않고 사정없이 내리 긁는 빗발 또한 심금을 울린다. 철마다 다른 이곳의 하늘 빛깔 또한 이곳 사람이 아니면 쉽게 알아채지 못하는 비밀의 하나다. 이따금 남는 비행운조차 그림으로 둔갑하는 제2관음전의 하늘이다.

원통보전 왼쪽 뒤편의 '원효굴' 역시 신기하기 그지없는 곳이다. 바위틈을 지나는 가슴 서늘한 공간이다. 떼 지어 모인 거북이 무리 속을 뱀처럼 지나는 두 줄기로 앞뒤가 이어진 원효굴이다. 제법 길다.

향일암에는 모두 7개의 굴이 존재한다. 경내로 들어올 때 이미 사용했던 2곳과 이곳을 합치면 벌써 4군데다. 그리고 대웅전 좌측에 2군데, 뒷산의 흔들바위 입구에 1곳이 더 있다. 이 7군데의 굴을 모두 통과하면 해탈을 이룬다는 전설이 전해 오기도 한다.

원효굴 끝에 원효스님의 수행 도량이었던 관음전도 바다를 향했다. 아마도 본래의 원통암 자리가 이곳이었던 모양인데, 관음기도를 올리는 사람들로 언제나 부산하다. 관음전 옆에는 해수관음상海水觀音像이 섰고, 앞쪽에는 '원효스님 좌선대'란 안내판이 놓인 너럭바위가 보인다. 망망대해를 바라보며 좌선에 임하셨을 원효스님의 자취가 어린 곳이다. 바다가 햇살에 반짝인다.

관음전은 용맹정진하던 원효스님에게 관음보살이 현신하신 자리다. 그 사실은 다시 관음전의 주련에 한 편의 시로 남았다.


| 한 떨기 붉은 연꽃이 바다 속에 있어 | 一葉紅蓮在海中 |
| 푸른 파도 깊은 곳도 현신으로 통하나니 | 碧波深處現身通 |
| 어젯밤 보타락가산에 계시던 관자재보살께서 | 昨夜寶陀觀自在 |
| 오늘 아침에 도량 가운데로 내리셨구려 | 今朝降赴道場中 |


관음전은 손으로 만져 보는 자리다. 푸른 하늘에 손을 담그기도 하고 새파란 바다를 향해 손가락질하며 손톱에 물을 들이는 곳이다. 투박한 돌 위에 남은 천연의 무늬가 신기해서 어루만져 보는 곳이기

**원효굴** | 관음전을 향해 오르면 가슴이 절로 서늘해지는 동굴 길이다. 수많은 탐방객들의 발걸음으로 계단에는 세월의 켜가 진득하다.

도 하며, 부처님의 말씀을 두 손으로 보듬는 곳이다. 유별나게 아름다운 경치를 손끝으로 문질러 너나없이 가슴에 점자點字로 새기는 곳이다. 그러나 뭐니뭐니 해도 관음전은 나를 돌아보는 자리다. 잔잔한 물살로 등 긁는 푸른 바닷물을 얼마 동안 들여다보노라면 결국 자신과 벗하게 된다. 해무 속에 가려진 내 모습이 차츰 드러나고 물비늘 위로 내가 지나온 궤적이 그려진다.

　산다는 일은 깨어지는 파도처럼 이렇게 무의미한 자취인지도 모른다. 사랑과 미움, 행복과 슬픔으로 아롱진 그림자가 구름이 되어 바다를 덮었다가 사라진다. 번뇌의 물결이 잠든 고요한 바다를 관음전은 과연 일 년 중에 며칠이나 바라볼까?

# 금오산에서 보는 남해

향일암의 아침은 불덩이로 치솟는다. 따뜻한 기온에 게으름을 피우는 봄부터 가을까지의 해보다는 차가운 날씨를 딛고 뼛골 시린 수면 위로 이글이글 떠오르는 겨울 해가 훨씬 아름답다. 저녁 해는 늘 소리 없는 눈물 속에 장엄하게 스러진다. 그리하여 태양이 바다 속으로 깊이 가라앉은 뒤에도 여운으로 남는 잔광과 적막이 남몰래 가슴을 후벼 파는 곳이기도 하다. 일출과 일몰을 구경하기에는 금오산 정상이 가장 좋다.

금오산은 해발 323m의 야트막한 산인데, 경사가 만만치 않아서 땀을 좀 흘려야 한다. 그렇지만 오르면 오를수록 시원하게 펼쳐지는 바다 경치가 보람을 느끼게 만든다. 곳곳에 난간과 계단이 설치되어 산행객들에게 안전과 편의를 도모한다.

정상으로 향하다가 잠시잠시 뒤를 돌아보면, 다도해해상공원에 펼쳐진 크고 작은 섬들이 수시로 멋진 장면을 연출한다. 잔잔한 수면을 가르며 떠가는 배들의 자취는 마치 한 폭의 풍경화요, 시다. 김광섭 시인의 「비 개인 여름 아침」이 주는 이미지이다.

　비가 개인 날

　맑은 하늘이 못 속에 내려와서

　여름 아침을 이루었으니

**금오산에서 본 남해** | 멀리 바라보이는 섬들도 향일암을 닮았는지 저마다 느릿한 걸음으로 진리의 바다를 향해 묵묵히 나아가는 거북이 형상이다.

녹음綠陰이 종이가 되어

금붕어가 시를 쓴다

등산로의 중간 즈음에서는 전설의 경전바위를 가까이 볼 수 있다. 기왓장을 펼쳐 놓은 양, 경전을 펼쳐 놓은 양, 조물주의 재치가 넘치는 형상이다. 조물주는 이 바위들에게도 예의 거북이 등껍데기 문양을 빠뜨리지 않았다.

하늘이 주는 침묵의 가르침을 페이지마다 새기고 있는가? 영겁의 세월 동안 펼쳐진 경전바위에 혹 남모를 가르침이 담겼을까 싶어 눈길이 쉽게 거두어지지 않는다. 그저 적요만을 사랑하는 경전바위다. 경전바위 앞쪽에는 '흔들바위'가 섰다. 설악산의 흔들바위보다는 작은 크기다. 이곳의 흔들바위도 누가 밀든지 간에 일정한 진폭으로 흔들리다 멈춘다.

경전바위 위에서 조금 더 오르면 커다란 거북이처럼 생긴 바위 하나가 나타난다. 새끼인지, 알인지 작은 바위 하나를 등에 졌다. 금방이라도 바다를 향해 돌진할 듯한 태세다. 진리의 바다에서 노니는 불멸의 영생체가 되기 위한 자세인가 싶다.


산성에서 하산하는 방법은 두 가지다. 하나는 그냥 되짚어 내려오는 방법이고, 다른 하나는 북으로 뻗은 길로 내처 걸어가 빙 돌아 내려오는 방법이다. 되짚어 내려오는 방법이 더욱 좋다고 여겨지는데, 그건 바다를 품을 수 있기 때문이다.

하산 도중에 바위 하나를 골라 앉으면 바다는 성큼 내게로 다가온다. 눈길은 거침없이 수평선 너머의 하늘까지 닿는다. 잠시나마 내 가슴이 바다만큼 넓어지고 평안해진다. 바다가 내게 주는 선물이다.

내륙에 사는 사람들에게 어쩌다 짙푸른 바다를 마음껏 바라볼 수 있다는 사실은 커다란 행복이다. 차라리 사치다. 그 즐거움을 향일암의 금오산이 미리 준비해 두었으니 물살이 시기하며 간지럼을 태운다. 눈길이 닿는 곳마다 일망무제의 바다가 아득하다. 이런 거대

**경전바위** │ 하늘을 향해 제각각 깨달음의 페이지를 활짝 펼쳐보이는 중이니, 흐르는 구름조차 짐짓 머물다 간다.

**거북을 닮은 바위** │ 오산을 오르자면 자주 눈에 뜨이는 풍광이다. 몸을 바짝 낮춘채 바다로만 내닫는 거북이들이다.

함 앞에 인간은 과연 무엇을 할 수 있으려나? 점점이 떠가는 배들이 외롭기만 하다.


## 남해의 물살을 가르며

여수에 와서 결코 빠뜨릴 수 없는 관광 코스가 오동도와 백도다. 백도는 일반인들에게 널리 알려진 곳이 아니다. 백도를 보려면 거문도를 거쳐야 하며 일정도 촉박하고 뱃삯 또한 녹록치 않다. 그러나 백도를 보지 않고 진정 한려수도를 보았다고 말할 수는 없다.

백도에 가기 위해선 먼저 거문도로 가야 한다. 하루에 두세 차례 드나드는 배편이니, 당일치기를 위해서는 반드시 아침 배를 타야 한다. 세 시간을 달려 거문도에 이르면, 바로 옆에서 백도 유람선이 대기 중이다. 백도 관광은 두 시간 정도가 소요된다. 그러면 오후 배를 타고 다시 여수로 돌아올 수 있으므로, 거문도 체류에도 시간적인 여유가 충분하다.

오후 배를 타면, 꼼짝없이 거문도에서 하루를 묵어야 하지만 이 방법도 괜찮다. 거문도의 숙박 시설이 시원치 않아도 낙조에 물든 백도를 본다는 즐거움이 더 큰 까닭이다. 파도 소리를 들으며 거문도에서 나오는 싱싱한 은갈치 조림과 구이를 안주 삼아 소주 한 잔하는 것도 또 다른 즐거움이다. 거문도와 제주도는 뱃길로 한 시간 반이면 닿는 가까운 거리라서 제주도 아닌 거문도에서도 은갈치가 많이 나온다.

여수항을 떠난 배가 물살을 가르면 좌우에 아름다운 풍광이 그림처럼 펼쳐진다. 슬라이드처럼 돌아가는 한려수도의 비경은 필설로 이루 다 설명할 수 없으니 그냥 타 보라고 권하는 수밖에 없다. 맑은 날은 맑은 날대로, 흐린 날은 흐린 날대로 제각각 서로 다른 풍경을 화사하게 자아내는 뱃길이다. 섬에 사는 주민들이나 바다낚시꾼들을 제외하면 대부분의 관광객들은 갑판에서 북적거린다.

어느 틈엔가 배가 더욱 흔들리기 시작한다. 뱃길을 열어 주던 그 많던 다도해의 크고 작은 섬들이 시나브로 사라졌다. 이제 잔잔한 연안을 벗어나 물결 높은 먼바다로 나왔다는 증거다. 수면 위에 이따금 물고기들이 뛰놀고, 갈매기들은 여전히 뱃전을 기웃거린다. 물빛은 한층 짙고 무거워진다.

중간에 경유하는 서너 군데의 작은 항구들도 정답기는 뭍이나 마찬가지다. 민초들의 삶은 이런 도서벽지에서도 변함없이 펼쳐지니, 삶에 대한 경건한 애착이다. 짐을 싣고 내리는 사람들의 표정 또한 더없이 순박하다.

고물에서 하얀 포말이 부서진다. 갑판 위의 관광객들은 서로 상대방 카메라의 셔터를 눌러 주며 이내 가까운 사이가 된다. 한배를 탔다는 무의식의 발로겠지만, 정이 먼저 앞서는 사람들이다. 술잔이

**한려수도** | 한 폭의 산수화가 어찌 한려수도의 풍광을 담아낼까? 조물주의 신령한 솜씨가 담긴 멋들어진 경치가 물길에 오른 나그네의 눈길을 사뭇 붙잡는다.

오가고 군것질거리가 건네진다. 대부분 여수로 되돌아올 때까지 자주 마주쳐야 할 인연 깊은 사람들이다.

## 남해의 꽃, 백도

이윽고 쾌속선이 긴 항해를 마치고 거문도에 입항한다. 뱃멀미로 얼굴이 노래진 사람들이 보이는데, 앞으로 백도 구경을 어떻게 할런지 참으로 걱정이 된다. 외해로 나가는 백도 유람선은 늘 파도에 시달린다. 따라서 멀미가 심한 사람들은 이 점에 미리 대비를 해야 한다.

바꿔 탄 유람선이 다시 물길로 나선다. 40분 정도가 지나면 드디어 백도다. 백도는 거문도에서 동쪽으로 28km쯤 떨어졌는데, 크게 상백도와 하백도로 구분된다. 총 39개의 크고 작은 무인도로 이루어졌으니, 섬마다 깎아지른 바위벽을 병풍처럼 둘러쳤다. 거센 물살을 버티며 황홀하게 몸을 세운 바위벽들은 세로로 겹겹의 골이 패여 기기묘묘한 자태를 서로 시샘한다.

한국의 비경으로 꼽히는 백도의 크고 작은 부속 섬들은 저마다 오묘한 형상이다. 상백도에는 왕관바위, 탕근대, 나룻섬, 매바위, 등대섬, 형제바위, 물개바위, 삼선암, 시루떡바위, 병풍바위, 노적섬 등이 제각각 자태를 자랑한다. 하백도에는 서방바위, 궁성바위, 원숭이바위, 성모마리아상바위, 촛대바위, 거북바위, 각시바위, 쌍돛대바위, 일자바위 등이 갖가지 전설을 지니고 서 있다.

사람들이 붙인 수많은 이름을 곳곳에 달고, 백도는 푸른 바다에 거대한 수석처럼 떠 있다. 아니, 물에 잠긴 금강산이라고나 할까? 저절로 인간세계를 벗어나 선계로 든 듯, 오묘하면서도 휘황찬란한 모습이다. 관광객들은 쉴 새 없이 셔터를 누르기에 바쁘다.

멀리 낭떠러지로 솟은 두 개의 섬 사이로 영겁의 세월 동안 남편을 기다리는 각시바위가 보인다. 끊임없이 부딪치는 파도와 비바람에도 의연히 버티고 서서, 언제 돌아올지 모르는 남편을 변함없이 기다리는 아낙의 형상이다. 머리에 조바위를 쓰고 치마를 넓게 펼쳤

**백도** | 시리도록 맑고 푸른 바다에 거대한 수석처럼 떠 있는 섬이요, 신선들이 속인의 눈을 피해서 깃든 곳이다. 그래서 파도가 저처럼 시샘하다가 하얗게 속절없이 부서지리라.

다. 한국 남자들이 흔히 그려 보는 조신하면서도 고운 자태다.

백도 안에는 천연기념물 제215호인 흑비둘기를 비롯해 가마우지, 휘파람새, 팔색조 등 뭍에서는 보기 힘든 30여 종의 조류와 120여 종의 희귀 동물이 서식한다. 또한 소엽풍란, 눈향나무, 원추리, 후박나무 등 363종의 아열대식물이 자생하고, 수중에는 붉은 산호를 위시해 170여 종의 해양식물이 서식한다. 백도는 섬 전체가 가히 '생태계의 보고'라고 이를 만한 천하의 절경이요, 우리나라의 커다란 자랑거리다.

전설에 따르면, 백도는 수면 위의 39봉우리와 수면 아래의 60봉우리로 이루어졌단다. 도합 99봉우리로 백百에서 하나一가 모자라기에 백도白島라는 지명이 붙었다고 한다. 그러나 멀리서 보면 섬 전체가 온통 흰빛을 둘렀으므로 백도라고 부르게 되었다는 설명이 보다 설득력 있다. 오늘날 백도 일원은 명승지 제7호로 지정되었으니 생태계의 보전을 위해 일반인들의 상륙은 철저하게 금한다.

여행사에 25년이 넘게 근무하는 친구의 말을 빌리면, 자신은 지구상에 3대 비경의 하나로 백도를 꼽는데, 주저하지 않는다고 한다. 견문이 짧은 나도 결코 동조하지 않을 수 없으니, 그만큼 백도는 아름답다.

그래서 영원하리라, 남쪽 나라 맑고 푸른 바다 위에 눈부시게 곱고 예쁜 백도여! 한 무리로 피어난 목련이런가, 연꽃이런가? 영원을 꿈꾸는 순결의 정화精華여!

**각시바위** | 깎아지른 절벽 사이에 조신하게 몸을 감추고, 오늘도 여전히 돌아오지 않는 지아비를 기다리는 아낙이다.

석탄일을 맞는

# 사불산 윤필암과 묘적암

四佛山 潤筆庵 妙寂庵

# 산문이 열리는 날

살다 보면 꼭 가 보고 싶어도 아무 때나 마음 편히 찾아갈 수 없는 곳이 생기기 마련이다. 하물며 그쪽 사람들이 살아가는 방식에 지장을 초래하거나 폐가 된다고 여겨질 경우에는 저절로 출발을 저어하게 된다. 더더구나 공부에 전념하는 진지한 곳이던지 수행에 몰두하는 성스런 장소는 두말할 나위가 없다.

사불산四佛山의 윤필암潤筆庵과 묘적암妙寂庵은 포교보다 수행에 무게를 두는 곳이라서 평소에는 찾아가고 싶어도 망설이다 마는 암자다. 그러나 부처님께서 탄생하신 사월 초파일만큼은 모든 산문을 개방한다. 내내 그리워하던 절이나 암자를 꺼림 없이 찾아볼 수 있는 날이기에 부처님의 고마운 선물로 여겨 얼른 길을 떠나야 한다.

윤필암은 비구니 스님들이 수행정진하는 뒤쪽의 공간을 제외하고 항상 앞쪽의 법당과 사불전四佛殿만을 개방한다. 묘적암은 매달 초하루와 보름날만 신도들에게 문을 열고 나머지 기간에는 스님의 공부를 위해 닫아건다. 따라서 이 두 곳을 찾아가 마음 편히 구경하기에는 사월 초파일만큼 좋은 날도 없다. 부처님 오신 날은 당연히 신도들로 붐비리라 예상한 나는 진작부터 초파일 전날에 두 암자를 찾아가리라 단단히 벼르고 있었다.

드디어 기다리고 기다리던 날이 왔다. 더없이 싱그러운 초하의 햇살을 축복으로 여기며 설레는 가슴으로 집을 나섰다. 이 설렘은 하루의 일정에 대한 기대와 희망이다.

지금은 문경으로 향하는 길이 많이 편해졌다. 중부내륙고속도로와 청원상주고속도로가 산간오지로만 여겨지던 문경 가는 길을 널찍하게 열어 주기 때문이다. 시원스레 달리는 차창 너머로 활짝 핀 아카시아와 찔레꽃이 산자락을 하얗게 수놓았다. 상큼한 바람결이 산하를 뒤덮으면서 연두색 나뭇잎들이 점점 푸르러지는 계절이다.

사불산을 찾는 길은 다소 복잡하다. 그래도 문경의 산북면까지만 찾아가면, 그 다음은 아주 쉽다. 산북면에서부터 김용사와 대승사를 안내하는 표지판이 끊임없이 뒤를 잇는다. 갈림길도 거의 없다.

문경을 지나 산양면에서 산북면으로 향하는 길가에는 '금천'이란 냇물이 함께 흐른다. 구불구불 흐르는 금천은 해맑기가 그지없는 데다가 시원한 물소리가 체감온도를 뚝 떨어뜨린다. 이곳은 낙동강 상류의 한 지류로 물량이 제법 많다.

잠시 차를 세우고 개천으로 내려가 수정처럼 빛나는 물에 손을 담가 본다. 깨끗하게 깔린 자갈과 모래를 슬그머니 헤집어 보기도 한다. 손바닥에 느껴지는 서늘하고도 까칠한 이 감촉은 실로 자연이 아니라면 무엇이랴? 무려 섭씨 30도가 넘는 올 들어 가장 뜨거우리라 예고된 햇살이 물빛에 아롱대며 한풀 꺾인다.

자갈과 모래가 얼비치는 이 맑은 물속에 기름종개, 수수미꾸리, 얼룩새코미꾸리가 서식하고 있지 않을까? 이들은 낙동강의 고유 어종인데, 얼른 보면 모두 미꾸라지처럼 생겼다. 잉어과의 흰수마자는 금강과 임진강은 물론 이곳 낙동강에도 서식하는 물고기로 아주 예쁘게 생겼다. 이들은 모래가 깔린 맑은 여울물에서 산다는데, 내 눈에는 뜨이질 않는다. 피라미 몇 마리만 깜짝 놀라 고마리 덩굴 속으로 몸을 숨긴다.

마음까지 청정해지는 시냇가 한쪽에 개복숭아나무가 새알만 한 열매를 달았다. 산뽕나무에는 풀쐐기처럼 웅크린 파란 오디가 다닥다닥 붙었다. 건너편 과수원의 사과나무도 자그마한 결실을 맺었고 길가의 버찌는 나뭇잎 뒤에 깨알처럼 달렸다. 풋풋한 봄을 넘어 성숙한 여름을 향해 가느라 따가운 햇살을 곱다시 받아들여 소중한 자양으로 삼는 산중의 한낮이다. 한없이 느긋하고 고즈넉한 분위기다.

싱싱한 풀 냄새를 맡으며 나뭇잎의 환호하는 소리를 들으면서 깊은 산중의 물길을 따라가는 여정이다. 이 길로 산북면 소재지를 지나 1.6km가량을 더 달리면 영각교가 나온다. 이곳에서 좌회전해서 대하리천을 끼고 6km쯤 오르면 김용중학교가 있는 작은 삼거리가 나타난다. 바로 여기서 김용사와 대승사로 향하는 길이 갈라진다. 좌회전을 하면 김용사가 나오고 그대로 직진하면 거산리와 전두리를 거치게 된다.

직진한 차는 전두리의 길가에서 다시 안내판을 만난 다음, 가파르고 좁은 길로 우회전을 해야만 대승사에 다다를 수 있다. 대승사까지는 포장된 길로 이어지지만, 다소 험하게 굽이치니 운전에 조심해야 한다.

길가에 늘어선 소나무들이 제각각 자태를 뽐내며 하늘로 치솟았다. 산비탈의 은방울꽃이 바람에 한들거리며 하루가 익어 간다. 어디선가 뻐꾸기 소리가 들려오고 발 아래쪽으로 농부들의 바쁜 모습이 아련하게 보인다. 뻐꾸기를 한자로는 '포곡布穀'이라고 하니 곡식을 씨 뿌리라는 뜻이 담겨 있다. 뻐꾸기 울음소리를 벗 삼아 씨를 뿌리는 저 농부는 필시 선한 사람일 것이다.


## 전설의 대승사

대승사를 품에 안은 사불산은 '공덕산功德山'이라고도 불린다. 인근의 김용사는 운달산에 따로 유서 깊은 터를 열었다. 이 두 절은 백두대간의 턱밑에 자리를 잡았다고 해도 지나친 말이 아니다.

백두대간은 소백산에서 죽령과 도솔산을 거쳐 대미산을 지나 조령과 이화령을 빚은 뒤, 앞쪽에 희양산을 세우고 속리산을 향해 뻗어 나간다. 이때 대미산에서 남쪽으로 빠져나온 줄기 하나가 여우목 고개를 넘은 뒤에 동으로는 공덕산을, 서로는 운달산을 세운다.

대미산 정상에서 공덕산과 운달산 정상까지는 직선거리로 각각 11km와 7km에 지나지 않는다. 백두대간의 넘치는 힘을 가까이서 직접 건네받은 이 산들은 913m와 1,097m로 몸통을 솟아 올렸다. 신령한 백두대간의 기운은 사불산과 운달산을 세우는 것으로 그치지 않았다. 일찍이 하늘은 이곳에다 기이한 선물을 내렸으니 『삼국유사』 3권에 다음과 같은 내용이 전한다.

죽령의 동쪽으로 백 리 가량 되는 곳에 높이 솟은 산이 있다. 진평왕眞平王 재위 9년에 홀연히 네 면이 한 길이나 되는 커다란 바위 하나가 사방에 석가여래를 새긴 모습으로, 붉은 비단에 싸여 하늘에서 산꼭대기로 떨어졌다. 왕이 이 얘기를 듣고 그곳에 가 바라보며 경건하게 예를 올렸다. 그리고 마침내 바위 곁에 새로 절을 지어 열도록 하고 이름을 대승사라고 하였다. 『묘법연화경妙法蓮華經』을 송경하는 이름이 전하지 않는 스님 한 분을 모셔다가 이 절을 맡긴 뒤, 깨끗이 청소하고 바위를 공양하면서 향불이 끊어지지 않도록 하였다. 이 산을 '역덕산亦德山'이라 하고 혹은 사불산이라고도 한다. 스님이 입적한 뒤에 장례를 지냈는데, 무덤에서 연꽃이 피어났다.

진평왕 재위 9년은 서기로 587년에 해당한다. 위 이야기로 미루어 '공덕산'은 부처님의 또 다른 공덕이 내린 곳이라고 해서 처음에는 '역덕산'이라고도 불리다가, 언제부턴가 지금의 이름으로 바뀐 모양이다. 고려 말기의 학자 목은牧隱 이색李穡이 남긴 「윤필암기潤筆庵記」에서는 지공화상指空和尙이 공덕산이란 이름으로 바꾸었다고 전한다. 그렇지만 '사불산'이란 이름은 여전히 쓰이고 있는 중이다.

진평왕이 사불산에 절을 창건하고 '대승사'라는 이름을 붙인 뒤, 『묘법연화경』에 밝은 스님을 모셔 왔다는 사실 또한 주목할 만한 대목이다. 『묘법연화경』은 흔히 『법화경』이라고도 약칭된다. 이 경전은 철저하게 대승불교다운 내용으로 이루어졌다.

경전의 가장 핵심으로 여겨지는 '회삼귀일會三歸一' 논의만 보더라도 그렇다. '회삼귀일'은 '회삼승귀일승會三乘歸一乘'의 준말로 성문승聲聞乘・연각승緣覺乘・보살승菩薩乘으로 분류되는 삼승三乘은 결국 누구나 골고루 해탈을 이루는 일승一乘으로 돌아가기 위한 방편에 지나지 않는다는 고귀하고도 소중한 선언이다. 이에 법화경은 가장 넓은 지역에서 가장 많은 민족들에 의해 읽혀지며 대승경전 가운데의 꽃으로 꼽히게 되었다.


일주문 형식의 대승사 안내판이 서 있는 곳이 윤필암과 대승사로 갈라지는 삼거리다. 처음 방문하는 사람은 이곳에 차를 세우고 약 1.5km를 걸어 올라가 대승사를 구경한 다음, 숲길을 거쳐 사불바위와 윤필암, 묘적암을 차례로 구경하고 내려오면 좋다. 어쩌다가 대승사로 올라가는 차편을 얻어 타면 아주 큰 행운이다.

일주문을 거쳐 대승사 경내로 들어가면 제일 먼저 장독들이 눈에 들어온다. 대승사는 장 담그기 체험 템플스테이를 행하는 사찰이다. 그래서 많은 항아리들이 경내 입구를 차지하였다.

**대승사 내 장독** | 세월이 내려앉을수록 깊어지는 게 장맛이다. 하물며 청정한 경내에서 독경소리에 묻혀 익어 가는 장맛은 과연 어떨지 내내 궁금해서 입맛만 다셔진다.

『대승사사적기』에 따르면, 대승사는 조선 중기 이후에 여러 번의 불사를 거쳐 오늘에 이르렀다. 먼저 1604년(선조37) 대웅전 서쪽에 승당을 중창하였고, 다시 1651년(효종2) 대웅전 동쪽의 선당을 중창하였다. 이후에도 1630년(인조8)에서부터 1703년(숙종29)에 이르는 사이에도 몇 차례 중수가 있었으니, 당시에 벌써 대웅전, 응진전, 관음전, 시왕전, 금당, 요사, 종각, 일주문, 누각 등이 갖춰진 대가람이었다.

1922년 여름에는 화재로 여러 건물이 사라졌는데, 1927년 옛 모습을 복구하였다. 그러나 1956년 1월에 다시 화마의 불길 속으로 들어가 극락전, 명부전, 산신각만 겨우 남았다. 사부대중들은 힘을 모

**대승사 대웅전** | 공덕산 아래를 차지한 대승사는 절치고 아주 넓고 평탄한 마당을 앞에 두었다. 깊은 산중이라지만 대승사에 찾아드는 신도들의 숫자는 분명 그에 비례하리라.

아 대웅전, 응진전, 지대방, 일주문 등을 중창하였다.

대승사에는 원래 상적암, 대인암, 묘적암, 윤필암, 보현암, 문수암, 반야암, 사불암, 미륵암의 아홉 암자가 있었다. 그러나 세월이 흐르는 동안 모두 없어지고 지금은 묘적암, 윤필암, 상적암만 남았다.

주변을 자세히 살펴보면, 이곳이 매발톱의 군락지라는 사실도 알수 있다. 특히 진즉에 거쳐 온 대승사 안내판이 있는 곳에서 곧장 윤필암으로 오르는 길가에는 지천으로 깔렸다. 매발톱은 고개 숙인 꽃송이 뒷부분이 마치 먹이를 움켜쥔 매의 발톱같이 생겼다. 생긴 모양이 희한한 데다가 예쁘기도 해서 많은 사람들에게 사랑을 받는 꽃이기도 하다. 주된 색깔은 감색으로, 자주색이나 연보라색, 백색, 노란색, 붉은색을 지닌 것들도 있다. 이곳에는 평소 보기 드문 자주색이 대부분이다.


## 목각탱에 얽힌 사연

대승사는 윤필潤筆거사와 고려 시대의 나옹화상, 함허선사를 이어 근대 선맥의 중흥조였던 경허선사를 비롯해, 성철·청담·서암·금오·고암·향곡·월산 등 기라성 같은 선승들이 거쳐 간 유서 깊은 사찰이다.

대웅전 안에는 화려하면서도 장중하기 그지없는 예의 목각탱이 소중하게 모셔졌다. 이 목각탱은 조선 후기의 탁월하고도 섬세한 재주를 지닌 어느 손길이 빚어낸 후불탱이다. 높이 4m에 너비 3m인데, 11개의 판목으로 이루어졌다. 본래 영주 부석사浮石寺에 봉안되어 있다가, 1869년(고종6) 무렵에 대승사로 옮겨 왔다. 관계 문서와 함께 보물 제575호로 지정되었다.

당시 부석사는 거의 폐찰이 되다시피 쇠락한 형편이라서, 무량수전 안에 모셔졌던 이 목각탱을 대승사로 넘기게 되었다. 그런데 뒷날 사세寺勢를 다소 회복한 부석사에서는 곧바로 목각탱의 반환을 요구하였다. 이때 대승사 측에서는 반환 불가의 입장을 내세우며 부석사 측과 갈등을 일으켰다가, 마침내 1876년에 부석사의 조사전祖師殿 수리 비용을 대승사에서 부담한다는 조건으로 분쟁이 일단락되었다. 이 과정에서 1869년과 1876년 두 차례에 걸쳐 문서가 작성되었으니, 목각탱과 관련한 두 사찰 간의 합의가 주된 내용이다.

이 목각탱은 목재에다가 부조浮彫와 투조透彫의 기법을 혼용해 아미타불을 새겼지만, 비단에 채색하는 일반적인 아미타후불탱화와

**대승사 목각탱** | 보물 제575호. 너무도 아름답기에 진작 영주 부석사와 갈등을 일으켰고 나중의 합의 과정에서 작성된 관련 문서마저 보물로 지정되기에 이르렀다.

구도나 형태의 측면에서 거의 흡사하다. 중앙에 키 모양의 광배와 연꽃 대좌를 부조로 새긴 다음, 여기에 별도로 깎아 만든 아미타불을 본존불로 모셨다.

좌우에는 협시불을 다섯 단으로 나누어 배치했는데, 좌우 3위씩 4열로 대칭의 형식이다. 사천왕과 관음·세지·문수·보현·제장애除障礙·금강장金剛藏·지장·미륵의 팔대보살, 이천상二天像, 일궁日宮과 월궁月宮의 이천자二天子, 6대 제자상 등이 작은 명패를 앞에 달고 자리를 잡았다. 이들의 자세는 입상과 좌상에, 무릎을 꿇고 앉은 공양상 이외에도 매우 다양한 모습을 지녔다.

목각탱은 예천의 용문사와 상주의 남장사 등 우리나라 일곱 군데 절에만 유례가 남았다고 한다. 이들은 대체로 경상북도 북부에 해당하는데, 지리산 자락에 터를 연 실상사의 부속 암자인 미륵암에도 목각탱이 따로 전해 온다. 대승사의 목각탱은 현존하는 것 가운데 규모가 제일 크고 아름다운 데다가, 솜씨 또한 가장 뛰어나다고 일컬어진다.

이 목각탱은 일반 탱화가 주는 느낌과 전혀 다르다. 누군가의 정밀하면서도 세련된 솜씨를 빌렸기에, 조각 작품이 본래부터 주는 입체감에 생동감이 더해져 한층 신비로운 분위기를 지니게 된 것이다. 누구에게나 환희심과 신심을 일으키고도 남음이 있는 그런 대작大作이요, 걸작이다. 이 목각탱을 보기 전에는 일찍이 부석사와 대승사 사이에 왜 그런 갈등이 일었는지 쉽사리 이해가 되질 않는다. 따라서 꼭 한번 찾아볼 만하다.

대웅전의 동쪽에 있는 선당禪堂 안에는 전체 높이 90cm, 무릎 너비 57.5cm의 금동관음보살좌상이 봉안되어 있다. 15세기에 조성한 것인데, 보물 제991호로 지정되었다. 복장腹藏에서 「관음보살원문觀音菩薩願文」이 발견되었으니, 1516년(중종11)에 새로 도금했다는 내용이 들어 있다. 머리에는 화려한 보관을 쓰고, 여러 가닥의 머리카락이 흘러내려 어깨를 덮었다. 원만하고 정제된 느낌의 상호相好에, 화려한 구슬이 전신을 장식하였다.

**대승사 금동관음보살좌상** | 화려한 장식 속에 원만한 느낌의 상호는 절제된 표정으로 깊은 명상에 들었다. 그 앞을 오가는 나그네들은 자신도 모르게 움츠러든다.

오늘은 날이 날이니 만큼, 대웅전 앞마당에서 연등 준비가 한창이다. 주렁주렁 매달린 연등 사이로 오가는 사람들의 발길이 바쁘다. 스님 몇 분도 나와서 함께 일을 거든다. 구경하는 마음이 편치 않아, 얼른 대승사에서 몸을 빼내 윤필암으로 향한다.

대승사 경내 왼쪽의 숲에는 흥미롭게도 '우부도牛浮屠'가 있는데, 오늘은 이곳에 들르질 못했다. 이 부도는 대승사를 중창할 때, 소리 없이 짐을 실어 나르다가 불사가 끝나자마자 몸을 벗고 저승으로 떠난 소를 기리기 위해 세워졌다고 한다.


## 하늘에서 내려온 사불바위

녹음이 깊어 가는 오솔길을 걷는다. 나뭇잎을 투과한 햇살이 연두색으로 바뀌면서 사방을 포근하게 감싼다. 이런 길은 홀로 걸으면서 사색에 잠겨야 제맛이다. 입을 닫고 귀를 열어야 행복해진다. 기쁘게도 뻐꾸기 울음소리가 다시 들려온다. 꾀꼬리는 벌써부터 울더니, 고와라, 금빛 한 쌍이 내 앞쪽으로 날아간다.

사불바위로 향하는 숲길의 중간에서 커다란 바위 하나를 만나면, 재미 삼아 뒤쪽을 살펴보라며 권하고 싶다. 길가의 왼쪽에 석문처럼 서 있는 바위 뒷면에는 '유무유有無有'라는 세 글자가 달랑 새겨졌다.

**바위에 새겨진 글** | 길가의 바위에 새겨진 '有無有'라는 세 글자는 과객들의 호기심을 불러일으키기에 충분하다.

언젠가 윤필암 쪽에서 넘어오다가 발견한 뒤로, 도대체 무슨 뜻일까 궁금해 하던 구절이다. 당시 동행했던 아우 하나가 '있는 듯, 없는 듯, 있어라.'라는 기발한 답을 주었는데, 나는 지금까지 이보다 훌륭한 풀이를 해보지 못했다.

오늘도 나는 이 바위를 만나 한번 쓰다듬어 본 다음, 가까운 나무 그늘 아래에 앉아 주위의 풀과 나무를 둘러보았다. 저들은 모두가 있는 듯, 없는 듯 조용히 제자리를 지키고 있다. 자신을 내세우지 않고 묵묵히 존재를 감추고 있다. 그러나 이들이 저처럼 있는 듯 없는 듯, 말없이 자리를 지키기에 이토록 훌륭하고 정다운 숲이 우리 눈앞에 존재하지 않은가?

숲은 고요히 나무를 길러 내고 풀들을 자라게 한다. 날짐승과 들 짐승을 품는다. 사람들을 불러다가 평화롭고도 한가한 시간을 보내도록 한다. 이 숲은 과연 억겁의 세월 동안 얼마나 많은 생명체를 보듬고 키워 냈을까? 문득 『노자』의 한 대목이 떠오른다.

자연은 만물을 낳아 기른다.
만물을 낳아 기르면서도
자신의 소유로 삼지 않는다.
스스로 일을 했으면서도
자신의 능력을 뽐내지 않는다.
만물을 낳아 길러 주었지만
아무것도 거느리지 않는다.
이를 일러 '현묘한 덕'이라고 한다.

'현묘한 덕'은 '현덕玄德'의 풀이다. '현덕'을 지닌 숲은 언제나 사람들을 가리지 않고 불러 모은다. 일상에 얽매인 사람들 거개가 스스로 찾지 않을 따름이다. 인도에서는 50의 나이를 '바나프라스타 Vanaprastha'라고 일컫는다. 이 말은 '산을 바라보기 시작할 때'라는 의미라고 한다.

다시 걸음을 재촉하면서 『숫타니파타』 가운데 한 대목을 떠올려 본다.

동반자들 틈에 끼면 쉬거나 가거나 서거나 또는 여행하는 데에도 항상 간섭을 받게 된다. 남들이 원하지 않는 독립과 자유를 찾아, 무소의 뿔처럼 혼자서 가라.

추위와 더위, 굶주림, 갈증, 바람 그리고 뜨거운 햇볕과 쇠파리와 뱀, 이러한 모든 것을 이겨 내고, 무소의 뿔처럼 혼자서 가라.

탐내지 말고 속이지 말며, 갈망하지 말고 남의 덕을 가리지도 말며, 혼탁과 미혹을 버리고 세상의 온갖 애착에서 벗어나, 무소의 뿔처럼 혼자서 가라.

물속의 고기가 그물을 찢듯이, 한 번 불타 버린 곳에는 다시 불이 붙지 않듯이, 모든 번뇌의 매듭을 끊어 버리고, 무소의 뿔처럼 혼자서 가라.

소리에 놀라지 않는 사자와 같이, 그물에 걸리지 않는 바람과 같이, 흙탕물에 더럽히지 않는 연꽃과 같이, 무소의 뿔처럼 혼자서 가라.

자비와 고요와 동정과 해탈과 기쁨을 적당한 때에 따라 익히고, 모든 세상을 저버림 없이 무소의 뿔처럼 혼자서 가라.


무소의 뿔처럼 걷다 보면, 대승사에서 '사불바위'까지는 대략 삼십 분가량 걸린다. 사불바위에 대한 안내문이 펼쳐진 오솔길 중간의 작은 삼거리에서 위쪽으로 뻗은 길을 따라 오르면, 그곳에서 전설의 사불바위가 우리를 맞는다.

사불바위는 푸른 하늘을 등진 웅혼한 자태로, 집채만 한 바윗덩어리 위에 자리를 잡았다. 뒤로는 백두대간을 등지고서, 오른쪽으로는 문경새재를 거쳐 속리산을 향해 뻗어 가는 장쾌한 산세의 흐름을 굽어보고 있다. 백두대간을 잇는 희양산, 조항산, 청화산, 백악산 등이 곳곳에 높다란 봉우리를 세웠다. 사불바위의 신비한 자태는 내 마음의 책 한 권이 빛을 발하게 만든다. 다음은 예로부터 절집에 전해 오는 작자 미상의 시 한 편이다.

내게는 경전 한 권이 있나니              我有一卷經

종이와 글씨로 이루어진 게 아니라       不因紙墨成

펼치면 한 글자도 없지만                展開無一字

항상 크고 밝은 빛을 뿜어낸다네          常放大光明

사뭇 놀랍고도 반갑기에 넋을 잃고 지켜보다가 종당에는 사불바위 옆으로 다가선다. 사불바위는 강인하고도 투박한 느낌을 주는 석질石質인데, 표면이 대체로 밋밋해서 석가여래불의 형상이 쉬 눈에 들어오질 않는다.

사불바위는 대략 높이 3m, 폭이 1m에 이른다. 네 면에는 좌상坐像과 입상立像을 한 석가여래불이 두 분씩 부조 형식으로 새겨졌다. 지금은 1,500년이 넘는 오랜 세월 동안 풍상에 시달린 탓인지, 모습이 좀처럼 드러나지 않는다. 손으로 더듬어 보아야 석가여래불의 형상이 손끝에 어렴풋이 느껴진다. 아연 눈보다 밝은 손끝이다.

언젠가 사불바위 아래에서 깨어진 와편瓦片과 불에 그슬린 돌들이 발견되었다고 한다. 이런 점으로 미루어, 사불바위 역시 불길에 싸여 빨리 망가지게 되었다는 설명이 있다. 아무려나 거의 사라지다시피 한 사면상四面像이 아쉽기는 마찬가지다. 안타까운 마음은 사불바위를 만져 보고 다시 만져 보게 만든다. 산천을 진동시키는 사자후가 사불바위에서 소리없이 나오지 않는가 여겨져, 그 진동이라도 느껴 보고픈 마음에 손바닥이 선뜻 떨어지지 않는다. 혹 이른 새벽에 올라와 보면 암면巖面에 감로甘露라도 몇 방울 맺혀 있지 않을까?

아래쪽으로 언제나 사불바위만을 동경하는 윤필암의 사불전이 내려다보인다. 윤필암은 애달픈 흠모의 정에서 벼랑 위로 자리를 잡았다. 그 뒤로 출렁이는 능선 밑에 묘적암이 아득하다.


## 꽃으로 피어난 윤필암

옛날 원효와 의상스님이 사불산의 화장사와 미면사에서 각각 수도할 때에, 의상스님의 이복동생이었던 윤필거사가 지금의 윤필암 자리에 토굴을 짓고 살면서 함께 수행에 임하였다. 이 인연으로 윤필암이란 이름이 생겨났다.

대승사 산내 암자인 윤필암은 1380년(고려 우왕6)에 각관覺寬스님이 창건했다고 하지만, 조선 말기에 이르기까지 윤필암에 관한 자세한 사정과 내막은 알 길이 없다. 다만 조선 중기 이후로도 여러 차례에 걸친 개보수가 이루어지다가, 1885년 고종의 명을 받은 창명滄溟스님이 다시 중건을 해, 오늘날까지 사세가 이어져 왔다. 1980년대에 들어와 모든 전각을 새로 일군 다음, 늘 30명가량 되는 비구니 스님들이 하안거와 동안거에 정진하도록 이바지하는 암자로 거듭났다.

경내로 드니, 이곳 역시 초파일 준비로 한창이다. 법당 앞에는 줄마다 꽃등을 달았고 사람들이 부산하다. 방문객들도 많다. 연등 아래로 고개를 숙이며 법당 앞의 마당을 가로질러 서쪽 벼랑 아래에 선 사불전으로 오른다. 계단 옆은 온통 영산홍으로 들어찼다.

이곳 사불전에서는 부처님을 따로 모시지 않는다. 진신사리를 모신 여느 법당처럼 통유리를 전면에 설치해서 앞산의 사불바위를 경배한다. 하늘이 내려 주신 부처님 상像을 직접 모시는 곳이다.

이곳에 앉아 사불바위를 올려다보니, 옆에서 볼 때와는 또 다른 감흥이 인다. 여기서는 액자로 꾸민 풍경화 속의 바위처럼 보이는데, 산꼭대기에 버티고 선 자취가 한층 의연하고 신비롭다. 뒤따라 들어온 참배객 서너 명도 사불바위를 향해 엄숙하게 머리를 조아린다. 저분들의 부처님은 저기 저곳에 계시지만, 내 마음 속의 부처님은 어디에 계실까?

사불전 앞쪽 난간에서 사불바위를 다시 우러러본다. 푸른 하늘을 등진 오늘의 사불바위는 1,500년의 세월 속에서 당당한 모습을 잃지

**대승사 윤필암** | 오늘날 비구니들의 수행도량으로 유명해진 암자다. 화엄세계에 들어선 양, 주변이 온통 꽃 천지다.

않았다. 궂은 날에도, 구중중한 날에도, 비바람 치는 날에도, 눈보라 휘날리는 날에도, 안개에 뒤덮인 날에도 언제나 저렇게 변함없이 서 있었을 사불바위다. 오늘을 사는 내가 잠시 스쳐가는 순간이다.

　주변을 둘러보니, 윤필암의 백미는 역시 이 사불전이다. 사불전 은 수려한 정기가 깃든 탁월한 자리다. 늘 서기瑞氣가 감도는 밝고 환 한 곳으로 아주 뛰어난 수행처다. 아쉽게도 법당 뒤편의 선원禪院은 골짜기를 차지한 형국이다. 그러나 열과 성을 다해 수행에 매진하는 비구니 스님들의 법력으로 인해, 윤필암은 우리나라 3대 비구니선 방의 하나로 꼽힌다.

**사불전과 사불바위** | 사불전 내부에서 바라보는 하늘 아래 사불바위는 언제나 경외심과 신심을 자아낸다. 향불 냄새가 그윽하다.

윤필암은 만공선사의 제자로 비구니 선맥을 연 법희선사와 본공, 인홍 등 이름 높은 비구니 선승들이 거쳐 간 자리다. 비구니 도인으로 알려진 선경스님이 90년대 중반에 열반 직전까지 머물렀던 공간이기도 하다. 전생의 인연과 관련한 선경스님의 수행담은 언제 들어도 흥미진진하다.

스님은 본래 일자무식에다가 얼굴까지 천하의 박색이었다고 한

**대승사 사불전** | 사불전은 수려한 모습만으로도 스스로가 아름답다. 사불바위까지 마주했으니 신성한 분위기는 절로 고양된다.

다. 무식하고 못생긴 스님이 19살에 시집이라고 갔는데, 첫날밤에 서방에게 당장 소박을 맞았다. 친정집에서 눈칫밥을 먹던 스님은 이후 충남 공주 마곡사의 영은암으로 출가를 했는데, 어쩌다가 예산 수덕사의 견성암에 가면 비구니들도 참선 공부를 할 수 있다는 말을 들었다. 이에 스님은 무작정 수덕사로 달려가 만공선사에게 '화두 하나 주십시오.' 하고 매달렸다. 선경스님을 물끄러미 바라보던 만공선사께서는 '네까짓 게 공부는 무슨 공부야?' 하고 구박을 한 다음, '일이나 해라!' 하며 공양간으로 내몰았다.

스님이 한동안 공양간을 지키며 곰곰이 생각해 봄에, 다른 스님들은 다 선방으로 보내 공부를 시키면서 자기는 부엌데기로만 부려먹으니, 참으로 기가 막힐 노릇이었다. 이때 선경스님은 견성암에 이어 두 번째로 비구니 선방을 열었다는 윤필암 이야기를 듣게 되었다.

그 길로 대승사로 달려간 선경스님은 다짜고짜 조실스님에게 머리를 조아리고 '화두 하나 주십시오.' 하며 졸랐다. 그러자 선경스님을 물끄러미 바라보던 대승사 조실스님 역시 '네까짓 게 공부는 무슨 공부야?' 하고 내치면서, '일이나 해라!' 하였다.

온갖 구박 속에 통사정을 해서 어느 날 선경스님은 드디어 선방에 겨우 끼게 되었는데, 이때부터 스님 눈에서는 하염없이 눈물만 흘러나왔다. 시집가서 첫날밤 소박맞은 이래, 절에서도 끊임없이 구박만 당하는 자신의 신세가 너무도 서러웠기 때문이었다. 그러나 소리를 내서 울면, 천신만고 끝에 들어간 선방에서 남의 공부나 방해

한다며 쫓겨날까 두려웠다. 눈물만 주룩주룩 흘리며 스님은 소리없이 울었다.

이렇게 몇 날 며칠 눈물을 쏟아 내던 어느 날이었다. 갑자기 하얀 종이에 쓰인 까만 글씨 같은 것이 눈앞에 나타나는 게 아닌가? 하지만 일자무식인 선경스님은 그 글자가 도대체 어떤 글자인지, 무슨 의미인지 알 리가 없었다. '이게 무슨 글자일까?' 하는 의문 속에 스님은 잠이 오질 않았으니, 그 글자들은 저절로 선경스님의 화두가 되었다.

그런데 이게 웬일인가? 마음을 모아 화두에 집중하는 나날이 계속되자, 어느 순간 스님의 뇌리에 자신의 전생이 훤하게 비쳐졌다. 알고 보니 스님은 전생에 아주 잘생긴 데다가 박학다식하기까지 한 속리산 법주사의 비구니 스님이었다고 한다. 그런데 그는 자신의 용모와 지식이 탁월함을 뽐내어 "네까짓 게 뭘 알아!" 하면서 늘 다른 사람들을 업신여겼다고 한다. 그러다 결국 파계를 하고 만 비구니 스님은 열반 직전에 '만법귀일萬法歸一하니, 일귀하처一歸何處오?'라는 화두에 참구했다고 한다. 이 화두는 '모든 진리는 하나로 돌아가는데, 그 하나는 어디로 돌아가는가?'라는 뜻으로 해석된다.

이 여덟 글자는 윤필암에 와 며칠을 울던 선경스님의 눈에 비쳤던 바로 그 글자들이었다. 아울러 만공선사와 대승사 조실스님 역시 선경스님의 전생을 미리 내다보고는 선경스님이 지은 전생의 업을 스스로 깨닫도록 하기 위해, 일부러 전생의 비구니가 사용하던 말투를 그대로 흉내 내서 '네까짓 게 공부는 무슨 공부냐?' 하면서 핀잔을 주며 구박하였던 것이다.

선원 뒤쪽에는 삼성각이 따로 섰다. 계곡을 끼고 삼성각을 향해 올라가는 길은 단정하고 아담하게 꾸민 목교木橋 옆을 지난다. 물소리가 아주 경쾌하고 시원하다.

둘러보면, 윤필암은 참으로 아름다운 암자다. 한마디로 요약해서 윤필암은 기화요초로 꾸민 꽃들의 세상이오, 별천지라고 할 수 있다. 벼랑으로 둘러쳐진 계곡에 자리 잡은 이곳은 비구니 스님들의 정성과 노력으로 빚은 꽃 세상이다. 꽃으로 구현한 화엄의 별천지다. 꽃세상은 입구의 길가에서부터, 해우소를 지나 길 왼편의 정원에서부터 펼쳐진다. 정원 옆에는 연못 하나가 자리를 잡았다. 정원에는 개양귀비가 널렸으니, 대부분 연노랑 빛깔로 고결한 자태를 뽐낸다. 몇 촉은 붉은빛을 애절하게 토해 낸다. 매발톱은 하도 많아서 스스로 빛을 잃었다.

그 중에서도 제일 반가운 것은 앵초다. 입구의 약수터 위쪽에 터를 연 화단의 귀퉁이에 숨어 있는데, 철이 지난 탓에 이제는 시든 꽃잎 몇 장만 겨우 남았다. 또랑또랑한 모습도 쪼그라들었고, 고운 분홍빛도 퇴색하고 말았다. 그러나 몇 년 동안 내내 보지 못해 그리워하던 아주 작고 고운 풀꽃이라서 눈길 거두기가 어려웠다.

이름과는 달리 잎이 넙적한 산마늘도 조만간 꽃을 피우려는지,

**삼성각으로 가는 계단** | 마치 별세계로 드는 양, 계곡을 따라 늘어선 계단과 난간이 한 폭의 그림이다.

긴 꽃대를 빼물고 위에다 둥근 꽃송이를 달았다. 작약도 이제 막 꽃을 피우기 시작했으니, 한쪽 구석에서 세 송이가 하얗다. 창포는 줄기에 꽃대를 품어 통통해졌다. 이름을 알 수 없는 외래종 꽃들도 도처에서 자신만의 꽃을 자신만의 빛깔로 활짝 펼쳤다.

사실 지금은 꽃구경으로 다소 늦은 때다. 돌단풍은 벌써 꽃잎을 털어내고 초록의 잎사귀를 흔든다. 황매화는 노란 꽃잎을 잃어 푸른빛 일색이다. 봄철 내내 흐드러졌을 영산홍은 풀 죽은 표정이다. 한달만 일찍 왔더라면, 불꽃으로 타오르는 영산홍을 보았으리라. 그늘 아래는 호이초가 새파랗게 깔렸다. 귀퉁이에서는 설움 겨운 며느리밥풀꽃이 입술에 밥알을 물었다. 옥잠화는 내일을 기약하는 꽃대를 밀어 올릴 기세다.

윤필암에 대해 하나만 더 이야기한다면, 사찰음식으로도 명성이 높은 암자라는 점이다. 70세가 넘은 이곳의 노스님은 전통적인 사찰 음식의 계승과 전수를 위해 여념이 없으시다고 한다. 스님의 맛깔스럽고 정갈한 음식은 꽃들과 함께 다음 세대로, 또 그 다음 세대로 이어지리라.


## 마애석불과 석간수

윤필암에서 묘적암까지는 500m가량의 짧은 거리지만, 비탈길이 퍽 가파르다. 그러나 주변의 울창한 숲으로 인해 산길을 걷는 묘미가 나름대로 있다. 녹색의 바다를 헤치고 나가는 기분이 들 만큼 서늘한 그늘이 드리워졌다. 나도 모르는 사이에 흥겨운 노래 한 가락이 새어 나온다.

이곳의 숲은 아주 건강하다. 오랜 세월 빽빽이 자란 교목들이 하늘을 찌르는데, 관목들은 그 기세에 치었는지 별로 보이지 않는다. 수풀 안으로 들어가 봄에, 그저 야트막하게 자란 풀포기들만 그루터기 사이를 맴돈다.

**묘적암으로 오르는 숲길** | 흐르는 세월이 추웠을까? 공덕산은 푸른 거목들을 옷 삼아서 잔뜩 껴입었다.

뜨거운 한낮이 지루하고 따분해서일까? 다람쥐 한 마리가 숲에서 나와 지나는 길손들을 맞는다. 나뭇가지에서는 자연의 위대함을 노래하는 새들의 지저귐이 들려온다. 신록의 5월 하루가 싱싱하게 흘러간다.

길을 따라 오르다 보면, 계단 하나를 우측에서 만난다. 계단 끝에 제법 널따란 평지가 열렸고, 북쪽으로 기댄 수직의 암벽에서는 거대한 마애석불이 나타난다. 나옹화상이 직접 새겼다는 전설의 마애불이다. 마애불 앞에는 다음과 같은 내용의 안내판이 섰다.

이 불상은 대승사로부터 약 2km 떨어진 윤필암과 묘적암 중간 길 가의 암벽에 조각되어 있다.

자연 암벽을 이용하여 음각된 이 불상은 이중二重 연화좌대蓮華座臺 위에 신광身光과 두광頭光을 조각하였으며, 양 어깨에 가사를 걸치고 오른손은 위로 올려 진리를 나타내는 손 모양을 하고 왼손은 복부에 놓았다.

머리 부분은 소발素髮이며, 살상투는 편평하며, 그 양편에 두 뿔처럼 연꽃 무늬를 조각한 것이 특이하다. 불상의 전체 높이는 6m, 어깨 폭 2.2m로서 조각 수법으로 보아 고려 시대의 것으로 추정된다.


가까이 다가갈수록 고개를 바짝 들어야 하니, 마애불은 무려 6m 의 높이란다. 안내문의 설명에 따르면, 두 개의 뿔 모양으로 새겨진 생소한 무늬는 연꽃이라고 하는데, 내 눈에는 마치 영지버섯처럼 보인다. 다른 곳에서는 보기 힘든 모습이다.

마애불의 상호는 우뚝한 코에 두툼한 입술로, 후덕하고 친근한 분위기가 풍겨난다. 눈덩이도 두툼하게 묘사되었고, 목에는 삼도三道 가 분명하다. 단순한 선으로 음각을 하였지만, 전체적으로 보아 자 비로운 마음으로 중생들에게 선뜻 다가선 부처님의 형상이다. 우리

**마애불** | 오가는 사람 없어 심산유곡이 비록 적막해도, 마애불은 언제나 부드러운 미소를 짓는다. 그리고 그 자리에서 그 자세로 하루해를 보낸다.

민족의 얼굴과 많이 닮았다.

누구인가? 6m나 되는 저 높은 바위에 부처님을 새긴 사람은. 분명 그는 자신이 지닌 열정과 땀을 저 바위 표면에 모두 쏟아부었으리라. 그 정성에 감복한 부처님께서 어느 날 무겁고 답답한 바위 옷을 훌훌 벗어 버리고, 바위 위에 저토록 시원스레 자신의 모습을 드러내셨으리라.

다시 계단에서 내려와 급한 경사를 오르다가, 길가의 오른쪽에서 샘물 하나를 만난다. 마침 묘적암의 주지스님이 한가로이 물을 긷고 있는 중이다. 이름은 밝히지 않았지만, 대둔산의 태고사에서 얼마 전 이곳으로 오셨단다. 청수한 기운이 맴도는 수행자의 얼굴이다.

이 샘물은 천연으로 이루어진 바위지붕 아래의 돌 틈에서 나온다. 지금은 대리석으로 뚜껑을 닫아 청결하게 관리를 한다. 물이 얼마나 맑은지, 달고 시원하기 이를 데 없다. 이 석간수에는 나옹화상과 관련한 신비하고 재미있는 전설이 남았다.

어느 날 나옹스님이 이 샘물 가에서 공양 준비를 위해 상추를 씻고 있었다. 이때 나옹스님은 가야산 해인사에서 불이 난 것을 알아채고, 갑자기 상추 씻던 물을 해인사 쪽으로 뿌렸다. 이때 불길에 휩싸인 해인사에서는 북쪽 하늘에 갑자기 검은 먹구름이 일더니, 상추 섞인 소나기가 뜬금없이 내렸다. 이윽고 불길이 잡히자, 해인사 노장 스님들은 갑작스럽게 내린 이 이상한 소나기가 틀림

**묘적암 샘터** | 물이 맑은 건가? 이곳에서 수행하는 스님들의 기상이 맑은 건가? 그래서 하늘도 맑나보다.

없이 어느 도인의 도술이라고 알아차렸다. 그래서 그 도인을 찾아보라고 여러 스님들에게 명령을 내렸다.

한편 묘적암 스님들은 상추를 씻으러 갔다가 늦게 돌아온 나옹스님에게 연유를 물었다. 스님은 해인사에 난 불을 끄고 오느라 잠시 늦었노라고 대답을 하였다. 이를 믿지 못한 여러 스님들이 나옹 화상을 꾸짖자, 나옹은 실수인 척하면서 일부러 물을 방바닥에 쏟아버렸다. 스님들이 다시 나옹을 나무라며 물을 치우라고 하자, 나옹은 스님들이 보는 앞에서 방바닥에 흩어진 물방울을 모아 공중에 빙빙 돌게 하더니, 마침 옆에 있던 밥주걱을 들어 물방울을 마당으로 쳐냈다. 그러자 물방울들이 마당의 작은 바위에 부딪치더니, 그 자리에 '심心'이란 글자가 새겨졌다. 이에 묘적암의 여러 스님들은 깜짝 놀라, 나옹을 법석으로 모시고 법문을 들었다고 한다. 나중에 묘적암에 들른 해인사 스님은 그때 내린 비가 나옹스님의 법력임을 알아 머리를 조아렸고, 묘적암의 다른 스님들 역시 다시금 감복하지 않을 수 없었다.

믿기 어려운 전설이지만, 지금도 묘적암의 앞마당에 '심' 자가 새겨진 작은 바윗돌 하나를 볼 수 있다.


## 묘적암과 나옹화상

세월이 흐르면 세상 풍광은 당연히 바뀐다. 물통을 지고 앞서가는 묘적암 주지스님의 지게는 나무가 아닌 알루미늄이다. 그리고 물동이가 아닌 생수통이다. 전설이 주는 관념 속의 풍광이라면, 마땅히 나무 지게에 옹기 물동이를 지고 가는 스님이라야 맞을 것이다. 그렇지만 오늘도 변함없이 물을 길어 나르는 스님의 묵묵한 뒷모습에서, 정답고 친근한 옛 모습이 저절로 그려진다.

스님의 뒤를 따라 한 구비를 돌자, 묘적암이 눈앞에 바짝 다가선

**묘적암** | 울긋불긋한 단청 단장을 거부했기에 겸손하고도 소박한 암자 하나가 부드러운 햇살 아래에 온몸을 드러냈다.

다. 그러나 묘적암은 전혀 기대를 벗어난 모습이다. 곱게 단청을 올린 도도한 암자의 모습이 아니라 세월의 무게를 견디지 못해 시나브로 늙어 가는 속세의 기와집과 별반 다름이 없다. 암자를 향해 오르는 작은 계단 또한 고풍이 물씬하지만, 출입문도 옹색하고 예스럽기는 마찬가지다. 그 옆의 낡은 해우소에서는 특유의 냄새가 풍겨난다. 암자라기보다는 조촐한 개인 집으로 드는 느낌이다. 세상에 이런 암자를 또 어디에서 찾을 수 있을까?

묘적암은 646년(선덕여왕15)에 부설거사浮雪居士가 창건하였다고 전

한다. 그러나 뭐니뭐니 해도 묘적
암은 나옹화상의 출가지로 명성이
높다. 나옹화상의 출가에 대한 이
야기는 앞서 설봉산의 영월암을
다루는 대목에서 자세히 설명한
바 있다. 지금도 묘적암의 불단佛壇
오른쪽 작은 골방 안에는 지공을
위시해 나옹과 무학으로 요약되는
'삼대화상三大和尙'의 영정이 모셔
져 있다.

**묘적암 입구** | 크기로만 볼 것 같으면 다소
옹색하다 하겠지만 예스러워서 한껏 넉넉해
진 출입구다.

묘적암에는 해우소 외에 부속
건물이 하나도 없다. 법당은 본래 '일一' 자로 된 기와집 형식으로, 일
반 개인 집의 안방 자리에 부처님을 모셨다. 부엌에 해당하는 자리에
는 공양간이 들어섰다. 스님의 처소만 서쪽으로 달아 내서 마침내 좌
우가 'ㄷ' 자 모양으로 바뀌었다.

묘적암의 내부 역시 검소하기 짝이 없다. 불단마저 벽장 안에 모
셔진 느낌으로, 닫집은커녕 장식도 전연 없다. 탱화 한 폭만이 마루
한쪽에 걸렸다. 법당 안의 사방 벽 역시 아무런 치장 없이 그냥 평범
한 벽지로 도배되었을 뿐이니, 포교보다는 수행 정진하는 토굴에 가
까운 형상이다. 한없이 수수하고 편안한 시골집이라고 해도 믿을 만
한 모습이다. 부처님 오신 날을 맞아 이곳을 찾은 촌로들의 왁자한

웃음소리와도 썩 잘 어울린다.

옛날 나옹화상은 이곳에 머무는 동안 「토굴가土窟歌」를 지었다고 한다. 이로 보면, 그때나 지금이나 묘적암은 토굴의 형상에서 크게 벗어나지 못한가 보다.

청산림青山林 깊은 골에 일간토굴一間土窟 지어 놓고

송문松門을 반개半開하고 석경石徑에 배회徘徊하니

녹양춘삼월하綠楊春三月下에 춘풍이 건듯 불어

정전庭前에 백종화百種花는 처처에 피었는데

풍경風景도 좋거니와 물색物色이 더욱 좋다.

그 중에 무슨 일이 세상에 최귀最貴한고.

일편무위진묘향一片無爲眞妙香을 옥로중玉爐中에 꽂아 두고

적적寂寂한 명창하明窓下에 묵묵히 홀로 앉아

십 년十年을 기한 정코 일대사一大事를 궁구하니

종전에 모르던 일 금일에야 알았구나.

일단고명심지월一段孤明心地月은 만고에 밝았는데

무명장야업파랑無明長夜業波浪에 길 못 찾아다녔도다.

영축산제불회상靈鷲山諸佛會上에 처처에 모였거든

소림굴조사가풍小林窟祖師家風 어찌 멀리 찾을 소냐.

청산은 묵묵하고 녹수는 잔잔한데

청풍淸風이 슬슬瑟瑟하니 어떠한 소식인가.

일리제평一理齊平 나툰중에 활계活計조차 구족具足하다.

천봉만학千峯萬壑 푸른 송엽松葉 일발중一鉢中에 담아 두고

백공천창百孔千瘡 깁은 누비 두 어깨에 걸었으니

의식衣食에 무심無心커든 세욕世慾이 있을 소냐.

욕정欲情이 담박淡泊하니 인아사상人我四相 쓸데없고

사상산四相山이 없는 곳에 법성산法性山이 높고 높아

일물一物도 없는 중에 법계일상法界一相 나투었다.

교교皎皎한 야월夜月 하에 원각산정圓覺山頂 선뜻 올라

무공적無孔笛을 빗겨 불고 몰현금沒絃琴을 높이 타니

무위자성진실락無爲自性眞實樂이 이중에 갖췄더라.

석호石虎는 무영無詠하고 송풍松風은 화답和答할 제

무착령無着嶺 올라서서 불지촌佛地村을 굽어보니

각수覺樹에 담화曇花는 난만개爛慢開더라.

나무영산회상불보살南無靈山會上佛菩薩


묘적암은 그 주변도 여느 시골집과 거의 같은 모습이다. 이곳이 암자라고 여길 만한 표시나 흔적은 전연 없고, 풀들만 마음대로 자란다. 곳곳에서 민들레는 홀씨를 펼쳤고, 할미꽃은 떼를 이뤄 하얀 술을 날리는 중이다. 꽃송이를 달기 시작한 둥굴레도 암자를 향해 바짝 다가들었다. 비비추는 꽃대가 나오려면 아직 멀었다.

다음의 이야기로 미루어 보면, 암자와 암자 주변을 꾸미지 않는

전통 또한 나옹화상 때부터 시작된 것이 아닌지 모르겠다. 더불어
'대승大乘'의 경지가 무엇인지 보여 주는 이야기이기도 하다.

나옹스님이 암자를 비운 어느 날이다. 누군가가 찾아와 오래도록
기다리다가, 스님을 도와주고 싶은 마음에 마당의 수북한 풀을
모두 베어 버렸다. 나중에 외출에서 돌아온 스님은 이를 보고 크
게 꾸짖었다.
"어찌 내 벗들을 다 쫓아 버렸느냐? 풀이 없으면 내 벗인 여치와
매미와 메뚜기도 이곳을 떠날 것 아니더냐?"

이곳저곳을 기웃거리자니, 공양간의 보살님이 공양부터 하시라
고 부른다. 아랫마을에서 올라오셨다는 촌로들 틈에 끼어, 염치없이
비벼 먹는 한 그릇의 공양은 맛을 형언하기 어렵다. 이 또한 부처님
의 가피加被가 아니던가? 멀리서 왔다며 반찬 그릇을 앞으로 밀어 주
는 인정 또한 고맙기가 한량없다.

묘적암을 나와서 다시 약수터 쪽으로 내려가 나옹화상의 부도를
찾는다. 약수터 바로 위에서 숲으로 난 오솔길로 접어들면 두 기의
부도가 나타난다. 그곳에서 10m 정도만 더 걸음을 내딛으면, 나옹화
상의 부도가 따로 나온다.

부도 앞에 서자 두 손이 절로 모아진다. 스님의 자취 하나가 이렇
게 깊은 산중에 남았다. 무심한 구름이 푸른 하늘에 떠가고 산새들

만 우짖는다.

묘적암 뒤쪽에는 '말안장바위'
가 있다. 산길로 20여 분 올라, 절
경이 한눈에 내려다보이는 절벽
아래다. 나옹스님이 앉아 참선을
하셨다는 이 바위는 일부러 조각
한 말안장처럼 생겼다.

언젠가 아랫마을 사람들이 말
안장바위에 앉아 참선 중인 선승
을 보고 신선놀음이나 한다며 도
끼와 괭이를 들고 와 바위의 앞머

**나옹화상 부도** | 위대한 스님도 종당에는 첩
첩산중 깊은 곳에 육신 하나 부려 놓고 훌가
분하게 떠나가셨다.

리를 깨뜨렸다고 한다. 그 뒤로 마을에 재앙이 연잇자 마을 사람들
이 앞머리를 다시 붙여 놓았다고 하는데, 지금도 말안장바위 앞부분
에는 다시 붙인 자국이 선명하다. 그리고 이 바위를 한 바퀴 돌아 나
오면 아들을 낳을 수 있다는 이야기가 덧붙여 전해 온다.

나는 깊은 감동을 또다시 가슴에 안고 집으로 돌아왔다. 꽤 많은
시간이 흘렀는데도, 묘한 흥분이 영 가시질 않는다. 절마다, 암자마
다 드리워졌을 꽃등이 못내 그리웠다. 내일이 부처님 오신 날이니,
집에서 가까운 절이라도 찾아가 그 행렬에 가담해야만 마음이 편해
질까 싶었다. 결국 나는 다시 집을 나섰고, 후면경에 매달린 연꽃이
흔들리기 시작했다.

하늘에서 내려앉은
# 금오산 약사암

金烏山 藥師庵

# 대인의 기상 지닌 금오산

금오산金烏山은 경상북도 구미시에 뿌리내린 명산이다. 금오산은 일찍이 조선 시대부터 영남팔경의 하나로 꼽혔다. 그리고 1970년에 도립공원으로 지정되어 인근의 주민들은 물론 먼 곳의 등산객들에게도 사랑을 받는 산이다.

백두대간의 허리에 해당하는 추풍령을 넘어서면, 차들은 내리막으로 치닫는다. 그리고 김천으로 다가가면서 차츰 기울기를 낮춘다. 김천을 지나며 나타나는 들은 선산 들판이다. 넓고 평평한 선산 들녘의 풍요로움에 잠시 젖다 보면, 전방의 오른쪽으로 평지 돌출하듯이 우람한 자태를 드러내는 산이 금오산이다.

따지고 보면, 금오산은 백두대간의 한 지맥이다. 추풍령을 지난 백두대간은 황악산과 삼도봉을 거쳐 대덕산을 일으킨 다음, 서남방의 덕유산으로 흘러 남쪽의 지리산을 향한다. 이때 대덕산의 줄기하나가 동으로 몸통을 나누어 우두산과 수도산, 가야산을 세운다. 그리고 마침내 가야산의 동쪽 자락이 길게 뻗어 내리면서 낙동강을 만나 흐름을 멈추고 금오산을 부풀린다.

백두대간 한 지맥의 거센 흐름이 낙동강을 만나 어쩔 수 없이 우뚝 멈추었기에, 금오산은 기세가 등등한 산이 되었다. 산 높이도 그렇지만, 경사도 결코 녹록치 않다. 게다가 몸통조차 온통 바위로만 이루어져 기암절벽이 곳곳에서 눈알을 부라리며 비어져 나온다. 그

**금오산 능선** | 금빛 까마귀 날아간 금오산에 오늘은 무심한 구름이 빈 하늘을 맴돈다.

리하여 저절로 천혜의 요새지 금오산성이 되었으니, 금오산의 강인한 외모는 두말할 나위 없다.

금오산은 해발 976m로 구미시와 칠곡군 그리고 김천시의 경계를 이룬다. 본래는 대본산大本山이라고 부르다가 아도화상阿道和尙이 노을에 황금빛 까마귀가 날아가는 형국의 산이라고 말한 다음부터 금오산이라 불렀다는 전설이 내려온다. 그러나 문헌에 따르면 고려 때까지는 남숭산南崇山으로 불렀다고 한다.

아도화상이 보았다는 금빛 까마귀는 태양 속에 산다고 하는 삼족오三足烏를 가리킨다. 따라서 금오산은 태양의 정기를 듬뿍 받고 있는 신령한 산이라고 말할 수 있다. 그래서일까? 조선 초기의 문신이었던 성현成俔은 『용재총화慵齋叢話』에서 다음과 같이 언급하였다.

조선 인재의 반은 영남에 있고, 영남 인재의 반은 선산에 있다.
朝鮮人才 半在嶺南 嶺南人才 半在善山

당시 금오산은 선산현에 속했다. 아무튼 성현의 언급은 다시 이중환의 『택리지擇里志』에도 그대로 이어졌으니, 그만큼 금오산을 중시한 까닭이다.

금오산은 인근의 고을에서 널리 내다보이는 산이다. 그런데 이산은 바라보는 곳이 어디냐에 따라 그때그때 모양을 바꾼다. 까닭에 금오산은 곳곳에서 여러 가지 이름으로 불렸을 뿐 아니라, 풍수지리에 따른 흥미로운 설명마저 얻게 되었다.

먼저 인동 방면에서 바라보면, 금오산이 귀인이 관을 쓴 모습이라고 해서 '귀봉貴峰'이라고 불린다. 그리고 거인이 누운 형상을 닮았다고 해서 '거인산巨人山'이라고도 부르며, 부처님이 누워 계신 형상과 흡사하다고 하여 '와불산臥佛山'이라고도 부른다. 이렇게 인동에서는 금오산이 하나같이 매우 귀한 형용을 지닌 진산이 되는 까닭에, 인동 장씨들에게 많은 부귀를 불러다 주었다고 한다.

김천 쪽에서 보면, 금오산은 낟가리를 쌓아 놓은 형상을 닮았기에 '노적봉露積峰'이라고 부른다. 그 결과 김천은 교통의 요충지이자 물산의 집산지가 되었으며, 많은 부자를 낳았다는 설명이다.

조선 시대까지 현縣이 소재했던 개령 쪽에서 보면, 금오산은 큰 도둑이 무언가를 훔치려고 숨어서 엿보는 모습을 닮기도 하고, 훔친 보따리를 등에 지고 산으로 올라가는 모습을 닮기도 하여, '적봉賊峰'으로 불렸다. 그래서일까 1862년 4월에 이곳의 양반이었던 김규진과 안인택 등이 관아를 쳐부순 개령민란이 일어났고, 이로 인해 개령현은 사라지게 되었다고 한다.

선산 쪽에서 금오산을 바라보면, 정상 부분이 뾰족한 붓끝으로 보여 '문필봉文筆峰'이라고 부른다. 이 영향으로 선산에서는 예로부터 수많은 문인과 학자가 나오게 되었다는 설명이다. 남쪽에 자리 잡은 성주 쪽에서 바라보면, 금오산은 머리를 산발한 여인의 모습이라고 한다. 그래서 '음봉淫峰'이라고 불렸다. 성주가 예로부터 기생이 유명한 것은 이 때문이라고들 한다.


## 채미정과 영남 사림파

채미정採薇亭은 고려 말의 학자이자 명신이었던 야은冶隱 길재吉再 선생이 고려의 패망을 2년 앞두고 비통한 심정으로 낙향해 은둔한 장소다. 고려를 멸망시킨 조선의 신하가 되어 비굴하게 봉록을 받아먹기보다는 차라리 백이와 숙제처럼 고사리나 캐 먹으면서 초야에 묻

**채미정과 구인재** | 영남 사림파를 연 길재 선생이 후학들을 양성하기 위해 세웠다는 건물이다. 고 사리나 캐 먹고 살겠다는 의지가 채미정이란 이름 속에 의연하다.

혀 살겠다는 결연한 심정이 드러나는 정자다. 야은 선생의 학덕을 기리기 위해 1768년(영조44)에 세워졌는데, 개울 건너 홍기문興起門 안 쪽에 자리 잡았다.

선생의 본관은 인근의 해평海平이고 고향은 지금의 구리시 고아읍 봉한리에 해당하는 봉계리다. 선생의 호인 '야은冶隱'에서도 은둔의 의지가 선연하니 대장장이나 하면서 숨어 살겠다는 뜻이 담겼다. 식 자우환識字憂患이라는 탄식도 묻어나는 호지만, 참된 지식인의 길을 걷겠다는 단호한 의지의 또 다른 표출이기도 하다. 선생은 뜻을 굽히지 않고 살다가 이곳에서 여생을 마쳤다. 묘소는 가까운 오태동에 자리를 잡았다.

야은 선생이 이곳 금오산 자락에 자리를 잡은 일은 뒷날 조선의 역사와 철학사에 큰 획을 그었다. 바로 영남 사림파를 양성한 사실 때문이다. 채미정 옆에는 구인재求仁齋가 나란히 섰다. 어진 사람을 구하는 집이란 뜻이니, 야은 선생이 영남의 인재들에게 가르침을 베풀던 유서 깊은 장소다. 한 무리 선비들의 글 읽는 소리가 아련히 들려오는 듯하다.

야은 선생은 김숙자金叔滋와 김종직金宗直 부자에게 실천적인 성리학을 전했고, 점필재佔畢齋 김종직은 마침내 영남 사림파의 거두가 되었다. 점필재의 학통은 다시 조위曺偉, 유호인兪好仁, 김일손金馹孫, 조광조趙光祖 등으로 꾸준히 이어져 나갔다.

채미정 안쪽에 아담하게 꾸며진 건물은 경모각敬慕閣으로 야은 선생의 영정을 모셨다. 오늘날에도 선생의 충절과 학덕을 추모하여 해마다 제사를 올리는 곳이다. 채미정 입구에는 야은 선생이 남긴 시조「회고가懷古歌」가 자연석 위에 새겨졌다. 어느 때인가, 옛 고려왕조를 회고하며 지었다고 전해 온다. 잔잔하게 심회를 읊어 내려간 내용이지만, 망국의 유신遺臣으로서 흘리는 눈물이 곳곳에 배어난다. 숙연한 마음이 걸음을 묶는다.

**야은 선생의 「회고가」** | 망국의 한이 깊게 밴 길재 선생의 시조가 커다란 바위 위에 내려앉았다.

## 금오산성과 해운사

포장도로를 따라 관광호텔 앞을 지나면 왼쪽에서 케이블카를 탈 수 있다. 해운사 입구의 '영흥정'이란 약수터 주변까지 올라가는 케이블카다. 5분 정도의 시간이면 800m가량을 저절로 옮겨 주니 발품을 쉽게 더는 문명의 이기다. 그러나 때로는 어리숙하게 우직한 발걸음을 뗄 필요가 있다. '세상에 공짜는 없다.'는 말처럼 어렵게 한 걸음 한 걸음 떼면서 산행하는 맛 또한 저버릴 수 없기 때문이다.

금오산은 생각보다 물이 많은 산이다. 그래서 작은 물통 하나면 정상까지 오르는 데 별 문제가 없다. 필요에 따라 곳곳에서 솟는 물을 그때그때 채워 주면 그만이다. 약수도 흔하지만 계곡의 물량도 제법 많은 바위산이다.

금오산 주등산로는 남통동의 관리사무소에서 해운사, 할딱고개를 거쳐 정상인 현월봉으로 이어진다. 주변의 승경을 구경하면서 쉬엄쉬엄 3~4시간이 걸리는 거리인데, 들머리는 나무로 짜 맞춘 계단 길이다. 대략 250개 정도의 계단이 지형에 따라 편안하게 누웠다. 계단 주변으로 드문드문 펼쳐진 공터에는 돌탑을 세워 눈요깃거리를 삼았다.

계단 길이 끝나는 위쪽으로 금오산성이 나타난다. 산성의 북문 역할을 했으리라 미루어지는 대혜문大惠門이 추녀를 들춘다. 대혜문의 출입구로 쓰는 홍예문 천장에는 승천하는 용으로 장식을 하였다. 홍예문 너머로 시원한 계곡물이 흐름을 탄다. 금오산이 슬쩍 내면을 열면서, 안쪽에 깊숙한 계곡이 숨었음을 알려 준다.

대혜골의 물은 '성안'의 습지에 고였다가 흘러나온다. 그다지 많은 양은 아니지만, 금오산의 한가운데를 지르는 물이다. 그리하여 아주 오랜 세월 동안 숲의 나무를 길러 냈고 산짐승들의 목을 축여 주었다. 대부분 바위로 이루어진 금오산을 푸르게 가꾸는 소중한 젖줄이다.

한번쯤은 쉬어야겠다고 마음먹을 즈음에 나타나는 약수터가 '영홍정靈興井'이다. 영홍정은 돌 틈에서 솟는다. 넉넉한 양의 물줄기가 수조로 쏟아지는데, 수조의 생김새가 아주 재미있다. 붉은빛이 도는

**금오산성 대혜문** | 어서 하늘 높이 오르라며 문짝을 열어젖혔다.

천연석을 구유 모양으로 파냈으니, 금오산에 드나드는 나그네들이면 한번쯤 찾는 곳이다. 물맛도 뛰어나다. 영흥정 오른쪽으로 케이블카를 타고 내리는 시설이 보인다.

이제 몇 걸음만 더 옮기면 해운사海雲寺다. 해운사 역시 주등산로에서 한 걸음 비껴나 있다. 해운사는 본래 고려 초기의 도선국사道詵國師가 세운 대혈사大穴寺였는데, 임진전쟁 때 소실되어 폐사지로 남게 되었다. 그러다가 1925년에 철화스님이 해운사라는 이름으로 복원하여 오늘의 모습이 되었다.

낙엽이 물든 가을날의 경치가 유달리 아름다운 절로, 겨울날의 경

**영흥정** | 천연석에 마치 말구유처럼 홈이 팬 수조 하나가 영흥정의 맑고도 시원한 물을 채운다. 그리고는 나그네를 기다린다.

치도 나름대로 운치가 있다. 온 산이 붉은 단풍잎으로 가득 넘치는 가을날이면, 여름 햇살에 몸통을 내맡기고 가는 숨을 내쉬던 해운사 뒤편의 웅장한 암벽이 두런거리며 되살아난다. 그리고는 푸른 하늘을 향해 눈부신 나신을 드러내고 지나온 역사를 우렁차게 노래한다.

삼라만상이 잠드는 겨울이 되면, 해운사의 암벽은 내일의 희망을 다시 가슴에 담금질하며 해운사를 내려다본다. 그러다가 흰 눈이 계곡 안을 하얗게 뒤덮어 새소리마저 끊어져 고요가 찾아드는 순간이면, 해운사는 그 중압감을 이겨 내지 못하고 저도 몰래 온몸을 부르르 떤다. 야릇한 긴장감에 휩싸인 해운사의 또 다른 매력이다.

해운사에서 올려다보이는 암벽의 중간쯤에 검은 입을 벌린 동굴이 도선굴이다. 굴을 찾는 탐방객들의 모습이 멀리 보인다.

해운사에는 수많은 유랑객들이 드나든다. 여름철이면 주말마다 금오산에 무려 20,000명이 넘는 사람들이 찾아든다고 한다. 그렇지만 해운사는 스스로 절집다운 기품을 놓치지 않는다. 늘 법문 한 자락을 들어보고 싶게 만드는데, 마침 내걸린 현수막 한 장의 가르침이 퍼뜩 반갑고 고맙다.

**해운사로 가는 돌계단** │ 단정하게 깔린 돌계단 위에서 해운사가 슬쩍 얼굴을 내민다.

작은 힘이 모여 큰 힘이 된다

아침에 눈 뜨며 나는 웃음 짓네.
새롭고 신선한 24시간이 내게 있네.
나는 서원하네, 매 순간을 충실히 살며
모든 존재를 자비의 눈으로 바라볼 것을!

**해운사** | 염불소리가 넘쳐흐르는 도량 윗쪽의 한가운데에서 도선굴이 빼꼼하다.

살다 보면 자신의 초라함에 당황할 때가 있습니다. 너무나 커 보이는 문제 앞에서 나라는 존재는 너무도 작아 아무것도 할 수 없을 것 같은 그런 기분들이지요. 문제를 해결하려는 자신이 마치 바위에 몸을 던지는 계란처럼 느껴질 땐, "아무리 작은 생각이나 몸짓도 전 우주에 영향을 미친다."라는 붓다의 말을 기억하세요. 아무리 사소한 행동이라도 깊은 정성으로 다하면 우주를 감동시킬 수 있습니다. 세상은 아주 작은 것들로 연결되어 있으므로 고통을 줄이는 일도 아주 작은 일에서부터 시작됩니다. 나의 작은 행동이 너의 작은 행동으로 이어지고, 그 작은 행동은 행동으로 연결됩니다. 이런 작은 것들이 모여 아름다운 세상이 만들어지는 것이지요. 내가 그러했듯 아무리 작은 일이라도 깨어 있는 마음으로 행한다면 수천 명의 마음을 움직일 수 있습니다. 깨어 있는 마음이 곧 힘이기 때문이지요. 당신은 누군가에 기쁨을 줄 수 있는 소중한 존재입니다.

아주 사소한 일이라도 당신의 선한 행동은 세상의 고통을 없애고 기쁨을 더하는 아주 소중한 것입니다. 자신감만 갖는다면 당신은 내일 두 개의 고통을, 얼마 후엔 네 개의 고통을 없앨 수 있습니다. 당신과 당신의 친구들이 작은 힘을 무시하지 않고 지속적으로 실천한다면 머지않아 수백만 개의 고통이 없어질 것입니다. 당신의 도움을 필요로 하는 곳은 아주 많지요. 비록 그 힘이 아주 작고 보잘것없는 것처럼 보여도 말이지요. 지금 할 수 있는 것부터 시작하세요. 그것이 바로 무기력하고 초라한 느낌에서 벗어나 역동적으로 살아가는 비결이 되지요. 지금 있는 곳에서 시작하세요.

다른 사람이 어떻게 하는지 뒤돌아볼 이유는 없습니다. 당신이 할 수 있는 것부터 시작하세요. 내일 일은 내일 생각하고 오늘은 오늘 생각하세요. 시간을 멀리 잡아 생각하는 순간, 우리는 작아져 버리고 말지요. 그러니 지금 당장, 지금 할 수 있는 일을 시작하세요. 그것이 아무리 작은 일이라도……

어느 분의 말씀인지 몰라도 산문에 드는 나그네에게 주는 의미 깊은 선물이다. 정성을 다하는 작은 마음 하나가 많은 사람들을 행복하게 해 준다는 내용이요, 귀중한 가르침이다. 다른 사찰에서도 무시로 찾아드는 방문객들에게 이렇게 귀한 말씀을 법문 삼아 하나씩 내준다면 얼마나 좋을까?


## 도선굴과 대혜폭포


풍수지리의 비조로 일컬어지는 도선국사가 잡은 자리인 만큼, 해운사 주변에는 기이한 볼거리가 '도선굴道詵窟'과 '대혜폭포大惠瀑布'로 남았다. 대혜폭포는 해운사에서 몇 걸음 되지 않는다. 도선굴은 대혜폭포 앞에서 오른쪽으로 200m가량을 더 올라가야 한다. 입구에는 옛터 하나가 비었다.

　도선굴로 오르는 길의 오른편은 아예 수직의 낭떠러지다. 게다가 바위 자체가 단양에서 나오는 자주색 벼룻돌처럼 생겨 길이 매우 미끄럽다. 그렇지만 조망 하나는 일품이다. 해운사의 기와지붕은 물론이요, 멀리 구미시가 바라다보인다.

　중간에 만나는 바위 하나는 아예 보관을 쓴 '큰 바위 얼굴'처럼 생겼다. 구미시를 바라보는 자태가 자못 인자하면서도 근엄하다. 영겁의 세월 동안 들이친 풍상에 끊임없이 시달렸으련만, 여전히 대인

**도선굴로 가다가 만나는 바위** │ 큰 바위 얼굴인가? 보관을 눌러쓴 부처의 얼굴인가? 근엄하고도 자애로운 표정이 묵묵히 속세를 내려다본다.

의 풍모를 잃지 않은 큰 바위 얼굴이다.

짜릿하게 깎여 나간 절벽의 한가운데쯤 뚫린 천연동굴이 도선굴이다. 도선굴 입구의 건너편에도 패이다 만 구멍 하나가 횅하다. 단단함이 못내 겨워서 뚫어 놓은 숨구멍인 양 싶다. 도선굴이란 이름으로 미루어 일찍이 도선국사가 도를 깨쳤다는 동굴이라고 누구든지 예견할 수 있다. 뒷날의 야은 선생도 이곳을 즐겨 찾아 몸과 마음을 단련하였다고 한다. 지금은 쇠사슬로 난간을 설치해 관광객들의 안전을 뒷받침하는데, 그 옛날 도선국사와 야은 선생은 어떻게 도선굴을 드나드셨을까?

도선굴은 두 길이 충분하게 넘는 높이다. 좌우의 폭도 그에 지지 않으니 아주 큰 입구라고 하겠다. 깊이는 겨우 서너 길 정도에 지나지 않는데 안쪽이 다시 좌우로 뚫리다 말았다. 오른쪽이 약간 더 깊고 넓은 형국이라서 여기에 조촐하게 불단을 조성하였다.

불단 앞에는 지금도 소망을 품은 사람들이 찾아와 언제나 기도하면서 절을 올린다. 옛날부터 얼마나 많은 사람들이 거쳐 갔는지 동굴의 상단부가 양초의 그을음으로 까맣다. 고통의 바다를 외롭게 저어 나간 한 많은 중생들의 타들어 간 속내 같다.

뒤따라온 해운사 스님의 말씀으로는 도선굴 한가운데가 가장 맑은 기로 충만하단다. 정중앙에서 지름 2m가량의 원을 발끝으로 그어 가며 하신 말씀이다. 동굴의 외곽선과 적당히 어우러져 바깥 경치가 가장 아름답게 보이는 지점이기도 하다.

**도선굴** | 용암이 뒤엉켜 흐르다가 일순 굳어 생겨난 천연동굴이다. 속세를 등지고 돌아앉아 염불이나 하염없이 외우며 살아가고픈 곳이다.

**도선굴 불단** | 오늘은 어떤 소망을 지닌 중생들이 저토록 간절하게 기도를 올리는지…….

　차마 멀리하기 힘든 속세가 저만큼 거리를 유지하며 한쪽에 복잡한 건물로 들솟았다. 차량도 보이지 않고 사람들도 사라진 유령의 도시처럼 조용하다. 멀리서 관조하는 즐거움이 무엇인지 불현듯 일깨워지는 도선굴 안이다. 그래서 한번쯤은 가만히 눈을 감아 보는 곳이기도 하다.

　동굴이 대체로 막힌 공간이라면 폭포는 언제나 툭 터진 곳이다. 동굴의 이미지가 어둡고 답답하다면 폭포는 밝고 시원하다. 도선굴이 깎아지른 낭떠러지에 까치집처럼 아슬아슬하게 매달린 데 비해,

아래쪽의 대혜폭포는 절벽 아래로 장쾌하게 몸을 날린 물줄기다. 일제강점기에 어느 일본인이 금오산을 울리는 폭포라는 뜻에서 지은 '명금폭포鳴金瀑布'란 별명처럼 위용을 자랑하며 쏟아지는 물줄기가 대단하다.

대혜폭포는 햇살에 반사된 은빛 물방울이 28m 높이에서 눈부시게 비산하는 형상이다. 철마다 수량이 다르기에, 이곳도 역시 여름날 장마가 지난 뒤라야 가장 기세가 넘친다. 그리고 아름답다.

전설에 따르면, 대혜폭포의 황홀한 모습에 반한 하늘나라 선녀들이 달빛 고운 밤마다 용마를 타고 내려와 목욕을 즐긴단다. 아름다운 전설은 지금도 새롭게 만들어지는 중이다. 폭포 앞에 걸쳐진 대혜교 다리에서 동전을 아래로 던져 물속의 '사랑바위'에 얹어 놓게 된다면 두 사람의 사랑은 반드시 이루어진단다.

대혜폭포의 물방울들은 참으로 담대하다 못해 결연하다. 다른 폭포의 물줄기들은 거의 대부분 소沼로 쏟아지는데 반해서, 대혜폭포의 물방울들은 울퉁불퉁한 바윗돌 위로 제각각 몸을 던진다. 그것도 험상궂게 생긴 검은 바윗돌 위이니 더 큰 물줄기를 찾아가고자 하는 의지의 소산이라고 하기에는 너무도 아픈 곤두박질이다. 그래서 눈부신 낙하요 부활이다. 그 아름다운 부활은 때때로 주변의 여건에 따라 물안개로, 물 무지개로 찬란하게 피어오른다.

**도선굴에서 내다본 풍경** | 차안과 피안의 경계가 참으로 뚜렷하다.

**대혜폭포** | 원만한 흐름을 미리 기약했기에 망설임 없이 뛰어내린 물줄기가 순간 고운 물방울로 비산한다.

대혜폭포 위로는 무려 400개가 넘는 계단으로 만든 '할딱고개'가 나온다. 급경사를 타느라 숨이 절로 할딱거려 지어진 고개 이름인데 지금은 그래도 나은 편이다. 나무로 만든 계단이 들어서기 전까지는 그야말로 숨이 목에까지 차오르는 급경사의 비탈이었다. 이제는 일정한 보폭으로 그리 어렵지 않게 고갯마루에 이를 수 있다. 그러나 숨결은 역시 거칠 수밖에 없다.

할딱고개의 악명 때문인지 대혜폭포 위쪽으로는 탐방객들의 숫자가 현저하게 줄어든다. 본격적으로 산행에 나선 사람들만이 할딱고개로 오른다. 고갯마루 왼쪽에는 전망대가 후련하다.


## 현월봉보다 약사암

할딱고개를 지나도 결코 만만치 않은 산행이니, 숨 가쁜 오르막은 철탑이 나타날 때까지 계속되다시피 한다. 그런데 흥미로운 사실은 철탑 부근에 이르러 기온이 갑자기 뚝 떨어지는 현상을 직접 느껴 본다는 점이다. 한여름에도 이 부근을 통과할 즈음이면 이상하게도 더위를 그다지 느끼기가 어렵다. 초가을이 되면 실제로 추위마저 느낀다.

철탑을 지나면서부터는 길이 다소 수월해진다. 짬짬이 암벽으로 이루어진 봉우리들이 연달아 나타나 눈이 즐거워진다. 어느 결에 하늘이 열리면서 오르막이 끝나가는 곳에 약사암藥師庵의 일주문 역할을 하는 '동국제일문東國第一門'이 보인다. 오른쪽으로 100m 즈음에 금오산의 정상인 현월봉懸月峰이 자리를 잡았다. 멀리서 보면 초생달 하나가 애처로이 걸린 모습을 닮았다고 해서 얻은 이름인데, 실제로 그런 낭만을 느끼기는 당최 어렵다.

현월봉은 실망스런 모습이다. 바로 옆으로 무선기지국과 중계탑이 봉우리보다 우뚝 솟았을 뿐 아니라, 이들을 보호한답시고 둘러친

강판 울타리가 아주 볼인정하다. 최정상이 주는 시원한 전망을 내심 기대하면 더욱 한숨이 나오는 살풍경이다. 표석 하나만 휑뎅그렁하다. 금오산의 최정상이라는 명분 하나로 위안을 삼아야 한다.

현월봉 아래 약사암은 신라 시대에 창건된 암자라고 전해 온다. 전설에 의하면, 의상대사가 이곳에서 득도했다고 한다. 그리고 지리산에 있던 석불 세 구軀 가운데 한 구를 모셔온 곳이라고도 한다. 그 석불은 지금 보이질 않는다.

역시 현월봉보다는 약사암이니, 동국제일문을 보는 사람은 누구나 '야~!' 하는 감탄을 감출 수 없다. 동국제일문 자체는 일반 사찰의 일주문과 크게 다르지 않지만, 주변 풍광이 더없이 환상적이고 아름다운 까닭이다. 그래서 감히 동국제일이라는 수식어를 붙였나 보다.

**현월봉 정상** | 살풍경한 현월봉 꼭대기의 정상 표지석은 언제나 외로워서 입을 꾹 닫았다.

일주문 기둥 사이로 흘러내린 암벽을 통해 약사암의 지붕이 먼저 보이고 그 뒤에 구미시 일부가 희미하게 내려다보인다. 등반객들에게 '통천문'이라 불리는 협곡 사이로 드러나는 기막힌 풍광이다. 우리나라 사찰이나 암자 가운데 이렇게 세상을 내려다보는 일

**동국제일문** | 모르면 몰라도 내리막길 앞을 버티고 선 일주문은 우리나라에 이곳밖에 없다. 그래서 일까? 기둥 사이로 내려다 보이는 속세가 더욱 아득하다.

주문이 또 어디 있을까?

본래 일주문은 사찰이나 암자의 전면에 서 있기 마련이다. 그러나 이곳의 일주문은 오히려 뒤로 올라갔다. 앞쪽에 마땅한 부지가 없어 마련한 방편치고는 아주 탁월한 선택이다. 상식을 깬 구도가 도리어 약사암의 신비로움을 보태 주는 형국이 되었다. 그 신비로움은 다시 범종각이 이어받는다.

좁다란 협곡을 비집으며 돌계단이 누웠고 그 끝 지점부터 암자까지는 다시 나무계단이 뒤를 이었다. 계단에서 협곡의 높이는 짐작조차 되질 않는다. 그리하여 약사암이란 별세계로 접어드는 설렘을 불러온다. 그 설렘은 다시 몸과 마음을 가다듬도록 하는 묘한 힘을 지녔다.

약사암 경내는 크게 세 공간으로 이루어졌다. 먼저 제일 위쪽의 터는 삼성각과 약사암이 차지했다. 전면에서 마주 보아 왼쪽이 삼성각이다. 삼성각은 통천문과 일주문을 제대로 등에 졌다. 오른쪽은 약사암이다.

삼성각 뒤로 통천문이 아찔한 벼랑으로 솟았다. 하늘로 통한다는 통천문이란 이름이 실감나는 순간이다. 문득 겨드랑이가 가려워진다. 때마침 날개라도 돋아나 푸른 하늘로 높이 날아가려나?

**통천문** | 일주문에서 암자를 잇는 계단 길이다. 하늘을 지붕으로 삼았기에 통천문이라는 이름이 전연 어색하지 않다.

약사암은 삼성각보다 더 큰 암벽을 의지 삼았으니 그 크기에서 무한한 에너지가 읽혀진다. 도선굴의 암질과 동일한, 아주 단단해서 쉽사리 깨지지 않는 밀도 높은 돌이다. 그런 탓에 풀과 나무들이 거의 뿌리를 내리지 못했다. 이렇게 맑고 역동적인 에너지는 이곳으로 약사암을 불러왔다. 눈 밝은 선지자 한 분이 눈 빠르게 터를 고른 덕분이다.

지난날 삼성각과 약사암은 천연의 암벽 위에 제각각 서 있던, 따로 뚝 떨어진 건물이었다. 험준한 암벽 사이에 가까스로 만든 샛길로 두 건물 사이를 오가는 형편이었다. 지금은 두 건물 사이의 낭떠러지에 교묘하게 종무소 건물을 현대식으로 앉힌 다음 지붕에 해당하는 평지를 조성하였다. 그 결과, 두 건물은 이제 평평한 종무소의 지붕 위쪽에 함께 앉게 되었고 발아래에 숨은 종무소를 쉽게 인지할 수가 없다. 그러나 옛날을 되살려 본다면, 삼성각과 약사암은 필시 하늘에서 살포시 내려앉은 지금보다 더욱 신비한 모습이었으리라.

약사암의 맞은편 봉우리에는 석탑이 정갈한데, 다소 밋밋한 봉우리에 탑을 쌓아 변화를 준 것이다. 봉우리는 비록 수목으로 몸을 감쌌지만, 바위로 이루어진 몸매는 미처 다 감추질 못했다. 시간이 허락하면 현월봉을 통해 건너가 약사암의 전경을 한눈으로 조망할 수 있다.

약사암의 두 번째 공간은 바로 종각이 설치된 좌전방의 작은 봉우리다. 종각 또한 절묘하게 봉우리 꼭대기에 자리를 잡았으니, 선

**삼성각** | 전각 앞에 서면, 맞은편 벼랑 위에 천연석으로 세운 석탑들이 연달아 보인다. 김용수 노인이 슬픈 사연을 담아 세운 탑들이다. 그 손자의 명복을 빈다.

**종각** | 선계의 종각이 아마도 이런 모습이리라. 약사암의 제일경으로 꼽을 만하니 눈 내린 겨울날 더욱 아름다운 모습을 드러내는 곳이다.

계의 종각이 아닌가 싶을 정도로 꿈결 같은 풍경을 자아낸다.

종각으로 건너가기 위해서는 간단하게 설치된 구름다리를 건너야 한다. 그러나 평소에는 탐방객들의 안전을 위해 출입을 금하고 있다.

약사암의 종각은 동국제일문과 함께 바라만 보아도 행복한 자태다. 더욱이 종각은 저만치 홀로 서서 내로라하며 세상의 머리 위에

**약사암** | 본래 자갈길 끝에 바위틈을 비집고 지은 암자였는데, 지금은 바닥 공사로 인해 전연 다른 모습이 되었다.

군림하고 있지 않은가? 종각에서 울려 퍼지는 종소리는 정녕 이 세상의 모든 생명체들에게 불성佛性을 일깨우리라. 숲 속의 들짐승과 날짐승들도, 낙동강의 물고기들까지 그 장엄한 울림에 머리를 조아리리라. 이처럼 통쾌하게 세상을 내려다보는 종각 또한 어디에서 찾아야 할까? 하늘에서 살포시 내려앉은 듯한 자태에 겨울날의 눈 덮인 경치는 거의 환상에 가깝다.

약사암의 마지막 공간은 요사채가 차지했다. 제일 낮은 공간에 건물 자체도 가장 격이 떨어지는 요사채다. 따라서 요사채까지도 예스런 모습을 갖추었으면 하는 욕심이 슬그머니 인다. 요사채의 장독대 뒤편으로는 건너편으로 가기 위해 설치했던 철제 출렁다리가 아직도 묵은 자취로 남았다. 지난날의 모습을 그려 볼 수 있는 단초가 되는 출렁다리다.


## 용돌이바위와 마애보살입상

약사암을 뒤로하고 마애보살입상을 향해 20분가량을 걸으면, 좌측으로 '용돌이바위'가 기이한 자태를 드러낸다. 한자로는 '용회암龍回巖'으로 불리는데, 용이 승천하면서 흔적을 남겼다는 바위다. 입구에 돌탑이 섰다.

**용돌이바위** | 바위틈의 거대한 용틀임은 아직도 진행 중이다. 저 바위는 언젠가 허물을 벗고 한 마리 용으로 승천할 것이다.

용돌이바위는 크기도 대단하지만, 자태가 아주 의젓하다. 일정한 거리를 두고 들여다보면, 마치 용트림을 하다 굳힌 듯한 빗살 문양이 겉면에 드러난다. 아니, 용무늬가 일렁이기도 한다. 그래서인지 아주 오래전부터 무속인들은 이곳에다 끊임없이 촛불을 밝혔다.

용돌이바위 좌우에는 두 개의 작은 굴이 뚫렸다. 왼쪽은 좁고 막혔지만 오른쪽은 제법 넓고 깊다. 오른쪽 굴에는 마실 수 있는 물이 늘 그득하게 고였는데, '용궁정'이란 이름 역시 무속인들이 남긴 작품이다. 그러나 물맛 역시 아주 좋아서 등산객들은 '용샘'이라고 부르며 애용한다. 한여름에 서늘하게 풍겨 나오는 냉기 또한 등산객들의 더운 땀을 식혀 주기에 충분하다.

용돌이바위에서 푸르른 오솔길을 따라 내처 걸으면 잠시 후에 마애석불이 나타난다. 산자락을 굽어 돌아 갑자기 나타나는 석불이다. 예까지 오느라 수고했다며 석불은 사람들에게 쉬어 갈 만한 공간을 열어 준다.

금오산의 마애불은 보물 제490호로 지정되었다. 한쪽에 다음과 같은 내용을 담은 안내판이 눈에 띈다.

이 불상은 금오산 정상 북편 아래 자연 암벽에 조각된 5.5m의 석

**금오산 마애불** | 보물 제490호. 바위 거죽을 뚫고 모서리에서 모습을 드러낸 부처님이다. 어서 오라며 두 손을 편안하게 늘어뜨렸다.

불 입상이다. 특이하게 자연 암벽의 돌출 부분을 이용하여 좌우를 나누어 입체적으로 조각하였다.

얼굴은 비교적 풍만하면서도 부피감이 있으며, 가는 눈 작은 입 등에서 신라보살상보다는 다소 발전된 특징을 찾을 수 있다.


일반 성인의 세 배가 넘는 키의 석불로 '거인산'에서 보는 가장 큰 입상이다. 예의 붉은 돌 위에 투박하게 새겨졌는데, 다소 무표정한 인상이다. 두 손은 그냥 편안하게 내려뜨렸다.

석불 앞쪽으로 여러 가지 꽃들이 제각각 고운 단장을 하고, 하늘에는 산새들이 날아간다. 사람들의 정성 어린 손길로 돌탑 하나가 한쪽에 비켜섰다. 전방으로는 비탈을 따라 잡목들이 우거졌다. 석불은 지금도 말 없는 말로 설법 아닌 설법을 고요히 베푸는 중이다. 바위 위의 다람쥐 한 마리가 귀를 모은다.

한바탕의 꿈이 무르녹는 금오산이다. 설법이 언제 끝나려나? 기다리다 지친 돌이끼가 석불 위에 살그머니 뿌리를 내린다. 사람들의 가슴속에 한 줄기 향 연기가 피어오르고 붉은 석양이 푸른 하늘을 장엄하게 물들인다. 금빛 까마귀 한 마리가 때맞추어 허공을 가로지른다.

신비한 돌구멍절

# 팔공산 중암암

八公山 中岩庵

# 갓바위 모신 팔공산

팔공산은 대구가 자랑하는 위풍당당한 산이다. 팔공산은 아주 장엄한 모습으로 길고 긴 자락을 드리우며 북동쪽에서 한 발짝 물러나 대구를 에둘렀다. 그래서 일찌감치 '갓바위 부처님'을 해발 850m의 높다란 관봉冠峰에 모셨다. 갖가지 소망을 품은 전국의 나약한 중생들을 불러다가 포근한 품에 안아 토닥거리는 영험한 산이 되었다. 팔공산은 경상북도를 대표하는 산이자, 대구의 진산鎭山 역할을 한다.

백두대간의 태백산에서 흘러나온 낙동 정맥은 백암산과 보현산을 거치는데, 그 줄기 하나가 팔공산을 세웠다. 자세히 이야기하면, 방립산에서 서남방으로 몸통을 빼낸 지류가 화산을 거쳐 경산시와 군위면 사이의 능성재를 지나면서 먼저 관봉을 세운다. 그 힘찬 몸부림은 염불봉과 동봉으로 이어져 1,193m의 비로봉으로 크게 솟구친다. 그리고 날카로운 등지느러미에 서봉과 파계봉을 일으키고 다시 '톱날 능선'을 빚는다.

**갓바위 부처** | 지난날에는 경상도 불자들의 소원 하나는 꼭 들어주신다고 해서, 이제는 모든 불자들의 소원 하나는 꼭 들어주신다고 해서 전국 3대 기도처의 하나로 꼽힌다.

한티재와 가산을 거친 이 지칠 줄 모르는 기세는 마침내 서쪽의 칠곡군 가산면 다부리를 거쳐 계속 앞으로 나아간다. 이때 팔공산의 장엄한 행보가 대구광역시와 경산시, 군위군, 칠곡군을 거친다. 거대한 몸통의 남쪽 경사면은 깎아지른 장벽처럼 웅장하고 장쾌한 모습이다. 반면 북쪽 기슭은 영천시와 군위군을 보듬고 부드럽게 흘러내려 마냥 정답다.

낙동 정맥의 정기 속에서 저절로 영험해진 팔공산에는 예로부터 수많은 명찰과 암자들이 터를 열었다. 동으로는 은해사銀海寺, 남으로는 동화사桐華寺, 서로는 파계사把溪寺, 북으로 수도사修道寺가 대표적인 사찰이다.

팔공산이란 이름의 유래는 후삼국 시대로 거슬러 올라간다. 당시 가장 강력한 군사력을 자랑하던 후백제의 견훤甄萱이 신라의 경애왕景哀王을 살해하는 사건이 벌어졌다. 이에 분개한 고려의 왕건王建은 견훤을 치기 위해 안동을 향해 달렸다. 치열한 전투가 계속 이어졌는데, 바로 지금의 팔공산 인근에서 왕건은 견훤에게 포위되기에 이르렀다.

포위망이 점점 죄어들자, 왕건과 외양이 무척 닮은 신숭겸申崇謙은 궁여지책 끝에 왕건의 갑옷을 입고 대신 적진으로 향하였다. 왕건은 몇몇 측근들과 간신히 포위망을 뚫고 김천의 직지사로 몸을 피했다. 이 과정에서 왕건은 신숭겸을 비롯한 여덟 장수의 목숨을 곱다시 내주고 말았다. 이때 숨진 여덟 장수의 충정은 마침내 팔공산이란 이

름으로 기려졌다. 팔공산은 바로 '여덟[八] 공신(功)들의 넋이 깃든 산'
이란 의미다. 본래 이름은 공산公山이었다.


# 팔공산 은해사

지난날의 은해사는 다소 찾아가기가 어려운 절이었다. 그러나 지금
은 대구와 포항을 잇는 고속도로가 개통되어 찾기가 아주 쉬워졌다.
'청통와촌 나들목'으로 나와 우회전을 한 다음, 계속해서 나타나는
표지판을 따라 3km가량을 가면 은해사 일주문 앞에 쉽게 당도한다.

은해사의 사하촌에는 낡은 양철지붕을 머리에 인 올망졸망한 식
당들이 늘어섰다. 그 사이로 난 좁다란 길을 따라 걷다 보면 은혜사
를 처음 찾는 이들의 기대가 한풀 꺾이기 쉽상이다.

그러나 일주문을 지나서부터 마음은 절로 맑고 상쾌해진다. 쭉쭉
솟은 낙락장송들이 속세와의 절연을 이내 보여 주기 때문이다. '금
포정禁捕町'이라고 불리는 조선 소나무, 그것도 소나무의 제왕이라는
금강송 군락이 보여 주는 경이로움이다.

은해사에서는 금포정에 관해 다음과 같은 안내문을 내걸었다. 안
내문 가운데 '17세기 말에서 18세기 초'라는 표현은 '18세기 말에서
19세기 초'의 착각으로 짐작된다.

**금강송군락** │ 절집을 찾는 이들을 먼저 기쁘게 하는 것은 늘상 푸른 소나무 군락이다. 은혜사 입구의 송림도 여기에서 벗어나지 않으니, 심지어는 18세기에 금포정이라 불렀다고 한다.

은혜사 일주문을 지나 보화루까지의 울창한 숲길을 금포정이라 하는데, 기록에 의하면 1714년 조선 시대 숙종 임금 때에 일주문 일대의 땅을 매입하여 17세기 말에서 18세기 초에 소나무 숲을 조성하여 오늘에 이르고 있다. 약 300년생의 높이 10여 미터의 송림이 2km 정도 울창한 이곳에는 일체의 생명을 살생치 아니하였다 하여 금포정이라고 한다. ……

붉은 용트림이 난무하는 송림을 지나는 맛은 늘 새롭다. 깊은 감동과 울렁임을 준다. 솔바람 소리에 청정한 마음가짐을 추스르고 늘 푸른 자태에서 올곧은 절개와 줏대를 다짐하는 탓이다. 피안의 절집으로 들어가는 길목에서 행여 소나무가 반기지 않는다면 얼마나 맥없는 일일까?

보화루에 거의 다다른 길목의 오른쪽으로 와불臥佛을 모셨다. 세월의 더께가 검게 물든 바위에 음각으로 누워 계신 부처님이다. 아래쪽에서 불어오는 금포정의 솔바람을 쏘이며 지그시 눈을 감은 형상이다. 바로 뒤쪽으로 솟은 소나무 옆에는 거북바위가 물에 떴다. 본래는 '쌍거북바위'였는데, 일제강점기에 일인들이 거북이 한 마리를 떼어 갔다고 한다. 나머지 한 마리는 물속으로 깊이 뿌리를 내렸기에 횡액을 피하고 홀로 앉았다.

은해사 대웅전으로 향하는 문전에는 한량없는 세월의 무게를 버티고 선 암벽이 시루떡 모양으로 포개졌다. 계곡에서 뽑아 올린 물이 두 줄기 폭포처럼 쏟아져 내린다. 사람들은 여름날 이 폭포를 바라보면서 더위와 함께 마음의 때를 씻는다. 은해사에 안치된 괘불掛佛 탱화는 보물 1270호다.

대웅전 앞에는 수많은 사람들의 염원을 간직한 소원지所願紙가 당간지주 구멍 사이로 매인 새끼줄에 주렁주렁하다. 저들의 소망은 언제 다 이루어질까? 푸른 하늘이 묵묵히 내려다본다.

**와불** | 무슨 생각에 잠기셨을까? 오가는 이들이 잠시 서서 고개를 갸우뚱거린다.

**은혜사 대웅전** | 푸른 기와를 시원스레 머리에 이고 팔작지붕을 나래로 펼친 법당이다.

# 인종의 태실을 지나

은해사 뒤쪽으로 포장된 도로를 따라 1km 정도 오르면, 다리를 지나자마자 '치일지'라는 사방댐이 나타난다. 치일지는 제법 큰 저수지라서 쉽게 눈에 뜨이는데, 여기가 운부암계곡과 능성재로 갈라지는 삼거리다.

이 삼거리에서 중암암에 이르는 방법은 세 가지다. 그냥 묘봉암, 중암암, 백흥암을 가리키는 큰 표지판의 안내대로 계속 포장도로를 따라가는 방법이 있고, 백흥암 앞의 주차장에서 산길을 타고 올라가 능선을 따라가기도 한다. 그리고 치일삼거리의 큰 표지판 뒤쪽에 몸을 숨긴 '인종仁宗 태실胎室 800m'의 작은 안내판을 따라 능선 길을 택할 수도 있다.

중암암의 묘미를 제대로 맛보기 위해서는 능선에 얹힌 등산로를 권하고 싶다. 묘봉암 계곡을 따라가는 포장도로는 다소 편안한데 반해서 밋밋하고 지루하기 때문이다. 게다가 경사 급한 포장도로가 주는 무관심은 견디기 어렵다.

인종 태실을 향해서 능선에 오르자, 거의 45도 경사의 가파른 산길이 느닷없이 나타난다. 태실까지 오르는 800m의 길은 턱까지 차오르는 가쁜 숨과 인내를 요구한다. 지프차 한 대는 너끈하게 지나갈 수 있을 정도로 넓은 길이라 해도 가파름 때문에 넉넉함을 느끼기가 어렵다. 발끝에서 먼지가 자욱하게 푸석거린다.

**인종의 태실** | 조선 왕실의 자취 하나가 이 깊은 산중의 숲 속에서 해바라기와 달바라기, 별바라기로 세월 가는 줄 모른다.

인종의 태실은 거친 숨결을 풀어 놓기에 알맞은 장소다. 제왕의 태실답게 너른 터를 차지하고 평안하게 하늘을 맞이한다. 태실의 둘레 돌들은 대부분 새로 교체되었기에 새하얗다. 기존의 둘레 돌들은 소임을 다하느라 지쳐 까매진 얼굴로 뒤쪽 한 모퉁이에 쌓였다. 오랜 세월 스치고 지나간 바람과 별님과 달님과의 추억을 되돌아보면서, 이제 마른 햇살과 지나가는 빗발에 몸을 내맡기고 편안하게 누웠다.

가뜬해진 발걸음은 다시 힘든 능선 길을 타야 한다. 그러나 끊임 없이 이어지는 소나무 군락이 자못 위로가 된다. 쌉쌀한 송진 내음 이 제법 향긋해서 '극락굴'을 통해 '돌구멍절'로 향하는 환희심을 불러일으킨다. 능선 길은 가파른 오르내림이지만 한여름의 굵은 땀 방울마저 보람으로 느껴진다. 한 줌의 바람이 소중하고 새소리가 정 답게 등장하는 산길이다. 멀리 관봉 위로 우뚝 앉아 계신 갓바위 부 처님의 형상이 아스라이 보이기에 위로가 되는데, '건들바위'까지 는 서너 번쯤 쉬어야 한다.

## 건들바위와 만년송, 삼인암

대략 3km의 거리를 오르내리는 1시간 반 정도의 산행에 차츰 꾀가 날 즈음이면 건들바위가 버티고 선 봉우리가 홀연 나타난다. 귀퉁이 가 둥글게 닳은 네모난 바윗돌 사이로 길이 난 곳이다. 돌 틈을 비집 고 뿌리를 내린 나무들이 줄지어 서 있다.

봉우리에 오르려면, 먼저 두루뭉술한 두부모 형상의 바윗돌 세

**중암암 관문 바위** | 침묵 속에 포개고 누워 영겁을 꿈꾸는 바위 앞에 찰나를 살다 가는 가련한 중 생들이 나그네로 떠돈다.

개가 포개져 니댓 길 높이로 치솟은 관문을 감돌아야 한다. 짧은 일생을 이리저리 내달으며 명리名利나 좇던 인간 존재가 무거운 버팀 앞에 한없이 초라하게 느껴지는 그런 위용을 지닌 근엄한 수문장 바위다. 단 한 걸음의 내딛음도 없이 인연에 따라 오가는 사람들을 지켜보기만 했을 바위다. 바람 앞의 등불 같은 인생이 영원을 마주한다.

사실 이 봉우리를 건들바위라고 부르지만, 이곳에서 건들바위는 볼 수가 없다. 오히려 건너편 묘봉에서 내다보이는데, 중암암 위쪽의 깊숙한 곳에 자리 잡은 커다란 바위가 그것이다. '건달바위'라고도 불리는 이 바위는 본래 중암암의 지붕 바로 위에서 위태롭게 건들거리던 바위였다고 한다. 그런데 옛날 언젠가 이곳 주지스님의 귀에 건들바위가 까닥대는 소리가 들려왔다고 한다. 깜짝 놀란 주지스님이 곧바로 부처님께 기도를 올리자 건들바위는 얼른 위쪽으로 몇 걸음 물러나 지금의 안전한 자리로 옮겨 갔다는 전설이 전해 온다.

건달바위 옆으로 칼질한 두부모처럼 생긴 두 개의 바위틈을 지나 위쪽으로 거대한 바위에 오르면 '만년송' 한 그루가 홀연 나타난다. 이 소나무는 길고 긴 세월 동안 조금씩 아주 조금씩 불어난 자신의 몸무게를 이리저리 가늠하면서 바위의 표면과 틈바구니에 어렵사리 뿌리를 내린 고행의 만년송이다. 휘몰아치는 산꼭대기의 비바람을 온몸으로 감내하면서 한겨울의 눈보라에도 생명의 끈을 한순간이나마 놓치지 않은 거룩한 소나무다. 그 앞에는 호위병 역할을 하는 양,

**건달바위** | 한쪽을 손가락으로 톡 치면 영락없이 좌우로 끄덕거릴 것처럼 생긴 반원형의 바위다.

**만년송** | 고행의 상징인가? 득도의 경지인가? 길고 긴 세월을 건너온 만년송이 바위틈에 어렵사리 뿌리를 내렸다.

두 개의 바위덩이가 덩그렇게 놓여 있다.

천년 동안 달님을 연모했기에 만년송의 줄기는 차올랐다 이울기를 반복했다. 별빛의 소리를 듣느라 솔잎은 짧고 뾰족한 침이 되어 안테나로 펼쳐졌다. 지금도 타는 갈증에 시달리는가? 스쳐가는 바람에도 온몸을 떨며 가슴에 남모를 나이테를 화인火印으로 새기는 중이다.

잠시나마 벗해 주고 싶은 마음에 얼마쯤 앉았을까? 문득 박인환 시인의 시 한 대목이 생각난다. 그렇다. '두 개의 바위틈을 지나 청춘을 찾은 뱀과 같이' 나는 '두 개의 바위틈을 지나 만년송을 찾은' 고작 한 마리 산짐승일밖에 없다. 고개가 절로 숙여진다. 천년 소나무는 말없이 영겁의 세월을 수놓는다. 여전히 세상을 굽어보면서 말이다. 인간들의 세상은 저 멀리 아득하다.

침묵의 바윗돌 사이를 여기저기 드나들다 보면 남쪽의 양지바른 곳에 네모난 도장 세 개가 차례로 늘어선 것처럼 생긴 길쭉한 바윗덩어리를 만나게 된다. 김유신 장군의 전설이 어린 '삼인암三印岩'이다. 한 귀퉁이의 편안한 위치에 삼인암이라고 쓰인 세 글자가 단정한 예서의 암각으로 남았다.

신라 시대 화랑의 후예였던 김유신은 지금의 중암암 자리에 깃들어 살았다고 한다. 그는 날마다 이곳 삼인암에 올라 도를 닦으며 마침내 출중한 무술을 익혔다. 그때 어떤 사람이 "도대체 누구에게 무예를 배우는가?" 하고 유신에게 묻자, 유신은 "산신에게서 배웁니

**삼인암** | 네모난 도장 세 개를 나란히 늘어놓은 것처럼 생긴 모양에서 얻은 이름이다. 앞쪽을 내려 다보면 아찔한 절벽이다.

**삼인암에 새겨진 글자** | 누가 쓴 글씨일까? 정성스런 마음 하나가 눈길을 끈다.

다."라고 답을 했다는 전설이다.

김부식이 찬한 『삼국사기』를 들추면 뒤쪽에 도합 10권으로 구성된 열전列傳이 나온다. 이 가운데 「김유신전」은 모두 3권으로 이루어졌다. 타의 추종을 허락하지 않는 유독 많은 양이다.

「김유신전」의 첫머리 부분에는 진평왕 재위 28년이 되던 서기 611년에 17살의 소년 김유신이 중악中嶽의 석굴石窟에 들어가 날마다 목욕재계하고 삼국통일을 기원하였다고 한다. 그러자 어느 날 밤에 난승難勝이라는 신인이 나타나 그에게 비법을 전해 주었다는 대강의 내용이 나온다. 그렇다면 『삼국사기』에 표현된 중악은 혹시 오늘날 건들바위로 불리는 중암이며, 석굴은 돌구멍절이 자리 잡은 돌구멍이 아닐까?

　다시 설명한다면, 팔공산은 분명 고려를 세운 태조 왕건 때에 지어진 이름이다. 그리고 김유신이 살던 당시 신라의 영토로 미루어 팔공산은 신라의 한 중앙에 해당한다. 게다가 중암암이라는 이름 가운데의 중암과 「김유신전」의 중악은 분명 동일한 의미를 지녔다. 또한 중암암에는 김유신 장군이 마셨다는 '장군수'가 전설과 함께 지금까지 전해 오지 않는가? 이렇게 중악이 팔공산에 자리한 중암의 다른 표현이라면, 「김유신전」에 나오는 석굴은 자연스레 돌구멍절의 돌구멍을 가리킨다고 단정할 수 있다. 그리고 그 신선의 이름은 바로 난승이다.

　그런데 중암암 외에도 가까운 무학산의 불굴사 홍주암과 경주 단석산의 신선사 역시 「김유신전」에 나오는 중악의 석굴에 자리를 잡았다고 주장한다. 그렇다면 내 추론은 과연 합당한 것일까?

　삼인암은 종내 침묵으로 일관한다. 이름 모를 산새 한 마리가 파란 하늘로 날아오른다. 흰 구름이 떠간다.

　건들바위 봉우리는 참으로 야무지고 단단한 바윗돌로만 이루어졌다. 세찬 기가 뭉쳐 만들어진 바윗돌이다. 상서로운 기운이 봉우리를 감싸고 돈다. 덩달아 내 몸과 마음도 한층 가뜬해진다.

# 극락굴과 천왕문

겹겹으로 포개진 기암괴석들이 자아낸 중암의 장관에 홀리다 보면 오늘의 목적지인 극락굴을 놓치기 쉽다. 삼인암 바로 위쪽에 서 있는 중암암 안내판이 쉽게 눈에 뜨이지 않기 때문이다. 설령 안내판을 참고한다고 하더라도 바위 아래 왼쪽의 완곡한 경사면에 난 길을 찾기가 다소 애매하다. 그러나 안내판 앞에 서면 발끝 아래로 뚝 떨어진 좁다란 평지에 삼층석탑이 먼저 내려다보인다.

제멋대로 몸을 기대며 영겁의 휴식을 누리는 바윗돌 사이로 가느다란 한 줄기 길이 조심스레 몸을 눕혔다. 몇 그루 소나무가 여전히 우뚝 솟은 길목이다. 동굴 아닌 동굴 곧 극락굴 입구다.

극락굴은 '화엄굴'이라고도 불린다. 이 바윗굴에서는 전방의 눈부신 햇살이 이정표 역할을 하는데, 중간에서 도리어 오른쪽으로 갑자기 꺾어야만 중암암으로 가는 출구가 나온다. 사람 하나가 겨우 지날 정도로 폭이 매우 좁으니 예로부터 돌구멍절을 찾기 위해 반드시 거치던 석굴이다. 이 좁은 바위 굴 사이를 비비고 드나드는 과정에서 구태의 허물이 벗겨지며 모든 업장이 소멸된다고 하여 언제부턴가 극락굴로 불렸다.

그래서 그럴까? 극락굴을 지날 때마다 바위에서 끼치는 서늘한 냉기는 늘 경외심을 불러일으킨다. 돌구멍절을 찾는 나그네들이 일순 긴장하는 즈음이다. 그 긴장 끝에는 늘 화살 한 대가 진리의 과녁

**극락굴** | 해탈의 기약이 없는 사람은 통과하기가 어렵다는 전설의 바위 굴이다. 중간쯤에서 오른쪽으로 꺾어야만 중암암으로 내려갈 수 있다.

을 향해 팽팽하게 채워진다. 그러나 겨자씨 하나는 아직도 묘연하다.

극락굴을 빠져나오면 잠깐 사이에 돌계단으로 내려가게 된다. 그러면 커다란 바위 아래에 자리를 펼친 3m 높이의 아담하고 고풍스런 삼층석탑에 이른다. 전형적인 통일신라 시대의 석탑 양식을 따른 탑이다. 조성 시기는 중암암 창건 시기인 고려 초기로 추정된다.

탑에서 아래로 더 내려가면 오솔길이 갈라진다. 왼쪽으로 20m쯤 떨어진 곳에 '천왕문'이 우뚝하다. 천왕문은 중암암 앞을 지키는 석문石門이니, 대체로 거대한 바위 몇 개가 서로 몸을 맞대 이루어졌다. 그 틈새로 설핏 비치는 중암암의 요사채 지붕이 반갑다.

천왕문은 여느 사찰의 전면에서 보는 사천왕문四天王門의 역할을 한다. 본래 사천왕四天王이란 수미산 중턱에 있는 사왕천四王天의 주신主神들을 가리킨다. 동방의 지국천왕持國天王, 남방의 증장천왕增長天王, 서방의 광목천왕廣目天王, 북방 다문천왕多聞天王의 총칭이다. 그런데 지상의 사찰에서는 사천왕문을 세워 잡귀의 침입을 막도록 한다.

이곳의 천왕문은 돌구멍절을 지키는 사천왕문이다. 다른 사찰의 사천왕문에서 볼 수 있는 아주 무섭고 험상궂은 얼굴과 자세의 신장神將 모습이 아닌 그냥 돌구멍이다. 천왕문은 본래 지금보다 더욱 좁았는데, 전기가 들어오면서 냉장고 같은 전자제품을 반입하느라 넓혀서 마침내 오늘의 모습을 이루었다고 한다.

발치에 천왕문이라고 쓰인 표지석 하나만이 외롭게 세워졌다. 벽면에는 신장들의 암각이나 그림 한 점이 없다. 일견 무심해 보이는

**중암암 삼층석탑** | 천왕문 앞쪽의 공터를 지키는 탑인데, 기단 위에 탑신을 3층으로 쌓았다.

풍광이다. 나중에 설명하겠지만, 그 이유는 돌구멍절을 지키는 신장

神將들 때문이다.

## 살아 있는 사람을 위한 돌구멍절

천왕문을 비집고 들어가자 해발 750m의 돌구멍절이 별천지처럼 나

타난다. 비록 10평도 아니 되는 지극히 협소한 터지만, 나름대로 공

**천왕문** | 돌구멍을 통과하기 위해 반드시 거쳐야 하는 문이다. 그 너머로 중암암의 기와지붕이 살짝 고개를 내민다.

간 활용을 잘하였다. 먼저 까마득한 절벽 중간에다가 손바닥 몇 장 정도의 터를 가까스로 조성한 다음, 남북 선상으로 나직한 축대를 쌓아 2단으로 나누었다. 나지막한 기와 울타리가 위아래의 터를 구분한다.

위쪽 터에는 대웅전 역할을 하는 중암이란 법당을 제법 규모 있게 세웠다. 그 오른쪽에는 '천태난야天台蘭若'와 '삼성각三聖閣'이란 현판을 이마에 내건 작은 부속 건물 두 채가 벼랑을 향한다. 난야란 말은 절을 뜻하는 범어 '아란야Aranya'의 음역音譯이다.

중암암 자리에서는 고려 시대의 전형적인 어골魚骨 문양이 새겨진 기와 조각이 다량 출토되었다고 한다. 중암암이 천년 고찰이라는 뚜렷한 증거물이다. 그리고 땀방울을 식히며 앞마루에 잠시 앉아만 보더라도, 보리심菩提心이 절로 이는 신비한 암자이기도 하다.

이곳에서 만난 스님에 따르면, 중암암은 절을 지키는 신장의 기가 하도 억세서 영가靈駕들이 찾아들지 못한다고 한다. 그래서 일반 사찰들과는 전혀 다르게 철야 기도나 천도재, 49재 등을 결코 지내지 않는다는 설명이다. 어쩌다 이곳을 찾은 스님들 역시 신장이 받아 주지 않으면 스스로 견디지 못해 제 발로 내려가고 만단다. 근래에는 은해사의 부주지를 겸하는 태관泰寬스님이 주석 중이다.

영가들의 접근조차 금하는 중암암 신장의 드센 기운 때문일까? 그래서 사천왕문을 상징하는 이곳의 천왕문에는 사천왕의 그림 한 점도 내걸 이유가 없고 천왕문이라는 암각마저 필요 없었으리라.

**중암암** | 이토록 좁은 공간에 어떻게 법당을 열었을까? 온통 바위에 둘러싸여 마치 고압선에 오른 듯 아주 센 기운이 감도는 곳이다. 바라만 보아도 전신이 짜르르할 정도다.

법당의 한쪽 끝에 위치한 돌샘이 장군수다. 장군수는 지금도 시원스레 솟아 부처님께 올릴 물로만 쓴다. 그러나 이 샘물에도 탐욕을 경계하는 전설 하나가 깃들었다.

이 샘에서는 본래 물이 아닌 쌀이 솟았다. 돌구멍절에 사는 스님을 위한 쌀이라서 아침마다 딱 한 사람이 먹을 만큼만 솟아 나왔다. 스님은 부처님 덕분에 탁발도 생략하고 오로지 수행에만 힘을 기울였는데, 어느 날 산적 하나가 이 절에 들렀다. 마침 쌀이 샘솟는 신기한 광경을 목격한 산적은 드디어 욕심에 사로잡혀 스님을 죽이고 돌샘의 구멍을 더 크게 뚫었다. 그러자 샘에서는 쌀 대신에 피가 솟구쳤으며, 갑자기 바위틈에서 불어온 바람에 맞아 산적은 그 자리에서 즉사하고 말았다.

철야 기도가 전혀 없는 탓에 중암암은 7시 반이면 저녁 예불이 끝난다. 그러면 곧바로 법당의 문을 걸어 잠근다. 암자의 영험한 기운을 탐하는 무속들의 번잡스런 출입을 금하기 위한 조처란다.

풍수지리로 보아 이곳은 연소혈燕巢穴에 해당하는 명당이다. 까마득한 절벽에 제비집처럼 달라붙은 형상을 한 혈이다. 수행자나 공부하는 사람들을 위한 터다. 사방에 맑고 빼어난 기운이 가득 넘치는 자리다.

이렇게 중암암은 죽은 사람이 아닌 산 자들을 위한 암자다. 그래서 일찍이 스무 명이 넘는 사법고시 합격생을 배출해 냈다고 한다. 멀리 삼인암에서 무예를 닦으며 밤마다 이곳에서 기도를 올려 삼국 통일의 위업을 이룬 김유신 장군의 경우를 빌려 보더라도, 이곳은 분명 살아 있는 사람들을 위한 기도처다.


## 벼랑 끝의 해우소

절벽에 매달린 아래 터에는 요사채가 가까스로 몸을 지탱한다. 낡은 만큼 편안하고, 그래서 한층 살가운 요사채다. 손때까지 진득하다.

언젠가 처음 이곳에 들렀을 때의 일이다. 곤줄박이 한 쌍이 요사채의 서까래 아래쪽 틈바구니에 용케도 둥지를 틀었는데, 둥지 속에는 갓 부화한 새끼 다섯 마리가 들어 있었다.

이들은 미처 눈도 뜨지 못하고 깃털도 자라지 못해, 어미 새가 물어다 주는 먹이를 기다리며 재재거리는 작은 새들이었다. 사람이 다가가도 결코 두려워할 줄 모르는, 부처님의 가피 속에 어린 몸을 맡긴 가냘픈 존재들이었다. 그러나 가없는 창공에서 자유의 날갯짓을 꿈꾸는 소중한 생명들이었다. 이 새들은 이제 어느 하늘 아래를 마음대로 날고 있을까?

요사채의 맞은편으로 가 보면, 벼랑을 걸터탄 해우소 하나가 바

**요사채에 둥지를 튼 곤줄박이** | 자비의 품 안에서 나약한 생명들이 새끼를 쳤다. 새끼들은 생명의 의지를 샛노란 주둥이로 내밀고 재재거린다. 봄날의 긴 꿈이 익어 가는 즈음이다.

위틈에 존재를 드러낸다. 배설물이 절벽 아래로 마냥 떨어지도록 만들었기에, 천년 동안 한 번도 친 일이 없는 해우소다. 지금은 방문객들의 안전을 위해 자물쇠를 채워 두었다. 여기에도 재미있는 이야기 한 꼭지가 전하는데, 해우소 앞의 설명문을 빌리면 다음과 같다.

옛날에 통도사와 해인사 그리고 돌구멍절에서 수행을 하고 계시던 세 분의 도반 스님이 한자리에 모여 각자의 절을 자랑하게 되었다고 한다.

제일 먼저 통도사에 계시는 스님이 "우리 절은 법당 문이 어찌나

**해우소** | 중암암은 화장실마저 기가 막히게 생긴 도량이다. 바위틈 낭떠러지로 날마다 근심 한 덩어리를 날려 버리는 곳이라서 그런 모양이다.

큰지 한 번 열고 닫으면 그 문지도리에서 쇳가루가 1말 3되나 떨어진다."라고 하여 은근히 절의 규모를 법당 문 크기에 빗대어 자랑을 하였다.

이어 해인사에서 오신 스님이 "우리 해인사는 스님이 얼마나 많은지 가마솥이 하도 커서 동짓날 팥죽을 쑬 때는 배를 띄워야만 저을 수 있다."라고 하며 절의 규모와 큰 솥이 있음을 자랑하였다고 한다.

두 스님의 자랑을 듣고 있던 돌구멍절 스님은 절의 규모 등으로 자랑할 게 없자, "우리 절 뒷간은 그 깊이가 어찌나 깊은지 정월

초하룻날 볼일을 보면 섣달 그믐날이라야 떨어지는 소리가 들린
다."라고 자랑을 하여 한바탕 크게 웃었다는 이야기가 있다고 한
다. ……

돌구멍절은 차마 등을 돌리고 떠나기 어려운 암자다. 그래서일
까? 천왕문을 되돌아 나올 때마다 생각나는 시가 조지훈 선생의 「석
문石門」이다. 특히 마지막 대목처럼 언제나 가슴이 시큰해진다.

당신의 손끝만 스쳐도 소리 없이 열릴 돌문이 있습니다. 뭇사람
이 조바심치나 굳이 닫힌 이 돌문 안에는 석벽난간石壁欄干 열두 층
계 위에 이제 검푸른 이끼가 앉았습니다.
당신이 오시는 날까지는 길이 꺼지지 않을 촛불 한 자루도 간직
하였습니다. 이는 당신의 그리운 얼굴이 이 희미한 불 앞에 어리
울 때까지는 천년千年이 지나도 눈감지 않을 저희 슬픈 영혼의 모
습입니다.
길쑴한 속눈썹에 항시 어리운 이 두어 방울 이슬은 무엇입니까?
당신의 남긴 푸른 도포 자락으로 이 눈썹을 씻으랍니까? 두 볼은
옛날 그대로 복사꽃 빛이지만 한숨에 절로 입술이 푸르러 감을
어찌합니까?
몇만 리 굽이치는 강물을 건너와 당신의 따슨 손길이 저의 목덜
미를 어루만질 때, 그때야 저는 자취도 없이 한 줌 티끌로 사라지

겠습니다. 어두운 밤하늘 허공중천虛空中天에 바람처럼 사라지는 저의 옷자락은 눈물 어린 눈이 아니고는 보이지 못하오리다.

여기 돌문이 있습니다.

원한도 사무칠 양이면 지극한 정성에 열리지 않는 돌문이 있습니다.

당신이 오셔서 다시 천년토록 앉아 기다리라고 슬픈 비바람에 낡아 가는 돌문이 있습니다.

사모곡이 들려오는

# 무척산 모은암

無隻山 母恩庵

# 역사와 신화의 고장 김해

중고등학교 시절 우리는 국사 시간에 불교의 북방전래설을 배웠다. 고구려는 서기 372년(소수림왕2), 백제는 384년(침류왕1)에 불교를 공인했다고 한다. 신라는 이보다 훨씬 늦은 527년(법흥왕14)에 불교를 국교로 받아들였다. 이에 앞서 고구려의 묵호자墨胡子가 경상북도 선산 일대에서 포교 활동을 한 시기도 눌지왕訥祗王 때라고 배웠는데, 눌지왕은 417년에서 458년까지 재위했다. 모두가 『삼국사기』를 논리적인 근거로 삼은 사실들이다.

그러나 기존의 불교 북방전래설에 반하여 남방전래설을 제기하는 공간이 이 땅에 따로 존재한다. 그곳은 바로 경상남도 김해다. 김해는 금관가야金官伽倻의 중심지이자 불교가 서기 48년에 인도에서 직접 전래되었다는 주장을 내세우는 역사와 신화의 고장이다. 금관가야는 가락국駕洛國으로도 일컬어진다.

오늘날 김해는 도시화와 공업화의 진행으로 도시 중심부에는 아파트 군락이, 외곽에는 크고 작은 공장들이 난립하였다. 통상 역사와 신화의 도시가 지니기 마련인 신비롭고도 고색창연한 모습을 상당 부분 상실하였다. 그렇지만 역사와 전통의 맥이란 덧없이 쉬 사라지지 않는다. 곳곳에 뿌리를 내리며 살아 있기 마련이다. 김해에 남은 역사의 자취는 '수로왕릉首露王陵'과 '수로왕비릉首露王妃陵'이 가장 대표적이다. 가야의 유물들은 김해박물관에 고스란히 보관 중이다.

김해의 신화는 수로왕릉에서 출발한다. 불교의 남방전래설을 제기하는 수로왕비릉을 비롯해 '구지봉'과 수많은 절이나 암자들이 신화 속에 전해 온다.

김해는 작은 도시지만 실로 하루 만에 다 소화하기 어려운 답사지다. 이삼 일을 구경한다손 치더라도 미리 계획을 세워 시간을 효율적으로 사용해야 한다. 게다가 김해의 답사는 언제나 긴 여운을 남긴다. 한두 번으로는 도저히 성에 차지 않으리 만큼 구경거리가 많다. 한마디로 가락국의 역사와 신화의 자취가 2천 년을 훌쩍 건너뛴 지금에도 여전히 유효하게 살아 있는 것이다.

김해 답사는 신화와 역사 사이에서 균형을 유지하며 건너야 할 외줄타기다. 그렇지만 어느 틈엔가 꼭 중심을 잃고 마는 흥미로운 곳이다. 역사의 경직성이나 단호함보다 신화와 전설이 주는 넉넉함과 신비감 쪽으로 절로 몸이 기울곤 한다.

나 또한 답사의 중간중간에 몇 번이나 몸을 바로 세운다고 세우지만, 어느 틈엔가 저절로 신화 쪽으로 몸이 기울곤 한다. 그 기울기는 다시금 김해를 찾고 싶은 마음을 부른다. 신화 혹은 설화가 결국 사람 사는 이야기에 뿌리를 두었기 때문인지도 모른다. 그 중에 대표적인 하나가 성性이니, 인간에게 주어진 가장 근원적인 화두다.

고대국가의 하나였던 신라의 경우에도 성과 관련한 수많은 토우土偶들이 출토되었다. 심지어는 그릇에다가 남녀가 결합하는 모습을 장식하기도 하였다. 분명 제기祭器로 사용되었을 둥그렇게 생긴 술동이 상단에는 교합 직전의 두 남녀가 올라탔다.

　뒤쪽을 차지한 남자의 경우에 목과 팔 하나가 떨어져 나갔지만, 우뚝 선 그것에서는 한껏 부푼 흥분과 기대가 미루어진다. 여인의 행복에 겨운 미소는 두말할 필요조차 없다. 뒤로 빼낸 튼실한 엉덩이에서는 그네들의 다산多産에 대한 염원이 쉽사리 읽혀진다. 고대인들의 질박하면서도 건강한 성문화를 단적으로 보여 주는 유물이다.

　역사와 신화가 만나는 정점에 버티고 선 김수로왕에 관한 설화 한 편 역시 지극히 원초적이다. 성의 근본적인 출발점이라 할 수 있는 남자의 생식기를 테마로 삼았다. 그것도 아주 큰 생식기다.

　가락국 시조 김수로왕의 그것은 크기가 매우 장대하였다고 한다. 어느 날 가락국의 백성들이 낙동강을 왕래하는 데 불편해하는 모습을 본 수로왕은 자신의 그것을 강 언덕에 걸쳐 놓았다. 사람들은 그것이 수로왕의 그것인 줄 모르고 다리로만 여겨 강을 건너곤 하였다. 하루는 어떤 사람이 지게에 짐을 지고 건너다가 다리 한가운데에서 쉬었다. 그는 곰방대를 꺼내 담배 한 대를 피운 후 무심코 다리 바닥에 탁탁 털었다. 순간 왕은 뜨거워서 소리를 지를 뻔했으나 그냥 꾹 참았다. 이 일로 인해 수로왕의 그것에는 검은 점이 생겼는데, 지금도 수로왕의 후예인 김해 김씨 남자들의 남근男根에는 반드시 검은 점이 있다고 한다.

**항아리 위에 자리 잡은 신라의 토우** ㅣ 튼실한 엉덩이를 뒤로 빼낸 여인의 천연덕스러운 웃음에서 다산에 대한 고대인들의 염원이 뚜렷하게 읽혀진다.

담배가 있었을 리 만무한 시절의 이야기니 후대의 개입과 변모라고 짐작된다. 『삼국유사』에는 신라 지철로왕智哲老王의 그것이 매우 커서 배필을 찾기에 애를 먹었다는 이야기가 나온다. 지금의 상식으로 미룬다면 왕의 그것을 감히 입에 올릴 수 있을까? 지철로왕은 지증왕智證王으로 널리 알려졌다.

그뿐만이 아니다. 『삼국유사』에는 선덕여왕과 관련해서 지금도 경주시의 건천 땅에 존재하는 여근곡女根谷 이야기까지 나온다. 이 이야기는 오늘날에도 입에 올리기가 어려운 내용이다.

실제로 김해에 남은 가락국의 유적 주변에는 남근석이 흔하다.

더욱이 고대국가는 전투력과 생산력의 고양을 위해 남근을 숭배하지 않았던가. 이 과정에서 지철로왕과 수로왕의 남근에 관련한 설화가 배태되었으리라. 다산多産을 기원하는 남근과 여근숭배사상은 이렇게 고대국가 이후로도 꾸준히 이어져 우리나라 곳곳에 남근석과 여근석을 남겼다.

가락국 역시 자생적인 남근숭배사상이 팽배했음이 분명하다. 여기에 다시 힌두교에서 '링감[남근]'과 '요니[여근]'를 숭배하는 사조가 흘러들어 와 남근숭배사상은 더욱 증폭되었으리라. 이에 대한 자세한 이야기는 뒤에서 이어진다.

**링감과 요니** | 인도나 네팔의 길거리에서 흔히 볼 수 있는 링감과 요니다. 생산력과 전투력 증대를 위한 다산의 기원에서 나온 숭배다.

# 김수로왕과 수릉

김수로왕에 관해서는 『삼국유사』의 기록이 세밀하다. 여섯으로 나뉘어 존재했던 가야국의 건국신화이기도 하다.

천지가 개벽한 후, 이 지방에는 아직 나라 이름도 없었다. 또 왕과 신하라는 칭호도 없었다. 이때 아도간我刀干, 여도간汝刀干, 피도간彼刀干, 오도간五刀干, 유수간留水干, 유천간留天干, 신천간神天干, 오천간五天干, 신귀간神鬼干의 구간九干이 있었다. 이 수장首長들은 백성을 통솔하고 살았는데, 대체로 100호에 75,000명이었다. 이때 사람들은 산야에 도읍하였으니 우물을 파서 물을 마시고 밭을 갈아 농사를 지어 먹었다.

후한後漢의 광무제光武帝 건무建武 18년 임인(서기42) 3월 상사일上巳日이다. 그들이 사는 곳 북쪽의 구지봉龜旨峰에서 누군가를 부르는 수상한 소리가 들렸다. 구지봉은 산봉우리의 이름인데, 거북이가 엎드린 형상과 같아 구지봉이라고 불렀다. 구간들과 마을 사람들 200~300명이 이곳에 모였는데, 사람 소리 같았지만 모습은 보이질 않았다. 소리만 들려왔다.

"여기에 사람이 있는가?"

구간들이 대답했다.

"저희들이 여기 있습니다."

또 말하였다.

"내가 있는 곳이 어디냐?"

대답하였다.

"여기는 구지봉입니다."

다시 말하였다.

"하늘이 내게 명령하셨으니, '이곳에 나라를 새로 세워 임금이 되라!' 하셨다. 그래서 내가 일부러 내려왔노라. 너희들은 이 산 꼭대기의 흙을 파면서 '거북아, 거북아, 머리를 내놓지 않으면 구워 먹겠다.'라고 노래하며 춤을 추어라. 그러면 곧 하늘에서 내려오는 대왕을 맞이해 매우 기뻐 춤을 추게 될 것이다."

구간들은 그 말에 따라 마을 사람들과 함께 모두 기뻐하며 노래하고 춤을 추었다. 얼마 후 하늘을 우러르자 자주색 줄이 하늘로부터 드리워져 땅에 닿았다. 줄 끝을 찾아보니 붉은 보자기에 금합이 있었다. 열어 보니 황금빛이 나는 알 여섯 개가 해처럼 둥글었다. 사람들은 모두 놀라 기뻐하며 함께 수없이 절을 했다. 그리고 얼마 후 다시 보자기에 싸 가지고 아도간我刀干의 집으로 갔다. 보자기를 탑상榻床 위에 놓고서 무리들은 모두 흩어졌다.

12시간이 지난 다음 날 아침이었다. 마을 사람들이 다시 모여 금합을 열어 보니 여섯 개의 알이 모두 변하여 어린이가 되었다. 아이들의 용모가 매우 깨끗하였다. 곧바로 평상平床에 앉히고 사람들은 모두 절하고 하례하며 극진히 공경했다. 아이들은 날로 자

**김수로왕을 모신 수릉** | 가야왕국과 김해 김씨의 시조 수로왕이 오늘날까지 모셔지고 있다.

라, 열 며칠이 지나자 키가 9척으로 은殷나라의 천을天乙과 같았다. 얼굴은 용안으로 한漢나라의 고조와 같았다. 눈썹이 여덟 색깔로 빛남은 도당陶唐의 요堯 임금 같았고 검은 눈동자가 한 눈에 두 개씩 박힌 것은 우虞나라 순舜 임금 같았다. 그달 보름날에 아이는 왕위에 올랐다. 세상에 처음 나타났다고 하여 이름을 '수로' 혹은 '수릉首陵'이라고 했다. 나라를 대가락大駕洛 혹은 가야국伽倻國이라고 일컬으니 곧 육 가야六伽倻의 하나다. 나머지 다섯 아이들은 각각 떠나 오 가야五伽倻의 임금이 되었다.

수로왕이 김金씨라는 성을 지니게 된 것은 금金빛 알에서 나왔기 때문이다. 그리고 이런 난생설화卵生說話는 건국신화에 흔히 등장한다. 이는 '하늘의 아들'임을 주장하기 위한 하나의 장치인데, 신라의 박혁거세朴赫居世나 김알지金閼智 등과 관련한 설화에서도 살펴볼 수 있다.

수릉은 수로왕이 죽은 뒤에 붙여진 묘호廟號로 김해시 한복판의 서상동에 위치한다. 김해에서 수릉을 찾는 일은 어렵지 않다. 시내 곳곳에 설치된 표지판을 따라가면 된다.

수릉 앞에는 다음과 같은 내용의 안내문이 보인다.

서기 42년 구지봉에서 탄강하여 가락국[駕洛國, 金官伽倻]을 세운 수로왕의 묘역으로서 납릉納陵이라고도 불린다.

그 규모는 지름 22m, 높이 6m의 원형 봉토분으로 능비, 상석, 문무인석, 마양호석馬羊虎石 등이 갖추어져 있으며, 경내에는 숭선전崇善殿과 숭안전崇安殿, 안향각安香閣, 신도비각神道碑閣 등이 배치되어 있다.

납릉 정문에는 파사석과 유사한 흰 석탑을 사이에 두고 인도에서 흔히 보이는 쌍어 모양이 새겨져 있어 수로왕비 허황옥이 아유타국에서 왔다는 삼국유사의 기록을 연상케 한다.

삼국유사의 가락국기는 199년 수로왕이 159세로 돌아가자 대궐의 동북쪽 평지에 빈궁殯宮을 짓고 장사 지낸 뒤, 주위 300보를 수로왕묘首露王廟로 정했다고 기록되어 있어 현재의 수로왕릉이 평

**김해 수로왕릉** | 입구에 세워진 건물과 홍살문은 조선왕조의 산물이다.

지에 있는 것과 능역이 설정되었던 점에서 일치하고 있다.

조선 선조 13년(1580) 영남 관찰사 허엽이 왕릉을 크게 수축하여 상석, 석단, 능묘 등을 갖추었고 인조 25년(1647) 능비를 세웠으며, 고종 15년(1878)에는 숭선전의 호를 내리고 능묘를 개축하여 지금의 모습을 갖추었다.

수로왕과 왕비의 신위를 모신 숭선전에는 춘추春秋로 제향을 올리고 있는데, 이 숭선제례는 경남 무형문화재 제11호로 지정되어 있다.

안내문에 나오는 파사석탑과 쌍어 문양에 대해서는 뒤에서 따로

**쌍어 문양** │ 중앙의 파사석탑 좌우로 물고기가 한 마리씩 배치되었다. 앞쪽의 그물은 새들의 접근
을 막기 위해 설치하였다.

설명하도록 한다. 수릉의 수축과 개축에 관한 여러 언급에서 미루어

지듯이, 지금의 수릉묘역은 세월의 흐름에 따라 조선의 왕릉과 매우

흡사해졌다. 당시에는 지금과 많이 다른 조촐한 모습이었을 것으로

미루어질 따름이다. 그래도 본래의 자리를 굳건히 지키고 있다는 점

에서 다소나마 위안이 된다.

수릉은 한없이 쓸쓸하고 한없이 포근한 무덤이다. 역사와 신화

속의 주인공이 이승의 시간을 들쑤시며 지나간 자취가 이렇게 둥두

렷이 남았다. 추녀 아래에 보이는 낮달처럼 창망하다.

주지하듯이, 남아 있는 문자적인 기록을 밝은 태양으로 삼는 자세가 역사 연구의 방법이다. 역사의 추적 과정에서 십중팔구 소외되기 마련인 신화와 전설은 저 한낮에 나온 낮달과 다르지 않다. 그렇지만 태양이 존재하기에 저 달이 빛을 발하듯, 역사가 존재하기에 신화와 전설도 입에서 입으로 끊임없이 전해지는 것이리라. 밝은 태양의 눈부심이 있기에 저 달의 포근함이 존재하고, 역사의 엄정함이 있기에 신화와 전설에는 인간적인 따뜻함이 배었으리라.

수로왕이 신격화된 데에는 그의 왕비 허황옥許黃玉이 커다란 역할을 하였다. 허황옥의 묘는 인근의 '구지봉龜旨峰' 아래에 남았다.


## 수로왕비릉과 파사석탑

수로왕비는 김해 김씨와 김해 허씨許氏의 시조모始祖母로 허황후許皇后라고 한다. 이름은 황옥黃玉이며 호號는 보주태후普州太后다. 아유타국阿逾他國 혹은 남천축국南天竺國의 왕녀라고도 한다. 오늘날 일부 학자들은 사천성泗川省의 안악현安岳縣에 해당하는 보주普州 출신의 중국계 설, 일본 열도에서 돌아온 가락국 왕녀설, 낙랑에서 온 상인설 등을 따로 주장하기도 한다.

그렇지만 『삼국유사』에 따르면, 서기 48년에 해당하는 수로왕 재위 7년 7월에 왕후가 아유타국에서 바다를 건너왔다. 왕은 유천간留

天干에게 명하어 망산도望山島에 올라가 망을 보도록 명하였다. 마침 비단 돛을 단 범선帆船 하나가 붉은 깃발을 꽂고 서남방으로부터 북쪽을 향하여 달려오거늘, 왕은 궁성의 서쪽에 임시 처소를 베풀고 왕후를 기다렸다.

허황옥은 닻을 내리고 육지에 올랐다. 20여 명의 무리들이 갖은 보화와 진귀한 물품을 받들고 그 뒤를 따랐다. 허황옥은 높은 언덕에 올라가 쉬면서, 입었던 비단바지를 벗어 산신령에게 폐백으로 드렸다. 얼마 후 왕의 처소에 다다른 허황옥은 이틀을 묵은 다음, 왕과 함께 수레를 타고 궁전으로 돌아와 왕후가 되었다.

이때 허황옥은 수로왕을 처음 만나 다음과 같이 말했다. 이 또한 『삼국유사』의 기록이다.

저는 본래 아유타국의 공주로 성은 허씨요, 이름은 황옥입니다. 나이는 16세입니다. 금년 5월에 본국에 있을 적에 부왕께서 황후와 더불어 제게 말씀하셨습니다.

"어제 밤 꿈에 함께 상제를 뵈오니 상제의 말씀이 '가락국의 왕 수로는 하늘이 내려보내 왕위에 오르게 하였도다. 이 사람이야말로 신성한 사람이다. 그런데 새로 나라를 다스리느라 아직 배필을 정하지 못하였으니, 그대는 공주를 보내 짝을 삼게 하라.' 하시고는 말씀을 마치자마자 하늘로 올라가셨단다. 잠을 깬 후에도 상제의 말씀이 여전히 귀에 쟁쟁하니, 너는 곧 이 자리에서 부모와 작별하여 그곳으로 가도록 하라!"

그래서 저는 바다에서 배를 타고 불로장생약인 찐 대추를 구하고

하늘로 올라가서 선도복숭아를 얻었습니다. 이제야 이 여인은 외

람되이 임금님을 가까이 모시게 되었습니다.

**이어서 수로왕의 대답이다.**

나는 태어날 때부터 자못 신성하여 공주가 오실 것을 미리 알고

있었음이라. 그리하여 왕비를 맞으라는 신하들의 청도 듣지 않았

더니 지금 현숙한 그대가 스스로 왔구려. 이 사람에게 무척 다행

**수로왕비릉** | 김해 허씨의 영원한 어머니 허왕옥을 모신 능이다.

스런 일이로고.

허황옥이 가져온 '찐 대추'와 '선도복숭아' 탓일까? 수로왕과 왕비는 열 명의 아들을 낳고 오래오래 살았다. 수로왕은 199년에 세상을 등졌으니 재위 기간만 해도 무려 158년이나 된다. 왕비는 189년에 세상을 떴다고 하는데, 어언 156년이나 살다가 간 셈이다.

수로왕비릉은 분산盆山에서 '구지봉'으로 내려오는 구릉 한쪽에 터를 잡은 원형 봉분이다. 지름이 16~18m이며 높이는 5m에 이른다. 수릉보다 다소 작은 규모지만 능 주위로 네모나게 곡장曲墻을 둘렀다. 앞쪽에 낮은 단의 축대가 있고 경내에 내삼문·숭보재·외삼문·홍살문 등이 펼쳐졌다.

능 앞에는 전설의 파사석탑이 우뚝하다. 왕비는 본래 가락국으로 오는 첫 번째 항해에서 풍랑을 만나 실패하였다고 한다. 그래서 되돌아가 부왕에게 고하니, 부왕은 파사석탑을 싣고 가면 안전할 것이라고 일렀다. 그래서 왕비는 무사 항해를 기원하는 탑을 싣고 마침내 남해 바닷가에 이르렀다고 한다. 이 탑은 바람을 잠재우는 탑이라는 의미에서 '진풍탑鎭風塔'으로도 불렸다.

안내문을 보면 파사석으로 만든 이 탑은 5층이다. 네 면의 조각이 기묘하며 돌에 옅은 줄무늬가 있는 데다가 질이 좋다고 쓰였다. 오늘날에는 조각도 대부분 지워지고 거친 돌덩이 몇 개만 쌓아 놓은 형태다. 볼품이 없다. 일설에는 바닷가에 사는 어부들이 파사석 조

**파사석탑** | 과연 이 탑은 인도에서 건너왔을까?

각을 지니고 고기잡이를 나가면 풍랑을 만나지 않는다는 속설을 믿어 이 탑을 깨 가지고 다녔기에 지금의 모습으로 전락하고 말았다고 한다.

파사석은 우리나라에서 나지 않는 돌로 인도에는 흔하다고 한다. 『신농본초神農本草』의 기록에 의하면, 닭의 부리에서 채취한 피를 파사석 위에 떨어뜨려 보면 피가 전연 굳지 않는다고 한다. 실제로 어느 향토 사학자가 이 탑에 직접 시험해 본 결과 닭 피가 굳지 않았다고 한다.

파사석은 이 석탑 외에도 김해 지방에 몇 군데 실재한다. 먼저 모은암母恩庵의 관음전 앞쪽에 모셔진 두 개의 작은 돌이 파사석이라고 한다. 해은암에는 어루만지면 소원이 이루어진다는 해석海石이 전해 온다. 부은암의 천불보전 뒤에 놓인 맷돌 모양의 돌은 지금도 인도의 신전에 가면 흔히 볼 수 있는 '요니'와 흡사하다. 지름이 78cm로 결코 작지 않은 크기다. 이 돌들 역시 허황옥과 함께 인도에서 건너왔다고 한다.

수로왕비릉의 파사석탑은 본래 김해시 동상동에 있던 호계사虎溪寺에 세워졌는데, 폐사 이후 조선 말기 김해 부사를 지낸 정현석이 지금의 자리로 옮겨 놓았다고 한다. 현재 경상남도 문화재자료로 지정되었다.

파사석탑의 미스터리는 지금 당장 명쾌하게 밝힐 수 없다. 그러나 고구려와 백제를 통한 불교의 대륙전래설보다 300년 이상이나 훨씬 빠른 시기에 불교가 가야를 통해 해상으로 전래되었다는 주장을 밝혀 줄 중요한 단서다. 그래서 파사석탑은 세인들의 이목을 강렬하게 이끈다.

아득한 고향 꿈을 꾸고 있는가? 파사석탑은 여전히 말이 없다. 오랜 세월의 흐름 속에서 이제는 비각에 갇혀 자신의 그림자마저 온전하게 드리우지 못하고 있다.


## 전설의 구지봉

수로왕비릉에서 좌측으로 보이는 구지터널의 건너편이 구지봉이다. 주변의 지형을 훑어보면 분산에서 내려온 지맥이 이곳에서 흐름을 멈추어 작은 봉우리 하나를 세웠다. 멀리서 보면 영락없는 거북이 머리 모양이오, 남성의 귀두龜頭 형상이다.

터널 위를 따라 구지봉으로 오르는 길목에 소나무가 울창하다. 단정하고도 아름답게 다듬었으니, 가벼운 산책로로 안성맞춤이다. 이 길을 따라가 보면 거의 반원형으로 솟은 봉우리가 새삼 확인된다. 구지봉 앞쪽은 김해박물관이다.

구지봉 정상에는 거대한 남근석 하나가 우뚝 솟았다. 바로 앞에 고인돌이 있는데, 그쪽에서 보면 영락없는 모습이다. 슬며시 웃음이 나온다. 아주 우람하고 힘찬 느낌이 드는, 인공의 손길이 살펴지지 않는 순수 자연석이다. 주변의 정황으로 보아 이 남근석은 본래부터 이곳에 있었다고 보기 어려우니, 일부러 다른 곳에서 가져다 세운 듯하다. 남근석이 언제부터 이곳에 있었는지도 알 수 없다. 그러나 후대의 배치라고 해도 아주 탁월한 아이디어다. 크기나 형상 모두 훌륭하니 어디서 구했는지 아주 잘 구했다.

구지봉은 바로 김수로왕 탄생신화의 공간적인 배경이다. 당연히 「구지가」의 배경이기도 하다. 아울러 고대 남근숭배사상의 전형이라고 지목할 수 있다.

필자의 짐작으로 이곳은 필시 가야 부족의 의례 장소다. 다산을 기원하기 위해 그들은 적절한 장소를 물색하였을 터인데, 마치 남근과 똑같이 생긴 이곳의 지형을 그들도 눈여겨보았으리라. 더구나 김해는 크게 보아 경운산과 분산으로 둘러싸인 우묵한 자궁의 형상이다. 그 가운데 세로로 흐르는 해반천 위쪽의 연지는 여성의 생식기로 상징될 만한 곳이다.

물론 이렇게 말하기 위해서는 연지가 옛날부터 존재했던 천연 연못이라는 전제가 필요하다. 연지가 없

**구지봉** | 푸른 소나무가 에워싼 정상에 남근석 하나가 우뚝히다.

었다고 하면 늘 물이 흐르던 해반천이 이를 대신했다고 말할 수 있다. 연지는 오늘날 '연지공원'으로 잘 단장되어 김해 사람들의 사랑을 받는 휴식 공간으로 남았다.

구지봉은 지금의 내동 자리인 들판 한가운데로 돌입해 우뚝 솟은 봉우리다. 촉촉이 젖은 해반천이나 혹은 연지를 향한 돌진이니 마치 용약勇躍하는 형상이다. 그래서 옛 가락인들은 남근과 동일한 형상을 지닌 이곳 구지봉 위에 또 남근을 닮은 돌 등을 고이 모셔 놓고 정성껏 다산과 풍요를 기원하였으리라. 의례 후에는 기원에 걸 맞는 집단 연회나 놀이가 이곳에서 질펀하게 펼쳐졌으리라. 이때 널리 불렸을 노래는 필시 「구지가龜旨歌」였을 것이다.

다시 전설로 돌아가 "너희들은 이 산 꼭대기의 흙을 파면서 '거북아, 거북아, 머리를 내놓지 않으면 구워 먹겠다.'라고 노래하며 춤을 추어라. 그러면 곧 하늘에서 내려오는 대왕을 맞이해 매우 기뻐 춤을 추게 될 것이다."라고 한 대목을 상기해 보자.

그리고 거북이에게 머리를 내놓으란 말을 귀두를 내놓아라 라고 바꿔 보자. 내놓지 않으면 구워 먹겠다는 구절은 자연스레 용도 폐기하겠다는 협박으로 바뀐다. 이로 보아, 남자의 기능을 상실하지 않았다면 어서 빨리 교접을 통해 아이를 생산하자는 재촉이 곧 「구지가」의 내용이다.

한 걸음 더 미루어 보건대, 구지봉에서의 춤과 노래를 통한 집단 연회나 놀이는 분명 성행위로 이어졌을 것이다. 그리하여 구지봉은 누구에게나 새로운 생명의 수태 장소로 기려졌고, 이 과정에서 자연스럽게 가야국을 연 수로왕과 나머지 다섯 왕들에 대한 신화도 생겨나지 않았을까? 나아가 수로왕의 그것이 남달리 컸다는 설화 역시 싹텄을 것이다.

구지가는 뒷날 해신에게 잡혀간 수로부인을 구하기 위해 불렀다는 「해가海歌」로 계승된다. 「해가」의 내용은 아래와 같은데, 이 노래에서도 거북이가 지니고 있는 의미 또한 야릇하다. 그래서 대부분의 학자들은 이 노래를 에로티시즘의 측면에서 해석하곤 한다.


거북아, 거북아 수로를 내놓아라
남의 부녀 약탈한 죄 얼마나 크더냐
네가 만일 거역하고 내놓지 않는다면
그물로 잡아내어 구워 먹으리라.


구지봉의 고인돌은 남방식이다. 상판에 새겨진 '구지봉석龜旨峯石'이란 글씨는 조선 시대의 명필 한석봉韓石峯이 쓴 것으로 전해 온다. 이 고인돌은 규모가 다소 작은 편이다. 안내문에 따르면, 240×210×100cm의 크기라고 한다. 이 지역을 다스리던 추장의 무덤인데, 기원전 4~5C경에 세워진 것으로 미루어진다고 한다.

**구지봉 고인돌** | 남근석을 모시는 제단처럼 마련된 형상이다.

## 바위성을 차지한 모은암

수로왕의 열 아들 가운데 첫째는 왕위를 물려받았으니 바로 거등왕
居登王이다. 둘째와 셋째는 어머니의 성을 따라 허씨가 되었다. 이런
이유로 오늘날까지 김해 김씨와 김해 허씨는 같은 집안이라고 해서
서로 혼인을 맺지 않는다.

그 밖에 넷째부터 막내까지의 일곱 아들들은 모두 출가한 것으로
전해 온다. 창원의 불모산佛母山에 자리한 성주사聖住寺에는 이 일곱
아들이 출가한 곳이라는 전설이 남아 있다. 그래서 산 이름이 '불

모'라고 한다.

지리산 자락의 칠불암七佛庵은 일곱 아들들이 모두 성불한 곳이라 서 그렇게 이름이 지어졌다고 한다. 칠불암은 이제 '칠불사'로 불린다. 칠불사 앞 연못에는 허왕후가 수도에 전념하던 아들들을 만나지 못한 채 그리움 속에 얼굴을 비추어 봤다는 전설이 전해 온다.

거등왕은 홀로 왕업을 잇게 된 것을 감사드리는 뜻에서 여러 곳에 사찰을 세워 왕실의 안녕을 기원하였다. 아버지의 은혜에 감사드리며 수복강녕을 위해 삼랑진의 천태산天台山에 부은암父恩庵을 세웠다. 어머니 허황후의 은혜와 무사안녕을 기리기 위해 무척산無隻山에 모은암을 세웠다. 진영의 봉화산烽火山에는 자신을 위해 자은암子恩庵을 세웠다. 이 가운데 자은암은 사라지고 지금은 빈터만 남았다. 일설에는 김수로왕이 모은암을 세웠다고 한다. 김수로왕이 항상 하늘나라에 계신 어머니를 사모하다가 마침내 이 암자를 세웠다는 것이다.

이보다 앞서 수로왕 때에 허황후와 함께 온 허황후의 오빠 장유화상長遊和尙은 김해 지방의 신어산神魚山에 서림사西林寺와 동림사東林寺를 세웠다고 한다. 서림사는 두고 온 고국 아유타의 안녕을, 동림사는 새로 찾은 땅 가락국의 번영을 기원하기 위해 세웠다고 한다. 서림사는 지금의 은하사銀河寺로 미루어진다. 은하사는 근래에 『달마야 놀자』란 영화의 촬영지로 유명세를 탄 적이 있다.

장유화상은 또 수로왕과 허황후가 처음 만난 지사동智土洞에 명월사明月寺를 세웠다고 한다. 오늘날 부산의 녹산동에 자리를 잡은 흥국

**모은암 대웅전** | 가파른 절벽 사이에 까치둥지마냥 매달린 법당이다.

사로 추정된다. 분산에는 허황후가 해신의 도움으로 무사히 바다를 건너온 은혜에 감사드리기 위해 해은암海恩庵를 세웠다는 이야기가 전한다. 장유에는 뒷날 장유화상이 옮겨 가 머물렀다는 장유암長遊庵 등등이 있다.

무척산의 모은암으로 가기 위해서는 김해에서 마산으로 가는 14번 국도를 따라가다 삼계동삼거리에서 우회전해서 1017번 지방도로 길로 바꾸어야 한다. 나발고개를 넘어 삼랑진三浪津 방향으로 뻗은 길이다. 삼계동삼거리에서 11km가량의 거리를 두고 생철리生鐵里가 나타난다. 생철리는 옛날에 철을 생산하던 곳이라서 지어진 이름이다. 우수한 철기문화를 자랑하던 가야가 남긴 지명이다.

생철리 길가에는 '무척산' · '해동보은제일도량' 이라는 안내판이 친절하게 서 있다. 안내에 따라 오른쪽으로 차를 꺾으면 시멘트로 포장된 가파른 산길이 나온다. 어수선한 공장 건물 사이로 구불구불 오르면, 이윽고 '기도원 입구'라는 표지판과 함께 일곱 대나 여덟 대 정도의 차량이 주차할 만한 공간이 펼쳐진다. 한쪽에 '석굴암' 을 알리는 표지판도 서 있다.  이곳에 차를 세운 뒤 모은암으로 오르는 길은 가파르지만 아주 짧다. 머리를 들어 전면을 보면 비로소 무척 산이란 명산에 이르렀구나! 하는 느낌이 든다. 기암괴석이 둔중하게 자리 잡은 위쪽으로 모은암의 기와가 얼굴을 내밀기 시작한다. 주변의 경관이 아주 아름다우니 과연 '김해의 소금강' 이라고 이를 만하다.

**대웅전 앞 모암** | 어머니가 그리워서 땅바닥에 엎드려 통곡하는 사람의 모습과 흡사하기에 붙은 이름이다.


　모은암 입구에서 성벽처럼 거대한 바위가 우선 탐방객을 반긴다. 그 앞에 작은 사적비 하나가 옹색하다. 오른쪽으로 보이는 계단을 감돌아 오르면 먼저 종각이 나타난다. 우측으로 제법 큰 법당이 보이는데, 대웅전이다.

　대웅전의 몇 뼘 안되는 마당을 그나마 커다란 바위 하나가 온통 차지하였다. '모암'이라고 부르는 검은 바윗돌로, 마치 어머니를 그리며 엎드린 사람의 형상을 닮았기에 그렇게 부른다고 한다. 모정을 그리는 마음이 어찌 예와 제가 다르랴?

　대부분 사람들의 눈길은 곧바로 동편에 우뚝 솟은 '촛대바위'에

옮아가 머문다. 촛대바위는 분명 거대한 남근의 형상이다. 하지만 모은암을 품었기에 차마 노골적인 이름을 붙이지 못했다. 옆에서 구경하던 노인이 한마디 한다. 이 지방 말투다.

"점 하나 빼믄 안 되겠나?"

사람들이 까르르 웃는다.

'촛대바위'가 남근석이 분명하다는 사실은 '연화봉蓮華峰' 뒤편의 '여근암'에서 확인된다. 제 아무리 자연물이라고 해도 음양의 대응은 늘 존재하는 법이다. 더욱이 모은암을 품은 산 이름이 '무척산' 아니던가? 무척산은 외톨이가 없는 곧 짝이 있는 산이란 뜻이다.

북쪽의 연화봉은 탐스럽게 부풀어 오른 한 송이 연꽃 봉오리로, 또한 매우 크다. 사람들은 젊은 신부의 젖무덤이라고도 한다. 유선이 잘 발달한 원추형의 건강한 젖무덤이다. 위쪽에는 두꺼비 한 마리가 금방이라도 하늘을 향해 뛰어오를 듯한 자세다. 이곳 사람들은 두꺼비를 '복전福田'이라 이르고, 모은암을 생남도량으로 꼽는다.

연화봉도 당연히 촛대바위에 대한 대응이다. 이렇게 촛대바위와 연화봉이 함께 하늘을 찌른다면, 이곳의 산신각과 관음전은 남 볼세라 바위틈에 숨었다.

따지고 보면, 모은암 자체가 커다란 바위성 안에 손바닥만 한 평지를 가까스로 차지한 형국이다. 기기묘묘하게 생긴 바위틈을 잘 이용해 지은 암자다. 이곳은 연소혈燕巢穴로 볼 수 있으니 바위틈에 매달린 제비집처럼 생긴 터다. 참으로 수행자들을 위한 공간이요, 엄

**연화봉** | 터지기 직전의 연꽃 봉오리 모양으로 윗부분에 두꺼비 한마리가 달라붙었다.

청나게 센 기운이 그득하게 괴어 있는 자리다. 지금은 비구니 스님이 암자를 지킨다.

모은암에서 가장 기막힌 자리 선택은 산신각이다. 산신각은 바위틈에 꼭꼭 숨었다. 바위틈으로 꼬리를 감춘 계단 길은 흥미롭다 못해, 자못 신비감을 불러온다. 그 끝에 숨어 있는 산신각은 앙증맞기도 한데, 안으로 들어가 보면 더욱 그러하다. 산신상이 아예 작은 인형처럼 생겼으니, 탱화도 아주 작을 수밖에 없다. 그래도 산신각의 창은 밝기만 하다. 잠시나마 세상을 잊어 보기에 딱 좋은 공간으로 새소리가 정답고 싱그럽게 들려오는 곳이기도 하다.

대웅전 뒤편의 바위 굴 안에는 관음전이 조성되었다. 관음전은 좁은 공간을 활용하기 위해 계단식의 단으로 꾸며졌다. 제일 상단에 관세음보살상이 모셔졌고 맨 아래에 예의 파사석 두 개가 좌우로 나란하다. '링감'과 '요니'라고 불리는 돌들이다. 이 돌들은 장유화상이 인도에서 가져온 것으로 아들을 낳도록 하는 영험을 지녔다고 한다.

관음전의 두 돌은 이름도 그렇고 생긴 모양도 그러하니 암자에 처음 부임하는 스님들은 남세스럽다며 으레 단에서 내려놓는다고 한다. 그러나 번번이 꿈속에서 돌들을 제자리에 도로 올려놓으라는 계시를 받는다고 한다. 그 덕분에 지금도 파사석 두 개는 여전히 관음전을 지키는 중이다.

## 또 하나의 천지

모은암에서 계단을 내려오면, 산더미만 한 바위 앞으로 다시 사적비를 만난다. 알처럼 생긴 둥근 바위를 두 쪽으로 깨고 자란 나무 한 그

**산신각** | 숨박꼭질이라도 하다가 자리를 잡았는지 가파른 계단을 따라 바위틈을 비집고 올라가야 볼 수 있다.

루도 함께 보인다. 도처에 바위틈이 구멍을 이루기도 하였다. 구멍 안에는 천연덕스럽게 놓인 길쭉한 돌덩이들이 하나씩 보이는데, 남녀의 결합이 절로 연상된다. 그뿐이 아니다. 등산로 쪽으로 발길을 옮기면 기암괴석들이 줄을 잇는데, 첩첩으로 쌓인 바위들 가운데 하나가 '여근석'이다. 아래쪽에서 보아야 영락없이 그 뒷모습이다. 연화봉의 아래 즈음으로 옛 등산로가 여근석을 뚫고 지나간다. 사람 하나가 겨우 통과할 정도로 좁다.

모은암에서 천지天池를 향하는 길은 1.7km 정도의 거리로 아름답기가 그지없다. 기세등등한 바위 봉우리들의 돌진이 볼만하다. 낙남

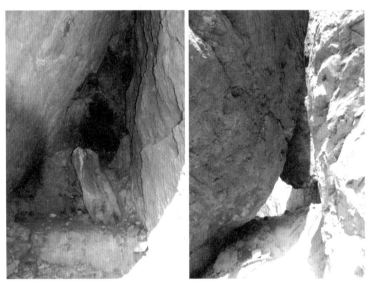

**등산로 주변에서 만나는 경치** | 이 또한 다산의 기원이 분명하다.

정맥落南正脈이 마지막 남은 힘을 모아 무척산을 솟아 올렸다.

낙남정맥은 백두대간의 꼬리에 해당한다. 지리산의 영신봉에서 갈라진 낙남정맥은 황치를 넘어 이산, 팔음산, 무량산, 구룡산, 비음산을 지나 불모산을 세운다. 불모산은 구지봉과 웅산 쪽으로 갈라지는데, 이때 구지봉으로 향하던 주맥이 먼저 무척산을 세운다. 그리고는 종당에는 멈추어 서서 분산을 빚는다.

그토록 머나먼 행보 탓일까? 무척산은 다소 지친 기색이다. 바위들은 차진 맛이 떨어지고 오히려 억세면서도 푸석한 느낌이 돈다. 그렇지만 승전을 알리는 장엄한 행진에 가담한 귀환병처럼 부풀린 몸통에 용맹을 과시하는 표정이다. 이렇게 팍팍한 기암괴석이 절경을 이루는 무척산의 높이는 해발 700m다.

모은암에서 정상을 향해 10분가량 오르면 멀리 삼랑진 방향으로 굽어 도는 낙동강이 모습을 드러낸다. 그리고 너른 들판이 시원하게 내려다보인다. 등산로 중간에 만나는 '연리지連理枝'는 무척산이 보여 주는 일종의 애교다.

내내 가파르던 오르막길이 순탄해지면서 폭포 하나가 나타난다. 천지에서 내려온 물줄기로 수량은 그다지 많지 않다. 사계절 흐름을 멈추지 않고 등산객들에게 상쾌함을 선사하는 폭포다. 이곳에서는 천지가 멀지 않다.

일반인들에게 천지라고 하면 통상 백두산의 천지를 떠올린다. 그러나 풍수지리에서는 산꼭대기에서 솟아나 괸 물을 천지라고 부르니, 한라산의 백록담 역시 풍수지리상의 천지에 속한다. 그렇다면 무척산의 천지도 절로 솟아난 못일까?

전해 오는 이야기에 따르면, 옛날 무척산에는 아홉 암자가 있었다고 한다. 그 중 하나가 지금은 사라진 통천사通天寺다. 그런데 천지와 통천사에 관해서 다음과 같은 이야기가 전해 온다.

김수로왕이 승하했을 때의 일이다. 무덤을 조성하기 위해 땅을 파자 난데없이 물이 솟아 나왔다. 이 일을 어떻게 할까 고민하고 있을 무렵이다. 허황옥을 수행하여 이 땅에 온 신하 가운데 하나인 신보申輔가 지맥을 살펴보더니, 무척산 정상에 연못을 파면 물이 사라질 것이라고 하였다. 왕릉 터에서 솟는 수맥이 무척산과 이어졌다며 낸 방안이었다. 사람들은 지금의 천지 자리에 호수를 파서 물길을 돌린 다음 무사히 장례를 치렀다. 그리고 천지 옆에 통천사라는 절을 세웠다. 왕릉 터의 물이 하늘로 통했다고 해서 지은 이름이다.

**천지에서 흘러내려 생긴 폭포** | 겨울이라 물줄기가 하얗게 얼어붙었다.

**천지** | 못이라는 이름이 붙었지만 정확하게는 흘러내린 물이 괸 곳이다.

무척산의 천지는 솟아나 괸 물이 아니라 이곳에서 1.2km 떨어진
산꼭대기에서부터 흘러내린 물로 이루어진 못이다. 꽤 넓기에 한결
시원한 곳으로 잘 자란 소나무들이 천지의 주변을 에워쌌다. 둑 앞
에는 근래에 꾸민 정자 하나가 산을 찾는 나그네들에게 편안한 쉼터
를 제공한다. 정자의 맞은편은 근래에 세운 기도원이다. 지형으로
보아 그 옛날의 통천사 자리를 차지한 게 아닌가 여겨진다.

무척산의 정상을 지나면, 모은암의 반대편 쪽으로 백운암白雲庵이
나온다. 이곳 또한 장유화상이 불교 중흥을 위해 세운 암자라고 전
한다. 김해 지방의 산행객들은 모은암 쪽에서 백운암 쪽으로, 혹은

그 반대 경로로 무척산 넘기를 즐긴다.


## 신화와 역사의 간극

세상의 일이란 시작이 있으면 끝도 있게 마련이다. '하늘의 아들' 김수로왕이 세웠던 가락국도 마침내 10세손 구형왕仇衡王 때에 이르러 망하고 말았다. 서기 532년의 일이니 수로왕이 등극한 이후 491년 만에 사라진 가락국 역사다. 그런데 마지막 왕이었던 구형왕의 무덤이라고 전해지는 봉분 하나가 지금도 산청의 지리산 자락에 쓸쓸히 남아 있다.

멸망과 함께 가락의 유수한 철기문화와 탁월한 항해술은 신라로 유입되었다. 가락의 왕족들은 대부분 신라의 귀족으로 편입되었다. 그 결과 신라의 30대 문무왕文武王 김법민金法敏은 스스로 자신의 15대 조모가 가락 출신임을 밝히고, 수로왕릉의 끊어진 제사를 잇도록 명하기도 하였다. 멸망 과정에서 가락의 불교문화 역시 자연스럽게 신라에 수용되었다.

그렇다면 역사학계에서는 가락국에 불교가 유입된 시기를 과연 언제쯤으로 보고 있을까? 『삼국유사』의 「금관성파사석탑金官城婆娑石塔」에 보면 다음과 같은 기록이 보인다.

**구형왕 무덤** | 유언에 따라, 망국의 한 때문에 땅에 묻지 않고 돌로 쌓아 만들었다고 한다.

수로왕이 그녀를 아내로 맞아 나라를 다스린 지 150여 년이나 되었으나, 당시 이 땅에는 아직 절을 세우고 부처를 신봉하는 일이 없었다. 대개 불교가 전래되지 아니하여 토착민들이 신복하지 아니하였던 것이다. 그러므로 『본기本記』에도 사찰을 세웠다는 기사가 없다. 제8대 질지왕銍知王 2년 임진(452)에 그곳에 절을 세우고 또 왕후사王后寺를 창건하였다. …… 모두 이 나라의 『본기』에 자세히 적혀 있다.

「가락국기」에도 거의 동일한 내용의 기사가 나온다.

수로왕의 8대손인 김질왕金銍王이 정사에 부지런하고 또 도리를 숭상하여 태조의 비 허황후를 위하여 명복을 빌고자 하였다. 그리하여 원가元嘉 29년 임술에 수로와 황후가 혼례를 올린 곳에 절을 세우고 액호額號를 왕후사王后寺라고 하였다.

'김질왕'은 질지왕의 다른 이름이다. 이상의 두 기록을 바탕으로 대부분의 역사학자들은 5세기 무렵에야 가락국에 비로소 불교가 전파되었다고 설명하고 있다. 두 기록에서 함께 나오는 서기 452년은 고구려와 백제에 불교가 공인된 이후이며 신라의 공인보다는 75년이 빠르다. 그러나 허황옥이 불교와 함께 이 땅에 도래했다는 설화 속의 서기 48년보다 무려 404년이 늦은 시점이니 북방전래설이 끼어들 여지가 없다. 여기서 그냥 단순하게 452년을 기준으로 삼는다면, 불교의 남방전래설에 관한 설화와 북방전래설의 역사 사이에는 무려 400년 이상이라는 시간적인 거리가 존재한다.

남방전래설을 뒷받침할 만한 기록이 마땅하지 않다면 확증으로 삼을 만한 유물이나 유적이라도 남아 있어야 한다. 남방전래설을 주장하는 일부의 학자들이나 향토 사학자들은 대표적인 증거로 파사석탑과 쌍어문을 들기도 한다.

그렇지만 파사석탑과 쌍어문 역시 결정적인 증거가 되지 못한다. 방중 자료도 되지 못한다. 그저 참고 자료에 지나지 않을 뿐이다. 이국異國의 여인이었던 허황옥이 파사석탑을 싣고 왔다는 점은 인정한 다손 치더라도 그 돌이 과연 정확하게 어느 곳에서 왔는지 우선 불분명하기 때문이다. 그리고 파사석탑이 실제로 불탑佛塔이었는지 판정할 근거나 자료가 전연 없다. 『삼국유사』에서조차 "수로왕이 그녀를 아내로 맞아 나라를 다스린 지 150여 년이나 되었으나, 당시 이 땅에는 아직 절을 세우고 부처를 신봉하는 일이 없었다. 대개 불교가 전래되지 아니하여 토착민들이 신복하지 아니하였던 것이다."라고 못을 박지 않았던가?

그런데 불교의 남방전래설을 굳게 믿는 해은암에서는 근래에 파사석탑의 모습을 재현하였다. 암자 뒤편의 타고봉打鼓峰에 세운 진신사리탑이 그것이다. 우리나라의 석탑과는 전연 다른 양식이다. 따라서 파사석탑의 본래 모습을 상실한 오늘에 있어 타고봉의 진신사리탑이 파사석탑의 진정한 재현인지 의심스럽다. 쌍어문 또한 결정적인 증거가 되지 못한다. 쌍어문은 신어문神魚紋이라고도 부르는데, 인도 고유의 문양으로 보기가 실로 어렵다.

쌍어문을 배태한 신어사상은 메소포타미아 문명에서 출발한다. 신어사상은 이후 서쪽으로 퍼져 나가 기독교의 '노아의 방주'라는 설화를 낳았고 급기야 기독교도임을 상징하는 문양이 되기도 하였다. 북으로 전래된 신어사상은 불교에 흡수되어 목어木魚와 목탁木鐸으로 변형되었다. 우리나라 굿판에서 떡시루에 북어 두 마리를 꽂아 두는 의식도 멀리 신어사상에서 기원하였다.

게다가 수로왕릉에 보이는 쌍어문은 가락국 때의 그것이라고 보기가 매우 어렵다. 왜냐면 수로왕릉의 쌍어문은 대체로 조선 정조 이후에 그려진 것으로 여겨지기 때문이다. 먼저 『정조실록正祖實錄』 가운데 「정조 16년 4월 을사」 조의 기록을 보도록 한다.

가락왕릉은 김해부의 성 서쪽 2리쯤 되는 평야 가운데 있습니다. …… 설치된 물품은 혼유석魂遊石 1좌坐, 향로석香爐石 1좌, 진생석陳牲石 1좌이고, 능 앞의 짤막한 비석에는 '수로왕릉'이란 네 글자를 써서 거북 머리의 받침돌에 세웠으니, 이는 바로 경자년(1780)에 특별 전교로 인해 고쳐 세운 것입니다. 돌담으로 둘러쌓았는데, 앞쪽으로 제각祭閣까지 닿습니다.

이 기사에도 쌍어문에 관한 언급이 없다. 그리고 쌍어문이 그려진 수로왕릉 정문이나 안향각에 대한 언급은 이전까지 어느 기록에나 단 한 줄도 나타나지 않는다. 결국 쌍어문은 해당 건물들의 건립과 더불어 나타났다고 봄이 보다 타당할 것이다.

1792년(정조16) 이후 왕명에 따라 수로왕릉에 배치된 능감陵監들의 기록을 정리한 『숭선전지崇善殿誌』에 따르면 1824년(순조24) 제각 동쪽에 안향각을 신축했다. 그 후 내신루 세 칸이 기울어져 전복될 염려 때문에 1843년(헌종9)에 내신루를 헐고 그 자리에 단층 건물인 외삼문을 옮겨 세워 정문으로 삼았다. 이 외삼문은 1793년(정조17)에 세운 건

**은하사 대들보 위의 신어** | 물고기의 몸을 벗고 막 용으로 승천하는 순간이다.

물이다. 따라서 정문의 쌍어문은 정조 17년의 신축이나 헌종 8년 이전에, 안향각의 쌍어문은 순조 24년에 그려졌다고 미루어진다.

또한 『숭선전지』에 따르면 수로왕릉의 정문과 안향각 등을 세울 때 승려들이 동원되었다고 한다. 이들이 쌍어문을 새겼을 가능성이 가장 높다. 수로왕릉 정문의 현판에는 쌍어문 외에도 불교와 밀접한 그림들이 두루 등장하기도 한다. 현액 좌우의 장식판 네 쪽에 그려진 남방 양식의 불탑, 두 마리의 코끼리, 연꽃 봉오리 등이다. 이런 인도 풍물의 그림들은 수로왕비릉에서 전연 찾아지지 않는다. 본래부터 있었던 그림들이라면 필연적으로 수로왕비릉에서부터 출발해야 옳지 않은가? 곰곰이 생각해 볼 일이다.

신어사상의 영향인지 김해에는 이름조차 '신어神魚'인 산이 존재한다. 해발 630m의 신어산에는 가락국의 설화 속에 피어난 사찰들이 즐비하다. 이 가운데 은하사 대웅전의 대들보에는 아예 신어의 모양을 그려 넣었다. 아쉽지만 이 그림 또한 후대의 산물로 여길 수밖에 없다.

끝으로, 가락국 시대에 지어졌다는 사찰과 암자 주변이나 경내에는 왜 그리도 남근석과 여근석이 흔한가? 바로 구지봉의 남근석에서 미루어지듯이 먼저 가락인들의 토착적인 남근숭배사상 탓이다. 여기에 어느 틈엔가 힌두교가 깊숙이 개입한 것으로 보인다. 그래서 가락인들은 남근석과 여근석이 즐비한 자리를 골라 사찰과 암자를 세웠으며, 또 사찰과 암자의 경내나 당우堂宇 안에 남근석과 여근석을 모신 것이다. 이 돌들을 오늘에 이르기까지 힌두교의 한 파인 밀교密敎에서처럼 아예 '링감'과 '요니'라고 부르고 있으니, 그 개입을 설명할 수 있는 아주 좋은 증거가 된다. 한마디로 요약하면, 강성한 해양 대국이었던 가락국이 말기에 이르러 인도와의 빈번한 교역 과정에서 자연스럽게 밀교를 받아들였고, 이를 다시 자신들이 지니고 있던 기존의 남근숭배사상에 접목, 확산시켰던 것이다.

밀교에 대해서는 윤향기 시인이 『인도의 마법에 빠지다』란 책에서 다음과 같이 설명한 바가 있다.

**마하칼라 부처합환상** | 음과 양으로 상징되는 세계의 합일을 뜻한다.

예로부터 천축국인들은 성행위를 통해 깨달음을 얻을 수 있으며
그 깨달음을 통하여 신과 일치할 수 있다고 믿었다. 새 생명(다른 우
주)을 탄생시킬 수 있는 강력한 에너지의 만남이 성교라고 생각했
다.

본래 힌두의 밀교密敎는 개체와 전체의 신비적 합일을 목표로 하
던 종교였다. 한때 피의 제식과 섹스의 향연으로 유명했던 밀교
경전은 탄트라로 오늘날 요가도 여기서 파생된 것이다.

밀교는 특히 생산력과 결부된 여신女神인 시바신을 주신으로 숭배
했으며 밀교에 입문하기 위해서는 다섯 가지 단계 술, 생선, 고기,
붉은 쌀, 섹스를 공유해야만 가능했다. 이 공유의 최종 단계인 섹

스에 이르러 서로의 늑골을 통과하여 뇌에 이르는 열반, 그때 자유를 얻어야만 비로소 모든 사람과 사물이 평등해진다고 믿었다. 성교를 나누며 서로 절정에 도달했을 때 가장 완벽한 해탈이라고 생각했다.

무려 2천 년의 세월을 거스르는 김해 답사는 언제나 미련과 아쉬움으로 끝날 수밖에 없다. 그래서 마지막 방문지만큼은 분산의 해은암으로 정하는 편이 좋다. 남해로 흘러드는 낙동강의 유장한 흐름을 바라보며 낙조로 붉게 타는 강물에 가슴속의 섭섭함을 씻어 내기 위함이다.

한가해서 아름다운 구경은 길을 잃지 않은 나그네들만이 누릴 수 있는 특권이다. 길을 잃은 나그네는 허둥대며 서두르다 마는 법이다.

＊104, 307, 353, 355면 사진은 문화재청 홈페이지에서 퍼온 것임.

# 후기

오늘도 화사한 날씨다. 하늘은 높을 대로 높아지고, 햇살이 마냥 포근하다. 그래서일까? 마음이 자꾸만 밖으로 내닫는다. 벌써부터 눈길은 저 멀리 늘어선 능선을 훑는 중이다.

– 천년 암자들이여, 오늘도 안녕하신가?
문득 양양의 낙산사 홍련암과 물 맑은 남해의 보리암이 떠오른다. 아울러 이 책에서 미처 다루지 못한 나머지 천년 암자들도 그 뒤를 잇는다. 시절인연이 닿지 않은 탓으로 돌리기에는 기실 너무나 많은 곳이 빠졌다. 한마디로 아쉽다.

상재가 코앞에 닥치자, 고마운 사람들이 즐비하다. 쌍용해운의 김호종, 삼성과 수성엔지니어링의 박종희와 박지훈, 약사 최명철은 전국을 답사하며 오랫동안 정을 나눈 고교 동기들이다. 여기에 영보화학의 이영식, 부산해상관광개발의 김해룡, 약사 김명제와 오십 년 지기인 신화엔지니어링의 김종우도 빠뜨릴 수 없다. 아울러 (주)오앤유의 오주진과 김영 그리고 박서형은 나를 후원해 주는 다정스런 아우들이다. 그리고 문화적으로 다소 낙후된 전주 땅에서 완판본의 부흥을 꿈꾸며 출판에 혼신을 다하는 한명수 사장도 꼭 꼽아야 할 사람이다. 그의 덕분에 책이 이렇게 예쁘게 꾸며졌으니, 감사해야 할 일이다.

머지않아 겨울이 오리라. 추위와 눈에 갇혀, 사람마다 내면으로 시선을 돌려야 할 날들이다. 절대 고독과 단절을 택해 심산유곡의 암자로 찾아드는 스님들처럼, 우리도 올 겨울에는 귀 기울여 마음의 소리를 들어 보아야 한다.

2013년 시월의 마지막 날에

유영봉은 삼가 쓰다